folio
junior

Jacqueline Wilson

Trois aventures de Jenny B.

Illustrations de Nick Sharratt

Traduit de l'anglais
par Vanessa Rubio

GALLIMARD JEUNESSE

Sommaire

Jacqueline Wilson

La fabuleuse histoire de Jenny B.

Illustrations de Nick Sharratt

Traduit de l'anglais
par Vanessa Rubio

Pour Bryony, David, Miranda, Jason et Ryan

Mon livre à moi

JE ME PRÉSENTE

JE M'APPELLE Jenny Bell.

J'AI 10 **ANS** 2 **MOIS.**

MON ANNIVERSAIRE EST LE 8 mai. Ce n'est pas juste parce que l'anniversaire de cette andouille de Peter Ring tombe le même jour que le mien et, du coup, on n'a qu'un seul gâteau pour deux. Et on doit souffler les bougies en même temps. Donc on n'a qu'un demi-vœu chacun. Enfin, les vœux, c'est pour les bébés. Ils ne se réalisent jamais, de toute façon…

JE SUIS NÉE dans une maternité je ne sais où. Quand j'étais petite, j'étais mignonne mais je parie que je n'arrêtais pas de brailler.

JE MESURE M CM. Je ne sais pas. J'ai essayé de me mesurer avec une règle, mais elle n'est pas assez grande, je n'y arrive pas. Et je ne veux pas demander à quelqu'un de m'aider parce que c'est mon livre à moi. C'est personnel, privé, top secret.

JE PÈSE KG. Je ne sais pas non plus. Mary a bien une balance dans sa chambre mais elle ne laisse personne s'en servir. De toute façon, je ne pèse pas lourd. Je suis une petite crevette, comme on dit.

MES YEUX SONT marron foncé et je sais faire un regard noir noir noir et méchant de sorcière. J'aime-

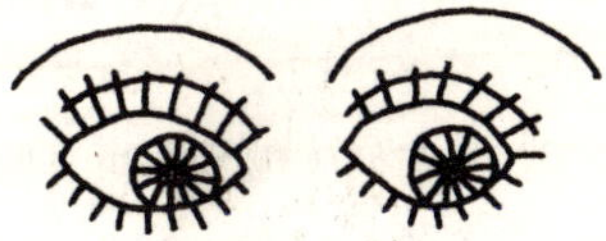

rais bien être une sorcière. Je pourrais jeter des sorts affreux… Un coup de baguette magique et ZIP ! Louise perdrait tous ses beaux cheveux blonds.

Et ZIP ! ce pleurnicheur de Peter Ring se mettrait à couiner comme une souris et il lui pousserait des moustaches et une longue queue et ZIP…

Bon je n'ai plus de place mais j'ai encore des tas d'idées…

MES CHEVEUX SONT blonds, longs et bouclés. Non, je blague. Ils sont châtain foncé et impossibles à coiffer. Sans rire, ils partent dans tous les sens.

MA PEAU EST pleine de boutons quand je mange trop de chocolat !

COLLE UNE PHOTO DE TOI :

En fait, je ne louche pas. Je faisais juste une grimace.

J'AI COMMENCÉ CE LIVRE LE je ne sais pas. On s'en fiche, de la date ! Ça me fait penser à l'école. Un jour, pour rigoler, dans mon cahier de classe, j'ai imaginé qu'on avait fait un bond de cent ans dans le futur. J'ai noté la date – le 30 mars 2103 – et j'ai écrit toute une histoire avec des fusées, des vaisseaux spatiaux et des monstres tout bizarres qui venaient de Mars pour nous manger. Mlle Brown n'a pas vraiment apprécié.

Ce que j'aime, ce que je déteste

CE QUE J'AIME

MON CHIFFRE PRÉFÉRÉ EST LE 7. Alors comment se fait-il que je n'aie pas été recueillie par une famille géniale et super riche quand j'avais sept ans, hein ?

MA COULEUR PRÉFÉRÉE EST LE rouge sang, alors attention ! Ha, ha, ha !

MA MEILLEURE AMIE EST Hum, hum. J'en ai eu des tas, mais comme maintenant Louise préfère Justine, je n'ai pas vraiment de meilleure amie en ce moment.

J'AIME MANGER tout. Mais ce que je préfère, c'est les gâteaux d'anniversaire.
Et d'ailleurs tous les gâteaux. Et les Smarties et les Mars et les bonbons en forme de petites araignées et le pop-corn, les cônes au chocolat, les Big Mac et les frites et les milk-shakes à la fraise.

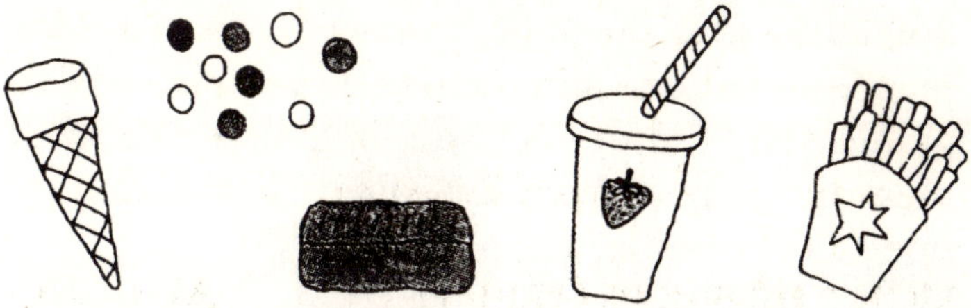

MON PRÉNOM PRÉFÉRÉ EST Camilla. Dans le foyer où j'étais avant, il y avait une petite fille trop mignonne qui s'appelait comme ça. Elle était vraiment adorable avec ses cheveux bruns crépus. Je lui faisais des tas de petites nattes, ça devait faire mal mais elle ne pleurait même pas. Elle m'aimait vraiment, la petite Camilla. Ça n'a pas traîné, elle a tout de suite été adoptée. J'ai supplié sa famille d'accueil de venir me rendre visite avec elle de temps en temps mais je ne les ai jamais revus.

J'AIME BOIRE des litres de bière. Je blaaaague ! Une fois, j'ai trempé mes lèvres dans un verre mais je n'ai pas aimé.

J'AIME JOUER à me maquiller. Une fois, Louise et moi, on a emprunté quelques trucs à Adèle, elle en a des tonnes. Mais elle est pas drôle, Louise, elle voulait juste se maquiller comme une dame. Moi, je me suis fait une affreuse tête de vampire avec de grands yeux tout noirs et du sang qui coule sur le menton ! Je peux vous dire que je leur ai flanqué une sacrée trouille, aux petits !

MON ANIMAL PRÉFÉRÉ EST Euh… Il y a bien le lapin du foyer, qui s'appelle Laitue. Mais il est un peu ramollo, normal avec un nom pareil. Quand on lui dit « assis », il ne réagit même pas. Un chien, au moins, quand il vous aime bien, il vous lèche la main. Moi, je crois que je choisirais un rottweiler, comme ça, ceux qui ne sont pas gentils avec moi, gare à leurs fesses !

À LA TÉLÉ, J'AIME REGARDER des films d'horreur.

ET, PAR-DESSUS TOUT, CE QUE JE PRÉFÈRE, C'EST être avec maman.

CE QUE JE DÉTESTE :

LE PRÉNOM Justine. Louise. Peter. En fait, il y a des tas de noms que je déteste.

MANGER du ragoût. Surtout avec de gros bouts de gras dedans. Comme cette horrible bonne femme qui m'avait recueillie, tata Peggy. Elle ne savait pas du tout cuisiner. Sa spécialité, c'était une espèce de ragoût tout visqueux qui ressemblait à du vomi. Et on devait finir toute notre assiette. Jusqu'à la dernière miette. BEURK !

ET, PAR-DESSUS TOUT, JE DÉTESTE Justine. Le Gros Gorille Poilu. Et être séparée de maman.

Ma famille

COLLE UNE PHOTO DE TOI
AVEC TA FAMILLE :

Cette photo a été prise quand j'étais bébé. J'étais mignonne, hein ? Je suis dans les bras de ma maman. Elle est tellement belle. J'aurais aimé lui ressembler davantage.

LES PERSONNES QUI COMPOSENT MA FAMILLE SONT maman. Je n'ai pas de père. Quand j'étais petite, je vivais avec maman et c'était super mais, un jour, elle a rencontré son petit ami, le Gros Gorille Poilu. On se détestait tous les deux. Il m'a même battue. C'est pour ça que l'Assistance publique m'a placée dans un foyer. Pas étonnant que maman l'ait plaqué, hein ?

MA FAMILLE HABITE À Je ne sais pas vraiment où vit maman en ce moment, elle n'arrête pas de déménager. Elle ne supporte pas de rester au même endroit trop longtemps.

MON NUMÉRO DE TÉLÉPHONE EST Euh... je ne sais pas, en fait. Mais c'est drôle, à l'école maternelle, je jouais souvent avec le téléphone en plastique, je disais que j'appelais maman. Je discutais avec elle pendant des heures. C'était pour de faux, bien sûr, mais je n'avais que cinq ans à l'époque et, des fois, je finissais par croire que je lui parlais vraiment, vous savez.

J'AIME MA FAMILLE PARCE QUE J'aime ma maman parce qu'elle est jolie et drôle, et qu'elle m'apporte toujours de beaux cadeaux.

Ma famille d'accueil

Là, je ne peux rien écrire parce que je n'ai pas de famille d'accueil en ce moment.

J'en ai eu deux. D'abord, il y a eu tata Peggy et tonton Sam. Je ne les aimais pas beaucoup et, en plus, je ne m'entendais pas bien avec les autres enfants qui étaient chez eux, alors ça m'est bien égal qu'ils se soient débarrassés de moi.

Après j'ai passé quelque temps dans un foyer puis je suis allée vivre chez un autre couple, Julie et Ted. Eux, ils étaient jeunes et sympas. Ils m'ont même acheté un vélo, trop cool. J'étais très sage, je faisais tout ce qu'ils disaient et je croyais que j'allais rester avec eux pour toujours – enfin, jusqu'à ce que maman vienne me rechercher pour de bon –, mais… Je n'ai pas envie de raconter la suite.

Au bout du compte, ils m'ont flanquée à la porte mais JE N'Y ÉTAIS POUR RIEN. J'étais tellement en colère que j'ai cassé leur saleté de vélo. Du coup, je me retrouve sans rien du tout dans ce nouveau foyer et voilà. Ils ont passé une annonce dans les journaux pour essayer de me trouver une nouvelle famille d'accueil mais, visiblement, je n'intéresse pas grand monde. Ils doivent commencer à se dire qu'ils n'arriveront jamais à me caser…

Mais moi, je m'en fiche, de toute façon, maman va bientôt revenir me chercher, alors…

Mon école

MON ÉCOLE S'APPELLE C'est l'école élémentaire de Kinglea. J'ai été dans deux autres écoles avant. Bah, ici, ce n'est pas si mal.

MON INSTITUTEUR/TRICE S'APPELLE Mlle Brown. Ça l'énerve qu'on l'appelle « madame ».

À L'ÉCOLE, JE J'écris des histoires. Je fais des maths. Des jeux. Des dessins. Des tas de trucs. On fait aussi des exposés sauf que, comme je ne trouve jamais ce qu'il me faut au foyer, je ne peux jamais

les préparer correctement et je n'ai jamais de « très bien ». (Quand on a « très bien », Mlle Brown colle une petite étoile dorée sur la feuille.)

CE QUE JE PRÉFÈRE, C'EST écrire des histoires. J'en ai écrit des tonnes et je fais aussi des dessins pour les illustrer, attention ! Des fois, je fabrique même des petits livres. J'ai fait un petit imagier pour Camilla avec les mots écrits en gros sous les images de toutes les choses qu'elle aimait, par exemple : UN NOUNOURS, UNE GLACE et MON AMIE JENNY.

J'AIME AUSSI le cours d'arts plastiques. On peint avec de la gouache. On en a aussi au foyer, mais toutes les couleurs sont mélangées, ça fait tout marron caca et, en plus, les pinceaux sont nuls. À l'école, on a de beaux pots tout neufs. Voilà un tableau que j'ai peint hier. Si j'étais la maîtresse, je lui mettrais une étoile dorée. Non, deux étoiles dorées même !

JE SUIS DANS LA CLASSE 3 A.

LES GENS DE MA CLASSE Je ne vais pas faire la liste de tous les élèves, ça prendrait la nuit. Et puis, il y en a que je ne connais pas encore. De toute façon, ça ne sert à rien que je me fasse des amis parce que je vais déménager bientôt.

LES AUTRES PROFESSEURS Oh, ce sont des profs, donc pas très marrants. Mais, franchement, qu'est-ce qu'on en a à faire ?

JE VAIS À L'ÉCOLE EN minibus, comme tous les enfants du foyer. J'irais beaucoup plus vite en voiture ou même à pied mais on n'a pas le droit.

ÇA PREND HEURES MINUTES. Tout dépend, parfois ça prend des siècles parce qu'il y a un petit qui ne trouve pas sa trousse ou un grand qui veut sécher les cours, et nous, on doit les attendre.

CE QUE JE N'AIME PAS À L'ÉCOLE

Tous les autres ont un uniforme gris, et moi, je n'ai que des trucs bleu marine de mon ancienne école. Comme les profs sont au courant, ils ne me disent rien mais je me fais remarquer quand même.

Mes éducateurs

MON ÉDUCATEUR/TRICE S'APPELLE Helen, et c'est une grosse baleine, ha ! ha ! ha !

ENSEMBLE, ON PARLE DE tas de trucs complètement inintéressants.

MAIS JE N'AIME PAS PARLER DE maman. Pas avec Helen. C'est trop personnel.

Si j'étais...

PLUS GRANDE, j'habiterais dans une grande maison super moderne et j'aurais une super grande chambre pour moi toute seule avec que mes trucs à moi et des lits superposés rien que pour moi, comme ça je pourrais toujours dormir en haut. Et puis j'aurais un réveil Mickey comme celui de Justine et des tubes de gouache de toutes les couleurs rien que pour moi et aussi des feutres et je ne les prêterais à personne comme ça on ne pourrait pas me les abîmer. Et puis j'aurais aussi une télévision à moi pour regarder tout ce que je veux et je me coucherais à minuit tous les soirs et je mangerais chez McDonald's tous les jours.

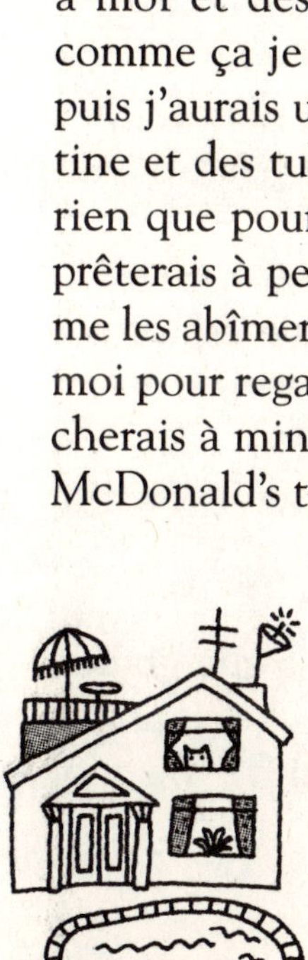

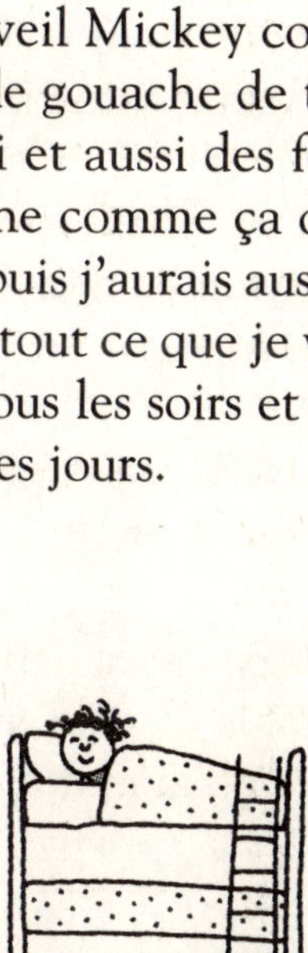

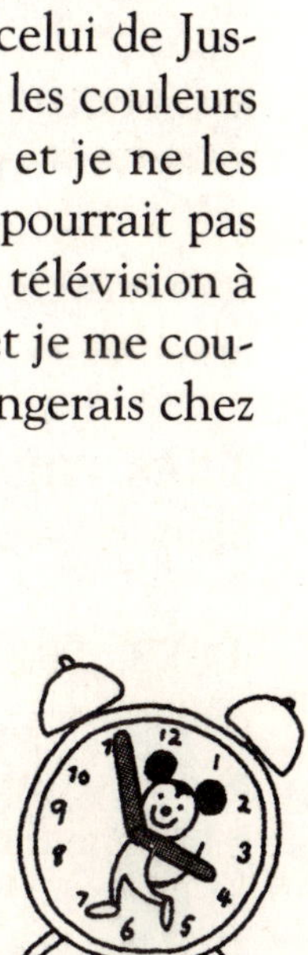

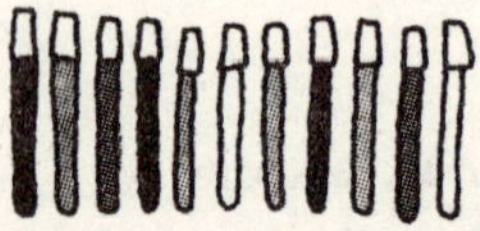

Ah oui et puis j'achèterais une grosse voiture qui va super vite pour foncer comme une folle et aller voir maman quand je veux.

DE LA POLICE, j'arrêterais le Gros Gorille Poilu et je le mettrais en prison pour toujours.

UN PETIT CHAT, j'aurais de longues griffes et de grandes dents pointues pour griffer et mordre tout le monde, comme ça ils auraient tous peur de moi et ils feraient tout ce que je veux.

INVISIBLE, je passerais mon temps à espionner les gens.

TRÈS TRÈS GRANDE, j'écrabouillerais tout le monde avec mes grands pieds.

TRÈS, TRÈS RICHE, je m'achèterais une grande maison et… Hé, mais c'est la même chose qu'à la page d'avant. Bon, j'en ai marre d'écrire… Y a quoi à la page d'après ?

Mon histoire

Voici quelques pages pour raconter ton histoire :

LA FABULEUSE HISTOIRE DE JENNY BELL

Il était une fois une petite fille qui s'appelait Jenny Bell. Franchement, ça fait un peu gnangnan, non ? On dirait le début d'un conte de fées. Et je déteste les contes de fées. C'est toujours la même chose. Si on est très gentille et très belle, avec de longs cheveux blonds tout bouclés alors il suffit de balayer quelques cendres ou de faire une longue sieste dans un palais plein de toiles d'araignées, et hop ! le prince arrive, on se marie, on vit heureux et on a beaucoup d'enfants. Très bien, mais encore faut-il être une petite fille modèle, sage comme une image et mignonne à croquer ! Mais si on est méchante et moche, on n'a aucune chance de finir avec le prince, c'est moi qui vous le dis. On se retrouve avec un nom imprononçable comme « Rumpelstiltskin », on n'est jamais invitée au bal et, même si on se démène pour aider les gens, on n'a jamais droit au moindre petit merci. À force, ça porte sur les nerfs, c'est sûr. On finit par piquer une grosse colère en tapant des pieds et on passe à travers le plancher ou alors on se met à hurler comme une dingue et on se retrouve enfermée dans une tour dont on a jeté la clé.

À moi aussi, il m'est arrivé de taper des pieds et de crier comme une malade.

Et je me suis retrouvée enfermée je ne sais pas combien de fois. Une fois, ils m'ont enfermée toute la journée. Et toute la nuit. C'était dans mon premier foyer. Je n'arrivais pas à me calmer, je voulais ma maman ! Ça ne les a pas gênés d'enfermer un tout petit bout de chou. Et c'est pas des histoires.

C'est vrai que, de temps en temps, j'en rajoute un peu. C'est drôle, tata Peggy appelait ça « raconter des salades ».

Je lui disais un truc du style :

– Hé, tu sais quoi, tata ? J'ai rencontré ma maman dans le jardin. Avec sa belle voiture, elle m'a emmenée faire un tour au centre commercial et elle m'a acheté une grande bouteille de parfum, tu sais, *Poison*, le même que celui que tonton Sam t'a offert pour ton anniversaire. Mais j'ai fait la folle et j'ai renversé tout le flacon sur moi. Ce que tu sens, là, ce n'est pas ton parfum, c'est le mien. Je ne sais pas ce qui est arrivé au tien, ça doit être un autre enfant qui l'a pris.

Enfin, vous voyez le genre. Franchement, c'était super convaincant mais tata Peggy ne m'écoutait même pas. Elle secouait la tête, se fâchait toute rouge en criant :

– Oh, Jenny, tu es insupportable ! Tu me racontes encore des salades.

Et puis, vlan ! elle me mettait une claque.

Elle n'avait pas le droit de me taper. Les familles

d'accueil n'ont pas le droit de toucher les enfants, en principe. Je l'ai dit à Helen mais elle s'est contentée de soupirer :

– Franchement, Jenny, avoue que tu le cherches bien, parfois.

C'est faux, archifaux. Jamais je n'ai demandé à être tapée, moi. En plus, ça fait mal. Cette vieille bique de tata Peggy, elle me tapait derrière les mollets, là, bien fort, pour que ça claque bien. Je ne l'aimais pas du tout. Si on avait été dans un conte de fées, je lui aurais jeté un sort. Une énorme verrue qui pousse juste au bout du nez ? Des crapauds et des grenouilles qui sortent de sa bouche dès qu'elle prononce un mot ? Non, j'aurais trouvé encore mieux. Elle aurait eu de grandes chandelles de morve qui pendent des narines en permanence. Elle aurait eu beau se moucher, impossible de s'en débarrasser ! Et dès qu'elle aurait voulu parler, ça

aurait fait des bulles et des gros bruits dégoûtants. Beurk !

Oh, c'est pas vrai ! Helen la Baleine, mon éducatrice, était assise à côté de moi quand j'ai commencé à écrire *La Fabuleuse Histoire de Jenny Bell.*

Comme j'ai eu le fou rire en imaginant les sorts que j'aurais pu jeter à tata Peggy, elle a levé les sourcils et m'a demandé :

– Qu'est-ce qui te fait rire, Jenny ?

J'ai répondu :

– Mêle-toi de tes affaires.

Et là elle a dit :

– Oh, vraiment, Jenny… !

Et elle a regardé ce que j'avais écrit. Franchement, ça ne se fait pas : c'est personnel ! C'est *mon* histoire !

En arrivant au paragraphe sur tata Peggy, elle a soupiré à nouveau :

– Oh, vraiment, Jenny… !

Et j'ai répliqué :

– Oui, vraiment, Helen.

Alors elle a encore soupiré et ses lèvres ont bougé quelques minutes sans un bruit. C'est trop marrant : elle respire profondément et compte jusqu'à dix dans sa tête. Les éducateurs doivent faire ça quand un enfant les énerve. Helen n'arrête pas de compter avec moi !

Puis, une fois arrivée à dix, elle m'a fait un grand sourire forcé. Comme ça :

– Bon, écoute, Jenny. C'est ton histoire à toi, la merveilleuse histoire de ta vie. Tu ne vas pas la gâcher en écrivant des bêtises et des grossièretés, quand même ?

Et j'ai répondu :

– Ouais, justement, c'est l'histoire de ma vie et, pour l'instant, on ne peut pas dire qu'elle ait été franchement merveilleuse, hein ? Alors je ne vois pas pourquoi je ne pourrais pas écrire toutes les âneries que je veux !

Elle a ENCORE soupiré, mais gentiment cette fois. Elle m'a prise dans ses bras en disant :

– Je suis consciente que ça n'a pas toujours été facile pour toi, mais tu es quelqu'un de merveilleux. Tu le sais, ça ?

J'ai secoué la tête en essayant de m'échapper mais elle me serrait fort.

– Si, si, crois-moi, Jenny. Tu es quelqu'un de spécial, très très spécial.

– Ouais, eh ben alors pourquoi personne ne veut de moi, hein ?

– Oh, ma chérie, je sais que tu as été très déçue que ça ne marche pas avec ta deuxième famille d'accueil, mais ne t'inquiète pas. Un jour ou l'autre, tu trouveras la famille idéale.

– Une famille super riche ?

– Peut-être… ou même une personne célibataire qui remplirait les conditions…

Je l'ai dévisagée longuement.

– Toi, tu es célibataire, Helen. Et je parie que tu remplis les conditions. Alors pourquoi tu ne me prends pas chez toi, hein ?

C'était à son tour d'être mal à l'aise.

– Enfin, Jenny… Tu sais bien comment ça fonctionne. Tu vois, c'est mon travail… Je m'occupe d'un tas d'enfants…

– Oui, mais si tu me prenais chez toi, tu toucherais de l'argent, tu n'aurais plus à travailler, rien qu'à t'occuper de moi ! Et je suis sûre qu'ils t'en donneraient un bon paquet parce que je ne suis pas une enfant facile, j'ai des troubles du comportement et tout ça. Alors, qu'est-ce que tu en dis, Helen ? Ce serait chouette, tu ne trouves pas ?

– Je suis persuadée que ce serait très chouette, Jenny, mais désolée, ce n'est pas possible…

Elle a essayé de me serrer dans ses bras mais je l'ai repoussée.

– Non, mais ça va pas ! Je blaguais ! Beurk ! Je ne supporterais pas de vivre avec toi. Tu es lourde, bête, pas drôle, grosse et pleine de cellulite, une vraie baleine ! Je ne voudrais de toi pour rien au monde !

– Je comprends que tu sois en colère après moi, Jenny.

Elle a dit ça en essayant d'avoir l'air calme et détachée mais j'ai bien vu qu'elle rentrait son ventre !

J'ai répondu que je n'étais pas du tout en colère, mais je ne pouvais pas m'empêcher de crier. Je lui ai dit que je n'en avais rien à faire, mais j'avais les yeux tout vitreux. Attention, je n'ai pas pleuré, hein ! Je ne pleure *jamais*. On pourrait croire des fois, mais c'est juste mon rhume des foins qui me reprend.

– Bon, eh bien, tu vas pouvoir trouver des tas de sorts à me jeter, maintenant, a fait Helen.

– Ouais, je m'y mets tout de suite, même !

– OK, très bien.

– Arrête de dire OK. Tu dis toujours « OK, très bien », du genre « OK, Jenny, si c'est ce que tu veux, je ne vais pas en faire toute une histoire » ou « OK, Jenny, oui, je sais que tu as une énorme hache à la main et que tu vas me couper la tête avec parce que tu es en colère après moi mais OK, très bien, si c'est ce que tu veux, je garde mon sang-froid parce que je suis une éducatrice super cool. »

Et là, elle a éclaté de rire.

–Non, Jenny, tu ferais perdre son sang-froid au plus cool des éducateurs, je t'assure. Bon, écoute, tu n'as qu'à écrire ce que tu veux. C'est ton bouquin, après tout.

Ah, voilà ! c'est mon bouquin et je peux écrire ce que je veux dedans. Sauf que je ne sais pas vraiment ce que je veux. Peut-être qu'Helen pourrait me donner un coup de main en fin de compte. Elle est partie de l'autre côté du salon pour aider cette andouille de Peter. Il est nul. Il remplit son livre tellement lentement et tellement sérieusement... Il écrit en grandes lettres d'imprimerie avec son espèce de stylo-bille qui fuit. Il se donne un mal de chien mais raté ! il met de l'encre partout !

J'ai demandé à Helen de venir mais elle a répondu qu'elle devait un peu aider Peter. Pauvre petit chou, il a peur de ne pas mettre la bonne réponse, comme si c'était un test de QI ! Moi, j'en ai passé des tonnes, des tests d'intelligence. C'est trop facile ! Je les termine en un clin d'œil. Je ne sais pas pourquoi ils s'imaginent que les enfants de l'Assistance sont complètement abrutis.

Mais moi, j'ai tout bon à chaque fois. Bon, en fait, on n'a jamais les réponses, mais je suis sûre que je réussis tout.

Jenny Bell se prend pour un super génie alors qu'elle est complètement idiote. Ce truc est le pire ramassis de bêtises que j'aie jamais vu. Si elle est si intelligente, alors pourquoi elle fait pipi au lit comme un bébé?

Ne lisez pas ce gribouillis débile. C'est rien que des mensonges de toute façon. C'est quand même dingue : dans ce foyer pourri, on ne peut pas laisser un truc sans surveillance deux minutes ! Je n'aurais jamais cru qu'une fouine ose venir fourrer son nez dans mon livre à moi.

Mais je sais qui c'est. Je sais que c'est toi, Justine Petitbois, tu ne perds rien pour attendre. Je t'aurai.

En allant tirer la pauvre Helen des pattes de ce pleurnichard de Peter, j'ai jeté un petit coup d'œil dans son livre. Et là, j'ai failli tomber raide : vous ne devinerez jamais qui il a mis comme meilleure amie… Moi. Moi !

– C'est une blague ou quoi ? j'ai demandé.

Il est devenu tout rouge et, en marmonnant dans sa barbe, il a essayé de cacher ce qu'il avait écrit mais, trop tard, j'avais déjà vu ! « Ma meilleure amie est Jenny Bell. » C'était écrit noir sur blanc.

Enfin, pas vraiment noir sur blanc, plutôt bleu baveux... enfin, bref, vous voyez, quoi.

Helen a agité la main.

– Allez, va-t'en, Jenny. Arrête d'embêter ce pauvre Peter.

– Mais il écrit n'importe quoi dans son livre ! C'est débile : je ne suis pas sa meilleure amie !

– Moi, je trouve ça plutôt gentil que Peter veuille que vous soyez amis, a-t-elle répondu.

Elle a fait la grimace en ajoutant :

– Chacun ses goûts, après tout.

– Ha ! ha ! ha ! Je peux savoir pourquoi tu as écrit ça, Peter ?

Il a bredouillé un truc comme quoi on était amis puisqu'on fêtait nos anniversaires ensemble.

– Mais pas du tout, j'ai répliqué, on n'est pas amis, espèce d'andouille.

Et là, Helen m'est tombée dessus en disant que j'étais méchante avec ce pauvre petit Peterounet et que, si c'était comme ça, je n'avais qu'à retourner dans mon coin écrire mon histoire. Le truc, c'est que, quand les gens me disent de dégager, ça me donne envie de rester, de les coller comme une sangsue, rien que pour les embêter.

Et c'est ce que j'ai fait.

Comme par hasard, juste à ce moment-là, Mary m'a appelée pour que je vienne l'aider à préparer le déjeuner : je sais que c'était une ruse. Mary ne lève jamais la main sur nous, elle ne crie pas non plus, mais c'est la reine des ruses pour nous distraire. Ça marche avec ceux qui ne sont pas très malins, mais jamais avec moi. Enfin, j'aime bien donner un coup de main à la cuisine quand même, parce que j'arrive toujours à chiper une cuillerée de confiture ou une poignée de raisins secs quand elle a le dos tourné. Je suis donc allée l'aider à mettre au four un immense plat de poisson pané tandis qu'elle faisait chauffer l'huile de la friteuse. Je vais vous dire un truc : le poisson pané cru, c'est vraiment pas génial. J'en ai grignoté un morceau juste pour voir.

Une fois, j'ai réussi à faire croire aux petits que c'était une variété de poisson très rare, toute carrée.

Je me rappelle aussi que tata Peggy nous faisait souvent une espèce de riz au lait en dessert et que j'avais réussi à persuader les autres que les petits bouts transparents, c'était des yeux de poissons ! J'avais même raconté aux tout-petits que la marmelade d'orange était en fait de la confiture de poissons rouges… et ils m'avaient crue !

Quand Mary a commencé à mettre les frites et le poisson dans des plats, je suis retournée dans le salon pour annoncer que le repas était prêt. Et je me souviens que j'ai aperçu Louise et Justine accroupies dans un coin. Elles essayaient de cacher un truc qui, apparemment, les faisait beaucoup rire. Non, mais quelle idiote !… Je vous jure, je suis vraiment intelligente, ce n'est pas une blague, et pourtant je n'ai pas deviné ce qu'elles étaient en train de faire. C'est-à-dire lire mon histoire et gribouiller dessus.

Un pleurnichard comme Peter Ring serait allé le dire aux éducs, mais je ne suis pas une rapporteuse. Il faut simplement que je récupère mon bien.

Et ensuite, je prendrai tout mon temps pour trouver une vengeance suffisamment affreuse. Je la hais, cette Justine, et pas qu'un peu. Avant qu'elle arrive, Louise était ma meilleure amie, on était tout le temps ensemble. Du coup, même si je me retrouvais une fois de plus dans un foyer pourri, ça n'allait pas si mal. Louise et moi, on disait qu'on était sœurs, on partageait tous nos secrets…

Justement, je lui avais confié un de mes petits problèmes. Un problème nocturne. Comme j'ai une chambre pour moi toute seule, personne n'était au courant, à part Mary. Mais voilà, pour prouver à Louise que c'était la meilleure amie de ma vie, je lui ai tout raconté. J'ai tout de suite compris que j'aurais mieux fait de me taire car elle s'est mise à ricaner. Et même quand on était encore amies, elle me taquinait à propos de ça. Et puis elle est partie avec Justine... J'avais peur qu'elle lui confie mon secret mais je me disais que non, qu'elle ne tomberait jamais aussi bas. Pas elle. Pas Louise.

Mais elle lui a dit. Elle a tout raconté à Justine, ma pire ennemie.

Bon, bref. Qu'est-ce que je vais bien pouvoir lui faire, à cette petite peste ?

Euh... Je pourrais la transformer en punching-ball.

Je pourrais lui faire une prise de karaté top mortelle.

Je pourrais dire à ma mère de venir dans sa super voiture pour lui rouler dessus et l'écraser comme une crêpe.

Hé ! Non, j'ai une meilleure idée.

Je sais.

Bon, d'abord, je vais récupérer mon bouquin et je ne le laisserai plus traîner, ça c'est sûr, je le garderai tout le temps sur moi. Alors gare à tes fesses, Justine Petitbois. Tu vas regretter ce que tu as fait. Oh, oui, je te jure que tu vas le regretter.

Il est déjà minuit, j'écris dans le noir parce que Mary traîne peut-être encore dans les couloirs. Je ne tiens pas à ce qu'elle me passe un nouveau savon, merci. J'ai une lampe de poche mais comme les piles sont presque mortes, elle n'éclaire pas grand-chose et je n'y vois rien du tout.

J'ai envie d'un truc à grignoter. Dans les livres d'Enid Blyton, vous savez ces histoires où les filles sont en pensionnat, elles font toujours des super goûters au milieu de la nuit. Elles mangent des drôles de trucs, genre sardines en boîte et lait concentré… Moi, personnellement, je préférerais un Mars. Je tuerais pour avoir un Mars, là, maintenant. Vous imaginez, si j'avais une barre de chocolat de la taille de mon lit… Je lécherais d'abord le chocolat, je grignoterais un petit coin, puis j'en arracherais un bout et je m'attaquerais au truc moelleux du milieu avec les deux mains. Vous imaginez, la merveilleuse odeur de chocolat… j'en ai l'eau à la bouche ! Oui, c'est ça les petites taches que vous voyez sur le papier : des gouttelettes de salive. Je ne suis pas en train de pleurer, non. Je ne pleure jamais.

Quand Mary m'a fait la leçon, j'ai pris l'air détaché, comme si je n'en avais rien à faire. Et c'était vrai.

– Moi, je crois que, justement, ça te touche, a-t-elle affirmé avec ce ton peiné qui m'horripile. Au fond de toi, tout au fond, je suis sûre que tu regrettes.

– Eh bien, tu te trompes.

– Allez, arrête ton cinéma. Tu sais très bien ce que ça te ferait si un autre enfant avait cassé le cadeau que ta mère a apporté rien que pour toi.

Là, je n'ai pas pu m'empêcher de repenser à ce qui m'était arrivé dans le premier foyer, bien avant que j'aille chez cette vieille sorcière de tata Peggy ou chez ces deux monstres de Julie et Ted. Ma mère était venue me voir et m'avait offert une poupée, une poupée presque aussi grande que moi, avec de longs cheveux blonds bouclés et une jolie robe bleue avec de la dentelle qui faisait ressortir ses grands yeux couleur azur.

Je l'avais appelée Belle. Je m'amusais à la déshabiller et à la rhabiller, à brosser ses jolies boucles blondes, à l'allonger et à la relever pour qu'elle ferme et ouvre ses grands yeux bleus. La nuit, elle dormait avec moi et on discutait toutes les deux. Elle me racontait que maman allait bientôt revenir, sûrement demain et que…

Bon, aujourd'hui, tous ces trucs gnangnan, ça me donne envie de vomir mais, à l'époque, j'étais encore petite, vous comprenez… La directrice du foyer me laissait trimbaler Belle partout, à condition que je la prête aux autres enfants. Bien sûr, il n'était pas question que je les laisse la tripatouiller ! Je ne voulais même pas qu'ils la touchent ! Mais la rentrée des classes est arrivée et le problème, c'est qu'on n'avait pas le droit d'apporter des jouets à l'école, à part le vendredi après-midi. J'ai crié, j'ai tapé des pieds, mais pas moyen. J'ai été obligée de laisser Belle au foyer.

Avant de partir, je la couchais dans mon lit, en disant qu'elle faisait la sieste et, dès que je rentrais de l'école, je me précipitais au dortoir pour la réveiller et lui faire un gros câlin. Seulement, un jour, en la prenant dans mes bras, j'ai eu le choc de ma vie. Ses paupières se sont ouvertes… mais elle n'avait plus d'yeux ! Un sale petit morveux avait enfoncé ses beaux yeux bleus à l'intérieur de sa tête ! C'était affreux, ces orbites vides et noires. Elle me faisait peur, maintenant. Ce n'était plus mon amie.

La directrice a emmené Belle à l'hôpital des poupées où ils lui ont mis de nouveaux yeux. Des yeux bleus, comme les anciens, mais ils ne marchaient pas aussi bien.

Parfois ils restaient coincés. Ou parfois, au contraire, Belle n'arrêtait pas de battre des paupières, comme une idiote. Mais de toute façon, je m'en moquais. Elle était fichue. Ce n'était plus ma Belle. Elle ne me parlait plus.

Je n'ai jamais su qui avait fait le coup. La directrice a dit que c'était un mystère. Que c'était des choses qui arrivaient.

Quand Justine est venue la voir en pleurs parce que son imbécile de réveil Mickey était cassé, Mary n'a pas dit que c'était un mystère. Pourtant, ça se casse facilement, les réveils. Ce n'est pas comme si c'était un vraiment beau réveil très cher. Si j'avais été Mary, j'aurais dit à Justine que ce n'était pas la peine d'en faire tout un fromage. Je me serais bouché les oreilles quand cette sale petite rapporteuse a commencé à m'accuser :

– Je sais qui l'a cassé, Mary. C'est Jenny.

Ouais, elle m'a carrément accusée ! Et Mary l'a écoutée parce que, tout de suite après, elle est venue me voir. Elle a dû me chercher pendant pas mal de temps. Comme je me doutais un peu de ce qui allait arriver, j'avais mis les voiles. Je n'ai pas essayé de me cacher à l'intérieur du foyer ni dans le jardin comme les petits. Non, je me suis enfuie par la porte de derrière pour aller faire un tour en ville.

C'était génial. Oui, je me suis vraiment bien amusée. D'abord, je suis allée chez McDonald's pour prendre un Big Mac avec des frites et un milk-shake à la fraise, puis je suis allée au cinéma où j'ai vu un film trop drôle. Je riais tellement que je suis tombée de mon siège !

Ensuite j'ai rejoint des copains dans une salle de jeux vidéo trop cool : je n'arrêtais pas de gagner ! Je les ai tous suivis à une grande fête et j'ai bu une bouteille de vin à moi toute seule, c'était super bon, on aurait dit de la limonade. J'ai rencontré une fille, on est devenues amies et elle m'a proposé de rester dormir chez elle, dans sa jolie chambre blanc et rose. En fait, elle m'a même dit que je pouvais rester pour toujours si je voulais mais je lui ai répondu…

Je lui ai répondu :

– Non, merci, je préfère rentrer dans mon foyer pourri.

Non, bien sûr, je n'ai pas dit ça. De toute façon, elle ne m'avait pas vraiment proposé. Disons que j'ai un peu inventé…

Je ne suis pas allée dans une salle de jeux vidéo. Ni au cinéma. Ni chez McDonald's. J'aurais bien aimé, évidemment, mais je ne pouvais pas, vu que j'étais partie sans un sou en poche !

Je vous ai déjà dit que j'avais tendance à raconter des histoires. Mais, franchement, je ne vois pas l'intérêt d'écrire ce qui m'est réellement arrivé.

À quoi ça servirait de vous dire que j'ai traîné dans les rues, et que je me suis ennuyée comme un rat mort. Je me suis assise dans un abribus. Super ! Je me disais que j'attendais le bus et j'essayais d'imaginer où j'aurais voulu qu'il m'emmène. Mais ça m'a donné le cafard parce que j'ai repensé à l'histoire de l'année dernière. Ma mère m'avait dit qu'elle habitait à Watford alors j'avais réussi à réunir l'argent qu'il fallait pour y aller (ce qui m'a causé quelques ennuis parce que je l'avais « emprunté » sans demander) et je suis partie. J'ai pris le train, le bus et tout et tout pour lui faire la surprise. Sauf que la surprise, c'est moi qui l'ai eue quand je suis arrivée là-bas, vu qu'elle n'y était pas. Les gens qui habitaient là m'ont dit qu'elle avait déménagé six mois auparavant et qu'ils n'avaient aucune idée de l'endroit où elle pouvait être.

Ouais, ça ne va pas être facile de la retrouver, maintenant. Si ça se trouve, même en prenant un bus différent chaque jour de ma vie, je risque de ne jamais la retrouver ! Vous imaginez, je n'ai pas le moindre indice pour savoir où chercher.

J'étais là, recroquevillée dans l'abribus quand j'ai aperçu un minibus blanc que je connaissais bien.

C'était Mike qui me cherchait. Mike s'occupe de nous avec Mary. Il est pénible, et pas qu'un peu, je vous jure.

Il ne se met pas souvent en colère, mais il nous saoule avec les règles et les règlements et tout un tas d'idioties du même genre.

Alors lorsque je suis rentrée au foyer, vous imaginez que j'avais déjà la tête bien pleine, mais Mary est venue dans ma chambre et elle s'y est mise elle aussi. Et elle m'a accusée d'avoir cassé le réveil de Justine alors qu'elle n'avait pas la moindre preuve ! Je le lui ai fait remarquer et je lui ai dit que ce n'était pas juste de s'en prendre à moi comme ça.

Alors elle a répondu que je me sentirais mieux si j'avouais que j'avais cassé le réveil de Justine et que j'allais lui demander pardon.

J'ai répliqué qu'elle devait plaisanter. Que je n'avais pas la moindre intention de demander pardon parce que, de toute façon, ce n'était pas moi qui avais cassé ce maudit réveil.

Ce n'était pas vraiment un mensonge. Je ne suis pas cent pour cent sûre que ce soit moi. D'accord, je suis entrée en douce dans sa chambre pendant qu'elle était aux toilettes et, d'accord, j'ai jeté un coup d'œil à son réveil. Elle en parle sans arrêt, de cette saleté de truc, tout ça parce que c'est son père qui lui a offert.

À l'écouter, son père, c'est un vrai héros, alors qu'il ne vient presque jamais la voir. Et la seule chose qu'il lui ait jamais offerte, c'est ce pauvre réveil minable. Je voulais juste voir s'il était vraiment aussi génial qu'elle le disait. Eh bien, non. Je suis sûre qu'il l'a acheté au supermarché du coin. Et il n'est franchement pas de bonne qualité parce que, quand j'ai tourné les boutons pour faire bouger les bras du Mickey, il n'a pas tenu le coup. Il y a eu un drôle de brrr ! puis un clonk ! et les pattes du Mickey se sont décrochées !

Bah, je suis sûre qu'il était près de rendre l'âme, de toute façon. Les aiguilles-pattes de Mickey seraient tombées la prochaine fois que Justine aurait voulu remonter son réveil.

Je ne lui demanderai pas pardon. Ça, non, pour rien au monde !

Oh, c'est pénible, je n'arrive pas à dormir !

Tiens, je vais essayer de compter les moutons…

Je n'arrive toujours pas à dormir ! On est déjà au milieu de la nuit, c'est nul, je n'arrête pas de penser à ma maman. J'aimerais qu'elle revienne me chercher. J'aimerais que n'importe qui vienne me chercher. Pourquoi je ne trouve pas une bonne famille d'accueil, moi ? Tata Peggy et tonton Sam étaient complètement nuls. Enfin, eux, au moins, pas de surprise, je le savais dès le début, qu'ils étaient nuls. Une bonne femme qui vous tape si fort et qui vous fait du riz au lait en dessert, ça ne peut pas être la « tata » idéale, désolée !

Mais quand je suis partie chez Julie et Ted, je croyais vraiment que ça allait marcher et que j'allais être heureuse jusqu'à la fin de mes jours et que c'était enfin mon tour d'être la belle princesse au lieu du vilain petit canard.

Au début, avec Julie et Ted, c'était génial. C'est comme ça que j'avais décidé de les appeler. Plus de « tonton » ou de « tata ». Julie ne voulait pas non plus que je l'appelle maman parce que j'en avais déjà une, de maman. J'ai pensé qu'elle était vraiment super quand elle a dit ça.

Elle ne correspondait pas exactement à l'idée que je m'étais faite du top-model qui allait m'accueillir : elle avait de longs cheveux bruns raplapla et portait des espèces de blouses sans forme et sans couleur avec des sandales en cuir. Ted n'était pas vraiment mieux avec ses petites lunettes rondes, sa barbe et ses chaussures de grand-père. Mais je me suis dit qu'ils avaient l'air d'un couple digne de confiance. Ha ! ha ! ha !

Parce que vous ne devinerez jamais… Je suis donc allée vivre chez eux. Tout se passait bien, même s'ils étaient un peu pénibles sur certains trucs – du genre, l'heure d'aller au lit, les sucreries, les films d'horreur. Et puis Julie s'est mise à porter des blouses de plus en plus larges et à passer ses journées vautrée sur le canapé. Et puis Ted s'est mis à avoir les yeux tout humides derrière ses petites lunettes. Là, j'ai compris qu'il y avait quelque chose qui clochait. Je leur ai carrément demandé ce qui se passait. Ils se sont regardés, tout gênés et, finalement, ils m'ont dit que rien, que tout allait bien. Mais je savais qu'ils mentaient. Ça n'allait pas du tout.

Ils n'ont même pas eu le cran de me le dire en face. Ils ont laissé le sale boulot à Helen. Ça ne faisait pas longtemps qu'elle était mon éducatrice. (J'en ai eu des tonnes, ils se refilent le cas Jenny Bell comme un paquet.)

Je ne l'appréciais pas vraiment à l'époque. On

peut même dire qu'elle me tapait carrément sur les nerfs parce que, juste avant, j'avais eu un éducateur génial, qui s'appelait Terry. Il m'avait surnommée « Jenny, le petit génie », parce qu'il disait que j'avais oublié d'être bête. Il m'offrait des tas de tubes de Smarties et on s'écrivait des messages avec… Franchement, comparée à lui, Helen ne faisait pas le poids !

Oh, zut ! Je n'aurais jamais dû penser aux Smarties. Maintenant, j'en ai envie, une énooorme envie.

Je suis sûre que, dans son petit carnet, à côté de mon nom, Helen avait noté un truc du genre : « Capricieuse, ne fait aucun effort. » Et le jour où elle m'a annoncé la super nouvelle de Ted et Julie, elle a dû ajouter : « Bien fait, ça lui a cloué le bec. » Parce que la nouvelle, c'était que Julie allait avoir un bébé alors que depuis des années elle pensait que c'était impossible.

Moi, je ne voyais pas où était le problème.

– Et alors ? j'ai répliqué. C'est génial, Helen. Je vais avoir un petit frère ou une petite sœur !

Visiblement, elle ne savait pas comment s'y prendre. Elle cherchait ses mots, ouvrant et fermant la bouche sans dire un mot.

– Arrête, tu ressembles à un poisson quand tu fais ça !

Je jouais les grosses dures, mais mon cœur commençait à cogner comme un fou dans ma poitrine.

J'avais compris. Je savais que je n'allais pas aimer ce qu'elle avait tant de mal à me dire.

– Le souci, Jenny, c'est que… Eh bien, Julie et Ted ont été très heureux de t'accueillir, ils t'aiment beaucoup, mais… maintenant qu'ils vont avoir un bébé, ils ont peur de ne pas pouvoir continuer à s'occuper de toi.

– Oh, je vois, alors ils vont se débarrasser de leur sale bébé baveux et me garder. Parce que j'étais là en premier. Logique…

– Jenny…

– Ils ne vont quand même pas me laisser tomber, hein ?

– Non, ils tiennent beaucoup à rester en contact avec toi et…

– Mais alors pourquoi je ne peux pas rester chez eux ? Je les aiderai. Julie n'aura pas à s'en faire : je serai comme une seconde mère pour ce bébé. Je sais m'y prendre : je lui donnerai le biberon, je lui changerai ses sales couches trempées et je lui tapoterai le dos pour faire venir le rot. Moi, je m'y connais en bébé.

– Oui, je sais, Jenny… mais justement, c'est le problème. Lorsque Julie et Ted ont décidé de t'accueillir, nous leur avons un peu raconté ton passé… et nous avons dû leur dire ce qui s'était passé dans ta première famille d'accueil, tu sais, quand tu as enfermé le bébé dans le placard…

– Il s'appelait Steve. Et ce n'était pas un bébé.

C'était un sale petit morveux qui mettait le bazar dans notre chambre alors, pour le calmer un peu, je l'ai enfermé deux secondes dans le placard, le temps de ranger, quoi.

– Mais tu faisais aussi peur aux petits en jouant au fantôme…

– Mais non, ils adoraient ça. Je me cachais dans un coin, déguisée avec un vieux drap, et je leur sautais dessus en faisant : « Bouhouhou ! ! ! »

– C'est bien ce que je disais, tu les terrorisais, les pauvres.

– Pas du tout, ils criaient parce qu'ils étaient surexcités. C'est moi qui aurais dû avoir peur, parce qu'ils étaient tous à me pourchasser moi, le pauvre petit fantôme seul et abandonné…

– D'accord, d'accord. Mais tu vois, Jenny, le problème, c'est que, à la lecture de ton dossier, on peut penser que tu ne t'entends pas très bien avec les jeunes enfants.

– Mais c'est pas vrai, c'est un affffrrreux mensonge ! Et Camilla, alors ? Quand j'étais dans l'autre foyer, je m'occupais d'elle et elle m'adorait, je te jure.

– Je te crois, Jenny, mais… Voilà, Julie et Ted ne veulent prendre aucun risque. Ils ont peur que tu te sentes un peu délaissée avec l'arrivée du bébé…

– Alors ils me virent ?

– Mais, comme je te l'ai déjà dit, ils veulent rester en contact et peut-être venir te chercher pour passer l'après-midi avec toi, de temps en temps.

– Alors là, pas moyen, j'ai répliqué. Je ne veux plus jamais les voir !

– Arrête, Jenny, c'est idiot. Tu dis ça parce que tu es en colère… Ne jette pas le bébé avec l'eau du bain.

Quelle expression idiote. Surtout vu la situation.

C'était plutôt moi qu'on jetait dehors, oui !

Ça m'a fait mal au cœur de quitter Julie et Ted. Et pas qu'un peu.

Ils voulaient que je reste encore quelques mois mais moi, je n'avais qu'une envie : me tirer aussi vite que possible.

Et me voilà ici, dans ce foyer minable. Ils sont venus me voir deux fois mais non merci ! Je ne veux voir personne. À part ma mère. Je me demande où elle est. Et pourquoi elle n'a pas laissé une adresse pour faire suivre le courrier à son dernier appartement. Et comment elle va faire pour me retrouver ? Ouais, c'est ça, le problème. Je parie qu'elle remue ciel et terre pour me retrouver mais qu'elle ne sait pas où chercher. La dernière fois que je l'ai vue, j'étais chez tata Peggy. Oui… je parie que maman est allée chez elle et que cette saleté de machine à fessées n'a pas voulu lui dire où j'étais. Alors maman a dû s'énerver. Et si elle avait su le nombre de fois où tata Peggy m'a frappée alors là, bing ! bing ! bing ! je parie qu'elle lui aurait donné une bonne leçon.

Je veux voir ma maman. C'est rien de le dire.

Je sais pourquoi je n'arrive pas à dormir. C'est parce que je meurs de faim, ouais, c'est pour ça. Ça m'ouvre toujours l'appétit de pleurer. Enfin, façon de parler, je ne dis pas que je viens de pleurer : je ne pleure *jamais*.

Je vais essayer de faire une petite descente dans la cuisine, en douce. Mary doit dormir comme une souche maintenant. Ouais, je vais y aller sur la pointe des pieds…

Me revoilà. Je me suis fait un petit festin nocturne. Absolument dé-li-cieux. Enfin, pas mal, disons. J'avais affreusement envie de chocolat, malheureusement je n'en ai pas trouvé. J'ai déniché un paquet de corn-flakes ouvert… que j'ai vidé jusqu'à la dernière miette.

Puis je suis allée jeter un coup d'œil dans le frigo mais il n'y avait pas grand-chose de bon. Franchement la viande crue prévue pour demain ne me disait trop rien, pas plus que le reste de crème anglaise d'hier. J'ai enfoncé mes doigts dans le beurre puis je les ai trempés dans du sucre… pas mauvais. Je me suis bien régalée, même. Pour ne pas que Mary puisse m'accuser, j'ai fait des petites marques avec mes ongles, comme si une souris avait grignoté le beurre avec ses petites dents. J'ai même dessiné des empreintes de pattes un peu partout. Ça mange bien du beurre, les souris, hein ? Mais oui, puisqu'elles aiment le fromage, c'est presque la même chose. Bien sûr, il faudrait que ce soit une souris alpiniste, équipée d'un piolet et de chaussures de montagne pour escalader la face nord du frigo.

Bon, il faudrait aussi que ce soit une super souris aux biceps hyper musclés pour réussir à ouvrir la porte et se faire une petite bouffe.

Peut-être que Mary risque d'avoir quelques soupçons. Mais tant pis. Au moins, elle ne m'a pas prise la main dans le sac… euh, dans le frigo !

Je me suis quand même fait surprendre. Pas dans la cuisine, après, quand je remontais dans ma chambre. Il fait très très noir dans cet escalier alors il faut faire super gaffe. Un petit peut très bien avoir laissé un ours en peluche, un hochet ou une brique de Lego en plein milieu… et si vous trébuchez dessus, catastrophe ! Vous réveillez toute la maison ! Je remontais donc à pas de loup lorsque j'ai entendu une sorte de plainte, un drôle de gémissement, là-haut, sur le palier. En levant la tête, j'ai juste eu le temps d'apercevoir une silhouette blanche qui flottait dans les airs. On aurait vraiment dit un fantôme. J'ai ouvert la bouche pour crier…

Mais Jenny Bell n'est pas née de la dernière pluie. Je n'ai peur de personne. Même des fantômes. Alors j'ai plaqué ma main sur ma bouche pour empêcher le cri de sortir et j'ai grimpé les dernières marches quatre à quatre, prête à affronter ce misérable petit spectre à la noix. Sauf que ce n'était pas un fantôme. C'était ce chougnard de Peter Ring, qui pleurnichait, cramponné à ses draps.

– Qu'est-ce que tu fabriques là, crétin ? je lui ai demandé.

– Rien, il a murmuré.

– Bah bien sûr, tu fais faire un petit tour à tes draps au beau milieu de la nuit. Normal, quoi.

Il a reculé.

– T'as fait pipi au lit, c'est ça ?

– Non, il a marmonné.

Il ne sait vraiment pas mentir.

– Mais si, tu as fait pipi au lit et tu voulais essayer de nettoyer tes draps dans la salle de bains pour que personne ne le sache.

Là, il s'est mis à me supplier :

– Oh, tu ne le diras pas, hein ? S'il te plaît, Jenny.

– Tu me prends pour qui ? Je ne suis pas une rapporteuse. Allez, t'en fais pas. Tu n'as qu'à aller voir Mary demain matin. Tu la prends à part dans un coin et tu lui expliques ton problème. Elle arrangera tout. Et elle ne se mettra même pas en colère.

– C'est vrai ?

– Je te jure. Maintenant, tu vas aller prendre des draps propres dans le placard de la lingerie. Et un pyjama sec. Ah, bon sang, tu ne connais rien à rien, hein ! Ça fait combien de temps que tu es en foyer ?

– Trois mois, une semaine et deux jours, a répondu Peter.

– C'est tout ! Moi, j'y ai passé presque toute ma vie, ai-je affirmé en allant chercher des draps pour lui. Et pourquoi tu te retrouves ici ? Ton père et ta mère en ont eu marre de toi ? Je les comprends, remarque.

– Ils sont morts quand j'étais petit. Alors j'ai vécu avec ma grand-mère. Mais elle était vieille et… et elle est morte aussi, a-t-il expliqué d'une toute petite voix. Comme je n'avais pas d'autre famille, on m'a mis ici. Et ça ne me plaît pas du tout.

– Pas étonnant. Mais, tu sais, ce foyer n'est pas si mal, comparé aux autres. Si tu voyais les endroits où j'ai été ! On t'enferme, on te tape, on te laisse pratiquement mourir de faim et, quand on te donne à bouffer, de toute façon, c'est immangeable. Ce qu'ils appellent de la viande, je suis sûre que, en fait, ce sont des vers de terre hachés mélangés à de la crotte de chien…

– Arrête, Jenny ! m'a-t-il suppliée en se tenant le ventre.

– Non, mais pour qui tu te prends pour me dire de me taire, dis donc ? j'ai répliqué, mais pas trop méchamment. Allez, tu ferais mieux de retourner dans ta chambre. Et mets vite un pyjama sec, tu grelottes !

– D'accord, merci…

Il s'est tu quelques secondes, tripotant ses draps, tout gêné, puis il a ajouté :

– J'aimerais vraiment qu'on soit amis, Jenny.

– Tu sais, moi, l'amitié, ce n'est pas trop mon truc. Ça ne sert à rien que je me fasse des amis, parce que ma mère va bientôt revenir me chercher pour que je vive avec elle, alors…

– Oh !

Peter avait l'air déçu.

– Mais bon, on peut quand même être amis en attendant.

Je ne sais pas pourquoi j'ai dit ça. Franchement, qui voudrait traîner avec un pleurnichard pareil, hein ? Je suis trop gentille, voilà le problème.

C'était bien la peine que je me retourne dans mon lit pendant des heures, tiens ! Quand j'ai enfin réussi à m'endormir, c'était pour faire des cauchemars monstrueux. Comme si, dans ma tête, j'avais un magnétoscope qui se mettait en marche dès que je ferme les yeux. Mais alors que j'aimerais un bon film rigolo, j'entends une petite musique angoissante… et je sais que c'est reparti pour un tour : à moi, *La Nuit des morts vivants* numéro 52 ! Hier, c'était pire que tout : j'étais dans le noir, et il y avait quelque chose d'horrible qui me poursuivait et je devais courir, courir comme une folle… J'arrivais à une sorte de grande piscine ronde où les gens étaient perchés sur des rochers. Je sautais sur le premier mais je ne pouvais pas tenir dessus parce que cette grosse vache de tata Peggy prenait toute la place. Et, quand j'essayais de m'agripper à elle, elle me donnait un grand coup pour me repousser. Alors je sautais sur une autre pierre.

Sur celle-là, il y avait Julie et Ted. Je voulais m'accrocher à eux, mais ils n'en avaient rien à faire de moi et ils me laissaient tomber dans l'eau, sans faire un geste pour me rattraper ! Je nageais comme un petit chien pour ne pas couler mais, chaque fois que j'arrivais à un autre rocher, les gens me repoussaient avec de grandes perches et m'empêchaient de grimper et je commençais à me noyer et…

… et je me suis réveillée. Et, comme d'habitude, lorsque je rêve d'eau, j'avais eu un petit problème pendant la nuit. J'ai filé à la lingerie mais, manque de chance, j'ai croisé Justine juste à ce moment-là.

À mon avis, elle n'avait pas dormi beaucoup non plus. Elle avait les yeux tout rouges. Comme je culpabilisais un peu (je ne peux pas m'en empêcher !), je lui ai fait un grand sourire et j'ai dit :

– Je suis désolée pour ton réveil, Justine.

Je ne lui ai pas dit que c'était moi qui l'avais cassé, non. Parce que je ne suis toujours pas sûre que ce soit vraiment moi. Et puis, ça aurait été complètement débile de le reconnaître, de toute façon. Je lui ai juste dit que j'étais désolée, comme Mary me l'avait suggéré.

Soyez gentils avec les animaux et voyez comment ils vous remercient ! Vous croyez que cette sale bête de Justine m'aurait rendu mon sourire ? Ou qu'elle aurait gentiment accepté mes excuses ? Non, elle a sifflé comme une vipère :

– Tu ne perds rien pour attendre, Jenny Bell. Quand je m'occuperai de ton cas, tu auras une véritable raison d'être désolée. Oh, mais qu'est-ce que je vois là ? Tu as encore fait pipi au lit, gros bébé ?

Et je vous passe la suite. Elle m'a balancé un bon paquet d'insultes, mais je ne vais pas perdre mon temps à vous les répéter. De toute manière, ça ne me touche pas, ce ne sont que des mots. Ce qui m'inquiète un peu plus, c'est qu'elle m'a menacée. Qu'est-ce qu'elle pourrait me faire pour se venger ? Si seulement on pouvait fermer nos portes à clé...

Enfin, au moins, ici, on a chacun notre chambre, même si elles sont grandes comme des placards.

C'est une nouvelle théorie. Les enfants placés en foyer ont besoin d'avoir leur espace à eux. Et moi, j'ai envie de rester dans mon espace à moi à écrire mon histoire à moi, mais Mary vient de passer la tête dans l'entrebâillement de la porte pour me dire de sortir dans le jardin avec les autres. Et j'ai répliqué :

– Tu peux toujours rêver !

C'est déjà nul d'être en foyer en temps normal mais, pendant les vacances, c'est encore pire. On est forcés de passer tout notre temps ensemble, avec les grands qui vous maltraitent et les petits qui vous embêtent et les pestes qui se moquent de vous et se disent des trucs à l'oreille pour manigancer je ne sais quoi dans votre dos.

– Et si tu essayais de faire la paix avec Justine ? m'a proposé Mary, en venant s'asseoir sur mon lit.

Je me suis reculée en répliquant qu'elle perdait son temps et qu'elle me faisait perdre le mien parce que j'avais un livre à écrire, moi !

– Tu as déjà bien avancé, Jenny, a-t-elle commenté en voyant le tas de feuilles posé à côté de moi. On ne va bientôt plus avoir de papier !

– Eh bien, j'écrirai au dos de mes cartes d'anniversaire. Ou sur du papier toilette. N'importe où. Je me sens très inspirée en ce moment. Je ne peux pas m'arrêter.

– C'est ce que je vois, tu as pris ça très au sérieux. Tu veux être écrivain quand tu seras grande ?

– Peut-être…

Je n'y avais jamais pensé… Je me voyais plutôt à la télé, animer une grande émission dans une belle robe à paillettes, sous les applaudissements du public. Toutes les grandes stars se battraient pour être invitées à mon émission… J'avais même trouvé le nom : *Jenny Bell présente*… Mais oui, pourquoi pas, je pourrais aussi écrire des livres.

– Eh bien, justement, un écrivain vient nous rendre visite au foyer cet après-midi. Elle a déjà écrit plusieurs romans. Tu pourrais lui demander des conseils…

– Qu'est-ce qu'elle vient faire ici ?

– Oh, elle doit écrire un article sur les foyers d'enfants pour un magazine.

– Ah ouais, je vois le genre ! j'ai fait, blasée.

J'ai bâillé comme si je n'en avais strictement rien à faire alors que je bouillais à l'intérieur !

Ça ne me déplairait pas qu'on raconte ma vie dans un magazine. C'est moins bien qu'un livre, évidemment, mais ce serait un début… Et il faudrait que je fasse bien attention à ce qu'elle raconte sur moi. Une fois je suis passée dans le journal. Chaque semaine, ils présentent un enfant à adopter. Mais Helen la Baleine avait écrit n'importe quoi ! Si elle m'avait laissée rédiger l'annonce, les gens se seraient battus pour adopter cette adorable petite Jenny Bell. Je sais exactement ce que j'aurais écrit :

JENNY BELL

Faites une petite place dans votre cœur à l'adorable Jenny Bell. Supérieurement intelligente et extrêmement jolie, cette adorable petite fille cherche la famille aimante qui pourra l'accueillir. Préférence sera donnée aux familles les plus riches car, pour effacer son triste passé, la petite Jenny aura besoin d'être couverte de cadeaux.

Helen est vraiment trop nulle ! Je vous assure, elle n'y connaît rien. Elle n'a même pas voulu que je me fasse belle pour la photo.

– Il faut que tu aies l'air naturelle, Jenny.

Ouais, eh ben, c'était réussi. À mon avis, j'avais même l'air un peu trop naturelle, avec mes cheveux dans tous les sens.

En plus, je faisais la tête parce que cet imbécile de photographe me prenait pour un bébé. « Attention, le petit oiseau va sortir ! » qu'il disait. Et il faut voir ce qu'Helen avait écrit :

Jenny

Jenny est une enfant très vivante, en pleine santé et spontanée. À dix ans seulement, elle a déjà passé de nombreuses années en foyer. Elle souffre en conséquence de quelques troubles du comportement et recherche un placement à long terme dans une famille d'accueil qui saura lui apporter l'encadrement, la fermeté et l'amour dont elle a besoin.

Je vous jure !

Quand j'ai vu l'annonce, j'ai hurlé :

– Non, mais c'est pas vrai, Helen ! Tu n'as pas écrit ça, quand même ? C'est tout ce que tu as trouvé à dire sur moi ? Alors, voilà, ma seule qualité, c'est d'être en bonne santé ? En plus, c'est même pas vrai ! Tu oublies mon rhume des foins.

– J'ai aussi précisé que tu étais très vivante. Et spontanée. Ce sont des qualités.

– Ouais, on sait ce que ça veut dire : que je suis insupportable, pénible et que je la ramène sans arrêt.

Et là, elle a murmuré :

– C'est toi qui l'as dit, Jenny.

– Et tout ce baratin sur mes soi-disant troubles du comportement. C'est quoi cette histoire ? Je ne frappe jamais personne. Enfin, pas souvent. Et je ne casse jamais rien. Enfin, c'est rare.

– Jenny… C'est tout à fait normal que tu aies quelques problèmes…

– Mais je n'ai pas de problèmes ! Alors je ne vois pas pourquoi tu as écrit que j'avais besoin de « fermeté », non mais vraiment !

– Et d'amour, Jenny, j'ai écrit « d'amour » aussi.

– Ouais, c'est ça, ils vont me montrer à quel point ils m'aiment avec un martinet, oui ! Tu délires ou quoi ? Avec ton annonce minable, tu ne vas attirer que des sadiques qui battent les enfants !

Mais non. Même pas. Il n'y a pas eu une seule réponse.

Helen n'arrêtait pas de me répéter que ce n'était pas grave, comme si c'était ma faute ! Mais moi, je sais que si elle avait bien fait son boulot et écrit une annonce vraiment cool, on aurait eu des tas de réponses. J'en suis sûre.

Enfin, peut-être que je perds mon temps à râler après Helen. Si ça se trouve, la dame qui vient cet après-midi va tout arranger. Si c'est vraiment un écrivain, elle va faire un article génial où elle présentera la merveilleuse petite Jenny Bell. Mais pour cela, il faut que j'attire son attention, comme ça elle fera son article exclusivement sur moi. Comment vais-je m'y prendre ?

Ha, ha…

Pas ha, ha, finalement. Plutôt ouin, ouin. Sauf que je ne pleure jamais, bien sûr.

Je n'ai pas envie de raconter ce qui s'est passé. De toute façon, je ne veux plus écrire. Je ne veux même plus devenir écrivain. Je me suis donné du mal, pourtant. Je suis remontée comme une flèche dans ma chambre juste après le déjeuner pour me faire belle. J'ai commencé par ma tignasse, je me suis fait deux petites nattes. Camilla avait plein de petites tresses et tout le monde trouvait ça super mignon.

Comme ça me semblait un peu strict, j'ai mouillé les petites mèches qui dépassaient pour qu'elles frisent.

Mais j'avais toujours mauvaise mine, alors j'ai décidé de m'arranger un peu. Je me suis glissée en douce dans la chambre d'Adèle, une grande de seize ans. Comme elle travaille au Monoprix le samedi, elle a un tiroir rempli à ras bord de maquillage. Je lui ai emprunté du blush pour me faire de belles joues roses.

Puis je me suis dit que ça irait bien avec du rouge à lèvres rose brillant. J'ai mis du mascara pour allonger mes cils, et de l'ombre à paupières aussi, pour souligner mon regard.

Et j'ai terminé par un gros nuage de poudre. C'est comme du sucre glace sur un gâteau, ça fait joli. Je me trouvais pas mal comme ça. Enfin, disons que ça me changeait…

J'ai aussi changé de tenue. Je n'allais quand même pas me présenter devant un grand écrivain avec mon vieux T-shirt et ma jupe. Pas question ! Il fallait que je sois chic. Le problème, c'est que je n'ai pas vraiment de tenue chic.

J'ai essayé les fringues d'Adèle, mais il n'y avait rien qui m'allait.

J'ai réfléchi. Louise avait une belle robe que sa tante lui avait offerte il y a deux ans. Une belle robe très chic avec des smocks, de la dentelle et même un joli jupon blanc. Elle était un peu trop petite pour elle maintenant, mais elle arrivait quand même à rentrer dedans pour les grandes occasions. Et Louise et moi, on fait à peu près la même taille.

Louise serait furax quand elle me verrait avec sa robe sur le dos mais tant pis, avec une belle robe comme ça, je ferais sûrement bonne impression. Ce n'est pas tous les jours qu'on reçoit un écrivain au foyer.

Je me suis faufilée discrètement dans le couloir, mais pas de chance ! Louise était dans sa chambre. Avec Justine. Je les ai entendues discuter.

Justement, elles parlaient de moi. Et de couches. Elles n'en pouvaient plus de rire. En temps normal, je n'aurais pas hésité, j'aurais été leur mettre ma main dans la figure, mais je savais que, si je me battais maintenant, Mary m'enverrait dans ma chambre pour me punir et que je raterais la visite de l'écrivain.

Alors, avec un sang-froid remarquable, j'ai fait demi-tour, toujours sans savoir ce que j'allais bien pouvoir mettre. Je sais qu'on est en été mais, comme je me sentais un peu patraque et que je commençais à avoir des frissons, j'ai enfilé le pull en mohair que Julie m'avait tricoté pour Noël. Quand Ted et Julie m'ont lâchement abandonnée, je ne voulais plus entendre parler d'eux, jamais. J'ai même pensé à découper leur cadeau en petits morceaux, mais je n'ai pas pu. Il est drôlement chouette, ce pull, avec Jenny écrit en grandes lettres bleues sur le devant.

Comme ça, on voit bien que c'est mon pull à moi, qu'il a été fait spécialement pour moi et pour

personne d'autre. Bon, c'est sûr, il pique un peu mais comme maman disait toujours : « Il faut souffrir pour être belle. »

Elle était toujours belle, ma maman. J'aurais bien aimé lui ressembler. J'étais pas mal, bébé. Et petite fille, j'étais encore assez mignonne. C'est après que ça a mal tourné.

Enfin, bref. J'ai fait de mon mieux pour avoir l'air présentable. Pour aller avec mon pull, je n'avais que ma vieille jupe, celle qui a plein de taches d'encre sur le côté (un stylo qui a fui dans ma poche), mais je n'avais pas le choix. La dame penserait peut-être que c'était fait exprès, un truc artistique, quoi. En plus, c'était de l'encre bleue, assortie aux lettres de mon pull !

J'étais encore en train d'essayer de me faire belle dans ma chambre lorsque j'ai entendu tous les autres descendre les escaliers comme un troupeau d'éléphants. Louise et Justine sont passées dans le couloir en gloussant. J'avais les joues en feu, plus besoin de blush !

Et puis il y a eu des cris : Adèle râlait parce qu'un sale gosse avait fouillé dans son maquillage et tout abîmé. Bon, il valait mieux que je reste encore un peu dans ma chambre…

On a sonné à la porte d'en bas. J'ai entendu Mary discuter avec quelqu'un dans le hall, puis aller dans le salon. C'était le moment d'entrer en scène.

Je suis descendue en courant et j'ai fait irruption dans le salon avec un grand sourire aux lèvres. Quand on veut plaire à quelqu'un, il ne faut surtout pas faire la tête. Maman me disait toujours d'accrocher un sourire à ma face. Même quand elle partait, qu'elle me disait au revoir, elle voulait que je garde le sourire. Si on fait une tête de trois kilomètres de long, ça énerve les gens et après ils ne veulent plus jamais vous voir.

Quoi qu'il arrive, il faut SOURIRE !

Lorsque je suis entrée dans le salon, ils se sont tous tournés vers moi. Et ils souriaient aussi.

Sur le coup, j'ai été assez bête pour croire qu'ils me rendaient mon sourire. Mais j'ai vite vu que ce n'était pas le même genre de sourire. Pas un gentil sourire, un sourire narquois, moqueur. Justine a donné un coup de coude à Louise et elles se sont mises à pouffer, glousser, ricaner. Adèle me fixait d'un œil noir. Il n'y avait que Peter qui souriait vraiment. Il est venu vers moi, en battant des paupières un peu vite.

– Tu es… très jolie comme ça, Jenny.

Mais je savais qu'il mentait. Il fallait se rendre à l'évidence : j'étais complètement ridicule. Mary est plutôt cool pour l'habillement et tout ça mais, même elle, elle avait l'air choquée.

En plus, visiblement, j'avais fait tous ces efforts pour rien, parce que l'écrivain n'était pas avec elle.

J'ai déjà vu des écrivains à la télé. Les femmes sont toujours très chics, comme des stars de cinéma, avec de longues robes à paillettes, des talons hauts et une tonne de bijoux. Un peu comme maman, mais en moins belles, bien sûr.

Et la femme qui accompagnait Mary avait l'air d'une pauvre éducatrice ou d'une prof. Mal coiffée. Pas maquillée. T-shirt tout chiffonné et vieux jean. Quand je serai grande, j'imagine que je m'habillerai comme ça pour rester tranquille à la maison, le week-end.

J'ai voulu retourner en vitesse dans ma chambre. Mieux valait éviter d'approcher Adèle pour le moment. Mais Mary m'a rattrapée par mon pull.

– Hé, minute, Jenny. Je croyais que tu voulais rencontrer Cam Lanson.

– Qui ?

– Tu sais bien, l'écrivain. Je t'en ai parlé tout à l'heure, a-t-elle soufflé.

Puis, encore plus doucement, elle m'a demandé :

– Mais pourquoi tu as mis ce pull ? Il fait une chaleur à mourir aujourd'hui ! Et… qu'est-ce que tu as sur la figure ?

Justine a ramené son grain de sel :

– Elle se croit belle, comme ça.

Et avec Louise, elles ont éclaté de rire.

– Baissez d'un ton, toutes les deux, a ordonné Mary. Jenny ! Jenny !

Elle me tenait par mon pull pour m'empêcher de sauter sur ces deux pestes et d'en prendre une pour taper sur l'autre.

– Laisse, Jenny. Viens plutôt dire bonjour à Cam.

J'avais bien envie qu'elle me présente cette fameuse Cam (drôle de nom…) même si elle n'avait pas du tout l'air d'un véritable écrivain, mais je n'ai pas osé. D'habitude, je ne suis vraiment pas timide mais, là, je ne savais pas quoi dire ni quoi faire. Alors j'ai marmonné un truc dans ma barbe en me dégageant de l'étreinte de Mary pour filer dans un coin. Et je suis restée là, à regarder.

Peter est venu me rejoindre. Justine et Louise étaient encore pliées en deux, à me montrer du doigt. Je voyais bien qu'elles n'avaient plus le fou rire, elles se forçaient, juste pour me faire de la peine.

– Ne t'occupe pas d'elles, m'a-t-il chuchoté.

– Mais je m'en fiche.

– J'aime beaucoup ton pull. Et ton maquillage. Et ta nouvelle coiffure.

– Eh bien, t'es débile. Je suis ridicule. Et c'est voulu, j'ai fait exprès, ai-je répliqué méchamment. Alors je n'ai pas besoin de ta pitié, Peter Ring. Maintenant tu dégages et tu me fiches la paix, OK ?

Il est resté là à se balancer d'un pied sur l'autre, l'air inquiet. Alors j'ai répété plus fort :

– Dégage, espèce de sale petit morveux !

Là, bien sûr, il a décampé vite fait. Je ne savais pas pourquoi j'avais dit ça. C'est vrai que c'est un petit morveux, mais il n'est pas méchant. Je lui avais promis qu'on pouvait être amis. Et j'aurais préféré qu'il reste là avec moi plutôt que de me retrouver toute seule dans mon coin à regarder les autres qui s'agglutinaient autour de cette bonne femme qui se prétendait écrivain.

Moi, je la trouve franchement bizarre. Elle bavardait comme ça, tranquille, mais on voyait bien qu'elle était super stressée. Elle n'arrêtait pas de tripoter son stylo et son bloc-notes. J'ai même remarqué qu'elle se rongeait les ongles. C'est dingue, hein, une grande personne, qui fait ça ! Enfin, on ne peut pas dire qu'elle soit vraiment grande : elle est toute petite et toute maigre, mais quand même !

Ma maman a des ongles magnifiques, très très longs et vernis. Elle les fait tous les jours. J'adore l'odeur du vernis à ongles, cette odeur âcre qui pique les narines.

Un jour, Mary m'a surprise en train de renifler un flacon de vernis et vous savez ce qu'elle s'est imaginé ? Que j'étais en train de le sniffer, comme on sniffe de la colle ! Non, mais vraiment ! Enfin, je l'ai laissée croire ce qu'elle voulait. Je n'avais aucune envie de lui avouer que j'aime simplement cette odeur parce que ça me rappelle maman.

Ah oui, et puis elle a fait un truc bizarre, cette Cam Je-ne-sais-quoi. Elle s'est assise sur une de nos vieilles chaises bancales, en entortillant ses jambes autour des pieds, et elle a parlé avec les enfants. La plupart des adultes qui nous rendent visite parlent aux enfants. Pas avec eux.

Ils nous font la leçon.
Ils parlent d'eux pendant des heures.
Ils parlent de nous.
Ils nous posent des questions idiotes.
Ils font leurs petits commentaires.

Les éducs font pareil. Ou alors ils prennent leur petit air « Tu peux dire ce que tu veux, ma petite, rien ne me choque » et ils débitent des âneries.

« Tu dois être vraiment en colère et de très mauvaise humeur aujourd'hui, Jenny », voilà ce qu'ils disent quand j'ai tout retourné dans ma chambre ou que je me suis battue ou que je viens de traiter quelqu'un de tous les noms.

Franchement faut pas être sorcier pour deviner que, effectivement, je suis en colère et de très mauvaise humeur.

Ils disent ça pour me montrer qu'ils comprennent. Mais ils n'ont rien compris du tout, oui ! On voit bien qu'ils ne sont pas à ma place ! C'est moi qui suis dans ce foyer minable, pas eux !

Je pensais que Cam Machinchose allait poser des tas de questions et prendre des notes, très professionnelle, bien organisée. Mais, d'après ce que j'apercevais de mon petit coin, elle ne s'y prenait pas du tout comme ça.

Avec un petit sourire aux lèvres, sans arrêter de tripoter son stylo, elle observait les enfants attentivement, comme si elle les soupesait du regard. Et eux, ils ne se gênaient pas pour la fixer. Deux tout-petits ont essayé de grimper sur ses genoux. Dès que quelqu'un s'assoit, ils lui grimpent dessus, c'est automatique. Pas parce qu'ils apprécient particulièrement cette personne, non, juste pour se faire cajoler un peu.

Ils monteraient sur les genoux d'un gorille qui louche pour quémander un câlin, je vous jure !

Les gens qui viennent pour la première fois dans un foyer sont flattés et deviennent complètement gaga… ils se prennent pour Mary Poppins ! Eh bien, au contraire, la fameuse Cam a eu l'air surprise par leur comportement, et même un peu gênée.

Je la comprends. Il faut voir le petit Tom : avec son nez qui coule comme une fontaine, il se frotte contre vous affectueusement en essuyant au passage sa morve sur vos vêtements !

Cam l'a tenu à distance et, lorsqu'il a fait une tentative d'approche pour se moucher sur elle, elle lui a tendu son stylo pour l'occuper. Bien vu, il était fasciné par le petit bitoniau qui permet de sortir la pointe et de la rentrer.

Elle a laissé la petite Laura s'asseoir sur un de ses pieds pour ne pas faire de jaloux. Laura a essayé de grimper sur ses genoux en s'agrippant à son jean. Elle l'a un peu soulevé, découvrant le mollet de Cam. Un mollet de coq, comme on dit. Et tout poilu en plus. Ma maman se rase toujours les jambes et elle porte des collants ou des bas transparents pour les mettre en valeur.

Mais Cam, elle, avait des chaussettes de gamine. Enfin, elles étaient rigolotes quand même.

Au début, j'ai cru que c'était seulement des carrés rouges et jaunes qui étaient dessinés dessus, mais je me suis approchée un peu, et je me suis aperçue que c'était des livres !

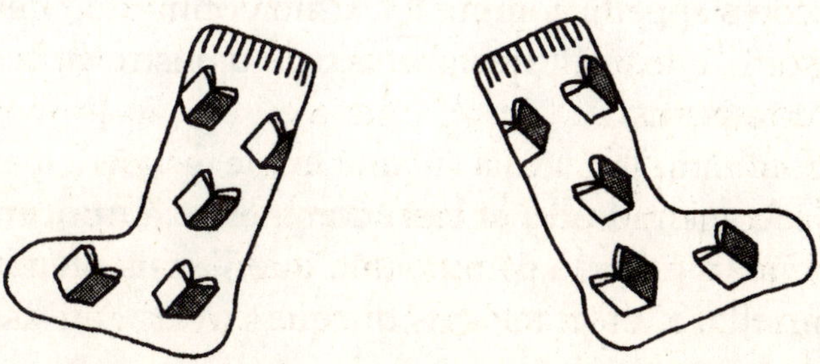

J'aimerais bien avoir des chaussettes comme ça, moi, si j'écris des tas de livres plus tard.

Comme Cam. Cam, la camelote, ha, ha, ha. Les autres lui ont demandé ce qu'elle avait écrit et elle leur a expliqué. Elle leur a dit qu'elle avait commencé par écrire les histoires qui lui passaient par la tête mais que ça ne s'était pas très bien vendu. Alors maintenant, elle écrit des romans d'amour. Des trucs romantiques. Pourtant, ça n'a pas trop l'air d'être son genre.

Adèle était toute contente parce qu'elle adore les romans à l'eau de rose. Cam lui a cité quelques titres qu'elle avait écrits et là, les garçons ont commencé à se moquer et à faire des sales blagues. Mary s'est un peu énervée mais Cam a dit que ce n'était pas grave, qu'ils avaient raison, que c'était un peu débile mais qu'elle n'y pouvait rien si c'était ce que les gens aimaient lire.

Alors ils se sont tous mis à parler de ce qu'ils aimaient lire. Max a dit que son livre préféré, c'était *Max et les Maximonstres*, parce que le petit garçon s'appelle comme lui. Cam connaissait cette histoire, elle a fait une grimace de monstre et ils s'y sont tous mis.

Sauf moi. Je n'avais aucune envie de participer à un jeu aussi idiot. J'ai bien commencé à froncer le nez, mais je me suis rappelée que j'avais plein de maquillage, et je me suis dit que j'avais l'air assez stupide comme ça.

En plus, j'avais vu clair dans son jeu. Je savais bien ce qu'elle essayait de faire. Elle arrivait à deviner des tas de trucs sur tous les enfants sans leur poser de questions. Max a fini par comparer son père à un Maximonstre. Adèle jacassait sur l'amour, que c'était bête parce que, dans la vraie vie, ce n'était pas comme dans les livres, ça ne durait pas et les gens se séparaient et ils n'aimaient même plus leurs enfants.

Même ce petit lèche-bottes de Peter s'est mis à parler des livres de la collection Harlequin que sa grand-mère aimait tant. Il a raconté à Cam que c'était lui qui lui lisait parce qu'elle avait la vue qui se brouillait. Et, du coup, ce sont ses yeux à lui qui se sont brouillés, en repensant à sa grand-mère. Cam a tendu le bras vers lui, un peu maladroitement. Elle ne lui a pas vraiment pris la main, elle lui a juste tapoté le poignet gentiment.

– Ma grand-mère aussi est morte. Comme ma mère. Elles sont toutes les deux au ciel maintenant. Et ce sont des anges, a murmuré Louise en zozotant un peu.

Elle prend toujours sa petite voix de bébé quand elle veut attendrir les adultes. Comme si elle était un petit ange elle aussi. Tu parles ! Elle est encore pire que moi quand elle s'y met ! Elle a déjà été placée trois fois, ou même quatre. Bref, ça n'a jamais marché. Mais elle jure qu'elle n'en a rien à faire. On avait même conclu un pacte secret comme quoi on ferait tout pour ne jamais réussir à être placées et qu'on resterait ensemble au foyer jusqu'à ce qu'on soit majeures, comme ça on pourrait s'installer toutes les deux. Dans un bel appartement tout neuf. Louise avait même prévu comment on le décorerait, le papier peint, les meubles…

Et puis Justine est arrivée et elle a tout gâché. Je la déteste ! Je suis bien contente d'avoir cassé son réveil Mickey débile. J'aimerais l'écrabouiller, la réduire en bouillie.

Enfin, bref, Louise a continué son petit discours de bébé sur les anges mais Cam – je lui tire mon chapeau – n'a pas marché. Elle n'a pas fondu devant cette adorable petite poupée et n'a pas caressé sa jolie tête bouclée. Elle s'est mise à parler des anges très calmement en demandant à quoi ils pouvaient bien ressembler, s'ils existaient.

– Ah, facile ! s'est exclamée Justine. Ils ont de grandes ailes, de longues chemises de nuit blanches et des espèces de trucs dorés au-dessus de la tête.

– Tu peux m'en dessiner un ? lui a proposé Cam en lui tendant son bloc-notes et son stylo.

– Bien sûr, a répondu Justine. (Tu parles ! Elle ne sait même pas dessiner !)

Puis elle s'est extasiée sur le stylo :

– Eh, mais c'est un stylo Mickey ! Regarde, Louise, il a une petite tête de Mickey. Oh, où vous l'avez trouvé, madame ? Il est génial. Moi, j'adore Mickey. J'ai même un réveil Mickey que mon père m'a offert. Sauf que quelqu'un me l'a cassé, exprès.

Là, elle s'est tournée vers moi pour me lancer un regard noir.

Mais je n'ai pas baissé les yeux. J'ai fait comme si je n'étais pas concernée. Et c'est vrai, franchement, je ne me sentais pas du tout concernée. J'étais rouge cerise mais c'était juste parce que j'avais chaud, avec mon gros pull.

Justine a montré son gribouillage à Cam.

Elle a hoché la tête.

– Oui, c'est comme ça que la plupart des gens dessinent les anges.

Elle s'est tournée vers Louise.

– C'est comme ça que tu imagines ta mère et ta grand-mère ?

– Ouais… Plus ou moins.

– Tu crois que ta grand-mère porterait une chemise de nuit comme ça ? Et l'auréole, le truc doré, tu crois que ça irait avec sa coiffure ?

Louise s'est mise à ricaner, sans bien comprendre où elle voulait en venir.

– Dessine-moi les anges de ta mère et ta grand-mère comme tu les imagines, l'a encouragée Cam.

Louise a commencé, mais elle ne sait pas dessiner non plus, alors elle a tout raturé.

– Non, c'est débile !

Moi, je savais ce que Cam voulait. Je suis sûre que j'aurais su dessiner la mère et la grand-mère de Louise en anges.

Comme ça, regardez :

– Je vais le faire, madame ! s'est écrié Max en prenant le stylo des mains de Louise. Moi, si j'étais un ange, j'aurais des ailes immenses, pour pouvoir voler comme un avion, youhouhou ! Là, comme çaaaaaaaaa !

Et il a dessiné son ange-avion sans arrêter de brailler. Puis les autres ont voulu essayer, même les grands. Je me suis approchée un peu et j'ai tendu le cou pour voir ce qu'ils avaient dessiné. Sincèrement, ils n'étaient pas très doués.

Moi, je savais très bien ce que j'aurais dessiné si elle me l'avait demandé. Pas un vieil ange débile.

À un moment, elle a relevé la tête, elle a croisé mon regard. Et elle m'a demandé d'un ton détaché :

– Tu veux essayer ?

J'ai haussé les épaules, comme si ça m'était complètement égal. Puis je me suis rapprochée, très lentement. J'ai tendu la main pour prendre le stylo.

– Voilà Jenny, a annoncé Mary, alors qu'on ne lui avait rien demandé. C'est elle qui veut devenir écrivain.

Je suis redevenue rouge comme une cerise.

– Elle ! s'est exclamée Justine. C'est une blague ou quoi ?

– Si, si, a confirmé Mary, Jenny a écrit son histoire. Il y a déjà des pages et des pages…

– Ouais, mais c'est complètement nul ! a répliqué Justine en passant sa main sous mon pull pour attraper mon livre.

J'ai voulu l'esquiver mais je n'ai pas été assez rapide. Elle me l'a arraché sans que je puisse faire quoi que ce soit.

– Rends-le-moi ! j'ai hurlé.

– C'est nul de chez nul, je vous dis. Écoutez…

Elle l'a ouvert et s'est mise à lire avec une horrible petite voix de bébé :

– Il était une fois une petite fille qui s'appelait Jenny Bell. Franchement, ça fait un peu gnangnan, non ? Et c'est normal parce que je suis complètement débile et que je fais pipi au lit… Aïe !

Après, tout s'est un peu embrouillé. Enfin, j'ai réussi à récupérer mon livre. Et le nez de Justine s'est transformé en une magnifique fontaine rouge écarlate. J'étais trop contente. Bien fait, bien fait, bien fait. J'aurais voulu qu'elle pisse le sang de partout mais Mary m'a empêchée de finir le boulot. Elle a appelé Mike et je me suis retrouvée en isolement. Évidemment, ça ne m'a pas calmée. Je hurlais tout ce que je pouvais. Et je ne me suis pas arrêtée quand Mary est venue pour essayer de me calmer.

Alors elle est repartie et quelqu'un d'autre est entré dans la pièce. Au début, je n'ai pas bien vu qui c'était parce que, quand je crie comme ça, mes yeux deviennent tout flous et je n'y vois plus rien. Puis j'ai reconnu son vieux jean, son T-shirt et sa tignasse : c'était Cam Je-ne-sais-quoi.

Je suis devenue écarlate, les joues en feu : j'avais l'impression d'être la petite sœur de Jeanne d'Arc.

J'étais là, en train de piquer ma crise, et elle avait tout vu. Qu'Helen ou Mary me voient dans cet état, ça ne me gêne pas. Elles ont l'habitude. Tous les enfants du foyer ou presque piquent leur crise de temps en temps. Bon, d'accord, moi, c'est un peu plus fréquent. Et, en général, je me lâche complètement mais, là, j'avais peur qu'elle me prenne pour une folle furieuse.

Je n'ai pas arrêté de brailler pour autant. Pas la peine, de toute façon, elle m'avait déjà vue à l'œuvre… et entendue. Elle n'a pas essayé de me calmer. Elle ne disait pas un mot. Elle était juste là, debout devant moi. Avec cet air… cet air… C'était affreux : on aurait dit qu'elle avait pitié de moi.

Ah, ça non, alors ! Je lui ai dit de ficher le camp. Enfin, en moins poli. En réalité, j'ai été carrément grossière. Elle s'est contentée de hausser les épaules, puis elle est partie.

En me laissant toute seule à brailler tous les gros mots que je connaissais.

Maintenant ça va mieux. Je ne suis plus en isolement. J'y suis restée tellement longtemps qu'ils m'ont apporté mon goûter sur un plateau.

Depuis que je suis revenue dans ma chambre, je ne fais qu'écrire, écrire, écrire encore et encore. Je crois que je n'ai pas le choix, je suis un écrivain.

J'ai tellement écrit que j'ai une grosse ampoule sur le majeur de la main droite.

J'aimais bien jouer à un petit jeu idiot avec mes doigts. Je disais que c'était la famille Doigt, avec la maman Doigt, le papa Doigt, le grand frère Doigt, sa petite sœur Petit Doigt et le bébé Pouce. Et je jouais aux marionnettes avec : hop ! hop ! ils sautillaient partout, et zou ! ils partaient se promener sur la grande colline de mon genou avant d'aller faire un gros dodo dans mon mouchoir.

La petite Camilla adorait ce jeu. Je faisais une voix différente pour chaque membre de la famille. Ils lui parlaient et venaient lui tapoter le bout du nez. Ça la faisait tellement rire qu'on aurait dit qu'elle avait le hoquet. Elle me manque. Et pas qu'un peu.

Hé ! Au fait… Cam… Éclair de génie : Cam, ça ne serait pas le diminutif de Camilla ?

Au petit déjeuner, j'ai été ravie de voir que Justine avait le nez tout gonflé sous un grand pansement.

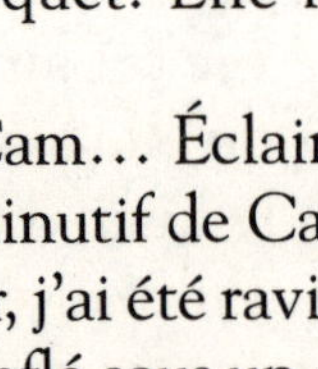

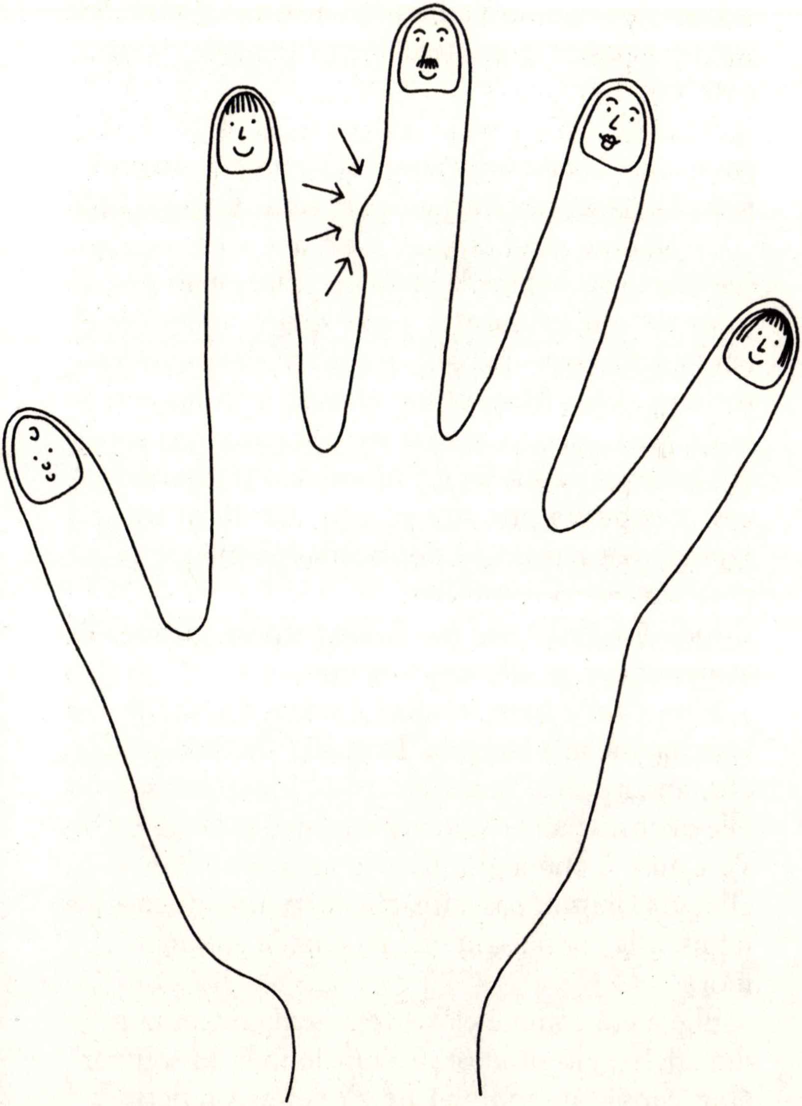

Bien fait. Ça lui va bien un gros nez gonflé, vu qu'elle a déjà la grosse tête. Cette fille, elle s'y croit, c'est fou !

Alors qu'il n'y a vraiment pas de quoi. Je ne vois pas ce que Louise lui trouve. Si j'étais elle, je préférerais largement être la meilleure amie de Jenny Bell.

Ce qui me rend dingue, c'est que c'est moi qui suis allée vers Justine la première. Elle est arrivée au foyer un soir, en larmes, parce que sa mère s'était fait la malle avec un bonhomme en laissant Justine, ses deux petits frères et son père se débrouiller tout seuls. Sauf que son père n'arrivait pas à s'en sortir, et c'est pour ça que les gamins se sont retrouvés placés. Les petits ont trouvé une famille d'accueil rapidement parce que des bébés comme ça, ça ne pose pas trop de problème.

Mais les gens n'ont pas voulu prendre Justine : ils avaient peur qu'elle soit trop dure.

Moi, j'aime bien les durs à cuire. Quand je l'ai vue, Justine m'a bien plu. Et quand j'ai discuté avec elle, encore plus. Parce que, passé le premier soir où elle pleurnichait, elle a vite retrouvé sa langue. Elle s'est mise à engueuler tout le monde : fallait voir, elle ne se laissait pas faire, elle les traitait de tous les noms. Elle connaissait encore plus de gros mots que moi !

Elle a été comme ça toute la semaine, et puis, le dimanche, pas un mot. C'était le jour où son père était censé lui rendre visite. À peine son petit déj' avalé, elle s'est assise dans l'entrée pour l'attendre, même s'il ne devait pas arriver avant 11 heures.

11 heures ont sonné. 11 heures passées. Puis midi. Justine n'a rien voulu manger, elle est restée tout l'après-midi à attendre, assise devant la fenêtre.

Mon cœur se serrait chaque fois que je la regardais. Je savais ce que c'était. Moi aussi, j'en ai passé des heures à attendre. Pas seulement dans ce foyer. Mais dans mes deux familles d'accueil pourries. Et dans les autres foyers. J'attendais ma mère.

Maintenant, ça m'a passé. Fini les après-midi à guetter à la fenêtre. Maman est sûrement bien trop loin pour me rendre visite. Ouais, elle doit être en voyage, elle a toujours voulu voyager.

Peut-être qu'elle est en France.

Ou en Espagne, elle adore le soleil.

Mais qu'est-ce que je raconte ? Elle doit être aux États-Unis. Elle est tellement belle qu'elle a dû trouver un rôle dans un film.

Elle ne peut pas sauter dans un bus pour venir me voir alors qu'elle est à des milliers de kilomètres d'ici, sous le soleil d'Hollywood, pas vrai ?

Enfin, même si je ne passe plus mes journées à attendre, j'ai toujours un petit coup au cœur quand on frappe à la porte. Je retiens mon souffle, je me demande qui c'est, on ne sait jamais…

C'est pour ça que je comprenais très bien cette pauvre vieille Justine. Je n'ai pas essayé de lui parler parce qu'elle m'aurait bouffée toute crue mais je me suis approchée discrètement, j'ai laissé tomber une sucette sur ses genoux et j'ai filé. En fait, cette sucette n'était pas vraiment à moi. J'en avais piqué deux ou trois au petit Tom. Son idiote de mère est encore plus jeune qu'Adèle et elle ne connaît rien aux enfants. Chaque fois qu'elle lui rend visite, elle lui apporte des sucettes. Elle est folle, c'est dangereux pour les petits, à cause du bâton ! Le pauvre chou risquerait de se crever un œil. Et en plus, il bave déjà tellement que, si on lui met une sucette dans le bec, il se transforme en vrai bâton de colle ! Alors si je lui vole ses sucettes, c'est pour son bien, vous comprenez.

– Mais pourquoi tu en as donné une à cette fille ? a voulu savoir Louise. C'est un vrai monstre, cette Justine. Hier elle m'a foncé dessus dans les escaliers et elle ne m'a même pas dit pardon. Non, elle m'a traitée de… enfin elle a dit un super gros mot.

Louise a chuchoté le mot en question du bout des lèvres.

– Ah bon ? Elle a dit ça ?

J'ai éclaté de rire.

– Bah, elle n'est pas si méchante, va. Et puis, t'inquiète, je ne lui ai pas donné la sucette rouge. Je te l'ai gardée.

– Oh, merci, Jenny, a répondu Louise, rose de plaisir.

Eh oui, c'était le bon temps !

Je surveillais Justine du coin de l'œil. Elle n'a pas bougé d'un pouce pendant une bonne demi-heure. Puis j'ai vu sa main s'approcher l'air de rien de la sucette.

Elle a enlevé le papier et l'a goûtée du bout de la langue, l'air soupçonneux. Comme si je voulais l'empoisonner !

Mais ça devait avoir bon goût parce qu'elle a donné un autre coup de langue, et encore un autre, puis elle a fini par la mettre tout entière dans sa bouche. Les sucettes, ça guérit tout, je vous dis.

Elle ne m'a pas remerciée ni rien. Et quand elle a

finalement dû quitter son poste de guet parce qu'il était l'heure d'aller se coucher, elle a filé toute seule dans sa chambre.

Mais le lendemain, au petit déjeuner, elle m'a fait un petit signe de tête. Je le lui ai rendu et j'ai lancé un pétale de corn-flakes dans sa direction. Elle m'en a renvoyé un, ça a dégénéré en bataille de céréales et c'est comme ça qu'on est devenues amies.

Attention, ce n'était pas ma meilleure amie. Ça, ça n'avait pas changé, c'était toujours Louise.

Tu parles !

Un jour, elle s'est mise à râler :

– Pourquoi faut-il toujours que Justine nous suive partout ? Je ne l'aime pas, cette fille, Jenny. Rien ne la touche, c'est un monstre.

– Et alors ? C'est une dure à cuire, comme moi. Mais je suis sûre que je suis pire qu'elle, tu ne crois pas ? ai-je demandé d'un air de défi.

– T'es complètement cinglée, oui !

Mais ça me tracassait, cette histoire. Alors j'ai essayé d'être encore plus grossière que Justine. Mary était furax parce que Max s'est mis à m'imiter et que même le petit Tom a commencé à sortir des gros mots plus gros que lui !

Alors j'ai voulu lui lancer un défi, à ce « monstre » de Justine. D'habitude, j'étais toujours la plus forte à ce petit jeu-là. Enfin, avant qu'elle arrive.

J'ai parié qu'elle était pas chiche de dire le mot le plus grossier qu'elle connaissait devant le père MacMullen. Mais elle a osé.

Alors elle a parié que j'étais pas chiche de sortir dans le jardin toute nue. Mais j'ai osé.

J'ai parié qu'elle était pas cap de manger un ver de terre. Mais elle l'a fait.

– Par contre, toi, je suis sûre que t'es pas cap de le faire, elle m'a dit.

J'ai répondu que c'était pas du jeu. Qu'elle ne pouvait pas me demander la même chose. Et là Louise a ramené son grain de sel en disant que j'avais horreur des vers de terre. Justine a sauté sur l'occasion.

– Ha, ha ! Je parie que t'es pas cap de manger deux vers de terre !

Alors je l'ai fait.

Si, si, je vous jure. Enfin, presque. C'est pas ma faute si ça m'a fait vomir. Je les avais vraiment avalés. Deux gros lombrics. Justine a prétendu que je les avais recrachés exprès, mais c'est pas vrai.

Là, je me suis creusé la tête. Il fallait que je trouve un truc vraiment dur. Je me débrouille pas mal en skateboard alors que Justine tient à peine debout dessus. En plus, elle sait même pas tourner.

J'ai donc installé un petit parcours de skate dans le jardin, avec des rampes et tout et tout. Et j'ai défié Justine de faire le tour. Alors elle s'est lancée.

Elle n'arrêtait pas de tomber mais, chaque fois, elle se relevait et elle continuait. J'ai décrété qu'elle était disqualifiée. Et là, Louise et Justine ont répliqué que, du moment qu'elle finissait le parcours, c'était bon.

Et bien sûr, elle a réussi.

Alors elle m'a défiée de grimper en haut de l'arbre qui est au fond du jardin. Et je l'ai fait. C'est pas ma faute si je n'ai pas pu monter tout en haut. Ce n'est pas moi qui ai demandé à cet imbécile de Mike de venir me chercher. Mais Justine a décidé que j'avais perdu et Louise était d'accord. J'y crois pas ! Ma meilleure amie !

On n'a pas pu continuer notre défi parce que Mary a dit : « STOP ! » Et je peux vous assurer qu'elle peut être très persuasive quand elle veut. Elle arrive même à convaincre les deux « dures à cuire » du foyer.

Le lendemain, le père de Justine s'est enfin décidé à montrer le bout de son nez. Justine nous

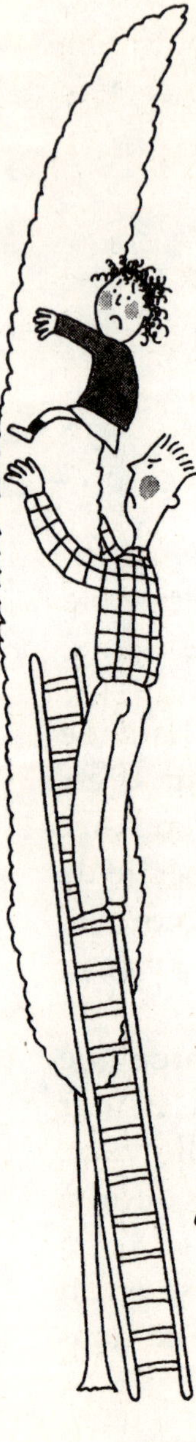

avait tellement parlé de lui, comme si c'était une vraie star. En fait, son boulot, c'était de chanter dans les pubs, le soir, c'est pour ça qu'il ne pouvait pas les garder, elle et ses frères. Non, mais, vous auriez dû voir le bonhomme ! À moitié chauve. Avec de la bedaine. Une grosse chaîne en or. Il ne portait pas une chemise à froufrous et un pantalon pattes d'éph', mais presque !

Franchement, si j'avais un père pareil, je ne me vanterais pas. Mais, lorsqu'elle l'a vu, Justine a poussé un drôle de petit cri et elle s'est jetée dans ses bras comme une gamine.

Il l'a emmenée se promener et, quand elle est revenue, elle n'arrêtait pas de

parler, de sautiller dans tous les sens en montrant à tout le monde son espèce de... enfin, le cadeau qu'il lui avait offert.

Je ne sais pas pourquoi, mais elle me tapait sur les nerfs... Ça allait encore quand elle était comme nous, qu'elle n'avait pas de visites. Mais là, je ne pouvais pas m'empêcher de l'embêter, de ricaner, de me moquer d'elle et de son père.

Et boum, un jour, elle a fondu en larmes.

Ça m'a fait un choc. C'était quand même pas si méchant que ça, ce que j'avais dit. Je n'aurais pas imaginé qu'une dure à cuire comme Justine puisse pleurer.

Moi, je ne pleure JAMAIS quoi qu'il arrive.

Ma mère n'est pas venue me voir depuis des siècles et j'ai même pas de père, mais jamais au grand jamais vous ne me verrez verser une larme.

Et ce n'était pas fini. J'ai eu un nouveau choc. Louise s'est retournée contre moi.

– Tu es un monstre, Jenny, qu'elle m'a dit.

Elle a pris Justine dans ses bras en lui chuchotant :

– Ne fais pas attention à elle. Elle est jalouse, c'est tout.

Moi, jalouse ? De Justine ? De son imbécile de père ? La bonne blague !

Mais Louise n'avait pas l'air de plaisanter. Et elles sont parties toutes les deux, bras dessus bras dessous.

J'ai essayé de me convaincre que je m'en moquais, mais ce n'était pas tout à fait vrai. Je me posais quand même des questions : peut-être que j'avais exagéré avec mes petites remarques… Il m'arrive d'être très blessante, tranchante, même.

Je pensais que je pourrais arranger les choses au petit déjeuner. Je jurerais à Justine que je ne pensais pas tout ce que j'avais dit. Je n'irais pas jusqu'à m'excuser, bien sûr, juste lui faire comprendre que j'étais désolée. Mais c'était trop tard. Au petit déjeuner, elles m'ont laissée toute seule dans mon coin. Louise n'est pas venue s'asseoir à côté de moi comme d'habitude. Elle s'est installée près de la fenêtre – avec Justine.

– Hé, Louise ! j'ai crié.

Pas de réaction. J'ai essayé un peu plus fort.

– T'es sourde ou quoi ?

Mais elle avait très bien entendu. C'était juste qu'elle ne voulait plus me parler. Ce n'était plus ma meilleure amie. Maintenant, c'est la meilleure amie de Justine.

Et moi, tout ce qu'il me reste, c'est ce pleurnichard-chougnard-mouchard de Peter Ring. Bah, il n'est peut-être pas si mal que ça, après tout. J'étais justement en train d'écrire tout ça quand on a frappé à ma porte.

Enfin, non, c'était plutôt une sorte de grattement, comme si un misérable petit insecte tapotait la porte du bout des pattes. J'ai dit à ce sale cafard de ficher le camp parce que j'étais occupée mais il a continué à gratouiller à ma porte. Alors j'ai fini par me lever de mon lit pour aller voir ce qu'il voulait.

– Tu veux jouer avec moi, Jenny ? il m'a demandé.

– Jouer ? j'ai répété d'un ton méprisant. Mais pour qui tu me prends, Peter Ring ? Pour une gamine ? Je suis en train d'écrire.

En fait, j'avais tellement écrit que je commençais à avoir mal au bras. Ma bosse de l'écrivain était toute rouge et enflée. Ah, la souffrance de l'artiste ! C'est un mal chronique, je vous assure.

Enfin, bref. Je me suis dit qu'une petite pause serait bienvenue.

– À quoi tu veux jouer, Peter-termite ?

Il a cligné des yeux, reculé d'un pas comme

si j'allais le manger, puis il a réussi à couiner deux ou trois mots. Tout ce que j'ai compris, c'est : « papier ».

– Tu veux jouer avec du papier ? On va faire une baballe avec une feuille et jouer au foot, c'est ça ? Génial. Ou alors tu découpes un petit ours en papier et je le serre dans mes bras pour l'écrabouiller. Encore mieux.

Peter a ricané nerveusement.

– Non, je voulais dire jouer avec du papier et un stylo. Tu vois, avec ma grand-mère, je jouais souvent au pendu, comme ça.

Là, j'ai sifflé :

– Waouh ! Trop cool !

Peine perdue. Les cafards ne comprennent pas l'ironie.

Il a sorti un crayon de sa poche en s'exclamant :

– Super, c'est mon jeu préféré, tu sais !

Je n'ai pas eu le cœur de le décevoir. Alors j'ai joué avec lui.

Au moins, ça passait le temps. Et puis... je viens de remarquer un truc. Tout en bas de la feuille, écrit en pattes de mouche, il y a un petit message.

Devinez quoi ! J'ai reçu une lettre !

Pas un petit message gnangnan de Peter. Une vraie lettre personnelle qui est arrivée par la poste, adressée à Mlle Jenny Bell.

Ça faisait longtemps que je n'avais pas reçu de courrier. Oh, il y a toujours des tas de lettres qui

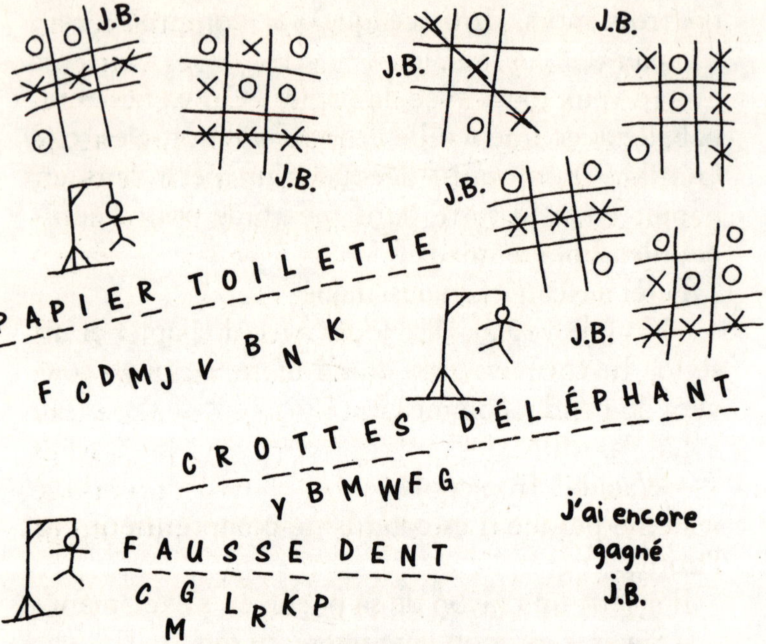

LE PÈRE DE JUSTINE PETITBOIS
a rencontré ma grand-mère
À LA SCIERIE
il lui a dit [redacted]

Censuré !

Je t'aime Jenny
signé Peter Ring

parlent de moi : Helen a toute une étagère de dossiers sur mon cas. Une fois, je les ai feuilletés en douce. Vous n'imaginez pas toutes les horreurs qu'ils ont écrites à mon sujet. Je pourrais les attaquer pour diffamation. Ouais, ce serait bien fait. Je toucherais des milliers de livres sterling de dommages et intérêts et je pourrais tirer la langue à Justine, à Helen, à Mary et à tous les autres ! J'empocherais mon petit pactole tranquille et…

Je m'achèterais une maison rien qu'à moi. Et j'embaucherais quelqu'un pour s'occuper de moi, une mère adoptive qui serait obligée de faire tout ce que je veux si elle veut être payée ! Je pourrais lui demander de me faire un gâteau d'anniversaire tous les jours de la semaine, elle serait forcée d'obéir !

Ce serait un gâteau rien que pour moi. Je ne le partagerais avec personne.

Même pas avec Peter. Déjà que j'ai dû partager mon vrai gâteau d'anniversaire avec lui ! Juste au moment où je fermais les yeux pour faire mon vœu, il m'a donné un coup de coude en disant :

– Qu'est-ce qu'il y a, Jenny ? Ça ne va pas ?

Alors tout s'est mélangé dans ma tête, j'ai perdu le fil et voilà. Ma mère n'est pas venue me chercher et tout ça, c'est la faute de Peter Ring.

Enfin, peut-être.

Bon, je l'inviterais quand même chez moi de temps en temps pour qu'on joue au pendu. Franchement, c'est marrant parce que je gagne tout le temps.

Alors, voyons, qui j'inviterais d'autre ? Peut-être Camilla. Je m'occuperais d'elle. Je lui achèterais des crayons spéciaux pour les petits et des tas de jouets. J'adore les trucs pour les bébés. Mais j'imagine que je ne devais pas en avoir beaucoup quand j'étais petite. Ouais, dans ma maison, j'installerai une vraie chambre de bébé et, quand Camilla ne sera pas là, je m'amuserai avec toutes ses affaires, juste pour rigoler.

Je me demande si Camilla se souvient de moi. C'est ça, le problème, avec les bébés.

Vous pensez que Cam, ce pourrait être le diminutif de Camilla ?

C'est elle qui m'avait écrit.

J'ai été un peu déçue sur le coup. Je croyais que c'était une lettre de ma mère.

D'accord, elle ne m'a jamais écrit jusqu'à présent mais quand même, lorsque Mary me l'a tendue, au petit déjeuner, j'ai serré l'enveloppe très fort et j'ai dû vite fermer les yeux parce qu'ils me brûlaient et me piquaient et que si j'avais été une chougneuse, j'aurais bien pu me mettre à pleurer.

– Qu'est-ce que t'as, Jenny ? m'ont demandé les autres.

J'ai avalé ma salive, j'ai reniflé un bon coup et, en rouvrant les yeux, j'ai répondu :

– Rien du tout. J'ai reçu une lettre, regardez. Une lettre de…

– Je crois que c'est Cam Lanson qui t'écrit, s'est empressée de préciser Mary.

J'ai retenu mon souffle.

– Ah. Cam Lanson. Ha, ha ! Elle m'a écrit une lettre rien qu'à moi. Elle n'a écrit à personne d'autre. Juste à moi.

– Et qu'est-ce qu'elle te dit ?

– Ça ne vous regarde pas. C'est personnel.

Et je suis partie pour lire tranquille dans mon coin. En réalité, je n'avais pas trop hâte de l'ouvrir, cette lettre. Je n'arrêtais pas de penser à ma mère et j'avais une super crise de rhume des foins. Et puis je n'avais pas vraiment envie de savoir ce que Cam Lanson avait à me dire.

Comme elle m'avait vue piquer ma crise l'autre jour, j'avais peur qu'elle me prenne pour une folle-dingue.

Mais pas du tout.

Le 10 juillet
10, Brick Road
Kingtown

Chère Jenny,

Lorsque je suis venue l'autre jour, nous n'avons pas réellement eu l'occasion de discuter, toutes les deux. C'est dommage car Mary m'avait un peu parlé de toi et tu me plaisais déjà beaucoup.

Une fille pas sage qui aime écrire, ça m'intéresse!

Exactement le contraire de moi. J'ai toujours été très sage, surtout à l'école. Tu ne te serais pas gênée pour te moquer de moi, j'en suis sûre! Mais je ne suis plus aussi sage, maintenant, heureusement!

Et je déteste écrire. Parce que c'est mon gagne-pain et que, chaque matin, après avoir avalé mon bol de corn-flakes, je dois aller m'asseoir devant ma machine à écrire. Je serre les poings et je finis par loucher, à force de fixer bêtement cette page blanche devant moi.

Des fois, je me dis que, vraiment, il n'y a pas plus bête, comme boulot! Pourquoi je ne change pas de métier, alors? Parce que je ne sais rien faire d'autre. Voilà, je n'ai pas le choix: je dois écrire, encore et toujours.

Et toi, où en es-tu? Tu écris ta propre histoire, c'est ça? Une sorte d'autobiographie? La plupart des filles de ton âge n'auraient pas grand-chose à raconter mais, de ce point de vue-là, tu as de la chance, parce que tu as une expérience beaucoup plus riche.

Bonne continuation,

Cam

Amicalement

Le 11 juillet
Décharge pour enfants pas sages
de Long Road

Chère madame Lanson,

Mary dit que c'est comme ça que je dois vous appeler, même si vous avez signé «Cam» à la fin de votre lettre.

C'est un drôle de nom, Cam... Si votre vrai prénom, c'est Camilla, je trouve ça très joli et je ne vois pas pourquoi vous le gâchez avec cet affreux diminutif.

Dans un autre foyer, j'avais une amie qui s'appelait Camilla. Elle aimait bien son prénom, elle. Je le prononçais d'une façon spéciale, comme ça: Ca-miiiil-la, ça la faisait rire. Ce n'était qu'un bébé, mais elle était très éveillée.

Ça ne vous dérange pas, vous, que je ne sois pas sage? Vous savez, ce n'est pas forcément ma faute si j'ai des problèmes. Je n'y peux rien, les gens s'en prennent toujours à moi. Je ne citerai pas de nom parce que je ne suis pas une rapporteuse, moi.

Pas comme certaines.

Il vous plaît, mon dessin? J'ai beaucoup aimé les vôtres, ils m'ont bien fait rire. Mais pourquoi vous dites que vous n'aimez pas écrire? C'est bizarre, c'est votre métier, quand même!

Moi, j'aime ça. Quand je commence, je ne peux plus m'arrêter. Le problème, c'est que ça fait mal à la main: j'ai une grosse bosse sur le doigt, maintenant. En plus, j'ai de l'encre partout – sur les doigts, sur mes vêtements, sur mes draps... – tout ça parce qu'un petit morveux a mâchonné mon stylo.

Est-ce que vous avez du mal à écrire votre article sur le foyer? Je pourrais vous aider, si vous voulez. Je vous dirais tout ce que vous avez besoin de savoir sur moi. Et sur les autres, bien sûr. Qu'en pensez-vous?

Oui, je travaille toujours sur mon autobiographie. J'aime bien ce mot. Mary m'a expliqué que c'était quand on écrivait l'histoire de sa propre vie. C'est exactement ce que je fais. Je vous laisserai y jeter un œil, mais attention, c'est personnel!

Ne vous inquiétez pas, ce n'est pas du tout comme ce que cette peste de Justine a lu tout haut. Il y a de vraiment bons passages, franchement.

Amicalement,

Votre collègue écrivain,
Jenny Bell

R.S.V.P. (Ça veut dire qu'il faut répondre.)

Le 13 juillet
10, Brick Road

Chère Jenny,

Merci pour ta sympathique lettre. Elle m'a fait beaucoup rire.
Je pense que tu es un écrivain-né, tu as un vrai don.

En effet, j'aurais bien besoin d'un coup de main pour mon article.
Je passe samedi matin, j'espère que tu seras là.

Cam

Je ne supporte pas le prénom Camilla. À l'école, on se moquait toujours de moi en m'appelant Cacamilla.

Le 14 juillet
Décharge publique
pour enfants pas sages

Chère Camilla,

Je ne trouve pas que Camilla soit si moche que ça. Franchement, Jenny Bell, ce n'est pas mieux, je vous assure. Je suis désolée pour ce papier à lettres gnangnan. Au début, Mary m'avait passé des feuilles blanches, mais elle a commencé à rouspéter en disant que je lui coûtais une fortune à force. Alors j'ai dû en emprunter à une des petites. Il est atroce, non?

Voici Crachota
la méchante fée
qui crache sur tous
ces petits lutins
débiles.

D'accord pour samedi, je vous aiderai. Si je suis là, bien entendu. Ma mère passe souvent me chercher pour qu'on aille se balader toutes les deux. Mais je crois qu'en ce moment elle est en voyage à l'étranger.

Elle doit m'emmener avec elle un jour. Mais pas tout de suite, alors on se verra sûrement samedi matin. Vers quelle heure? Le samedi, le petit déjeuner est à 8h30 mais je mange très vite. Alors si on disait 8h35?

Amicalement,

Votre collègue écrivain – non, ça m'énerve, écrivain au masculin, et écrivaine, ça fait bizarre... Ah, je sais:

Votre sœur de plume (Ça sonne bien, non?)

Jenny

R.S.V.P. que je sache à partir de quelle heure je dois vous attendre.

le 15 juillet
10, Brick Road

Très chère sœur de plume, J'ai bien peur de ne pas pouvoir venir à 8h35. À cette heure matinale, je ressemblerai à ça:

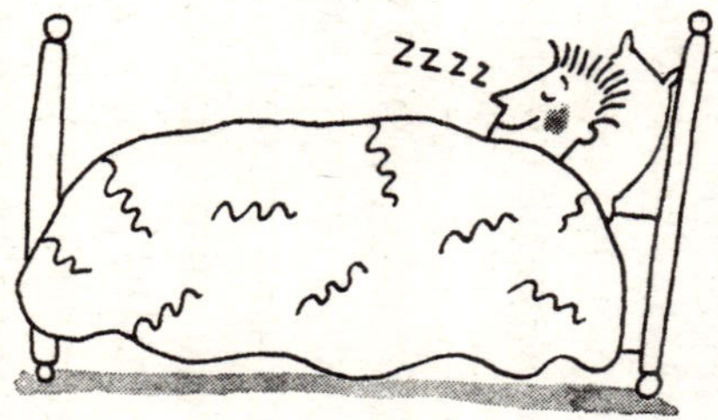

Si on disait plutôt 10h35 ?
Cam - oups, désolée - Camilla (Beurk!)

P.S. Crachota me plaît beaucoup. Elle pourrait devenir le personnage d'une de tes histoires.

Elle reste au lit la moitié de la matinée, non mais vous imaginez ? Quelle feignante ! Et en plus, elle était quand même en retard. Il était déjà 10 h 41 lorsqu'elle est arrivée, j'avais fini par croire qu'elle ne viendrait plus, moi ! Franchement, un écrivain même pas fichu d'arriver à l'heure à un rendez-vous, ça ne fait pas sérieux !

Elle est sacrément nulle si vous voulez mon avis. Elle a tout gâché, ce matin. Et dire que j'avais tout bien organisé ! J'avais prévu de lui expliquer tous les trucs importants sur ce foyer. En centrant l'article sur moi, bien entendu. Mais je me suis dit qu'elle voudrait peut-être aussi interviewer Peter pour équilibrer les choses : le point de vue d'une fille et celui d'un garçon. Voilà. Les autres, on s'en fiche.

Cam avait apporté un dictaphone. Elle m'a montré comment ça marchait et en deux minutes je me débrouillais comme un chef ! C'est trop marrant de rembobiner et hop ! de réécouter ce qu'on vient de dire. J'ai fait quelques essais avec différentes voix : le vieux gangster, la petite fille qui zozote et puis Donald – je l'imite super bien, je vous jure !

Après j'ai décidé qu'il était temps de se mettre au boulot et, comme je ne suis pas du genre à monopoliser la scène, j'ai proposé qu'on commence par Peter.

En voyant le dictaphone, il a reculé comme si c'était un pistolet chargé.

– Ne sois pas bête, Peter. Tu n'as qu'à rester naturel et parler normalement.

Là, il s'est mis à pleurnicher :

– Mais… qu'est-ce que je dois dire ?

J'ai soupiré impatiemment.

– Tu racontes ton histoire à Cam, c'est tout.

– Mais… je n'ai pas d'histoire à raconter, moi. Déjà, quand Helen nous a demandé d'écrire ce livre, je ne savais pas quoi mettre, alors… Je vivais avec ma grand-mère. Elle est morte. Alors je suis venu ici. C'est tout.

Là, Cam est intervenue :

– C'est bon, Peter. Ne te laisse pas faire. Jenny n'a pas à te donner d'ordres. Tu n'es pas obligé de parler.

– Ah bon ? Parce que vous trouvez que je lui donne des ordres ? Alors là, c'est la meilleure ! C'est moi qui ai toujours été maltraitée, je vous signale. Dans l'ancien foyer où j'étais, il y avait un grand gars, rasé comme un *skinhead*, qui portait des rangers. Un jour, je les ai remplies d'eau pour rigoler, mais lui, ça ne l'a pas fait rire du tout. Il était vraiment pas drôle, avec son pantalon tout trempé, il a même pas souri. Enfin, bref, à partir de ce jour-là, je suis devenue sa bête noire. Je vous raconte même pas ce qu'il m'a fait !

J'allais justement me lancer dans le récit détaillé des misères qu'il m'avait faites lorsque Justine Petitbois est arrivée en braillant :

– C'est pas juste, madame. Y en a que pour cette gourde de Jenny. Nous aussi, on voudrait parler !

– Ferme-la, la pipelette, on t'a pas sonnée, j'ai répliqué. C'est moi qu'elle est venue voir. Personnellement. Alors dégage ! C'est pas vrai, Cam ?

– Euh… si, si, je suis venue pour discuter avec toi, Jenny, mais on pourrait aussi laisser les autres essayer le Dictaphone, quand même.

Non mais quelle sale lèche-bottes ! Comment elle a retourné sa veste ! Elle était venue pour me voir, moi. On avait un vrai rendez-vous de travail. Elle n'avait qu'à envoyer Justine et les autres se faire voir ailleurs. Ça ne me dérangeait pas que Peter reste parce que, franchement, il n'est pas dérangeant. Mais les autres… ! C'était trop nul ! On a perdu presque toute la matinée. D'abord, elle les a laissés jouer avec le Dictaphone puis, après, les petits ont voulu faire des dessins avec son stylo Mickey, et ensuite Mary est arrivée avec du café pour Cam et du Coca pour nous, comme si c'était un goûter d'anniversaire. Sauf que ce n'était pas mon anniversaire qu'on fêtait, une fois de plus. Je me sentais à nouveau éjectée, rejetée, écartée !

Au bout d'un moment, je suis partie en tapant des pieds. J'ai glissé un œil par-dessus mon épaule pour voir… et j'ai cru qu'elle n'avait même pas remarqué. Mais elle est venue me rejoindre. Elle avait Laura dans les bras et le petit Tom accroché à sa jambe comme un crampon. Elle m'a piquée dans le dos avec son stylo Mickey et elle m'a glissé doucement :

– Hé, Jenny, si on commençait notre interview, maintenant ?

J'ai répliqué d'une voix amère :

– Non, non, occupe-toi des autres, tu n'as pas de temps à perdre avec moi. Tant pis si tu étais venue spécialement pour me voir, après tout.

– Tu sais quoi ? On va aller dans ta chambre. Rien que nous deux. Ça te va ?

– Mouais, j'ai fait en étouffant un bâillement et en haussant les épaules. Si tu veux… Mais je n'ai plus vraiment la tête à ça, maintenant. Enfin, si tu insistes… juste cinq minutes, alors.

Elle a eu un peu de mal à se débarrasser du bébé qu'elle avait dans les bras et à faire lâcher prise à Tom. Et puis les autres se sont tous agglutinés autour d'elle en râlant que c'était pas juste. Alors vous savez ce qu'elle a fait ? Elle leur a dit qu'ils pouvaient s'enregistrer avec son Dictaphone.

Et elle l'a confié à Justine !

J'ai crié :

– Là, tu fais une grave erreur, Cam. Tu es folle ou quoi ? Ils vont te le casser en moins de deux minutes !

– Mais non, Justine va très bien s'en sortir : chacun a le droit à deux minutes d'enregistrement.

D'abord vous vous présentez, puis vous dites ce que vous voulez. Mais ne t'inquiète pas, Peter, ce n'est pas obligatoire.

– T'es complètement dingue, j'ai dit. Si tu dois confier ce Dictaphone à quelqu'un, c'est à moi. Je suis la seule à savoir le faire marcher.

– Eh bien, tu n'as qu'à montrer à Justine, a proposé Cam. Comme ça, elle saura comment s'y prendre.

– Hein ? Ça va pas, non ? Pas question que je lui montre quoi que ce soit !

Mais finalement, j'ai bien été obligée. Et, bien sûr, cette gourde de Justine n'y comprenait rien. Comme je n'arrêtais pas de soupirer et de râler, ça l'a énervée et elle m'a poussée, alors j'ai levé le poing, prête à lui coller dans la figure mais Cam s'est interposée entre nous :

– Bon, c'est moi qui vais lui montrer. Là, c'est pour enregistrer, tu vois ?

Et, enfin, miracle ! Justine a capté comment ça marchait ! Franchement, je me demande pourquoi elle s'appelle Justine Petitbois. Petitetête, ça lui irait beaucoup mieux !

Bref, Cam et moi, on a pu monter dans ma chambre, en les laissant se débrouiller tout seuls.

– Tu croyais avoir trouvé un moyen pour qu'on se réconcilie, Justine et moi. Mais, ha ! ha ! ha ! ça n'a pas marché ! ai-je ricané. Parce qu'on est des ennemies mortelles, elle et moi.

Ça l'a fait rire. Et l'affiche que j'avais scotchée sur ma porte encore plus.

–C'est bon, toi, tu peux entrer. Je t'invite, ai-je précisé en ouvrant la porte.

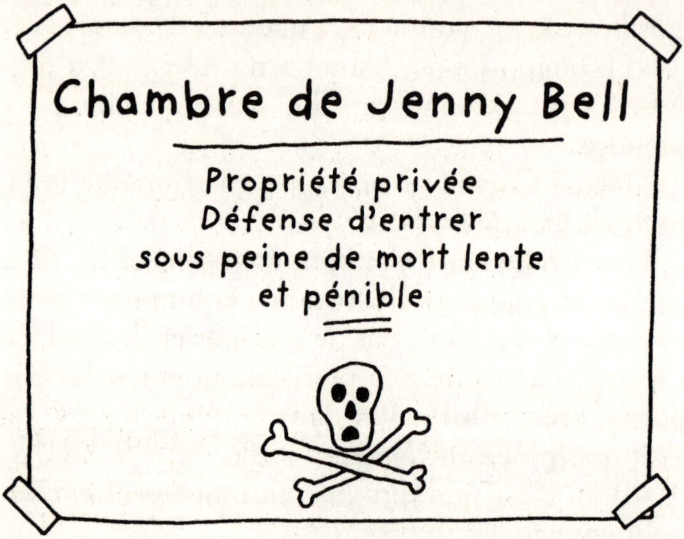

Ma chambre était un peu en désordre, à vrai dire. Je n'avais pas perdu de temps à faire le lit et on voyait à peine le sol sous les chaussettes, les pyjamas roulés en boule, les miettes de biscuits et les épluchures de crayon. Cam a dû se frayer un chemin à travers tout ce bazar, mais ça n'avait pas l'air de trop la déranger. Elle a regardé tous les trucs que j'avais punaisés sur mon tableau de liège en hochant la tête et en souriant.

– C'est ta maman ?

– Ouais, elle est belle, hein ? On dirait une star de cinéma, tu ne trouves pas ? Enfin, peut-être que, maintenant, c'est vraiment une star, peut-être qu'en ce moment elle tourne un film à Hollywood... et qu'elle va venir me chercher bientôt pour me reprendre avec elle et que, moi aussi, je deviendrai une star ! L'enfant prodige du cinéma, la merveilleuse Jenny Bell. Ce serait pas génial, ça ?

J'ai tournoyé sur moi-même, le sourire aux lèvres, et j'ai fait une petite révérence – Cam a tout de suite pigé, elle s'est mise à applaudir comme une fan déchaînée.

Puis elle s'est arrêtée pour dire :

– Mais j'espère que tu n'as pas abandonné l'idée de devenir écrivain. Alors tu as écrit l'histoire de Crachota ?

– Ouh là, minute ! En ce moment, j'ai assez à faire avec mon autobiographie.

– Ah… j'aimerais bien la lire ! Mais je suppose que c'est trop personnel, c'est top secret, non ? a-t-elle demandé, l'air un peu déçue.

– Ah oui, top top secret, ai-je répondu.

Mais j'hésitais. Helen la Baleine en avait bien lu des passages. Louise et Petitetête aussi. Et je l'avais même montrée à Peter pour qu'il voie tout ce que j'avais écrit. Alors je pouvais bien laisser Cam regarder, rien qu'un petit peu… On était presque amies, maintenant.

Bon, rien qu'un coup d'œil alors. Mais pas tout, parce que le passage où je la décrivais n'était pas vraiment flatteur… loin de là, même.

Et, bien sûr, elle est tombée pile dessus ! Mais elle ne s'est pas du tout vexée. Au contraire, elle a explosé de rire :

– Ah, là, là ! C'est toi qui devrais écrire cet article sur les enfants placés en foyer. Je suis sûre que tu t'en sortirais bien mieux que moi.

– Tu as commencé ?

Elle a fait la grimace.

– Non, pas encore. Ce n'est pas facile. Le rédacteur en chef du magazine veut un truc à l'eau de rose pour faire pleurer les lectrices sur le triste sort de ces pauvres petits enfants abandonnés. Un article sponsorisé par Kleenex.

– Ouais, il a raison.

– Oh, arrête, Jenny. Vous n'êtes pas de « pauvres petits ». Vous êtes tous de sacrés gamins, super futés, vachement courageux et avec un caractère pas possible ! J'aimerais raconter ça, mais ce n'est pas ce qu'il veut.

– Et ce n'est pas ce que je veux non plus. Il faut que j'aie l'air adorable, Cam ! Sinon personne ne voudra de moi ! Tu sais, j'ai déjà largement dépassé la date limite de consommation. Au-delà de cinq ou six ans, tu n'as presque plus aucune chance d'être adopté. Tu n'es plus un adorable bout de chou, mais un gamin difficile. En plus, je ne suis pas spécialement jolie alors je ne peux pas compter sur une photo pour attendrir les candidats à l'adoption. Et puis je ne suis pas vraiment adoptable, les gens ne peuvent pas devenir mes vrais parents, juste une famille d'accueil.

– Comment ça ? Tu n'es pas adoptable parce que tu as toujours ta mère, c'est ça ?

– Ouaip. Bon, elle va bientôt revenir me chercher mais, en attendant, j'aimerais bien avoir une vraie maison au lieu de vivre dans ce foyer pourri. Sinon je vais finir par souffrir d'hospitalisme.

Cam a levé les sourcils.

– Si, si, je sais ce que ça veut dire. Helen et les

autres éducs n'arrêtent pas d'en parler. C'est quand, à force de vivre en institution, on finit par tellement s'y habituer qu'on ne peut plus vivre une vie normale dans une vraie maison. Et, arrivé à dix-huit ans, on ne sait pas se débrouiller, faire les courses, faire à manger ni rien. Enfin, je ne pense pas que j'aurai ce problème. Si on me laissait partir là, maintenant, je me débrouillerais comme un chef. Ils n'auraient qu'à me donner les sous, et hop ! je foncerais dans les boutiques acheter tout ce dont j'ai besoin.

Cam a hoché la tête.

– Ça oui, je suis sûre que tu n'aurais aucun problème.

C'est là que Max est venu gratter à ma porte en chougnant. Je lui ai dit de dégager parce que Cam et moi, nous étions en rendez-vous, mais il n'en avait rien à faire.

– Madame, madame, c'est pas juste, les grandes, elles veulent pas me laisser le truc pour enregistrer. Moi aussi, je veux essayer mais elles jouent à chanter dedans comme si elles étaient des stars.

Cam a souri, puis elle a regardé sa montre en soupirant.

– Je ferais mieux de redescendre. De toute façon, il va bientôt falloir que j'y aille.

– Oh non, pas déjà ! Pourquoi tu ne restes pas ? Tu pourrais déjeuner avec nous, Mary serait d'accord, je suis sûre. En plus, le samedi midi, on a des hamburgers.

– Non, j'ai rendez-vous avec quelqu'un.

– Oh... Tu vas où ?

– On va sûrement aller boire un verre et manger une salade, un truc comme ça. Mon amie est au régime.

– Une salade ? Mais c'est nul ! Si je pouvais aller déjeuner dehors, j'irais chez McDonald's. Et je sais ce que je prendrais : un Big Mac, des frites et un milk-shake à la fraise. Tu vois, l'hospitalisme, c'est pas pour moi, hein ?

– Tu y es déjà allée, alors ?

– Ouais, des tas de fois, j'ai répondu.

Puis je me suis reprise :

– Enfin, je ne suis jamais entrée à l'intérieur. Quand j'étais dans cette famille d'accueil à la noix, chez Julie et Ted, je n'arrêtais pas de leur demander de m'y emmener mais ils disaient que ce n'était pas bon pour la santé. Moi, je trouve que leurs vieux haricots et tous leurs légumes bouillis, ça, c'était vraiment mauvais pour ma santé. On aurait dit que quelqu'un les avait déjà mangés, mâchés, prédigérés et vomis... Enfin, bref, ils ne m'y ont jamais emmenée.

– Pas étonnant, a commenté Cam en souriant.

– Mais si je veux, j'ai le droit de sortir pour déjeuner dehors, tu sais ?

– C'est vrai ?

– Oui, tous les jours. Hé, j'ai une idée : je vais travailler sur ton article cette semaine, et je te montrerai ce que j'ai fait. On pourrait en parler autour d'un bon hamburger. Chez McDonald's, par exemple. Message, message, message !

Elle s'est frappé le front comme si elle venait d'avoir un éclair de génie.

– Tiens, au fait, Jenny. Ça te dirait de déjeuner chez McDonald's avec moi, samedi prochain ?

– Oh oui, trop cool !

Je me suis arrêtée net.

– C'est vrai, c'est pas une blague ?

– Non, vrai de vrai. Bon, alors on dit que je passe te prendre aux alentours de midi, samedi prochain ?

– Je serai là.

Tu parles que je serai là ! Je vais même lui envoyer une petite lettre pour ne pas qu'elle oublie.

Je sais qu'elle avait dit aux alentours de midi. Et qu'elle n'est pas ce qu'on peut appeler la ponctualité même. Qu'elle risquait de ne pas arriver avant midi dix. Et même midi vingt ou midi et demi.

Alors pourquoi suis-je déjà assise devant la fenêtre alors qu'on vient à peine de finir de petit déjeuner ?

Je déteste attendre. Ça me porte sur les nerfs, je vous jure. Je ne peux me concentrer sur rien. Je n'arrive même pas à écrire.

En plus, je n'ai pas avancé mon livre de la semaine parce que je travaillais sur l'article de

19 juillet
Décharge publique
pour enfants pas sages

Chère Camilla,

Je travaille dur sur ton article. Je te montrerai mes propositions samedi prochain.

Je te rappelle que nous avons rendez-vous à midi, pour aller déjeuner chez McDonald's.

Ta sœur de plume, Jenny Bell

PS: Crachota jure que si tu l'emmènes chez McDonald's, elle sera très sage et qu'elle ne crachera pas une seule fois.

Cam. Ce n'est pas parce que c'est moi qui l'ai écrit mais, franchement, c'est du sacré bon boulot. Elle pourrait le rendre tel quel à son rédacteur en chef, il n'y verrait que du feu. Je devrais toucher le chèque à sa place, mais je ne suis pas comme ça. On fera moitié-moitié, parce que c'est une amie.

Ce bon vieux Peter est mon ami aussi. Cette semaine, on s'est croisés plusieurs fois dans le couloir au beau milieu de la nuit en allant chercher des draps secs. On se glissait juste un mot en passant mais, cette nuit, je l'ai trouvé roulé en boule dans un coin, tout trempé et en larmes, parce qu'il avait fait un cauchemar avec sa grand-mère.

Le pire, c'est que, moi aussi, j'avais fait un cauchemar avec ma mère et que ça m'avait donné une grosse crise de rhume des foins. D'habitude, je préfère rester toute seule dans ces moments-là car certains crétins et crétines pourraient penser que j'ai

les yeux rouges et le nez qui coule parce que j'ai pleuré. Or je ne pleure *jamais*, quoi qu'il arrive.

Mais je savais que Peter ne risquait pas de me taquiner, alors je me suis blottie à côté de lui et j'ai passé mon bras autour de ses épaules en lui disant que c'était mon meilleur ami au monde.

Justement, Peter vient de passer pour me proposer de jouer au pendu. Pourquoi pas, ça passe le temps…

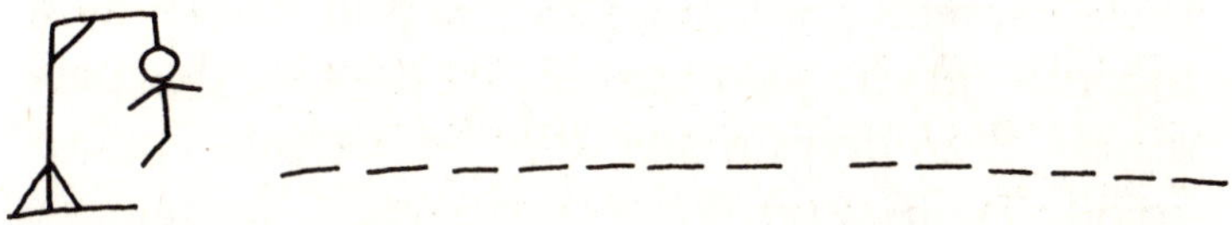

Oh, super ! Peter et moi, on venait de commencer à jouer et j'allais trouver le premier mot quand Helen la Baleine a débarqué comme une furie dans la chambre. Elle voulait « avoir une petite discussion » avec Peter.

– Désolée, Helen, ça ne va pas être possible parce que, justement, je suis en pleine discussion avec lui.

– Oh, vraiment, Jenny !

– Oui, vraiment, Helen.

Elle m'a montré les crocs. Avec ce sourire forcé qui signifie qu'elle aurait bien envie de m'en mettre une mais qu'elle se retient parce qu'elle a pitié de moi.

– Je sais que tu es un peu nerveuse ce matin,

Jenny, parce que cette dame doit venir te chercher. Mary m'a raconté, c'est une chance pour toi.

– Mm, et c'est surtout une chance pour elle parce que je lui ai écrit tout son article.

– Ah, ah, et moi, je crois que Peter aussi a de la chance… J'aimerais avoir une petite discussion avec lui. J'ai une bonne nouvelle pour toi, Peter, a-t-elle annoncé, puis elle l'a entraîné dans un coin pour lui parler en privé.

Ils sont encore en train de discuter. Elle parle tout bas, mais j'ai l'ouïe très très fine. Helen lui a raconté qu'elle connaissait un couple, des personnes d'un certain âge dont les enfants étaient grands, et qui se sentaient un peu seuls, du coup. Ils auraient aimé pouvoir s'occuper de quelqu'un. D'un petit garçon. Peut-être justement d'un petit garçon comme Peter.

Alors voilà. Le petit Peter chougnard-pleurnichard va être adopté et à lui la belle vie !

Tant mieux, hein ? Je devrais me réjouir parce que c'est mon meilleur ami.

Eh bien, non, parce qu'il ne pourra plus être mon meilleur ami s'il est adopté !

C'est pas juste ! Ça fait pas longtemps qu'il est là. Moi, ça fait des lustres que j'attends et personne ne veut m'adopter.

Enfin, bon, encore faut-il avoir envie d'être adopté par un couple « d'un certain âge ». Ça, ça veut dire carrément vieux. Et grincheux. Et sévère.

Ils ne doivent pas porter de jeans ou écrire de lettres rigolotes… et ils n'emmèneront jamais Peter chez McDonald's.

J'aimerais bien que Cam se dépêche un peu de venir me chercher. Même si ce n'est pas du tout l'heure encore.

Je suis vraiment idiote de rester assise devant la fenêtre comme ça. À attendre.

Derrière moi, Justine bout d'impatience. Elle doit attendre son père. J'espère qu'elle ne va pas lui parler du léger accident qui est arrivé à son réveil Mickey. Il pourrait venir me mettre une claque. Enfin, tout est arrangé maintenant : Mary a porté le réveil dans une boutique où ils l'ont réparé. J'étais contente de revoir ce bon vieux Mickey avec ses petites pattes qui tournaient, tic tac, tic tac !

Justine m'a surprise à la regarder et elle m'a donné un coup qui a failli m'assommer en me disant que, si jamais je touchais à nouveau à son réveil, elle me ferait la peau. Ouais, je vous jure ! J'ai serré les poings, prête à me battre parce que personne ne parle à Jenny Bell comme ça, mais je me suis rappelé que je devais déjeuner avec Cam. Je ne suis pas vraiment dans les petits papiers de Mary en ce moment. Alors si elle me prenait en plein round de boxe avec Justine, elle risquerait de ne pas me laisser sortir.

Donc j'ai gardé mon calme. Et j'ai souri à Justine d'un air supérieur en disant :

– Franchement, Justine, pourquoi faut-il toujours que tu aies recours à la violence ?

Mais elle n'a pas été impressionnée par ma démonstration de self-control.

Elle a cru que j'avais la trouille.

Et la voilà qui siffle entre ses dents :

– Espèce de dégonflée. Ha ! ha ! Jenny Bell est une poule mouillée !

Mais je l'ignore. Je reste tranquillement dans mon coin à écrire. Et à attendre. Il ne reste plus si longtemps que ça, maintenant. Mais ça me semble une éternité.

Avant, je restais assise des heures comme ça à attendre ma mère. Je me demande quand elle viendra enfin. D'ailleurs, j'ai fait un affreux cauchemar à propos de ça. J'étais partie déjeuner avec Cam au McDo, c'était génial, on s'amusait super bien jusqu'à ce que je regarde la pendule et que je voie qu'il était 1 heure passée. Aaaaaah ! Tout à coup, je me

rappelais que ma mère devait venir me chercher à 1 heure et c'était la panique totale !

Je fonçais pour essayer de rentrer au foyer le plus vite possible mais le chauffeur du bus ne voulait pas me laisser monter parce que je n'avais pas assez d'argent et là, tata Peggy se mettait à courir après moi pour me donner une bonne correction et Julie et Ted me faisaient un croche-patte et Justine m'attrapait et, tous ensemble, ils me jetaient dans une rivière et, comme je ne savais pas nager, je me noyais… et je me suis réveillée.

Trempée.

Bon, d'accord, ce n'était qu'un sale cauchemar à la noix. Mais… et si c'était un rêve prémonitoire ??? Et si ma mère venait vraiment me chercher aujourd'hui et que je la ratais parce que j'étais partie déjeuner avec Cam ?

Il faut que j'aille parler à Helen.

Bon, on a parlé. Enfin, si on veut.

– Helen, on pourrait avoir une petite discussion toutes les deux ?

– Non, Jenny, je n'ai pas fini de parler avec Peter.

– Mais ça fait des heures que vous parlez ! Vous avez eu une longue-longue-longue discussion. Et je te rappelle que tu es aussi mon éducatrice à moi, pas qu'à lui. Alors, s'il te plaît, je te prie de venir discuter cinq minutes avec moi. C'est une urgence.

Helen a soupiré. Elle a ébouriffé les cheveux de Peter et lui a donné une chiquenaude sous le menton. Puis, enfin, elle est venue me voir.

– Qu'est-ce qu'il y a, Jenny ?

J'ai avalé ma salive. Ce n'était pas évident à dire…

Helen s'impatientait :

– Jenny, j'espère que tu as vraiment quelque chose à me dire !

– Oui, oui… C'est… Euh… Est-ce que maman sait que je suis ici ?

– Eh bien… Non, je ne pense pas.

– Mais si elle voulait me retrouver, elle pourrait, hein ?

J'avais parlé tout bas, mais Justine m'avait entendue.

– Tu parles, qui voudrait de toi, Jenny Bell ?

– La ferme !

Justine m'a fait une horrible grimace et Louise s'est mise à glousser. Puis elle a tiré Justine par la manche.

– Viens, on va voir la nouvelle. Elle est arrivée avec deux énormes valises, elle doit avoir des tas de fringues.

Mais comme Justine voulait rester à la fenêtre, Louise est partie se balader toute seule. Je savais que Justine écoutait toujours ce que je disais (quel manque de discrétion !) mais il fallait tout de même que je pose la question à Helen.

– Si maman voulait, elle pourrait aller à l'ancien foyer, et ils lui diraient où je suis, hein ?

– Oui, bien sûr. Ne t'inquiète pas, chaque fois que tu changes de foyer, on le note dans ton dossier. Alors si ta mère veut te retrouver, rien de plus simple : elle n'a qu'à donner ton nom à l'Assistance, ils trouvent ton numéro de dossier et ton adresse actuelle.

– Ah… très bien.

– Mais qu'est-ce qu'il y a, Jenny ? Tu as toujours l'air inquiète.

– Non, non, ça va.

Sauf que ça ne va pas du tout. Et si ma mère vient aujourd'hui et que je suis sortie déjeuner avec quelqu'un d'autre ? Vous croyez qu'elle m'attendra ? Ou alors elle n'aura pas la patience d'attendre et elle s'évaporera à nouveau dans l'espace ! Et lorsque je rentrerai, Mary me dira : « Oh, au fait, Jenny, ta mère est passée quand tu n'étais pas là. Elle voulait t'emmener avec elle à Hollywood mais elle ne pouvait pas t'attendre parce qu'elle avait un avion à prendre. »

Qu'est-ce que je dois faire ?

Peut-être qu'elle ne viendra pas aujourd'hui. Elle n'est jamais venue jusqu'à présent. Oui, mais si elle se décidait aujourd'hui ? Ah, là, là ! Quel sale rêve ! Les rêves ne se réalisent jamais, hein ?

J'ai mal au cœur. Finalement, je crois que je n'ai pas envie d'aller au McDo.

Vous avez vu ? C'est du sang. Oui, du vrai.

Je n'irai pas chez McDonald's que je le veuille ou non, de toute façon. Je me suis battue. Je suis en isolement.

Voilà ce qui s'est passé. Je suis allée voir Peter pour lui demander en chuchotant :

– Ça te dirait d'aller au McDo avec Cam ?

Il a rentré la tête dans les épaules parce que ça le chatouillait que je lui parle à l'oreille.

– Avec vous deux ?

– Non, à ma place. Finalement, je n'ai plus envie d'y aller. Mais t'inquiète, je préviendrai Cam quand elle arrivera, elle t'aime bien, ça ne la dérangera pas.

Peter n'avait pas l'air convaincu.

– Je ne peux pas, Jenny. Je dois sortir aussi. Avec les gens, là, tu sais…

– Quoi ? Avec le couple de vieux ?

Helen a haussé les sourcils en entendant cela, mais je m'en fichais.

– Tu parles, je suis sûre qu'ils ne t'emmèneront pas au McDo !

– Mais pourquoi tu ne veux plus y aller, toi, Jenny ? a demandé Helen. Je croyais que tu avais hâte…

– Oui, mais… j'ai changé d'avis. Je préfère rester ici. Au cas où…

Helen est une grosse baleine, mais elle n'est pas complètement idiote.

– Jenny, je ne pense pas que ta mère viendra aujourd'hui.

– Oh, je sais. Mais j'ai fait un rêve… et, dans mon rêve, elle venait.

– D'accord, ce devait être un très beau rêve mais…

– Non, c'était un horrible cauchemar parce que je n'étais pas là pour la voir et…

– Et tu t'es réveillée dans ton lit tout mouillé, comme un bébé, a sifflé Justine.

– Je t'ai déjà dit de la fermer ! j'ai crié.

Elle commençait à vraiment m'énerver, celle-là !

– Tu devrais quand même aller déjeuner avec ton amie, Jenny, m'a conseillé Helen.

– Mm… Mais de toute façon, je crois que n'ai plus envie.

Je me suis tournée vers Peter.

– Pourquoi tu veux absolument voir ces deux vieux aujourd'hui, hein ? Tu pourras les voir un autre jour, non ? Va manger un bon Big Mac avec Cam !

Peter s'est mis à gigoter, mal à l'aise. Helen lui a posé la main sur l'épaule. Il nous a regardées, d'abord elle, puis moi.

– Désolé, Jenny. J'ai envie de les rencontrer, tata Jane et tonton Stanley.

– Mais bien sûr que tu vas les voir, Peter. Et Jenny va aller déjeuner avec son amie écrivain, a assuré Helen.

– Non, pas question, j'ai répliqué.

Et là, Justine s'en est encore mêlée :

– Moi, j'aimerais bien y aller, mais je ne peux pas parce que je dois manger avec mon père.

– C'est ça ! Tu devais déjà déjeuner avec lui la semaine dernière, mais il n'est jamais venu !

– Ouais, mais au moins, il vient de temps en temps. Pas comme ta mère. Elle, elle n'est jamais venue !

– Bien sûr que si ! j'ai crié. Elle est venue des tas de fois. Et elle va revenir me chercher pour de bon. On partira à Hollywood et là, tu rigoleras moins, grosse vache !

– Franchement, je n'ai jamais vu une fille aussi

bête, a répliqué Justine. Ta mère n'est pas une star. Louise m'a tout raconté. C'est une rien du tout et elle ne viendra jamais te chercher. Tu ne l'as pas vue depuis que tu es bébé. Je suis sûre qu'elle t'a complètement oubliée. Ou qu'elle a eu des tas d'autres enfants et qu'elle ne veut plus jamais revoir cette petite morveuse de Jenny.

Là, je lui ai mis mon poing dans la figure. Encore et encore. Je m'en fiche. Je l'ai refait saigner du nez. Elle m'a fait un peu mal aussi, mais je m'en fiche. Et me voilà coincée en isolement. Il est midi et c'est quelqu'un d'autre qui va aller déjeuner avec Cam à ma place, je m'en fiche.

Au moins, ce ne sera pas Justine.

Peut-être que ma mère va vraiment venir.

Quelqu'un frappe à la porte. Et si c'était elle ?

Non, ce n'était pas elle. Comme d'hab. C'était Cam, évidemment.

En la voyant, j'ai fondu en larmes. Enfin, je veux dire, j'aurais fondu en larmes si j'avais été du genre à pleurer.

Elle s'est exclamée :

– Ouh là, j'ai l'impression que je n'ai pas une très bonne influence sur toi, Jenny.

Et elle s'est assise par terre, à côté de moi, attendant que je me calme un peu. Puis elle a fouillé dans la poche de son jean et en a tiré un mouchoir en papier tout froissé. Elle me l'a passé pour que j'essuie toute trace de mon rhume des foins.

– Bon, alors, qu'est-ce que tu veux faire ?

– Je n'ai pas vraiment le choix. Je suis coincée ici.

– Non, pas du tout. Tu peux toujours venir déjeuner avec moi, j'ai demandé à Mary. Helen m'a expliqué pourquoi tu t'étais énervée.

– Mais elle ne sait pas pourquoi ! Ah, je déteste qu'on parle de moi dans mon dos ! j'ai répliqué, furieuse.

– Oui, je comprends, ce doit être agaçant. Mais, au moins, ça veut dire qu'on s'inquiète pour toi, non ? Tiens, tu as encore le nez qui coule. Heureusement que tu n'étais pas maquillée, cette fois.

– Tu te moques de moi, là ?

– Non, je te taquine. Allez, tu viens ?

– On y va !

Seulement, je m'inquiétais toujours pour maman, même si je savais pertinemment que c'était idiot. C'était presque sûr qu'elle ne viendrait pas. Et, tout au fond de moi, je savais que Justine avait un peu raison. Mais ça ne m'empêchait pas d'être inquiète.

– Maman…

– Tu as peur qu'elle vienne te chercher pendant que tu ne seras pas là ? m'a demandé Cam. OK, tu sais ce qu'on va faire ? Quand on sera chez McDonald's, tu téléphoneras au foyer pour vérifier qu'elle n'est pas arrivée. Et, si elle est là, je te ramène aussi sec. Ça te va, comme ça ?

– Impeccable.

Alors, finalement, on est quand même parties déjeuner ensemble, Cam et moi. Elle a une deux-chevaux vert pomme, une vraie antiquité ! Ça ne change pas beaucoup du minibus du foyer !

– Ma mère ne se baladerait jamais dans une vieille boîte de conserve comme ça. Elle ne roule qu'en Cadillac, tu sais.

– Mm…, a fait Cam.

Je l'ai dévisagée.

– Tu dis oui juste pour me faire plaisir, hein ? Tu ne me crois pas vraiment, c'est ça ?

Alors elle m'a regardée.

– Et toi, tu y crois vraiment, Jenny ?

J'ai réfléchi une minute.

– Ouais, des fois…

Cam a hoché la tête.

– Et des fois, je me rends compte que je m'invente des histoires, j'ai ajouté tout bas. Ça t'embête que je mente ?

– Bah, je n'arrête pas d'inventer des histoires quand j'écris. Tu parles, ça ne me dérange pas du tout ! a-t-elle répondu.

– Ah, tu sais, j'ai apporté ton article. Il est tout prêt, tu n'as plus rien à faire. Tu veux que je t'en lise un bout ? Tu vas être sacrément impressionnée, à mon avis. Je crois que j'ai fait un vrai boulot de journaliste !

Et j'ai commencé à lire :

– Le visage d'elfe de la petite Jenny Bell est marqué par la souffrance. Cette fillette très très jolie et extrêmement intelligente a reçu un traitement affligeant de la part des services sociaux de l'enfance. Sa mère, une jeune femme ravissante et très douée, a été contrainte de la confier à un foyer malgré son souhait de la garder près d'elle et pourrait, en fait, revenir très bientôt chercher sa charmante petite fille. En attendant, l'adorable Jenny aurait besoin d'une famille d'accueil. Actuellement, elle vit dans un foyer, où elle est négligée et maltraitée… Qu'est-ce qui te fait rire, Cam ?

– Maltraitée ?

– Regarde ma main. Tu vois, c'est du sang.

– Ouais, c'est quand tu as envoyé ton poing dans le nez de cette pauvre Justine, a-t-elle répliqué. C'est toi qui maltraites tous les autres enfants de ce foyer.

– Oui, mais si j'écris ça, personne ne voudra de moi, tu ne crois pas ?

– Je ne sais pas... Moi, si je devais choisir, je voudrais une vraie petite peste. C'est plus drôle !

Je l'ai regardée. Longuement. Et tout à coup, un déclic s'est fait dans mon cerveau. Tic tac, tic tac...

Mais j'ai dû laisser mon plan de côté quelque temps parce que nous étions arrivées au McDo. J'ai mangé un Big Mac et une grande frite que j'ai fait passer avec un milk-shake à la fraise. Cam a pris comme moi. Et après elle a commandé un café et moi un autre milk-shake. Pouf ! Avec ça, on n'en pouvait plus. On a même dû dégrafer un peu nos ceintures !

J'ai ressorti mon article pour lui montrer la suite, mais ça lui a redonné le fou rire.

Elle gloussait :

– Oh, c'est pas vrai, j'en ai le hoquet ! Tu sais, Jenny, il est très bien, ton article, mais jamais ils ne publieront ça. On ne peut pas dire ce genre de choses.

– Quoi ? Que Jenny Bell est extraordinaire et que c'est la plus merveilleuse des petites filles ? C'est pourtant vrai !

– Peut-être, mais tu ne peux pas écrire tous ces trucs à propos de Justine, de Louise et le reste.

– Mais ça aussi, c'est vrai !

– Non, pas du tout. Je les ai rencontrées et je les aime bien, ces filles. En plus, tu ne peux pas non plus parler de Mary, de Mike et de ton éducatrice comme ça. Tu risquerais d'être accusée de diffamation !

– Bon, eh bien, si tu es si forte, vas-y alors, j'ai répliqué, vexée. Qu'est-ce que tu dirais, toi ?

– Je ne sais pas. Finalement, je n'ai plus envie de le faire, cet article. Je crois que je ferais mieux de m'en tenir à mes romans, tant pis pour l'argent !

– Ce n'est pas très professionnel, tout ça, ai-je remarqué d'un ton sévère. Tu devrais peut-être carrément arrêter d'écrire. Te trouver un travail qui rapporte plus. Tiens, tu pourrais t'occuper de quelqu'un, par exemple. Tu sais qu'on est payé pour ça.

Cam a haussé les sourcils.

– Tu parles, je n'arrive déjà pas à m'occuper de moi, alors !

– Justement, tu as besoin de quelqu'un pour veiller sur toi, ai-je affirmé. Quelqu'un comme moi.

– Jenny !

Cam m'a regardée droit dans les yeux.

– Non, désolée. Je ne peux pas t'adopter.

– Mais si, bien sûr que si.

– Arrête. Il n'en est pas question. Je ne suis absolument pas en mesure de t'accueillir.

– Mais si, pas la peine d'être mariée, tu sais. Les femmes célibataires peuvent être famille d'accueil sans problème.

– Je suis célibataire et je veux le rester. Pas de mari. Et pas d'enfants !

– Parfait. Je déteste les autres enfants. Surtout ces casse-pieds de bébés. Mais tu ne vas pas avoir une furieuse envie de bébé du jour au lendemain, Cam, hein ?

– Aucun risque. L'autre fois, j'ai dû porter le petit Tom dans mes bras, ça a comblé mon désir de maternité pour des siècles !

– Alors on serait tranquilles, rien que toi et moi.
– Non !
– Tu devrais y réfléchir.
Cam s'est mise à rire.
– Dis donc, quand tu as quelque chose dans la tête, toi ! Bon, d'accord, je vais y réfléchir. Ça te va, comme ça ?
– Ça me va ! j'ai répondu en lui tapant dans la main. Je pourrais aller téléphoner, s'il te plaît ? j'ai demandé. Je n'ai pas de monnaie.
Elle m'a donné deux pièces et j'ai filé aux toilettes pour appeler Mary.
Alors que j'attendais qu'elle décroche, mon cœur cognait comme un fou dans ma poitrine. J'ai été un peu déçue lorsqu'elle m'a dit que ma mère n'était pas venue. Pourtant, en fait, je m'y attendais.
Mais, heureusement, j'avais d'autres projets en tête. Je suis retournée voir Cam à toute allure.
– Alors, ça y est ? Tu as réfléchi ? C'est d'accord ? Tu vas me prendre ?
– Ouh, là… Il faut que j'y réfléchisse pendant des siècles, au moins ! Et ensuite, je suis presque certaine que la réponse sera non.
– *Presque* certaine. Mais pas à cent pour cent.
– Mm. Et toi ? Es-tu cent pour cent sûre que tu voudrais vivre avec moi ?
– Eh bien… j'aurais préféré que tu sois riche. Et un peu plus chic. Pour que je puisse réussir dans la vie mais…

– Tu n'as pas besoin de moi pour réussir dans la vie, Jenny, je t'assure.

– Si, Cam, j'ai besoin de toi.

En disant cela, je l'ai regardée dans les yeux. Et elle aussi.

– Mais on se connaît à peine...

– Justement, si on habite ensemble, on apprendra à se connaître, Cam. Euh... Camilla. Ça fait plus chic. Je veux une mère adoptive super classe.

– Oh, Jenny, arrête ! Moi, classe ? Je t'ai déjà dit que je ne supportais pas ce prénom. Camilla... tout le monde se moquait de moi. Et, en plus, c'est comme ça que m'appelait ma mère.

Elle a fait la grimace.

Je me suis figée, choquée par son ton et son expression.

– Tu... tu veux dire que tu n'aimes pas ta maman ? j'ai demandé.

– Pas trop.

– Mais pourquoi ? Elle te battait ?

– Non ! Non, elle n'arrêtait pas de me donner des ordres. Et mon père aussi, d'ailleurs. Ils voulaient que je sois exactement comme eux et, dès que je voulais faire les choses différemment, ils ne le supportaient pas.

– Alors tu ne les vois plus ?

– Si, enfin, juste à Noël.

– Ah, tant mieux, ils m'offriront quand même des cadeaux, hein, si je suis leur petite-fille d'adoption ?

– Jenny ! Sincèrement, ça ne marcherait pas, je t'assure. Tiens, d'abord du point de vue pratique, ce serait impossible. Je n'ai pas la place de t'accueillir. J'habite un appartement minuscule.

– Mais je suis toute petite. Je ne prends pas beaucoup de place.

– Je te jure, mon appart est vraiment riquiqui, si tu voyais !

– Oh ouais, chouette, on y va ?

– Mais je ne voulais pas…, a commencé Cam, mais elle s'est mise à rire de nouveau. Bon, OK, on va passer chez moi. Le problème, c'est que j'ai dit à Mary que je te ramenais juste après déjeuner.

– Je n'ai qu'à la rappeler.

– D'accord, dis-lui que tu seras de retour pour le goûter.

– Oh ! On ne pourrait pas goûter ensemble ? Allez, s'il te plaît !

– Tu sais ce qu'on va faire ? On va dire qu'on est des dames très chics qui prennent le thé ensemble, d'acc ? Vers 4 heures. Pour l'instant, je crois qu'on ne peut plus rien avaler. Et je te raccompagnerai au foyer vers 5 heures, ça te va ?

– Et le dîner, alors ? Je pourrais même rester coucher chez toi. On a le droit, tu sais. Je n'ai pas besoin de chemise de nuit, je dormirai en culotte et en T-shirt. Et c'est pas grave si on ne les lave pas, tu sais, je ne les lave pas souvent au foyer…

– Eh ben, dis donc ! Je peux te dire que si tu

vivais chez moi – et je dis bien *si*, Jenny –, je te promets que tu te laverais et que tu te changerais tous les jours. Bon, ça suffit. À 5 heures, je te ramène au foyer. Et ce sera déjà pas mal pour aujourd'hui.

J'ai capitulé. Parfois je sens qu'il ne faut pas pousser trop loin.

J'ai appelé le foyer. Cam a discuté cinq minutes avec Mary.

– Bon, tout est arrangé, j'ai conclu en raccrochant. Tu sais ce qui me ferait plaisir pour fêter ça ? Des Smarties !

– Demain, tu vas faire la une des journaux, Jenny. Je vois déjà les gros titres : « JENNY BELL : LA FILLE DONT LE VENTRE A EXPLOSÉ ! », a répliqué Cam.

Mais elle m'a quand même acheté des Smarties. Pas un petit tube, un gros paquet.

– Waouh ! Merci !

Et j'ai tout de suite pioché dedans.

– Hé, ce n'est pas que pour toi ! Je veux que tu les rapportes au foyer pour les partager avec les autres.

– Oh non, ce serait du gâchis.

– Si ! Tu vas partager, petite goinfre !

– Je veux bien en donner à Peter. Et à Max. Et aux petits.

– Non, tu vas partager avec tout le monde. Même avec Justine.

– Grumpf !

Elle s'est arrêtée dans une autre boutique, une pâtisserie.

J'ai dû l'attendre devant et elle est ressortie avec une boîte en carton.

– C'est des gâteaux pour le goûter ?

– Peut-être.

– Miam, miam ! Je sens que ça va être chouette de vivre avec toi, Cam.

– Arrête avec ça, Jenny. Écoute, on s'est mal comprises. J'aime bien te voir, j'espère qu'on pourra se faire d'autres petites sorties comme ça, le samedi…

– Génial ! On retournera chez McDonald's ? Tu promets ?

– Oui, je te le promets. Mais de là à devenir ta famille d'accueil… Je m'en voudrais de te donner de faux espoirs, Jenny. Alors on arrête d'en parler, et on se contente d'être amies pour l'instant, d'accord ?

– Mais tu pourrais être ma mère adoptive *et* mon amie en même temps.

– C'est pas vrai ! On dirait un chien avec un os. Tu ne lâches jamais prise, pas vrai ?

– Ouaf ! Ouaf !

Je n'arrête pas de la faire rire. Je l'aime bien. Beaucoup même. Pas autant que ma maman, bien sûr. Mais elle fera l'affaire jusqu'à ce que ma mère vienne me rechercher.

En entrant dans son appartement, j'ai eu un choc, ah ça, oui ! Il est minuscule. Et dans un état ! Il est encore plus délabré que le foyer. Et si vous voyiez sa chambre ! Elle aussi, elle laisse ses pyjamas traîner par terre !

Enfin, quand j'emménagerai, on arrangera tout ça. Je lui donnerai un coup de main pour faire quelques améliorations.

Je me suis approchée des étagères.

– Tu me montres tes livres ? C'est toi qui as écrit tout ça ?

– Non, non ! Juste ceux du bas. Mais ça m'étonnerait qu'ils te plaisent, Jenny.

Là, elle avait carrément raison. J'en ai feuilleté un, mais il n'y avait pas une seule image, ni de passages rigolos, ni même de gros mots ! Il va falloir que je la pousse à écrire de meilleurs bouquins, sinon elle ne gagnera jamais assez d'argent pour m'offrir le train de vie que j'ai l'intention de mener.

Je ferais peut-être mieux de me dépêcher de publier mes propres livres. Cam m'a laissée travailler un peu sur sa machine à écrire.

J'ai mis un moment à prendre le coup. Mais j'ai fini par réussir à taper une lettre potable. Je l'ai cachée sur le bureau de Cam pour qu'elle la trouve plus tard.

Chère Cam,
je serai la plus adorable fille adoptive du monde. Tu verras.
Bisous,
Jenny Bell, la fille dont le ventre n'a pas explosé.

Enfin, ça a quand même failli. Devinez ce qu'elle avait acheté pour le goûter ! Un gâteau d'anniversaire, un gros, plein de crème et de confiture. Il était couvert de glaçage blanc, et elle a pris quelques Smarties pour écrire J B dessus.

– Ouais ! Un gâteau pour moi toute seule ! me suis-je écriée, toute contente.

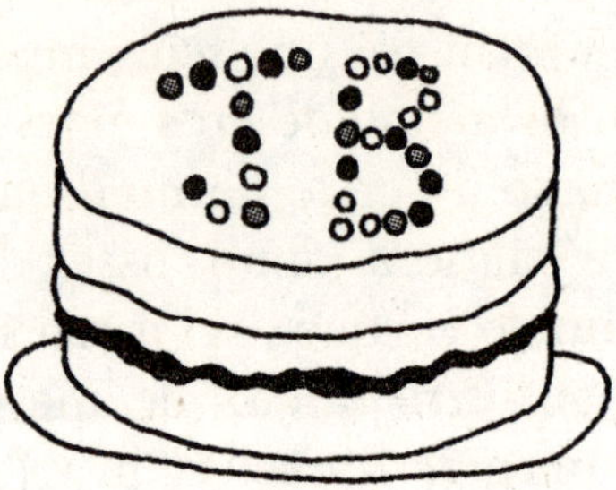

– Tu ne veux même pas m'en donner une petite tranche ? s'est étonnée Cam.

– Bah si, bien sûr. Mais je ne suis pas obligée de le partager avec qui que ce soit. Mon vrai gâteau d'anniversaire, j'ai dû le partager avec Peter, tu te rends compte, l'horreur !

– Je croyais que vous étiez amis…

– Oui, mais quand même. Un gâteau d'anniversaire, ça ne se partage pas, même avec ton meilleur ami au monde ! ai-je affirmé.

Cependant, en engloutissant ma première énorme part de gâteau, j'ai réfléchi… Et aussi en dévorant la seconde, dégoulinante de crème et de confiture. Et également en mangeant ma dernière lichette, et en grignotant des miettes de glaçage.

– Miam, c'est mille fois meilleur que les gâteaux d'anniversaire du foyer, tu sais, j'ai remarqué.

– Tant mieux.

– Peter devait sortir avec un tonton Machin et une tata Truc aujourd'hui.

– C'est vrai ?

– Mais je parie qu'ils ne l'ont pas emmené au McDo. Et qu'ils ne lui ont pas acheté de gâteau rien que pour lui.

– Peut-être pas.

– Étant donné que nous sommes amis, Peter et moi, et que nous sommes nés le même jour, et que nous avons partagé notre gâteau d'anniversaire, peut-être qu'on devrait partager celui-ci aussi, j'ai dit. Je pourrais lui en rapporter un morceau ?

– Oui, ce serait une bonne idée, a répondu Cam. Je vais en envelopper une tranche pour Peter. Et une pour toi. Mais il faut que tu me promettes que tu ne vas pas vomir toute la nuit.

– Bien sûr que non. Hé, je peux les couper cette fois ? Comme ça, je pourrai faire un vœu.

Alors Cam m'a passé le couteau. J'ai fermé les yeux et fait mon vœu en souhaitant de toutes mes forces qu'il se réalise. Puis j'ai dit :

– Je parie que tu ne sais pas ce que c'était, mon vœu.

– Oh que si, j'imagine.

– Je peux te le dire si tu veux.

– Non, non, il ne faut pas, sinon il ne se réalisera pas, a répliqué Cam.

Je lui ai fait une petite grimace. Et tout à coup, j'ai eu une idée.

– Hé, c'est un peu comme si on fêtait mon anniversaire, là… alors c'est dommage que je n'aie pas de cadeaux. Message, message, message.

– Franchement, Jenny Bell, tu n'as pas honte ? s'est écriée Cam.

Mais ça a marché !

Elle a parcouru sa chambre des yeux, en laissant son regard traîner un moment sur les étagères. J'ai cru que j'allais me retrouver avec un vieux bouquin rasoir mais non, c'était bien mieux ! Elle est allée à son bureau prendre son stylo Mickey.

– Tiens, Jenny. Joyeux non-anniversaire ! a-t-elle dit en me le glissant dans la main.

Sur le coup, je ne savais plus quoi dire. Et ça ne m'arrive pas souvent ! J'ai même eu peur d'avoir une nouvelle crise de rhume des foins. Mais j'ai réussi à sourire et j'ai levé le pouce pour lui montrer que j'étais super contente.

Nous étions de retour au foyer à 5 heures pile. Comme quoi, elle est capable d'arriver à l'heure, mais pas au bon moment. J'ai fait une petite crise sur le perron. Disons que je me suis un peu accrochée à elle. C'était juste que je m'amusais tellement bien avec elle que je voulais continuer à m'amuser. Ce n'est pas faire un caprice ça, quand même ?

Mais bon, ça va, elle revient samedi prochain. Elle a promis. À midi. On a rendez-vous, moi et ma future mère adoptive. Je vais tout faire pour que ce vœu se réalise.

J'ai mis un peu de temps à me calmer après son départ. J'ai raté le goûter mais ce n'était pas vraiment grave, vu que j'avais mangé la moitié de mon gâteau d'anniversaire, en plus du déjeuner chez McDo et des Smarties. Il m'en restait encore quelques-uns. Mais plus de rouges. Ni de roses, de mauves ou de bleus, mes couleurs préférées. Mais il restait tous les moches, à partager avec les autres.

Lorsque je suis sortie de la chambre d'isolement, j'ai pris mes Smarties et mes deux parts de gâteau. Elles avaient été un peu écrasées dans mes adieux mouvementés avec Cam, mais Mary m'a aidée à les rendre présentables en les mettant dans une assiette.

Je suis allée voir Peter. Il était dans sa chambre, assis sur son lit, l'air encore plus renfermé que d'habitude.

– Oh, oh, ils ne sont pas venus ?

– Si, si.

– Mais ils sont trop nuls, c'est ça ? T'en fais pas, Peter, regarde ce que je t'ai apporté. Du bon gâteau.

– Merci, Jenny, a-t-il répondu en prenant sa part d'un air absent. Non, ils sont très bien. Ils sont même très gentils, tata Jane et tonton Stanley.

– Je parie qu'ils ne t'ont pas emmené chez Mc Donald's.

– Non, on est allés au *fish and chips* [1]. J'adore ça. Avec ma grand-mère, on en mangeait souvent avec du pain, du beurre et une grande tasse de thé.

– Bah, c'est nul ! Moi, j'ai pris un Big Mac, des frites et un milk-shake à la fraise, euh… même deux, en fait. Après Cam m'a acheté des Smarties

1. Petit snack-bar qui vend des frites et des beignets de poisson, on en trouve à tous les coins de rue en Grande-Bretagne.

et un super gâteau. Et elle a écrit mon nom dessus. C'était un gâteau exprès pour moi, un gâteau de non-anniversaire. J'aurais pu tout manger toute seule, mais je lui ai demandé de t'en garder une grosse part. Et tu n'y as même pas encore touché ! Tu n'aimes pas ou quoi ? Je pensais que ça te ferait plaisir.

– Oh, c'est très gentil, Jenny, a fait Peter en grignotant poliment un coin du morceau de gâteau. C'est adorable. J'ai parlé de toi à tata Jane et tonton Stanley, tu sais, je leur ai dit que tu étais ma meilleure amie. Ils ont hâte de te rencontrer.

– Ouais, eh ben, ce n'est pas la peine parce que Cam va m'adopter, tu vas voir !

– C'est vrai ? Mais c'est génial ! Moi aussi, je crois que tata Jane et tonton Stanley veulent m'adopter. Ils me l'ont dit. Ils auraient voulu m'emmener chez eux dès aujourd'hui.

– Alors comme ça, tu vas te faire la malle et m'abandonner dans ce trou à rats, hein ? j'ai répliqué. Super.

– Mais… non, je ne veux pas t'abandonner, Jenny. Je leur ai dit. Mais puisque, toi aussi, tu as trouvé une famille d'accueil…

– Ouais, ouais, Cam meurt d'envie de m'adopter mais, tu sais, pour ce genre de choses, il vaut mieux ne pas se précipiter. Il faut bien réfléchir avant.

– Je sais, c'est ce que j'essaye de faire, a répondu Peter. Écoute, Jenny, peu importe où tu vas et où je vais, de toute façon, on restera toujours amis, pas vrai ? On pourra se voir et s'écrire, non ?

– Oui, je t'écrirai avec mon super stylo Mickey. Tiens, je vais te le montrer.

– Oh, non, Jenny, tu ne l'as quand même pas piqué à Cam ?

– Non, mais ça ne va pas ! Pour qui tu me prends ? Elle me l'a donné, espèce d'andouille. Tu vois, elle m'adore. Bon, tu sais quoi ? On va faire un pacte. Tu resteras mon meilleur ami quoi qu'il arrive et pareil pour moi, d'accord ? Hé, tu laisses tout le glaçage ! Tu n'aimes pas ça ?

– Non, je gardais le meilleur pour la fin mais, tiens, prends-le, Jenny. Ça me fait plaisir, vraiment.

C'est super chouette de partager un morceau de gâteau avec son meilleur ami.

Après, j'ai fait le tour du foyer avec le paquet de Smarties. J'en ai donné un à chacun. Même à Louise et à la nouvelle. Elles étaient toutes les deux dans la chambre de la nouvelle en train d'essayer ses vêtements.

Justine était en bas. Devant la fenêtre. Son père n'était pas venu finalement. Elle avait un pansement sur le nez et elle reniflait.

Quand je l'ai vue, mon cœur s'est mis à battre boum ! boum ! boum ! Je me suis approchée. Elle s'est retournée, pleine d'espoir, croyant que c'était Louise.

Mais, apparemment, Louise a encore changé de meilleure amie. Elle est comme ça, Louise.

En découvrant que c'était moi, Justine a sursauté.

– Qu'est-ce que tu me veux, Jenny Bell ? elle a marmonné en s'essuyant les yeux.

– J'ai quelque chose pour toi, Justine.

J'avais prévu de lui donner un Smarties. Mais, vous ne devinerez jamais ce que j'ai fait : je lui ai donné mon stylo Mickey.

Je dois avoir perdu un boulon. J'espère que Cam pourra m'en acheter un autre. Samedi prochain. Quand on ira au McDo. Et qu'elle me dira qu'elle veut bien m'adopter.

Ce livre a commencé comme un conte de fées. Et il va finir pareil. Cam et moi, on vivra heureuses. Sans autres enfants !

Jacqueline Wilson

Un rôle en or pour Jenny B.

Illustrations de Nick Sharratt

Traduit de l'anglais
par Vanessa Rubio

Pour le personnel et les élèves
de l'école élémentaire Charles-Dickens

Je m'appelle Jenny Bell. Retenez bien ce nom. Un jour, je serai célèbre.

J'habite dans un foyer pour enfants. On l'a surnommé la décharge publique. On nous a abandonnés là parce que personne ne veut de nous.

Non, n'importe quoi. Ma mère m'adore. C'est juste qu'elle est actrice et elle a tellement de boulot à Hollywood qu'elle ne peut pas s'occuper de moi. Mais elle va venir me voir à Noël. Sûr, sûr, sûr. Je le sais.

– C'est ça, elle viendra te voir la semaine des quatre jeudis, m'a fait Justine Petitbois. Ta mère a fichu le camp parce qu'elle ne veut pas d'une sale petite prétentieuse qui mouille son lit toutes les…

Elle n'a pas pu finir sa phrase car je me suis jetée sur elle. Je l'ai prise par les cheveux et j'ai tiré de toutes mes forces comme si je voulais arracher une touffe de mauvaises herbes.

J'ai atterri en chambre d'isolement. Je m'en fiche. Au moins, comme ça, j'ai le temps de méditer – un mot compliqué pour dire « penser ». J'ai énormément de vocabulaire. Ma voie est toute tracée : je serai écrivain. Un écrivain à succès, riche et célèbre, pas un pauvre gratte-papier comme Cam.

J'ai cogité (encore un mot compliqué pour dire « penser ») sur l'expression « semaine des quatre jeudis » – est-ce que ça signifie que ce serait tous les jours dimanche ?

Ce serait cool… Tous les jours, on pourrait traîner au lit, passer la matinée à regarder les dessins animés, et faire un repas du dimanche. Et surtout, on n'irait plus jamais à l'école. Mais ensuite, j'ai songé (troisième option pour dire « penser ») au très très mauvais côté du dimanche : beaucoup d'enfants de la décharge publique rentrent chez leurs parents.

Pas moi. Enfin, des fois, je vais chez Cam, c'est tout. Elle voudrait devenir ma famille d'accueil. Elle doit même suivre une formation pour obtenir l'agrément. C'est dingue. Je n'ai aucune confiance en mon éducatrice, Helen la Baleine. Je ne voudrais pas

qu'elle refroidisse Cam. Heureusement, Cam met des gros pulls et des chaussettes rayées tricotées main. On ne peut pas dire qu'elle soit très stylée. Disons qu'elle a un look passable. Mais, de toute façon, une mère adoptive, ça ne remplace pas une vraie maman. Surtout pas une superstar comme la mienne. Ce n'est pas sa faute si elle n'a pas pu me rendre visite, dernièrement. Elle a un planning de tournages tellement chargé qu'elle n'a même pas le temps de sauter dans un avion pour venir me voir entre deux films – et ça lui fend le cœur, je le sais.

Mais elle sera là pour Noël. Tu vas voir, Justine Presque-chauve-et-c'est-bien-fait Petitbois. Elle me l'a promis.

Elle devait venir cet été. On serait parties en vacances ensemble sur une île tropicale, pour passer nos journées sur une plage de sable fin, nager avec les dauphins dans la mer turquoise, siroter des cocktails dans notre hôtel dix étoiles...

Enfin bref, elle devait venir me prendre pour la journée. Tout était prévu. Helen la Baleine avait tout organisé, mais ma pauvre maman n'a pas pu se libérer. Elle a sûrement été invitée dans une émission de télé à la dernière minute. Ou alors un magazine du genre *Hello !* ou *OK !* l'a contactée pour une séance photo exclusive. Vous voyez, quoi.

Du coup, elle n'est pas venue et, au lieu de se montrer compréhensive, Helen s'est mise à la critiquer. Je l'ai entendue dire à Mary, une autre éducatrice de la décharge publique, que j'avais pleuré toutes les larmes de mon corps. Quelle menteuse ! Je ne pleure jamais. Il m'arrive parfois d'avoir une petite crise de rhume des foins, mais je ne pleure jamais.

J'étais mortifiée. J'aurais voulu lui faire avaler sa langue, à cette grosse baleine. Nous avons eu des mots. Assez grossiers pour ma part. J'ai fait comprendre à Helen qu'elle n'avait pas à parler d'une de ses clientes – c'est-à-dire moi – avec ses collègues et que j'avais bien envie de porter plainte contre elle.

J'étais indignée qu'elle ait osé tenir des propos diffamants sur ma mère. C'est une vraie star, à Hollywood, quand même ! Helen aurait pu montrer un peu plus de déférence à son égard, elle qui n'est qu'une misérable éducatrice.

Helen a laissé échapper un juron. Puis elle a dit qu'elle comprenait que je sois en colère. Que c'était plus facile pour moi de m'en prendre à elle alors que, en réalité, j'en voulais à ma mère de m'avoir une fois de plus laissée tomber. QUOI ??? Je n'en voulais absolument pas à ma mère. Ce n'est pas sa faute. Quand on est aussi célèbre, on est très demandé, normal.

– Ouais, alors pourquoi on ne l'a jamais vue dans aucun film ni aucune émission de télé, hein ? Et pourquoi elle n'est jamais en photo dans les magazines ? m'a demandé Justine Occupe-toi-de-tes-oignons Petitbois.

– Faut que tu te débouches les oreilles, Justine Petitbois. Ma mère est actrice à Hollywood. Tu sais, Hollywood, en Amérique ! Elle n'est pas connue ici mais, là-bas, c'est une superstar. Dès qu'elle met un pied dehors, les photographes la mitraillent et des hordes de fans se jettent sur elle pour avoir un autographe.

– Ouais, ouais, c'est ça. Elle signe des tonnes d'autographes mais elle se donne même pas la peine de t'écrire, a répliqué Justine Elle-va-la-fermer Petitbois.

Mais, ha ! ha ! je lui ai cloué le bec parce que ma mère m'a écrit, justement. Elle m'a envoyé une carte postale. Vrai de vrai.

Je l'ai accrochée au mur à côté de la photo où elle me tient dans ses bras quand j'étais encore un mignon petit bébé. Sur la carte, il y a un adorable nounours avec deux grosses larmes qui coulent sur ses joues en peluche et le mot « Pardon ! » en lettres pailletées.

Derrière, maman a écrit :

Désolée de ne pas avoir pu venir, Jenny.
T'en fais pas, ma poulette, on se voit bientôt.
À Noël peut-être ?
Bisous,

Maman.

Je connais le texte par cœur. J'ai même inventé une petite comptine que je chante tous les matins en me réveillant et tous les soirs en me couchant. Je la fredonne tout bas à l'école. Je la chante devant la télévision. Je la chante dans mon bain. Je la chante aux toilettes. Je dis même la ponctuation et tout et tout. Ça donne :

À Noël peut-être point d'interrogation. Bisous virgule. Maman point.

C'est très facile à retenir. Si ça se trouve, j'écrirai aussi des tubes quand je serai grande, en plus des best-sellers.

Et, bien entendu, je serai aussi actrice de cinéma comme ma mère. Je suis déjà une enfant star. D'ailleurs, le monde entier va bientôt pouvoir m'applaudir car je tiens le premier rôle dans une superproduction. Vrai de vrai.

Je joue dans la pièce de l'école, *Un chant de Noël.*

Jusque-là, je n'avais pas rencontré beaucoup de succès au cours des castings. Dans mes précédentes écoles, jamais on ne m'avait donné un rôle important. Par exemple, j'ai fait l'âne dans la crèche. J'étais un peu vexée de ne pas être Marie ou même l'ange Gabriel, mais comme un bon petit soldat, j'ai décidé de jouer mon rôle à fond.

J'ai beaucoup travaillé mes « *hi-han ! hi-han !* ». J'ai brait comme un troupeau d'ânes pendant tout le spectacle. Bon, d'accord, j'ai peut-être légèrement couvert les répliques de Marie et de l'ange Gabriel (sans parler de Joseph, de l'aubergiste, des trois Rois mages et des bergers). Mais les vrais ânes n'attendent pas poliment qu'on leur donne la parole, ils braient quand ils en ont envie. Et j'avais envie de braire constamment. Voilà.

On ne m'a plus jamais confié de rôle dans cette stupide école. Mais dans la nouvelle, ça va mieux. On a même un professeur d'arts plastiques et dramatique, Mlle Simpkins. Elle comprend les artistes.

Pour moi, quand on peint, il faut que ce soit expressif et, quand on joue une pièce, il faut que ce soit théâtral. Elle a admiré ma représentation hautement artistique de Justine Petitbois dévorée par des lions, des tigres et des ours.

– Tu es une petite fille pleine de vie et d'imagination, Jenny, a-t-elle commenté.

Le compliment ne m'a pas transportée de joie. Je sais très bien que c'est le genre de discours que sortent les éducateurs pour redonner confiance à un gamin ou essayer de le vendre à une famille d'accueil potentielle. « Pleine de vie et d'imagination », traduisez : « Jamais à court d'idées pour faire les pires bêtises ». Moi ? Hum, peut-être bien.

Je me suis justement un peu laissé emporter par ma fameuse imagination pendant l'audition d'*Un chant de Noël*. Je ne connaissais pas très bien l'histoire. C'est tellement long et j'ai tellement de choses à faire, je n'ai pas le temps de lire ce genre de bouquin rasoir. Mlle Simpkins nous a fait un petit résumé. Je commençais à m'agiter et à bâiller parce que ça me semblait vieillot et ennuyeux comme tout, mais soudain j'ai tendu l'oreille quand elle a parlé de fantômes.

– Je peux faire le fantôme, mademoiselle ? Je suis très douée pour effrayer les gens ! Regardez, regardez, voilà un fantôme sans tête !

J'ai caché ma tête dans mon pull et levé mes grosses pattes griffues en faisant :

– Hou, hou !

Ce pleurnichard de Peter Ring s'est caché sous son bureau en hurlant de peur.

– Vous voyez, je suis très convaincante, hein ! En plus, je sais faire des tas de fantômes différents. Le spectre classique sous son grand drap blanc ou celui qui gémit en remuant ses chaînes… Ou alors, je pourrais me maquiller tout en gris et jouer un esprit qui se faufile sans bruit pour sauter sur les gens !

J'ai sauté sur Peter juste au moment où il sortait de

sous son bureau. Il est rentré dessous en criant et s'est cogné la tête.

– Hum, tu te mets effectivement très vite dans la peau du personnage, a constaté Mlle Simpkins en se penchant pour frotter le crâne du pleurnichard et le consoler. Voyons, Peter, rassure-toi. Ce n'est pas un vrai fantôme, c'est Jenny Bell.

– Elle me fait peur, même si c'est mon amie.

J'aimerais bien qu'il arrête de raconter à tout le monde qu'on est amis, ce petit crétin. C'est affreusement embarrassant. Je ne voudrais pas qu'on pense qu'il est mon seul ami. J'en ai des tas et des tas. Enfin… Louise n'est plus ma meilleure amie. Elle a complètement changé depuis qu'elle est devenue copine avec Justine La-plaie Petitbois. Et dans ma classe, il n'y a personne qui réponde à mes hautes exigences en matière d'amitié.

Hé, si ! J'en ai une, de meilleure amie ! C'est Cam ! Elle vient me voir tous les samedis. Bien sûr, elle n'est pas aussi belle, glamour et géniale que ma mère. Mais, des fois, on s'amuse bien. Alors, c'est ma meilleure amie. Et on n'a qu'à dire que Mlle Simpkins est ma meilleure amie à l'école.

Peter est juste mon ami à la décharge publique. Surtout la nuit, quand il n'y a personne d'autre dans les parages.

Il devait d'ailleurs être en train de penser à nos petits rendez-vous nocturnes également, parce qu'il a murmuré, tout tremblant :

– Tu vas pas faire le fantôme, ce soir, Jenny, hein ? Promis promis promis ?

– Ah, désolée, mais je ne peux pas te l'assurer, Peter, ai-je répliqué. En tant que fille d'une célèbre star d'Hollywood, je prends tout ça très au sérieux. Je risque de devoir jouer les fantômes en permanence pour mieux m'approprier le personnage.

– Dans ce cas, peut-être vaudrait-il mieux te proposer un autre rôle, Jenny, a suggéré Mlle Simpkins.

– Oh, non, je vous en prie, je veux jouer le fantôme ! ai-je supplié.

En fait, dans les personnages principaux de la pièce, il y a quatre fantômes, plus une cohorte de spectres divers et variés.

D'abord, il y a l'esprit des Noëls passés.

– Je peux faire l'esprit des Noëls passés, s'il vous plaît, mademoiselle Simpkins ?

– Non, Jenny, pour ce rôle, il me faut une fille blonde aux cheveux longs, a-t-elle affirmé.

Et elle a choisi Louise !

– Maintenant, l'esprit du Noël présent, a-t-elle annoncé.

– Je peux le faire, s'il vous plaît ?

– Non, Jenny, pour ce rôle, il me faut un gars costaud.

Elle a choisi ce gros tas de Freddy.

– Et puis l'esprit des Noëls à venir.

– Je croyais que Charles Dickens était un bon auteur. Il se répète un peu, non ? Enfin, je peux faire l'esprit des Noëls à venir ?

– Non, Jenny. Pour ce rôle, il me faut quelqu'un de très grand.

Elle a choisi Philip, un crétin qui n'effraierait même pas un moucheron dans un cimetière.

– Et enfin le dernier des principaux fantômes, celui de Marley, a repris Mlle Simpkins. Il hurle en faisant cliqueter ses chaînes.

– Oooh, je suis super douée pour faire du boucan, vous le savez bien, mademoiselle ! Je peux faire le fantôme de Marley, s'il vous plaît ? ai-je supplié.

– Ça pourrait être une idée, Jenny, mais j'ai peur que, emportée par le rôle, tu sois un peu trop bruyante, justement, a-t-elle répliqué.

Elle a choisi Justine Aussi-expressive-qu'une-bûche Petitbois, qui n'a jamais fait cliqueter une chaîne de sa vie, je suis sûre. C'est qu'une pleurni-

cheuse, incapable de pousser un bon vieux hurlement de fantôme !

J'étais sérieusement furax après Mlle Simpkins. J'ai décidé que ce n'était plus mon amie. Et que je ne voulais plus jouer dans sa stupide pièce puisqu'elle ne m'avait pas donné un bon rôle. Pas question que je fasse l'un des fantômes secondaires qui n'ont même pas de nom ou même un autre personnage – comme ces imbéciles de Cratchit et de Fezziwig.

Je lui ai donc tourné le dos et je me suis mise à fredonner une petite chanson de Noël entre mes dents… en adaptant un peu les paroles.

Vive le vent, vive le vent, Simpkins est trop nulle !

Oh, ça craint de devoir jouer dans sa pièce de Noël, ouais !

– Bien, il ne reste plus qu'un rôle, a-t-elle annoncé. Tu m'écoutes, Jenny ?

J'ai haussé les épaules, complètement affalée sur ma chaise, pour bien lui montrer que je n'en avais rien à faire.

– Prenons ça pour un oui, a-t-elle poursuivi avec entrain. Donc, il ne reste plus que le rôle de ce vieux grincheux d'Ebenezer Scrooge. Un choix délicat. C'est le héros de l'histoire. Le premier rôle, le personnage principal. Il me faut un acteur chevronné qu'un grand rôle n'effraie pas. Quelqu'un qui puisse incarner un vieil homme irascible, méchant, avare et qui reste crédible lorsqu'il se repent et se métamorphose, pour devenir adorable. Je me demande si…

Je me suis redressée, pleine d'espoir. Elle ne voulait quand même pas…

– Jenny Bell, tu vas faire Scrooge !

– Ouais ! ai-je crié en sautillant sur ma chaise comme si j'étais montée sur ressorts.

– C'est ridicule, mademoiselle ! a objecté Justine Faut-toujours-qu'elle-la-ramène Petitbois. Jenny ne peut pas jouer Scrooge. Pourquoi aurait-elle le rôle principal ? Elle passe son temps à faire l'andouille et elle est incapable de travailler sérieusement. Faut pas qu'elle joue dans la pièce, elle va tout faire rater !

– Et toi, t'as raté une occasion de te taire, tu vas le regretter, ai-je marmonné.

J'ai bondi de ma chaise.

– Je serai tout ce qu'il y a de plus sérieuse, mademoiselle Simpkins, ai-je promis. Vous pouvez compter sur moi. Et ce ne serait pas étonnant que je me révèle une fabuleuse actrice vu que ma mère est une superstar d'Hollywood, qui enchaîne film sur film.

– Tu parles ! a ricané Louise.

– Le seul genre de film dans lequel elle pourrait jouer, c'est un film cochon ! a affirmé Justine Salementeuse Petitbois.

J'ai serré les poings. J'avais très envie de lui écraser son gros groin, mais je savais qu'elle essayait de me pousser à bout pour que je sois punie et que Mlle Simpkins me retire le rôle de Scrooge. Alors, je me suis contentée de hausser les sourcils en soufflant que son père, lui, pourrait jouer dans un film d'horreur.

Puis je lui ai tourné le dos et j'ai souri à la prof.

– Comme j'ai le plus grand rôle, ce serait bien que j'aie tout de suite mon texte pour commencer à l'apprendre, mademoiselle, ai-je suggéré. Je pense qu'il faudrait même me dispenser de maths et de tous les autres cours ennuyeux pour que je puisse me consacrer entièrement à mon rôle.

– Bien essayé, Jenny, mais je n'ai pas ce pouvoir, a répondu Mlle Simpkins. Il va falloir que tu apprennes ton texte sur ton temps libre.

En fait, j'ai surtout pris sur le temps libre des autres. Particulièrement sur celui de Cam. Elle a dû passer deux samedis entiers à me donner la réplique pendant que je grommelais et ronchonnais comme tout bon Scrooge qui se respecte. Au début, elle se donnait à fond, elle essayait de prendre une voix bizarre pour chacun des fantômes et elle zozotait pour Tiny Tim – ce qui était très agaçant.

– Hé, c'est moi, l'actrice, pas toi, ai-je protesté. Contente-toi de lire le texte.

– Hé, c'est moi, l'adulte, pas toi. C'est moi qui suis censée te dire quoi faire, a-t-elle répliqué en me donnant une tape sur la tête avec le texte. Oh, mince, j'avais oublié. J'ai affaire à Jenny Bell, la grande chef de tout l'univers !

– Exactement, Cam. Tu as tout compris ! Bon,

cette histoire de cochon de lait et de saucisses m'a ouvert l'appétit. On pourrait pas faire un saut au McDo ?

Je ne me suis pas contentée de harceler Cam avec mon texte. J'ai aussi demandé à Mike et à Mary, les éducs de la décharge publique, de m'aider.

Mais, manque de chance, ils ont proposé à Justine La-grosse-nulle Petitbois, à Louise et à ce pleurnichard de Peter de participer à nos petites répétitions.

– Ça ne va pas ! ai-je râlé. Je n'arrive pas à me concentrer avec toute cette foule autour de moi ! Qu'ils aillent au diable !

– Mais ils jouent aussi dans la pièce, Jenny. Il n'y a pas que toi qui as un texte à apprendre ! a fait valoir Mary.

– C'est encore mieux de répéter tous ensemble, a affirmé Mike. Arrête de jouer les stars, Jenny.

– Je joue les stars parce que je suis une star. J'ai le premier rôle, je te rappelle !

J'ai même envisagé de recruter Helen la Baleine pour m'aider. Comme elle nous encourage sans cesse, nous les pauvres gamins de l'Aide sociale à l'enfance, à exprimer nos émotions et à faire du psychodrame, je me disais qu'elle aurait peut-être deux ou trois trucs utiles à m'apprendre.

Là, je délirais. Comme si cette grosse baleine pouvait être utile à quoi que ce soit. Surtout que Noël, Helen y croit à fond. Avec son serre-tête bois de renne frétillant au sommet de son crâne, son gros nez de clown, son pull rouge et sa jupe moulante

vert sapin, elle tentait de noëliser notre misérable décharge à coups de guirlandes en crépon et de papier brillant, en chantonnant *Mon beau sapin.*

Ma belle Helen, reine des éducs,
*Que tu as un gros ***-euh !*
Tu es si grosse, tu es si grasse,
Qu'tout l'monde s'écarte pour t'laisser la place, ai-je fredonné dans ma barbe.

Ma barbe ne doit pas être assez épaisse parce que c'est arrivé aux oreilles d'Helen et ça l'a énervée. Elle m'a sorti son petit discours sur l'insolence, l'impertinence et les remarques désobligeantes sur l'apparence d'autrui qui peuvent être fort blessantes. Je commençais à regretter d'avoir été méchante. J'envisageais même de lui présenter des excuses. Ce n'est pas sa faute si elle a de grosses fesses, après tout.

Elle m'a dit qu'elle comprenait que je sois stressée de jouer un rôle aussi important dans la pièce de l'école alors que je n'ai pas l'habitude de m'impliquer dans quoi que ce soit ni d'assumer la moindre responsabilité.

Ça m'a passé l'envie de m'excuser. J'étais trop contente de l'entendre demander à Mary :

– Dis-moi, sincèrement, tu trouves que cette nouvelle jupe me fait un gros… derrière ?

Du coup, j'ai décidé de ne compter que sur moi-même et d'apprendre mon texte toute seule pour leur montrer de quoi j'étais capable. La journée, tout allait à merveille mais, la nuit, c'était moins simple. Je n'arrêtais pas de faire des rêves bizarres où je me retrouvais plantée au milieu de la scène, gobant l'air comme un poisson rouge, mais incapable d'articuler un mot. Pas le moindre son ne sortait. Le public commençait à s'impatienter, à me bombarder de fruits pourris. Une pomme truffée d'asticots se coinçait dans ma bouche, si bien que j'avais l'air du cochon de lait de l'esprit du Noël présent. Et ils

m'embrochaient pour me faire rôtir. Comme je hurlais que ça me brûlait, ils me lançaient des seaux d'eau. Plein, plein d'eau... Et, quand je me suis réveillée, mon lit était complètement trempé et j'ai dû faire un raid nocturne jusqu'au placard à linge.

J'y ai croisé ce pleurnichard de Peter, lui aussi en mission « changement de draps ». Et en larmes. Comme vous le savez, je ne pleure jamais. Il m'arrive parfois d'avoir une crise de rhume des foins, mais il s'agit d'un problème strictement médical, pas d'une question d'émotivité.

– Pourquoi tu pleurniches, gros bébé ?

– J'ai peur de me ridiculiser dans la pièce de Noël, a-t-il sangloté. Je n'avais pas envie de faire Tiny Tim. Je ne sais pas jouer. Je ne me rappelle jamais ce que je dois dire ni sur quelle jambe je suis censé boiter, et ce sera encore pire devant une salle pleine. Pour toi, c'est facile, Jenny. Tu n'as peur de rien et tu adores que tout le monde te regarde. Tu es une actrice-née !

– Arrête ! À t'entendre, on dirait que je me la joue sans arrêt !

– Ben, c'est vrai.

– D'accord, mais pas la peine de le faire remarquer.

– J'adorerais me la jouer comme toi, a avoué Peter. Tu pourrais me montrer comment tu fais, Jenny ? Tu as un truc ?

– Non, c'est dans ma nature, Peter. Tout simplement. Je suis née en me la jouant. Quand je suis sortie du ventre de ma mère, j'ai dit : « Salut, mon pote »

au docteur. Puis j'ai fait un saut périlleux, je me suis levée sur mes petits pieds et j'ai dansé le french cancan sur la table de travail.

J'ai cherché le visage de Peter à tâtons. Il avait la bouche ouverte. Je l'ai refermée doucement.

– Je plaisante ! Bon, je vais te faire une faveur, Peter. On va travailler nos scènes ensemble.

Et à compter de ce jour, nous nous sommes retrouvés pour nos petites répétitions nocturnes. Peter a rapidement su son texte par cœur, parce qu'il n'avait que quelques lignes à apprendre. Franchement, ce n'est pas sorcier de mémoriser « Dieu nous bénisse tous », bon Dieu ! Mais il avait beau savoir le texte, il n'arrivait pas à jouer la scène. Il se contentait de marmonner sans y mettre aucune intonation.

– Bon, d'accord, tu n'es franchement pas doué pour le théâtre, Peter, ai-je admis. Oh, arrête, ne me fais pas le coup des larmes. Ce n'est pas pour être méchante, c'est la vérité. Mais ne t'en fais pas, je vais t'aider. Il faut que tu t'imprègnes du personnage. Imagine que tu es un pauvre petit gamin maigrichon et boiteux. Ce n'est pas si difficile que ça, quand même. On dirait que ce rôle a été écrit pour toi !

– Mais moi, je ne boite pas, a protesté ce prétentieux de Peter.

– Je peux t'arranger ça, si tu veux, ai-je proposé. Bon, même si tu n'as pas été gâté par la nature, tu es un bon p'tit gars, le chouchou de la famille. Ton père t'adore.

– Si seulement ça pouvait être vrai, a-t-il soupiré d'un ton sinistre.

– Ouais, tu l'as dit, ai-je renchéri.

Nous nous sommes blottis l'un contre l'autre sous la couverture.

– Y a même personne pour venir me voir jouer dans la pièce, a-t-il repris. Enfin, ça vaut peut-être mieux, vu comme je suis nul.

– Mais non, tu n'es pas nul. Tu vas super assurer grâce à ton super coach Jenny Bell. Ouais, c'est triste que personne ne vienne te voir. T'en fais pas, je dirai à ma mère de te faire signe.

– Ta mère va venir ? s'est étonné Peter.

– Ouaip, elle vient pour Noël, elle me l'a promis. Elle doit mourir d'envie de me voir sur scène pour savoir si j'ai hérité de son talent de comédienne. Moi, je peux te dire que oui. Je lui ai envoyé une lettre pour lui parler de la pièce.

Je lui avais même écrit plusieurs fois. En fait, je lui écrivais tous les jours et je donnais la lettre à poster à Mary.

Chère maman,

J'ai hâte de te voir à Noël (tu m'as promis, tu te souviens ?). Peux-tu venir une semaine plus tôt pour assister à la pièce de l'école où je tiens le premier rôle ? Je joue Scrooge, un vieux bonhomme grincheux, et je suis très douée. Une vraie STAR, comme ma maman.

Plein plein plein de bisous de ta joyeuse petite fille !

Jenny

– Je sais à quel point tu as envie de voir ta maman, Jenny, mais ne te fais pas trop d'idées, m'a conseillé Helen.

– Elle va venir, elle me l'a dit dans sa carte. Elle me l'a promis… enfin presque.

– Tu as très très envie qu'elle vienne, je sais, mais les rêves ne se réalisent pas toujours.

Je me demande à quoi ça sert d'avoir une éducatrice. Je préférerais une marraine la fée qui me dirait : « Tu veux que ta maman vienne te voir ? D'accord, Jenny, pas de problème. »

Elle agiterait sa baguette et *hop !* ma mère apparaîtrait, tout de rose vêtue, poudrée, parfumée, parfaite, les bras grands ouverts pour me serrer très fort.

Mais je n'ai pas de marraine la fée. Je ne peux compter que sur moi-même.

Le samedi suivant, Cam m'a rendu visite à la décharge publique, comme d'habitude. On a revu la pièce vite fait – et quand je dis vite, je veux dire à la vitesse grand V. J'ai débité mon texte comme si j'étais sur « avance rapide ». J'ai sauté quelques passages mais, lorsque Cam me l'a fait remarquer, j'ai répliqué :

– Ouais, bah, tant pis, maintenant j'en suis plus loin.

Et je suis repassée en mode « mille mots à la seconde ».

On est arrivées au bout de la pièce en vingt minutes chrono.

– Super ! me suis-je exclamée. On a fini de répéter. Allez, on va se promener ?

– Ah, ah ! l'appel du McDonald's ? a supposé Cam.

– Non. Enfin, si, je meurs de faim, mais j'ai envie

d'aller faire les boutiques. J'ai quelques cadeaux à acheter.

Au mois de décembre, Mary nous donne de l'argent de poche pour nos courses de Noël. Elle accompagne les plus petits pour les aider à choisir, sinon ils dépensent tout en bonbons. Nous, les plus grands, on se paie généralement quelques friandises aussi mais, cette fois, je voulais garder tout mon argent pour les cadeaux. J'avais déjà ma petite idée.

– D'accord, je vais en profiter pour faire mes achats de Noël aussi, a annoncé Cam.

– Ouais ! Qu'est-ce que tu vas m'offrir, Cam ? ai-je demandé, temporairement distraite de ma mission. J'ai besoin d'un nouveau jean. De marque, bien entendu. J'aimerais aussi un blouson à capuche avec de la fourrure, c'est trop cool. Et j'ai vu un super petit kart à moteur qui serait génial pour faire des tours dans le jardin de la décharge publique. *Vroum, vroum !* Oh, désolée, Justine, je t'ai roulé sur le pied ?

– Jenny, je n'ai pas les moyens de t'acheter une boîte d'allumettes à moteur, en ce moment. Je suis complètement fauchée. Il faut que tu sois philosophe. Tu sais ce qu'on dit : c'est l'intention qui compte.

– Quoi ? ai-je hurlé. Tu ne veux pas m'offrir de cadeaux de Noël ? Quelle radine ! C'est toi qui devrais jouer Scrooge à ma place. Sérieusement, Cam. Prends ton courage à deux mains et écris-nous un bon gros best-seller ! Un truc qu'Hollywood t'achètera un million de dollars pour en faire un film. Comme ça, ma mère et moi, on pourra jouer dedans.

– Tu peux toujours rêver, ma puce. Je crois que je ne serai jamais un auteur à succès, a-t-elle soupiré.

– Il faut po-si-ti-ver, Cam ! Il n'y a que toi qui puisses réaliser tes rêves !

C'était justement ce que j'avais l'intention de faire.

Au centre commercial, je suis entrée dans une parfumerie pour acheter du maquillage.

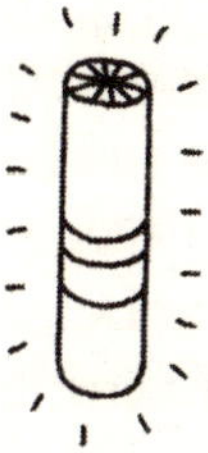

– C'est quoi, la meilleure marque ? ai-je demandé.

Cam a secoué la tête.

– Aucune idée, Jenny. Je ne me maquille presque pas. Moi, j'achète le moins cher.

– C'est un cadeau pour ma mère. Je veux le meilleur rouge à lèvres, le plus cher, le plus chic, le plus beau !

J'en ai essayé plusieurs sur mes poignets : on aurait dit un Indien sur le sentier de la guerre.

Et, finalement, j'ai choisi un magnifique rose nacré.

Cam pensait que c'était bon.

– Non, non, maintenant, il me faut de la crème pour les mains !

Tandis que je reniflais tous les tubes afin de comparer leur parfum, elle a commencé à s'impatienter.

– Je ne suis pas sûre que Mary apprécie ces traces de gras sur ta jupe.

Bah, il fallait bien que je m'essuie quelque part parce que, à force de tester les crèmes, j'avais les paumes toutes poisseuses.

– Allez, viens, Jenny. On va à la librairie, maintenant.

– Non, non, je dois encore trouver un cadeau pour maman. Il faut que j'aille dans une bijouterie.

– Mais tu as déjà un rouge à lèvres et de la crème pour les mains, a fait valoir Cam en jetant un coup d'œil dans mon porte-monnaie. N'oublie pas que tu es censée acheter des cadeaux pour tout le monde avec cet argent.

Sauf que je n'avais pas envie d'acheter des cadeaux pour tout le monde. Je ne voulais rien acheter pour personne, à part pour ma mère.

J'ai traîné Cam dans une superbe boutique chic mais, quand j'ai vu le prix de la moindre petite bague, j'ai dû faire marche arrière en soupirant.

– Ce sont de vraies pierres précieuses, Jenny. Tout cet or, tous ces diamants, c'est un peu trop voyant. Les bijoux fantaisie, c'est beaucoup plus joli, je trouve, a-t-elle affirmé.

– Bon, d'accord. Où ça s'achète, les bijoux fantaisie ?

Elle m'a emmenée au rez-de-chaussée, dans un immense magasin où il y avait plein de colliers, de boucles d'oreilles et tout et tout sur des présentoirs en verre. Et là, je suis tombée en admiration devant un pendentif rose, en forme de cœur, sur un ruban rouge foncé. Il était ma-gni-fique. Je l'imaginais déjà au cou de ma mère. Il était affreusement cher, pour un bijou fantaisie. Alors, j'ai sorti tous les sous que j'avais dans mon porte-monnaie pour les compter. Je pouvais l'acheter et il me resterait même un petit billet pour mon dernier cadeau.

– Tu es sûre, Jenny ? Je crois que ta mère sera déjà très contente avec le rouge à lèvres. Ou la crème pour les mains.

– Maman aime être couverte de cadeaux, ai-je répliqué. Je sais ce que je fais, Cam.

Par contre, je ne savais pas trop comment j'allais me débrouiller pour les cadeaux des autres. Bon, de toute façon, je ne parlais plus à Louise depuis qu'elle s'était acoquinée avec Justine L'abominable-voleuse-de-copines Petitbois, alors je n'avais pas besoin de lui acheter quoi que ce soit.

Il y avait Mary et Mike, mais ils étaient du genre à se contenter d'un collier de nouilles fait main. Et j'étais sûre que Mlle Simpkins aussi. Pareil pour Cam. Elle m'avait bien dit que c'était l'intention qui comptait, non ? Et elle m'avait fait expressément comprendre qu'elle ne pourrait pratiquement rien m'acheter. Si je lui offrais un cadeau trop luxueux, elle risquait d'être affreusement gênée.

Il ne restait donc que Peter la mauviette. Je pouvais sûrement lui refourguer un truc à moi dont je voulais me débarrasser – par exemple, mon portefeuille en cuir qui ne fermait plus, ma boule à neige qui fuyait ou mon bouquin de *Narnia* qui avait été un peu mouillé parce que je l'avais lu dans mon bain.

J'ai poussé un soupir de soulagement. La question des cadeaux de Noël était réglée. Je n'avais plus qu'un dernier présent à acheter.

– Viens, Cam. Il faut que j'aille dans une librairie, ai-je décrété en la tirant par la manche.

Elle contemplait un collier de perles absolument sans intérêt.

– Ah, enfin ! s'est-elle exclamée. Mais attends une minute. Regarde ce rang de perles avec le fermoir en strass, comment tu le trouves ? Tout le présentoir est à moitié prix.

– Enfin, Cam, ce n'est pas du tout ton style !

– Pas pour moi, andouille.

Je l'ai dévisagée, les yeux écarquillés.

– Écoute, Cam, c'est très gentil de ta part, mais ce n'est pas mon style non plus.

Elle a pouffé.

– Ça, c'est sûr ! Mais non, Jenny, pas pour toi. Pour ma mère.

– Ah. Oui… Elle est plutôt chic, ta mère, non ?

– Affreusement chic, oui. Tout à fait le style à porter des perles. Mais de vraies perles. Si je lui offre du toc, elle va me regarder de travers.

– Ben, prends-lui des vraies, alors.

– Ne dis pas de bêtises, Jenny. Je n'ai pas les moyens. Je peux à peine lui acheter des fausses, même à moitié prix. Tu sais, dans l'esprit de ma mère, je suis une fille en toc. Je l'ai déçue, elle aurait voulu que je sois belle, riche et intelligente, avec un mari parfait et un super boulot.

Je ne voyais pas bien où elle voulait en venir, alors j'ai marmonné :

– Mm, ben, tu pourrais quand même faire un effort.

– Mais je ne veux pas ! a-t-elle protesté. Je veux rester moi-même. C'est difficile de ne pas se laisser embobiner par ma mère. Argh, j'angoisse déjà à l'idée de passer Noël avec mes parents.

– Quoi ? Tu angoisses à l'idée de passer Noël avec tes parents ? ai-je répété lentement.

Cam a détaché son regard du collier de perles pour se tourner vers moi.

– Oh, Jenny. Excuse-moi. Quel manque de tact de dire ça devant toi ! Je sais que tu rêves de passer Noël avec ta mère.

– Et je vais passer Noël avec elle, ai-je affirmé avec véhémence.

– Oui, ce serait vraiment formidable, mais n'oublie pas que ta mère risque d'avoir autre chose de prévu… d'être retenue… ou en voyage.

– Non, elle sera là. Elle va venir me voir jouer *Un chant de Noël.* Et elle restera quelques jours. Elle m'emmènera dans un palace et on passera Noël là-bas. Ouais, ce sera génial. On dormira dans un grand lit et on prendra notre douche dans une super cabine à jets et on nous servira un méga petit déjeuner dans notre chambre. Je pourrai manger tout ce dont j'ai

envie. J'aurai le droit de mettre six cuillères de sucre dans mes céréales et d'engloutir vingt saucisses d'affilée et je commanderai des trucs carrés avec du sucre dessus, là…

– Des gaufres ?

– Ouais, j'engouffrerai une gaufre ! ai-je décrété alors que nous quittions le magasin pour aller à la librairie. J'engouffrerai six gaufres et je boirai un chocolat chaud avec de la crème Chantilly dessus et puis après j'ouvrirai mes cadeaux. Et ma mère m'aura acheté des tonnes et des tonnes de trucs : un placard rempli de vêtements de marque, assez de chaussures et de baskets pour chausser un mille-pattes géant…

– Et un kart à moteur ? Non, pardon, un bataillon de karts à moteur ?

– Ouaip, et des vélos et des scooters et un trampoline rien que pour moi, comme ça, je pourrai sauter si haut que je volerai dans le ciel et les gens lèveront la tête en se demandant : « C'est un oiseau ? Un avion ? Superman ? C'est le père Noël ? Non, c'est la géniale et belle Jenny Bell ! »

J'ai sautillé sur place pour lui montrer. J'ai malencontreusement atterri sur son pied. Cam a poussé un petit cri, mais elle n'a pas fait d'histoires.

Nous avons continué ce petit jeu jusqu'à la librairie. Enfin, ce n'était pas vraiment un jeu. Je savais que tout ça allait se réaliser, même si j'avais un peu embelli les choses. J'ai une légère tendance à l'exagération. Ce qui veut dire que je me laisse emporter

par mon imagination et que je raconte des mensonges gros comme moi. Mais ils me semblent tellement réels que je finis par y croire aussi.

Cam était ravie de se retrouver dans une librairie. Elle caressait les longues rangées de livres de poche du bout du doigt.

– Je vais me balader un peu, a-t-elle annoncé. Le rayon jeunesse est dans le coin, là-bas, Jenny.

– Mais je ne veux pas voir les bouquins pour enfants, ai-je répliqué d'un ton hautain. Je cherche le rayon des classiques.

– Ah bon ? Tu as envie de feuilleter *Guerre et Paix* ?

– Mm, pas mal, comme titre. Si j'écrivais la véritable histoire de ma vie à la décharge publique, j'intitulerais mon livre *Guerre, guerre et re-guerre*. Non, je souhaite me plonger dans les œuvres complètes de ce cher Charles Dickens.

Ça lui a cloué le bec. Mais je ne plaisantais pas. Je

voulais acheter *Un chant de Noël.* J'ai trouvé une très belle édition de poche à 4,99 £. Il ne me restait qu'un penny. Je ne l'ai pas remis dans mon porte-monnaie. J'ai décidé de le jeter dans la fontaine qui est à côté du grand sapin de Noël du centre commercial en faisant un vœu. J'avais bien besoin d'un petit coup de pouce magique.

Cam était encore au rayon romans, le nez dans un bouquin, l'air envieux. Je savais qu'elle ne pouvait pas se payer autant de livres qu'elle le souhaitait. Il lui arrivait de passer un quart d'heure dans le magasin à lire un roman avant de le reposer à regret. Elle m'avait raconté qu'une fois elle avait même marqué sa page avec un ticket de bus pour pouvoir la retrouver le lendemain – et le surlendemain et ainsi de suite, jusqu'à la fin de l'histoire.

J'ai soudain regretté de ne pas avoir gardé un peu d'argent pour lui acheter un livre de poche. Je tripotais ma dernière pièce, mal à l'aise. Je n'arrêtais pas de la lancer en l'air puis de la rattraper, en m'entraînant pour mon vœu. Mais je l'ai fait tomber et elle a

roulé derrière une étagère. J'ai couru après et j'ai failli me cogner dans le panneau « Corps – Âme – Spiritualité ».

En ramassant ma pièce, j'ai aperçu des rangées de bouquins sur les signes astrologiques et le karma. Mon regard s'est arrêté sur un titre en lettres argentées : *Pour que vos rêves deviennent réalité.*

J'ai saisi le livre d'une main tremblante. C'était un petit ouvrage, écrit par une certaine Grizelda de Luna, sorcière blanche. Pas mal ! Et si je devenais Jenny de Luna, sorcière affreusement noire ? Dès que j'aurais appris à jeter des sorts, je ferais cracher des crapauds à cette peste de Justine Je-te-pique-tes-amis Petitbois.

J'ai ouvert le bouquin et je l'ai feuilleté. Il s'agissait d'un véritable manuel de sorcellerie avec des formules magiques et des potions ! Je n'ai pas trouvé le sort « Crache-crapaud pour votre pire ennemi »,

mais il y avait des tas de philtres d'amour et de porte-bonheur. Quand j'ai découvert le titre de la page suivante, mon cœur s'est emballé :

Sort pour fêter une occasion spéciale en compagnie de l'être aimé

Ma mère était l'être que j'aimais le plus au monde et Noël, une occasion vraiment spéciale. Et j'avais tellement envie qu'elle vienne me voir jouer Scrooge que je n'en pouvais plus !

J'ai lu la formule avec la plus grande attention. Grizelda conseillait de mélanger une mesure d'hydromel avec deux mesures de vin de pissenlit et d'ajouter de la cannelle pour pimenter la soirée, du gingembre pour réchauffer l'atmosphère et du sucre

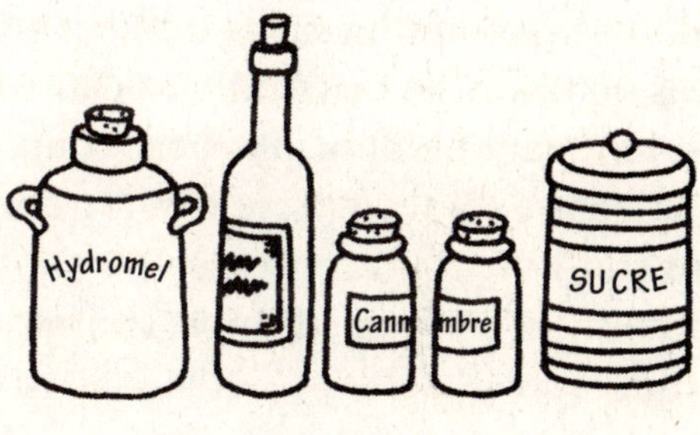

pour la douceur. Il fallait ensuite touiller en scandant le nom de l'être aimé puis boire le contenu du verre d'un trait, à l'envers.

Je n'en croyais pas mes yeux. C'était simple comme bonjour ! J'ai lu et relu les ingrédients. Je m'étais tellement entraînée pour apprendre le rôle de Scrooge que j'ai mémorisé la recette en deux secondes. Puis j'ai cérémonieusement remis Grizelda de Luna à sa place, j'ai fait sept fois le tour de l'étagère en dansant parce que ça faisait rituel magique et j'ai rejoint Cam en titubant.

– Ça va, Jenny ? s'est-elle inquiétée alors que je lui rentrais dedans.

– Très bien, ai-je affirmé avec mes sacs à la main et ma pièce bien serrée dans ma paume. Allez, Cam, on y va. J'ai trouvé tous mes cadeaux.

– Et moi, je n'ai pas le début du commencement d'une idée, a-t-elle soupiré. Bah, peut-être que, cette année, je pourrais en fabriquer certains moi-même.

J'ai secoué la tête.

– Arrête, Cam ! Offrir des trucs faits maison, c'est bon pour les bébés. J'ai déjà presque passé l'âge. Toi, t'es beaucoup trop vieille, crois-moi. Et pour moi, alors là, pas question, je veux un vrai cadeau.

– Tu ne fais franchement pas beaucoup d'efforts pour que les gens t'apprécient, Jenny, a-t-elle soupiré en fermant son livre d'un coup sec.

– Pas besoin, je compte sur mon charme naturel, ai-je rétorqué.

Cependant, en sortant de la librairie, j'ai réfléchi à ce qu'elle venait de dire. Qu'est-ce que c'était que ces âneries ? Parce que, d'après elle, il faudrait faire des efforts pour être apprécié ? Je ne supporte pas de jouer les lèche-bottes. Faire des compliments aux gens alors qu'ils sont trop moches et ce style de trucs, ça me donne envie de vomir. Louise est passée maîtresse dans cet art. Elle bat des cils, vous fixe de ses grands yeux bleus pleins d'étoiles en vous disant que vous êtes la plus marrante et la plus cool et qu'elle veut être votre meilleure amie. Et vous la croyez... jusqu'à ce qu'elle vous laisse tomber pour une autre.

Enfin, pour rien au monde je ne voudrais redevenir amie avec Louise. Je n'ai aucune envie qu'elle m'apprécie. Et je ne supporterais pas non plus que Justine Haleine-de-chacal-langue-de-vipère-face-de-singe m'apprécie.

Je n'ai pas besoin de faire des efforts pour qu'on m'aime. Il y a des tas de gens qui m'aiment. Je suis obligée de calmer Peter la mauviette parce qu'il m'aime trop. Helen, Mary et Mike m'aiment aussi. Ils font des tas de trucs pour moi, non ? Bon, d'accord, c'est leur boulot, ils sont payés pour ça. Peut-être qu'en fait ils ne peuvent pas me voir, mais ils ne me le disent pas parce que ce ne serait pas professionnel.

Quelle idiote de penser à ça. Je commençais à paniquer. Ce n'est pas bon de se mettre dans un état pareil. Tous les acteurs ont tendance à être hypersensibles et émotifs. Mlle Simpkins devait m'apprécier, sinon elle ne m'aurait pas proposé de jouer dans sa pièce. À moins que… à moins qu'elle ait pitié de moi, la pauvre petite Jenny Sansamis, la fille que toute l'école déteste.

Et si ça se trouve, Cam ne m'aimait pas non plus. Elle passait me prendre chaque semaine parce qu'elle n'avait pas le choix. Elle s'occupait de cette affreuse gamine à problèmes pour se donner bonne conscience. Peut-être que, pour elle, j'étais une corvée aussi pénible que sortir les poubelles ou nettoyer les toilettes.

– Jenny ? Pourquoi tu fais ce drôle de bruit en respirant ? s'est inquiétée Cam alors que nous traversions le centre commercial.

– Je suis au bord de la crise d'asthme à cause de tes remarques désobligeantes, ai-je répliqué en exagérant un peu le sifflement pour lui faire peur.

– Comment ça ?

– T'as dit que personne ne m'aimait.

Brusquement, je ne faisais plus semblant. J'avais la gorge tellement serrée que je suffoquais.

– Je n'ai jamais dit ça ! s'est défendue Cam.

– Si, si, si, et c'est une honte de dire des choses pareilles à une enfant qui est en foyer. À cause de toi, je vais sans doute être traumatisée à vie, ai-je décrété en lui donnant un coup de coude.

Et je peux vous assurer que j'ai les coudes pointus.

– Aïe ! À cause de toi, j'ai sans doute un poumon en moins.

– Je tombe d'inanition. Pas étonnant que je sois si maigre. Tu as intérêt à m'emmener vite fait chez McDonald's pour contrer mon état de malnutrition général et la dépression qui s'est emparée de moi lorsque j'ai réalisé que tout le monde me détestait.

– Oh, Jenny, arrête ! Je n'ai jamais dit que tout le monde te détestait. Je n'ai jamais dit que personne ne t'aimait. J'ai juste suggéré que tu ne faisais pas beaucoup d'efforts pour qu'on t'apprécie.

Cam s'est interrompue pour me prendre par les épaules et me regarder dans les yeux.

– Mais tu as beau me traiter comme une vieille chaussette, je t'aime quand même.

Je me suis détendue.

– Enfin, je t'aimerais encore plus si tu essayais d'être gentille, polie et attentionnée, a-t-elle ajouté.

– Moi ? Tu peux toujours rêver ! Allez, j'ai un besoin urgent de Big Mac-frites. S'il te plaît. Oh, adorable et douce Camilla.

– Beurk. C'était pas mal… jusqu'à ce que tu prononces mon prénom. Seule ma mère m'appelle comme ça. Oh, bon sang, j'aimerais tant que Noël soit déjà passé !

Moi aussi, j'avais un vœu à faire. Mais j'allais y mettre les formes. Préparer une vraie potion magique et tout et tout. Ce serait sûrement beaucoup plus efficace que de jeter une pièce dans une fontaine en faux marbre. J'ai tout prévu dans ma tête en dévorant mon hamburger, en engloutissant mes frites et en sifflant mon milk-shake.

– On peut rentrer chez toi pour dîner, Cam ? ai-je demandé. Je sais déjà ce que je veux manger.

– Mais tu n'as même pas fini de déjeuner !

– Ouais, ouais, mais je veux un truc spécial. Un truc de Noël.

– Tu sais que je suis un peu à sec en ce moment. Je pourrais acheter des hot dogs et de la bûche en dessert, mais c'est tout.

– Non, non, pas ça. Enfin si, OK pour les hot dogs et la bûche au chocolat, bonne idée, mais en fait, je pensais à un cocktail de Noël.

– Quoi ?

– Ben, tu sais, un apéritif un peu festif. Je connais une super recette. Il faut mélanger une mesure d'hydromel et deux de vin de pissenlit, puis ajouter de la cannelle, du gingembre, du sucre, bien mélanger et *slurp slurp*, c'est délicieux !

J'ai imité un barman secouant un shaker à cocktail.

– Tchin-tchin ! ai-je fait en levant un verre imaginaire.

Cam me dévisageait, médusée.

– Euh, moi, personnellement, je préfère un simple verre de vin, en apéritif, mais chacun ses goûts. Je peux essayer de te préparer un truc dans le genre…

– Non, non, il faut respecter scrupuleusement la recette, sinon ça perdrait toute efficacité, l'ai-je coupée.

Cam a plissé les yeux.

– Tu t'es mise à la sorcellerie, Jenny ?

Des fois, elle me fait peur. On dirait qu'elle a une petite trappe pour regarder ce qui se passe dans mon crâne.

– Attention, Cam ! Et si j'avais de puissants pouvoirs ? Imagine le bazar que je pourrais mettre ! ai-je menacé en faisant une hideuse grimace avant d'émettre un ricanement caverneux.

– Au secours ! s'est écriée Cam haussant les sourcils. Bon, d'accord, on va voir ce qu'on peut faire. Viens, allons au supermarché pour essayer de dénicher tes ingrédients.

Mais nous n'avons trouvé ni hydromel ni vin de pissenlit. J'étais extrêmement contrariée.

– Ne t'en fais pas, Jenny. L'hydromel est une boisson à base de miel, a-t-elle affirmé. J'en ai un pot à la maison. On n'aura qu'à en mettre une cuillère dans un verre de vin, cueillir un pissenlit sur le chemin du retour et le hacher pour le mélanger au reste. D'accord ? J'ai du sucre, on va acheter de la cannelle… et qu'est-ce qu'il fallait, encore ? Ah, du gingembre. Je crois que j'ai un paquet de biscuits au gingembre dans mes placards. Ils doivent être un peu rassis, mais ce n'est pas grave.

Je n'étais pas complètement convaincue. J'aurais voulu tout faire comme il fallait, mais je n'avais pas vraiment le choix. En arrivant chez Cam, j'ai soigneusement lavé la feuille de pissenlit. On avait eu beaucoup de mal à la trouver. Cam avait dû glisser la main entre les barreaux d'une grille pour la cueillir dans un jardin.

– Mais c'est du vol ! ai-je protesté.

– Non, c'est du jardinage, a-t-elle rétorqué. Les pissenlits sont des mauvaises herbes, il faut les arracher.

– S'il s'agit bien d'un pissenlit.

– Évidemment.

– Parce que tu t'y connais, en plantes, Cam ?

– Bon, je ne suis peut-être pas Tistou les pouces verts, mais je sais distinguer un pissenlit d'une ortie. C'est un pissenlit, OK ? Allez, hache-le menu.

J'ai haché le pissenlit menu menu. J'ai émietté les biscuits, mis une cuillère de miel et une autre de sucre. Cam a versé du vin dans un joli verre à pied et l'a porté distraitement à ses lèvres.

– Hé ! C'est ma potion !

– Oui, oui, a soupiré Cam. C'est une honte de gâcher un si bon vin, mais vas-y, ajoute tes machins bizarres.

– Ce n'est pas un simple apéritif, Cam, lui ai-je rappelé. C'est une potion magique, ma potion. Bon, je vais incorporer les différents ingrédients et mélanger. Tais-toi. Il faut que je me concentre.

Je me suis concentrée à fond pour ajouter le sucre, le miel, la cannelle, jusqu'au dernier petit bout de pissenlit vert, et jusqu'à la dernière petite miette de biscuit. Puis j'ai touillé vigoureusement la mixture avec une cuillère.

– Hé, attention à mon verre ! a protesté Cam.

– Chut ! Et n'écoute pas ce que je dis, c'est personnel, ai-je sifflé.

Puis j'ai pris une profonde inspiration et j'ai murmuré :

– Faites que ça marche ! Faites que je puisse passer cette occasion spéciale – je parle de Noël – avec l'être aimé ! Je veux qu'elle me voie jouer la pièce et qu'elle reste après pour qu'on passe le plus merveilleux des Noëls !

J'ai levé le verre, je l'ai penché pour boire à l'envers et j'ai pris une gorgée de vin sans respirer. C'était infâme, mais je l'ai quand même avalée courageusement, en croisant fort fort fort les doigts pour que mon vœu se réalise.

– Doucement, Jenny ! Ne vide pas le verre, tu serais saoule ! a protesté Cam.

Comme je ne voulais pas rompre le charme, je l'ai ignorée. J'en ai bu une autre goulée, mais j'ai avalé de travers et j'ai failli m'étouffer. Je toussais tellement que la potion m'est ressortie par les narines. C'était répugnant. Cam m'a tendu un mouchoir en me tapant dans le dos.

– Oh non, ai-je gémi. Tu crois que j'ai tout gâché ?

– Non, non, au contraire, m'a-t-elle rassurée. Tu as absorbé la potion par différents orifices, ce devrait être encore plus efficace. Bon, mais maintenant, ça suffit. Je ne crois pas que Mary apprécierait que je te ramène au foyer pompette.

– Ouh, là, là ! Cam, je crois que c'est trop tard. Je suis complètement paf ! ai-je marmonné en faisant mine de tituber.

Elle s'est précipitée pour me soutenir.

– Jenny !

– Je blague, ai-je gloussé.

– Tiens, je devrais peut-être goûter, si c'est aussi efficace.

Cam a mélangé un peu en murmurant quelque chose avant d'en boire une gorgée à l'envers sans reprendre sa respiration. Elle s'est étranglée aussi, et en a recraché la moitié. J'ai dû lui taper dans le dos.

– Ça va, ça va, Jenny, a-t-elle bafouillé. C'est infâme ! Un si bon vin gâché ! Espérons que ça va marcher pour toutes les deux !

– C'est qui, ton être aimé ? ai-je voulu savoir.

Ça ne me plaisait pas trop, cette histoire. Pour autant que je sache, Cam n'avait pas d'amoureux et c'était très bien comme ça. Je n'avais aucune envie qu'un type se l'accapare tous les samedis et gâche notre journée à nous.

Je sais comment sont les hommes. C'est à cause d'un type que j'ai atterri en foyer. Maman s'est entichée d'un Gros Gorille Poilu qui était tellement méchant avec moi qu'on m'a retirée à ma mère. Faudrait qu'il essaie, maintenant. À l'époque, j'étais toute petite. Bon, je ne suis toujours pas très grande, mais je suis terriblement féroce et je sais me défendre.

Demandez donc à Justine Réduite-en-bouillie Petitbois. Si je me retrouvais nez à nez avec le Gros Gorille Poilu aujourd'hui, je lui ferais une prise de karaté et je le jetterais dehors illico. Hors de ma vie.

Que le mystérieux être aimé de Cam me cherche des noises et il verrait à qui il a affaire ! Aucun fiancé mal intentionné ne résiste à Jenny la Menace !

– Tu n'as pas de petit ami, hein, Cam ? ai-je demandé alors qu'elle me servait un jus de fruits pour faire passer le goût atroce de la potion.

Elle a paru stupéfaite, ce qui était plutôt rassurant.

– Un petit ami ? Oh, non, Jenny ! Tu ne vas pas t'y mettre aussi. Dès qu'on se voit, ma mère n'arrête pas.

Elle a pris une voix snob et haut perchée :

– « Comment veux-tu rencontrer quelqu'un de bien, Camilla ? Je comprends qu'aucun homme ne s'intéresse à toi. Tu as vu dans quel état tu es ? Regarde tes cheveux qui ne ressemblent à rien et ce jean immonde ! »

Elle s'est servi un verre de vin et en a bu un peu.

– Bah, laisse tomber. Fais-moi taire quand je commence à parler de ma mère. Brr…

Elle a fait semblant de frissonner.

– Bon, que dirais-tu de goûter ma recette spéciale de toasts à la cannelle ?

C'était délicieux. J'en ai englouti six. Je ne comprends pas Cam. Moi, j'adore parler de ma mère.

Normal, ma maman, c'est la plus belle, la plus géniale de toutes les stars du monde. Je ne réagirais peut-être pas de la même façon si ma mère était une vieille chouette snob et ridée, comme celle de Cam.

D'habitude, je déteste quand elle me ramène à la décharge publique mais, ce soir-là, ça ne me dérangeait pas trop parce que j'avais une tonne de trucs à faire. D'abord, une petite descente dans le placard à fournitures d'Helen (je suis très douée pour crocheter les serrures). Je me suis servie : du beau papier de soie rose, des feuilles de Canson blanc et une boîte de feutres en plus ou moins bon état.

Ce n'était pas vraiment du vol. J'allais les employer

pour un projet extrêmement artistique et hautement thérapeutique.

J'ai glissé mon matériel sous mon pull et je suis retournée discrètement dans ma chambre pour faire mon petit atelier personnel.

J'étais en pleine création lorsque Mary a frappé à ma porte. Elle a voulu l'ouvrir mais n'a pas pu car je l'avais bloquée avec ma chaise de bureau afin d'éviter toute intrusion.

– Qu'est-ce que tu bricoles là-dedans, Jenny ? Laisse-moi entrer.

– Désolée, mais je travaille sur un projet top secret.

– C'est bien ce qui m'inquiète. Qu'est-ce que tu fais ? Je veux voir.

– Impossible, je suis en train de fabriquer mes cadeaux de Noël, ai-je sifflé.

– Ah ! C'est chouette, Jenny. Excuse-moi, ma

puce, je vais te laisser tranquille, alors. Mais il commence à se faire tard. Il va bientôt falloir que tu éteignes, mon cœur.

Et elle s'est éloignée en fredonnant *Vive le vent*, visiblement convaincue que j'étais en train de préparer son cadeau. Bon, je n'avais pas le choix, maintenant : il fallait que je lui fasse un truc. Idem pour Mike. Et pour Helen. Et pour Cam, évidemment. Dommage, j'aurais bien aimé lui offrir un beau cadeau. Mais chacun ses priorités. Ma mère passait d'abord.

J'ai emballé le rouge à lèvres dans le papier de soie rose. Puis sur un rectangle de Canson, j'ai dessiné une bouche souriante et j'ai écrit soigneusement en lettres d'imprimerie :

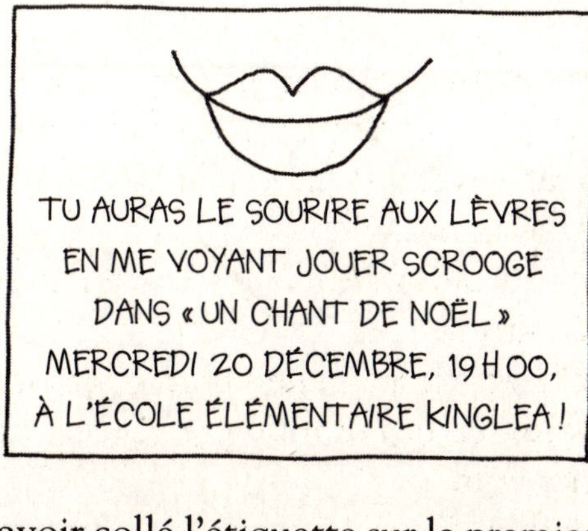

Après avoir collé l'étiquette sur le premier paquet, j'en ai fait trois autres. Sur la deuxième, j'ai dessiné deux mains et j'ai écrit :

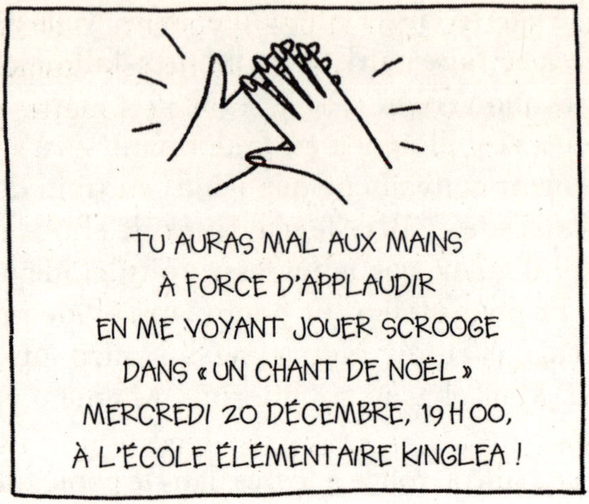

Je l'ai collée sur la crème pour les mains.

Sur la troisième étiquette, j'ai dessiné un gros cœur et j'ai inscrit :

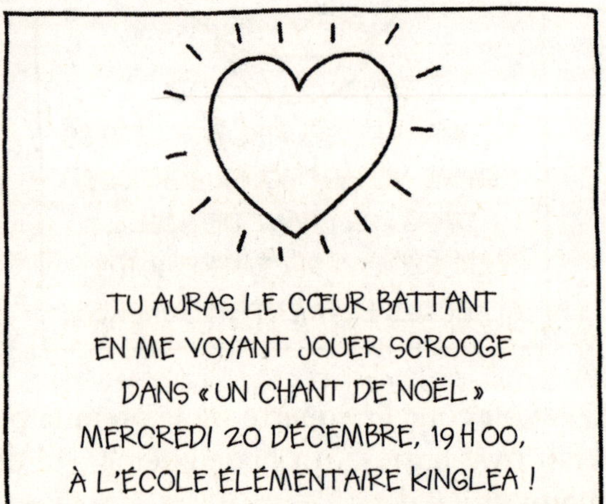

Puis j'ai enveloppé le beau pendentif en forme de cœur en prenant bien soin de ne pas emmêler le ruban rouge foncé et j'ai collé l'étiquette sur le papier de soie.

Et de trois ! Il ne me restait plus qu'un cadeau à préparer ! Mais c'était le plus long, car il fallait que j'annote le livre de Dickens. Sur la page de garde, je me suis dessinée habillée en Scrooge avec une bulle qui disait : « Bah, sornettes ! » Je me suis aussi dessinée sur la dernière page mais, cette fois, je saluais

à la fin de la représentation, entourée de mains qui m'applaudissaient à tout rompre et de bulles qui m'acclamaient : « Hourra ! », « Magnifique ! », « Bravo, Jenny ! », « Une performance extraordinaire ! » et « L'étoffe d'une vraie star ! »

Sur la page de titre, j'ai écrit :

Pas la peine de lire tout le livre, viens plutôt me voir jouer Scrooge dans « Un chant de Noël », mercredi 20 décembre à 19 h 00, à l'école élémentaire Kinglea ! Je te dédierai ma performance, à TOI, la plus merveilleuse maman de tout l'univers.

Je t'aime !

Jenny

J'ai emballé le bouquin et j'ai rédigé ma dernière étiquette. J'ai dessiné le livre avec le titre en tout petit, puis j'ai écrit :

Voici un livre génial qui a donné une pièce géniale et le rôle le plus génial, c'est celui de Scrooge et c'est justement moi qui l'interprète (19 h 00, mercredi 20 décembre, à l'école élémentaire Kinglea).

Alors, je t'en supplie, viens me voir !

Je t'embrasse,

Jenny

Je suis restée un petit moment assise avec mes quatre paquets roses sur les genoux, à imaginer ma mère qui les ouvrait, se mettait du rouge à lèvres, s'enduisait les mains de crème, accrochait le pendentif autour de son cou et lisait mes petits messages dans le livre. Je l'imaginais sautant dans sa voiture et

filant droit à l'école pour admirer la performance d'actrice de sa superstar de fille. Elle serait tellement fière de moi qu'elle ne voudrait plus jamais me quitter.

Le lendemain matin, j'ai coincé Mary dans son bureau et je lui ai demandé si elle aurait une grande enveloppe pour expédier tous mes cadeaux à ma mère.

– C'est un peu tôt pour envoyer tes cadeaux de Noël, non ?

– Ce sont des paquets à ouvrir avant Noël, ai-je répliqué. Il faut qu'ils partent à la première heure lundi matin en courrier prioritaire.

– D'accord, d'accord. Je suppose que c'est moi qui paie les frais d'envoi ?

– Oui, et tu écriras « À OUVRIR IMMÉDIATEMENT » sur l'enveloppe. Non, attends, il vaut mieux que je le fasse moi-même.

– Je crois que je peux m'en charger, Jenny, a soupiré Mary.

– Tu es sûre que tu as bien l'adresse de ma mère ? me suis-je inquiétée.

Ils ne veulent pas me dire où elle habite, tout ça parce que, une fois, j'ai fugué pour la rejoindre. Ils ne veulent même pas me donner son numéro de téléphone. Je trouve ça extrêmement injuste, c'est ma mère quand même ! J'ai déjà piqué des crises mémorables à ce sujet, mais rien à faire.

– Ne t'en fais pas, Jenny, j'ai bien son adresse, a assuré Mary.

– C'est très important, tu sais. Il faut qu'elle vienne me voir jouer dans la pièce de l'école.

– Je suis ravie que tu interprètes un si beau rôle, Jenny. Tu vas te donner à fond, n'est-ce pas ? Si tu ne t'appliques pas, c'est tout le spectacle qui sera gâché.

– Bien sûr, je me donne toujours à fond, ai-je répliqué, vexée.

Je prenais tout ça très très au sérieux, pas comme certaines personnes. Nous répétions tous les jours à l'heure du déjeuner et la plupart marmonnaient leur texte, la bouche pleine, leur sandwich à la main. La chorale de Noël chantait faux, la troupe de fantômes couinait au lieu de gémir, les danseurs se marchaient sur les pieds et Peter la mauviette ne pouvait pas enchaîner ses deux lignes de texte sans trou de mémoire. Il oubliait même de quelle jambe il était censé boiter, sautillant tantôt sur l'une, tantôt sur l'autre.

– T'es vraiment trop nul, Peter. C'est pourtant pas difficile à retenir : « Que Dieu nous bénisse, tous autant que nous sommes ! » s'est emportée Justine Grande-gueule Petitbois.

Elle l'a attrapé par l'épaule pour regarder dans son oreille.

– Ah, c'est bien ce que je pensais. T'as pas de cerveau. C'est vide là-dedans, une tête de crétin complètement creuse.

Je n'en pensais pas moins mais, quand j'ai vu le visage de ce pauvre Peter se décomposer, j'ai eu envie de la faire taire, la peste.

– Laisse-le tranquille, Justine Grosse-brute Petitbois. Il se débrouille très bien... pas comme toi ! Je n'ai jamais vu un fantôme aussi pitoyable. Tu ne ferais pas peur à un moucheron !

Mlle Simpkins a tapé dans ses mains.

– Du calme, les filles ! Concentrez-vous sur la pièce. Justine, tu pourrais mettre un peu plus d'intensité dans ton interprétation de Marley. Et toi, Jenny, un peu moins. Ton Scrooge est parfait, mais

pas besoin de froncer les sourcils aussi férocement en permanence. Et tu pourrais sans doute t'abstenir de cracher sur ton interlocuteur quand tu dis : « Bah, sornettes ! » C'est un peu trop, il me semble. De plus, je pense que les femmes de service n'apprécieront pas vraiment que tu baves partout sur la scène.

– J'essayais simplement de me mettre dans la peau du personnage, mademoiselle Simpkins, ai-je expliqué.

Mais elle ne m'écoutait pas. Elle était occupée à rassembler le troupeau de petits fantômes bêlants.

– Ouais, ben à force de vouloir te mettre dans sa peau, tu nous donnes surtout des boutons, a sifflé Justine Je-joue-comme-un-fer-à-repasser Petitbois. T'es qu'un gros furoncle plein de pus.

Louise a pouffé.

– Fais gaffe, on pourrait te percer.

Je l'ai poussée. Elle m'a poussée. Justine aussi, plus fort. Comme je me tenais voûtée pour jouer le vieux Scrooge, j'ai perdu l'équilibre et j'ai atterri sur les fesses.

Tout le monde a ri. Je me suis mordu les lèvres pour ne pas pleurer parce que ça faisait un mal de chien. De toute façon, je ne pleure jamais. Mais un choc brutal tel que celui-ci peut occasionner chez moi une soudaine crise de rhume des foins. Non seulement j'étais tombée, mais le pire, c'était de voir Louise aussi méchante. J'avais l'habitude que Justine La-peste Petitbois soit odieuse, mais maintenant Louise se liguait avec elle contre moi.

C'était mon amie, à l'origine. Désormais, je n'avais plus aucun allié à part ce pleurnichard de Peter qui comptait pour du beurre.

– Elle pleure, elle pleure ! Oh, le gros bébé ! a chantonné Justine Merle-moqueur Petitbois.

– Pourquoi tu ne te défends pas, Jenny ? s'est étonnée Louise, un peu mal à l'aise.

– Elle a plus de cran, a décrété Justine Grosse-truie Petitbois. *Ouin ouin*, *ouin ouin*, le bébé ! Tu veux ta maman pour te consoler ? Ben, tu peux toujours rêver, parce que ta maman, elle viendra jamais !

– Tu vas voir si j'ai plus de cran ! ai-je répliqué en me relevant.

Et *vlan*, *paf*, *boum !* Justine est tombée en arrière, le nez en sang, suite à une rencontre malheureuse avec mon poing.

Pile à ce moment-là, Mme Darlow, la directrice, est entrée dans la salle pour voir comment avançait la pièce. L'espace d'un instant, nous nous sommes tous figés sur place, comme si on était sur « pause ».

Puis nous nous sommes remis en mouvement en « avance rapide », et c'était un vrai film d'action avec une bande-son à vous vriller les tympans.

Justine s'est mise à hurler. Louise aussi, alors que je ne l'avais même pas touchée. Les petits qui dansaient et chantaient ont éclaté en sanglots. Et Mlle Simpkins elle-même avait l'air au bord des larmes.

Elle s'est agenouillée auprès de Justine, l'a aidée à se relever et a examiné son nez sanguinolent.

Mme Darlow a foncé droit sur moi, les narines pincées.

– Jenny Bell, tu t'es permis de frapper une de tes camarades ! Combien de fois dois-je te répéter qu'il est interdit de se battre dans cette école ?

– Mais, madame, ce n'est pas ma faute. C'est pas moi qui ai commencé, ai-je protesté.

Je ne voulais pas jouer les rapporteuses, mais il me

semblait nécessaire de préciser que Justine Pisse-le-sang Petitbois m'avait sacrément provoquée.

Mme Darlow a tapé des mains pour me faire taire.

– Hélas, l'expérience m'a appris que c'était toujours ta faute, Jenny Bell.

Voilà qui était profondément injuste. J'aurais aimé avoir assez de cran pour faire mon célèbre *vlan*, *paf*, *boum !* à Mme Darlow. J'avais envie de l'envoyer rouler par terre, les quatre fers en l'air, et qu'on voie sa culotte. C'était une image tellement loufoque que je n'ai pas pu me retenir, j'ai ricané. Erreur fatale.

– Comment oses-tu rire après ce qui vient de se passer ? Je suis lasse de tes manières, Jenny Bell. Tu ne joueras pas dans la pièce de Noël. Que cela te serve de leçon une bonne fois pour toutes !

– Mais ce n'est pas possible, madame ! Je suis Scrooge ! Le personnage principal !

– Plus maintenant.

– Mais ma mère va venir me voir ! Je lui ai écrit pour la prévenir et elle va se déplacer exprès.

– Ce n'est pas mon problème, Jenny. Tu ne joues plus dans cette pièce, un point c'est tout.

Là, j'ai craqué. Totalement. J'ai ouvert la bouche et j'ai hurlé. Mlle Simpkins a voulu me serrer dans ses bras, mais je l'ai repoussée. Peter m'a pris la main, mais je me suis dégagée. Je me suis jetée par terre, les yeux fermés et j'ai hurlé. Hurlé hurlé hurlé.

Au bout d'un moment, quelqu'un m'a soulevée de terre et coincée sous son bras comme un paquet de linge sale pour m'emmener à l'infirmerie. J'ai ouvert les yeux juste une seconde. Justine Je-la-hais Petitbois était assise sur une chaise, la tête en arrière, et appliquait une grosse compresse sur son nez sanguinolent. J'ai fermé les yeux à nouveau et je me suis remise à hurler.

J'entendais marmonner et murmurer. Quand j'ai rouvert les yeux, Justine n'était plus là. Je ne savais pas où elle était passée et je m'en fichais. J'aurais voulu que le monde entier disparaisse. Tout le monde, sauf ma mère.

Je l'imaginais recevant mon paquet, puis admirant mon édition spéciale d'*Un chant de Noël*. Je l'imaginais en train de se faire belle, d'accrocher le pendentif en cœur autour de son cou, de passer de la crème sur ses mains délicates et de mettre son nouveau rouge à lèvres rose brillant. Je l'imaginais arrivant à l'école le 20 décembre et s'asseyant au premier rang

pour me regarder jouer. Sauf que je ne serais pas sur scène. Je ne serais pas sur scène. Je ne serais pas sur scène.

J'ai hurlé de plus belle, même si j'avais mal à la gorge, la tête comme une pastèque et le dos ruisselant de sueur. Je savais qu'il fallait que j'arrête, mais je n'y arrivais pas.

J'ai essayé de serrer les lèvres mais le cri a gonflé gonflé gonflé à l'intérieur et a explosé encore plus fort, me forçant à ouvrir la bouche. C'était tellement puissant et effrayant que je me suis mise à trembler. Je ne pouvais plus m'arrêter. À croire qu'une sorcière m'avait jeté un sort, comme dans un conte de fées. J'étais condamnée à hurler pour l'éternité.

Puis, soudain, j'ai senti deux mains se poser sur mes épaules et j'ai entendu la voix familière de Mary :

– Du calme, Jenny. Tout va bien. Je suis là, maintenant. Ils m'ont prévenue. Alors arrête de hurler.

– Je… n'y arrive… pas !

– Mais si. Respire à fond. Inspire profondément. Et expire lentement. Ça va marcher. Ne t'inquiète pas. Tu vois, ça y est, tu t'arrêtes.

Je me suis agrippée à elle comme un bébé. Elle s'est agenouillée et m'a prise dans ses bras pour me bercer tandis que j'enfouissais mon visage dans son épaule.

– Ça va mieux ? m'a-t-elle demandé au bout d'un moment.

– Non !

J'ai ouvert les yeux. Cligné des paupières. Puis j'ai regardé autour de moi.

– Où est Justine ? ai-je murmuré.

– On a dû l'emmener à l'hôpital, a soupiré Mary.

– Oh !

Je me suis remise à trembler. Qu'est-ce que j'avais fait ? Je lui avais juste donné un petit coup dans le nez, pourtant. Ce n'était pas la première fois, mais jusque-là, jamais je ne l'avais envoyée à l'hôpital. Si

ça se trouve, je lui avais complètement écrabouillé le nez et elle n'avait plus qu'un gros tas de chair sanglante au milieu du visage… Si ça se trouve, toute sa tête avait explosé et ils étaient en train d'essayer de recoudre les morceaux…

Je la détestais du fond du cœur, mais je ne voulais pas la blesser. Pas gravement, du moins. Et s'ils n'arrivaient pas à la soigner ? Et si elle se vidait complètement de son sang ?

Je l'imaginais, gisant sur un lit d'hôpital, livide et inerte, avec les médecins, les infirmières, son père et Louise à son chevet.

Je voyais déjà son enterrement, et tous les gamins de la décharge publique qui suivaient son corbillard. Louise venait en tête, en larmes, une énorme couronne dans les bras. Je voulais lui dire que j'étais désolée, mais elle me tournait le dos en me traitant de criminelle. Et tout le monde reprenait en chœur ce terrible refrain : « Criminelle, criminelle, Jenny Bell est une criminelle ! » Puis j'entendais des sirènes et toute une escouade de voitures de police débarquait et les policiers se jetaient sur moi, brandissant leurs matraques, et je m'enfuyais en courant…

– Jenny, ça suffit ! est intervenue Mary. Je suis sûre que Justine va très bien. Enfin non, son pauvre nez n'arrêtait pas de saigner et tu vas être sévèrement punie, mais je ne crois pas qu'elle ait de séquelles. Mme Darlow pense que tu lui as cassé le nez mais, à mon avis, elle exagère. Bon, je vais te ramener au foyer. Tu vas aller te calmer un petit moment dans la chambre d'isolement. Ensuite, on avisera.

Je me suis laissé traîner dans le couloir. La cloche venait de sonner. Des hordes d'enfants allaient et venaient en me fixant comme une bête curieuse.

– Regarde, c'est Jenny Bell !

– Qu'est-ce qu'elle a ?

– Il paraît qu'elle a piqué une crise pas possible. On l'entendait hurler dans toute l'école.

– Elle a dit plein de gros mots à Mme Darlow !

– Elle a grièvement blessé Justine Petitbois. Elle saignait tellement qu'ils ont dû l'emmener à l'hôpital en ambulance.

– Jenny a donné un coup de poing dans le nez de la directrice !

– Elle n'aura pas le droit de jouer dans la pièce de l'école !

Moi, je ne disais rien. Je me contentais de renifler. Mary m'a poussée doucement devant elle et on a traversé la cour. Je tremblais comme une feuille. Je me suis plaqué les poings sur les yeux pour les empêcher de couler.

J'étais dégoûtée que l'école entière me voie dans un état pareil. À la décharge publique, c'est différent. Tout le monde sait que les enfants qui vivent en foyer sont de vraies bombes à retardement. Il suffit d'un rien pour qu'ils explosent. Il y a les petits pétards mouillés, comme ce pleurnichard de Peter qui ne fait que quelques étincelles. Il y a les gros pétards qui éclatent avec un grand *boum !* et après, c'est tout. Et puis il y a de vraies fusées de feu d'artifice qui font un millier d'étoiles dans le ciel. Je vous laisse deviner à quelle catégorie j'appartiens.

À l'école, ça, ils ne comprennent pas. Et surtout, ils ne me comprennent pas. Ça ne me dérangeait pas qu'ils sachent que j'avais démoli Justine. J'étais plutôt flattée qu'ils s'imaginent que j'avais donné un coup de poing à Mme Darlow. Par contre, je ne supportais pas qu'ils me voient dans cet état, en sang, en sueur et en larmes. Le sang et la sueur, ce n'était pas grave, mais Jenny Bell ne pleure pas. JAMAIS. Pas en public, en tout cas.

Dans le minibus, en revanche, j'étais tranquille. Dans la chambre d'isolement aussi. Et dans ma chambre également. Mary m'a dit que je pouvais descendre dîner, mais je n'avais pas envie.

Mike m'a apporté un plateau.

– Hé, Jenny. D'accord, tu es punie, mais ce n'est pas une raison pour rater les spaghettis bolognese. Surtout qu'ils sont délicieux, ce soir.

Il m'a fourré le plateau sous le nez. J'ai détourné la tête, malgré l'alléchant fumet qui me chatouillait les narines.

– J'ai pas très faim, Mike.

– Oh, mademoiselle chipote ? J'ai passé des heures derrière les fourneaux, alors le moins que tu puisses faire, c'est de les goûter, a-t-il affirmé en posant le plateau sur mes genoux pour enrouler les spaghettis sur la fourchette.

Puis il a fait comme avec les tout-petits :

– Attention, voilà le gros navion. Il fait des loopings dans les airs et *zou* ! Ouvre la bouche.

Mais je serrais les lèvres. Je n'ai même pas souri. Je n'étais pas d'humeur à rire (bien que ce soit mignon) ni à manger (bien que j'adore les spaghettis bolognese).

– Allez, Jenny. Justine n'a pas perdu l'appétit et, pourtant, elle a le nez écrabouillé.

– Elle est rentrée de l'hôpital ? ai-je demandé.

– Ouais, la pauvre.

– Elle a vraiment le nez cassé ?

– En mille morceaux, a répliqué Mike.

Mais quand il a vu ma tête, il s'est repris :

– Je plaisante, Jenny ! Tout va bien. Tu l'as un peu fait saigner du nez, c'est tout. Mary et moi, on va devoir te trouver une punition. Il faut que tu apprennes à te contrôler, Jenny. Surtout à l'école. On en a assez de devoir présenter nos excuses à ce vieux dragon féroce de Darlow. Elle se méfie toujours de nos gamins. Surtout de toi, miss Labrute. Et chaque fois que tu piques une crise à l'école, tu lui donnes raison.

– Allez-y, punissez-moi, ai-je répliqué d'une voix résignée. Battez-moi et enfermez-moi dans un placard sans rien à manger.

– Bof, a répondu Mike, pas convaincu. Si je te donne un coup, tu risques de m'écrabouiller le nez. Et puis, tu te prives toi-même de ces délicieux spaghettis bolognese. Et, à mon avis, ça ne sert à rien de t'enfermer dans le placard à fournitures parce que tu sais crocheter la serrure. Non, il faut qu'on trouve une meilleure idée

– Ça m'est égal, Mike. Mme Darlow m'a déjà punie. Elle ne veut pas que je participe à la pièce de Noël. Ma mère ne pourra pas me voir jouer Scrooge.

Quelques gouttes d'eau venues de je ne sais où sont tombées dans mon assiette de spaghettis.

– C'est dur, je sais, Jenny, a reconnu Mike en me serrant dans ses bras. Tu t'es donnée à fond et je suis sûr que tu aurais fait le Scrooge le plus scroogeux du monde. Mais nous sommes tous les deux conscients que, de toute façon, ce n'était pas sûr que ta mère puisse être là. Cependant, si elle était venue, elle aurait été fière de toi, ma puce. Tous les autres trouvent Mme Darlow vraiment trop injuste. Ils disent que la pièce ne sera pas pareille sans toi.

– C'est ça ! ai-je répondu d'un ton las, mais j'ai quand même goûté les spaghettis.

Miam, succulent !

– Je suis sérieux, Jenny. Le petit Peter est hors de lui. Je crois qu'il veut faire une pétition.

– Ah ! Cool, ai-je commenté en reprenant une fourchettée de pâtes. Mais Justine et Louise doivent être bien contentes.

– Tu te trompes, ma vieille. Je sais que vous n'êtes pas très copines en ce moment, mais Louise a l'air mal à l'aise. Elle doit se sentir coupable parce que, avec Justine, elles t'ont un peu cherchée.

– C'est vrai ? ai-je fait en attaquant mon assiette avec appétit. Et Justine, elle en dit quoi ?

– Bon, ce doit être la seule à ne pas avoir encore sa carte du Comité de défense de Jenny Bell. Normal, elle a quand même le nez en bouillie.

– Oh, pauvre chou, ai-je fait hypocritement.

Mike m'a ébouriffé les cheveux.

– Tu es une très très vilaine fille, Jenny. Il va falloir canaliser ton agressivité !

C'était louche.

J'avais raison de me méfier. Le lendemain matin, Mary et Mike m'ont prise dans un coin alors que je descendais, tête haute, déterminée à montrer à la terre entière que tout allait bien du moment que personne ne me parlait de mères, de pièces de théâtre ou de directrices d'école.

J'avais la tête tellement haute que je ne voyais pas vraiment où j'allais. Et un petit idiot avait laissé son troupeau de dinosaures en plastique brouter la moquette juste au bas de l'escalier. J'ai trébuché, manquant atterrir une nouvelle fois sur les fesses, mais avec ma grâce et mon agilité naturelles, j'ai réussi à me rattraper. De justesse.

– Vous pourriez demander à ces morveux de ranger leurs jouets, quand même !

– Bonne idée, Jenny, a commenté Mike.

– Tu n'as qu'à le leur demander toi-même, a renchéri Mary. Ça te facilitera la tâche.

Je me suis figée pour les dévisager d'un œil soupçonneux.

– Quelle tâche ?

– Nous avons trouvé un excellent moyen de canaliser ton agressivité, a décrété Mike.

– Ne le prends pas comme une punition, Jenny. Cela te permettra de te sentir mieux tout en rendant ce foyer propre, net et plus agréable à vivre, a poursuivi Mary.

Les mots « propre » et « net » m'ont écorché les oreilles.

– Hé, vous n'avez pas l'intention de me transformer en femme de ménage, quand même ? ai-je protesté.

– Toujours vive comme l'éclair, notre Jenny, a commenté Mike.

– Je suis sûre que tu vas très bien te débrouiller, a affirmé Mary.

– Mais vous n'avez pas le droit ! Le travail des enfants, c'est interdit par la loi ! me suis-je défendue.

– Ce n'est pas un travail, Jenny. Nous t'aidons simplement à décharger ta colère de façon utile.

– En quoi suis-je censée être utile, alors ?

– Tu vas simplement ranger, faire la poussière, passer l'aspirateur, nettoyer les sanitaires et récurer le carrelage de la cuisine.

J'ai répliqué du tac au tac :

– Et je serai payée combien ?

– Ah. Eh bien, tu seras d'abord à l'essai la première semaine. Si tu souhaites un poste fixe par la suite, nous entamerons les négociations financières, a répondu Mary. Maintenant, file prendre ton petit déjeuner ou tu vas être en retard à l'école.

– Mais…

– Pas de « mais », Jenny, m'a coupée Mike avec fermeté.

Je sais quand il est inutile de gaspiller de la bonne salive de Jenny Bell. J'ai donc traversé la cuisine d'un pas rageur pour aller m'asseoir. Je me suis servi des céréales avec une telle détermination que j'en ai mis partout. Puis je me suis versé du lait avec une telle énergie qu'il a débordé de mon bol comme les chutes du Niagara.

Les autres me fixaient d'un œil méfiant. Même Justine semblait un peu inquiète. Elle n'arrêtait pas de se frotter le nez.

– Ça va, Jenny ? a couiné Peter.

– Est-ce que ça a l'air d'aller ? ai-je rétorqué en cognant ma cuillère contre la table.

Peter a sursauté, répandant la moitié de son jus d'orange.

– Bon sang, regarde tes cochonneries ! ai-je crié alors que j'avais sali encore plus que lui. C'est moi la femme de ménage, maintenant ! Je vais nettoyer derrière vous, alors vous avez intérêt à faire attention, vous avez entendu ?

– Je pense qu'on t'a entendue à l'autre bout de la ville, a répliqué Louise. Et ne t'en prends pas à ce pauvre Peter. Il a commencé une pétition pour réclamer qu'on te laisse jouer Scrooge et il fait signer tout le monde.

– Chut, Louise, a-t-il soufflé en rougissant. C'est top secret.

– Comme si Mme Darlow allait se laisser influencer par une petite pétition minable, ai-je grogné.

Là, j'ai vu son visage se décomposer. Je m'en suis affreusement voulu, mais je ne pouvais rien dire devant les autres. Je me suis donc contentée d'engloutir mon petit déjeuner, puis j'ai filé dans ma chambre chercher mon cartable. J'ai guetté Peter. Lorsqu'il est sorti de la salle de bains en trottinant, du dentifrice tout autour de la bouche, je l'ai hélé :

– Hep, Peter !

Il a de nouveau sursauté, léchant nerveusement la mousse blanche d'un coup de langue.

– Viens dans ma chambre une seconde, ai-je ordonné.

Peter a obéi en retenant son souffle. Il s'est collé au mur contre mon poster de chauve-souris vampire, les poings serrés, comme s'il se trouvait face à un peloton d'exécution.

– T'inquiète, Peter, je ne vais pas te frapper.

– Je suis désolé pour la pétition. Je sais que c'est un peu bête et que ça ne marchera peut-être pas, mais j'étais tellement embêté que tu ne joues pas dans la pièce que j'ai voulu faire quelque chose.

– J'étais d'une humeur de chien, au petit déjeuner. Je ne voulais pas te crier dessus, Peter. C'est vraiment adorable, comme idée. Personne n'avait jamais fait de pétition pour moi. Je ne crois pas que ça servira à grand-chose mais c'est super gentil de ta part. Tu es un ami exceptionnel. Merci. Du fond du cœur.

Peter n'a pas bougé, mais il est devenu rouge comme une tomate.

– Oh, Jenny, a-t-il couiné en battant des cils.

Je lui ai tapoté la tête. Il a voulu me serrer dans ses bras, mais il ne faut quand même pas pousser !

– Hé, attention, tu vas me mettre du dentifrice partout. Viens, on va être en retard à l'école.

– Alors, je peux continuer ma pétition ?

– Pas de problème. Je ne suis pas sûre que tu arrives à recueillir beaucoup de signatures, étant donné que je ne suis pas la fille la plus populaire de l'école. Hum… y en a déjà qui l'ont signée ?

– Tout le monde ici. Enfin, Justine n'est pas encore complètement décidée, mais je vais continuer à la harceler.

– Toi ? Comment tu vas faire ?

– Tu verras, Jenny. Toute l'école va signer. Il faut que tu joues dans cette pièce. Tu es géniale sur scène !

– Tu perds ton temps, Peter, mais merci quand même. Ça me touche de voir que tu crois en moi ! Tu sais quoi ? Quand je serai une grande star comme ma mère, tu seras mon agent, d'accord ?

Ça lui a fait super plaisir, alors que moi, ça m'a un peu déprimée. Le simple fait de penser à ma mère m'a donné envie de hurler. Mais il fallait que je bloque toute émotion pour aller à l'école. La veille, j'avais braillé comme un veau. Aujourd'hui, j'allais être parfaitement calme et sereine pour montrer à la terre entière que Jenny Bell est une dure à cuire qui peut encaisser une humiliation publique sans problème.

En réalité, ce n'était pas aussi facile. J'ai bondi du minibus de la décharge publique et j'ai fait mon entrée dans l'école d'une démarche aussi nonchalante que possible, mais toute la cour s'est retournée pour me fixer en me montrant du doigt. Des petits se sont même attroupés autour de moi pour me scruter comme s'ils regardaient *Les Aventures de l'abominable Jenny Bell* à la télé.

Mais ce n'était pas le pire. Le pire, c'était les profs. Ils étaient affreusement gentils avec moi. Alors qu'elle ramassait les exos de maths, Mlle Brown s'est penchée vers moi pour me demander :

– Ça va, Jenny ?

– Pas trop, mademoiselle Brown, ai-je murmuré.

– J'imagine que tu n'as pas pu faire tes devoirs, hier soir…

– J'ai eu d'autres préoccupations, à vrai dire.

– D'accord, ne t'en fais pas. Tu pourras continuer à l'heure du déjeuner.

– Mm… oui, j'ai tout mon temps, maintenant, ai-je soupiré.

Le repas de midi a été le pire moment de la journée. Peter, Louise, Justine et tous ceux qui jouaient dans *Un chant de Noël* ont filé pour répéter… sans moi.

Je suis restée toute seule à ma table à faire mes exercices de maths. Mais les chiffres se brouillaient et dégoulinaient sur ma page comme s'il pleuvait dans la classe. J'ai épongé avec ma manche et des mouchoirs en papier.

En m'éclipsant aux toilettes pour me passer de l'eau sur le visage avant la reprise des cours, je suis tombée sur Mlle Simpkins. Elle était en compagnie de Gloria Taylor, d'Emily Lawson et d'Amy Jellicoe.

Elles la regardaient toutes les trois, pleines d'espoir, comme des chiots dans un refuge de la SPA, en suppliant intérieurement : « Moi, moi, choisissez-moi, mademoiselle Simpkins ! »

– Tiens, bonjour, Jenny ! a-t-elle lancé en m'apercevant.

Elle a fait signe aux trois autres.

– Au revoir, les filles. Je vous dirai ce qu'il en est demain.

Elles m'ont lancé un regard apitoyé avant de s'éclipser docilement.

– Vous leur avez fait passer une audition pour le rôle de Scrooge, c'est ça ? ai-je demandé, la gorge serrée.

– Oui, a confirmé Mlle Simpkins.

Puis, en baissant la voix, elle a ajouté :

– Elles ont fait de leur mieux mais, entre toi et moi, elles ne t'arrivent pas à la cheville, Jenny.

– Vous allez choisir laquelle ?

– Je ne sais pas, a-t-elle soupiré. C'est un rôle très important et il ne reste que très peu de temps pour apprendre le texte. Gloria est la seule qui pourrait le savoir rapidement par cœur, mais elle récite ça comme un horaire de train, sans y mettre le ton. Emily est un peu plus expressive, mais elle n'arrive pas à mémoriser plus de deux répliques. Elle est obligée de jouer avec le texte à la main, ça ne va pas du tout !

– Alors c'est Amy qui va faire Scrooge ?

– Amy est tellement douce et gentille qu'on l'entend à peine. Elle n'ose pas dire un mot plus haut que l'autre. On voit bien qu'elle ne ferait pas de mal à une mouche. Amy en Scrooge, on n'y croit pas une seule seconde !

– Alors que moi, je terroriserais un essaim de guêpes avec mon mauvais caractère !

– Oui, ce rôle est fait pour toi, a-t-elle soupiré.

– Mais Mme Darlow a tout gâché, ai-je complété.

– Non, Jenny, c'est toi qui as tout gâché, a corrigé Mlle Simpkins. Je sais cependant qu'on t'a provoquée. J'ai essayé d'exposer les circonstances à la directrice. En vain, je suis désolée.

– Merci, mademoiselle. Pardon d'avoir tout fichu en l'air.

– Je trouve ça honteux que tu paies si durement ton mouvement de colère.

– Et encore, vous ne savez pas tout. Même au foyer, je suis punie. Je suis devenue leur esclave, je dois tout nettoyer derrière les autres, sans toucher le moindre sou. C'est révoltant, non ? Peut-être qu'il faudrait prévenir la Société de protection des enfants, non ?

– Je vais y réfléchir, a-t-elle répondu en se mordant les lèvres pour ne pas rire.

En tout cas, moi, je n'avais pas le cœur à rire lorsque je suis rentrée de l'école, complètement

épuisée, et que Mary m'a tendu l'aspirateur et Mike la serpillière et le seau.

J'espérais secrètement que tout ça n'était qu'un coup de bluff. J'ai été outrée de constater qu'ils comptaient vraiment mettre leur projet à exécution.

– Laissez-moi goûter d'abord, par pitié ! ai-je supplié.

J'ai pris mon temps pour grignoter mon sandwich au pain complet et à la banane, ma poignée de fruits secs et mon orange, arrosés de jus de pomme (comme je regrette l'époque bénie où les diététiciens ne s'étaient pas encore penchés sur nos menus… On pouvait se gaver sans remords de chocolat, de gâteaux et de Coca !). Puis j'ai filé dans ma chambre troquer mon uniforme contre un vieux jean et un T-shirt délavé.

Je me suis arrêtée pour regarder la carte postale de ma mère que j'avais accrochée au mur. Tout à coup, j'ai eu le cœur si lourd que j'ai dû m'allonger sur mon lit avec la tête sous mon oreiller pour que personne n'entende cette brusque crise de rhume des foins. Je reniflais encore en descendant l'escalier d'un pas traînant, soupirant à chaque marche. Mais il n'y avait personne pour m'entendre. Les autres s'étaient réunis pour comploter je ne sais quoi dans la cuisine. Les ingrats ! Tandis que la pauvre petite Jenny Cendrillon devait se coltiner toutes les corvées !

J'ai attrapé l'aspirateur par le cou et j'ai arpenté le hall en passant sa grosse tête partout. Mais il était trop gros, trop lourd, trop difficile à manier. J'avais déjà les bras et le dos en compote au bout d'un tout petit mètre carré de moquette. Et il fallait que je nettoie notre immense décharge publique de fond en comble. Cet idiot d'aspirateur s'est cogné dans la plinthe. Je lui ai donné un grand coup de pied. Aïe, aïe, aïe ! J'avais oublié que j'étais en chaussons. Je l'ai éteint pour masser mes pauvres orteils meurtris.

C'est alors que j'ai entendu chuchoter et pouffer.

– La ferme ! ai-je rugi.

Peter a passé la tête par la porte de la cuisine.

– Ça va, Jenny ?

– Impec, ai-je répondu ironiquement. J'adore, je m'amuse, je m'éclate… PAS DU TOUT ! À ton avis, ça m'enchante de devoir tout nettoyer toute seule ?

– Mais tu n'es pas toute seule, a rectifié Peter. Allez, venez, les autres !

Tous les gamins du foyer sont sortis de la cuisine, armés de pelles, de balais et de brosses. Peter était en tête, les manches roulées sur ses biceps maigrichons et un torchon noué autour de la taille. Il y avait même Louise avec un fichu sur la tête. Justine est sortie la dernière, portant le tablier rayé de Mike et brandissant une brosse à récurer.

– On va faire le ménage tous ensemble, a décrété Peter. Ce n'est pas juste que tu nettoies toute seule, on va te donner un coup de main. Ça va être rigolo.

– T’as un drôle de sens de l’humour, mauviette, a grogné Justine en lançant sa brosse.

Louise l’a rattrapée au vol.

– C’était autant ta faute que celle de Jenny, Justine, a-t-elle affirmé. On s’est tous énervés, alors Peter a raison, on doit tous canaliser notre agressivité en faisant le ménage.

– Bien… au boulot ! a-t-il ordonné.

Puis il m’a regardée.

– Ça va, Jenny ?

Une fois n’est pas coutume, j’étais sans voix. J’ai hoché la tête en priant pour ne pas me ridiculiser en fondant en larmes à nouveau.

Nous avons laissé ce sacré petit Peter prendre la direction des opérations et nous dire ce qu’on devait faire, au lieu de se disputer, nous les forts en gueule.

On a allumé tous les postes de la décharge pour écouter du rock et du rap à fond, par esprit de vengeance.

Helen la Baleine a fait une brève apparition à un moment. Elle a vite battu en retraite, les mains sur les oreilles mais, quand Mary et Mike lui ont expliqué (en criant un peu) ce qui se passait, elle a applaudi, tout excitée. Et elle a tenu à nous encourager et à nous féliciter pour ce beau travail d'équipe.

Elle a foncé mettre ses bois de renne sur sa tête, puis elle est passée dans les rangs pour nous tapoter le dos.

– Vous avez tout compris ! C'est ça, l'esprit de Noël : l'amour, le partage, l'entraide !

Franchement, c'est un miracle qu'avec ses gros sabots la stupide Helen le Renne ne les ait pas fait fuir en criant : « Non, mais qu'est-ce que je fais là, à passer l'aspirateur alors que je pourrais être devant la télé ou en train de jouer à la console ou même affalé sur mon lit à me décrotter le nez. Franchement, j'peux pas la voir, cette peste de Jenny Bell ! Je me fiche complètement de ce qui lui arrive et j'ai pas la moindre envie de lui filer un coup de main, c'est bien fait pour elle si elle est punie ! »

Mais, bizarrement, ils l'ont ignorée et ont continué à frotter, récurer, dépoussiérer et aspirer. J'avais l'impression que, à l'intérieur de moi, tous les recoins sales, pas beaux, crados avaient également droit à un nettoyage de printemps. Peut-être que les autres m'appréciaient un peu, finalement.

J'avais encore du matériel de ma descente dans le placard à fournitures. Le soir, j'ai utilisé le peu d'énergie qui me restait pour réaliser un grand panneau. J'ai dessiné la décharge publique en arrière-plan et nous tous devant, armés de chiffons, balais et serpillières. J'ai même représenté Justine correctement, résistant à la tentation de la faire loucher et de lui ajouter des crottes de nez qui pendaient de ses narines. Je me suis mise au centre, avec un grand sourire radieux. J'ai ajouté des rayons de soleil tout autour du dessin puis, en haut, j'ai écrit en lettres arc-en-ciel :

Je me suis faufilée au rez-de-chaussée et je l'ai posé sur la table pour que tout le monde puisse le voir le lendemain matin au petit déjeuner. J'ai chipé la moitié d'un paquet de corn-flakes et une orange pour pouvoir prendre mon petit déj' dans ma chambre. Je ne voulais pas être dans le coin lorsqu'ils découvriraient mon dessin. Ce serait trop la honte. Je n'ai pas l'habitude de faire ma gentille et de dire merci. Il va falloir que je fasse attention. J'ai toujours été la dure à cuire de la bande. Ce serait trop bête de faiblir maintenant.

À l'école, je me suis efforcée d'être aussi féroce et pugnace que d'ordinaire. J'ai fait tout mon possible pour être insolente avec les professeurs et odieuse avec les autres enfants, mais ça me demandait beaucoup d'efforts. Je me suis surprise à partager ma barre chocolatée avec Peter à la récréation, à aider un petit qui était tombé à se relever, à renvoyer un ballon directement à son propriétaire. Bref, je me comportais comme un vrai petit ange plein de bonnes intentions et non comme l'abominable et effroyable Jenny Bell, terreur des cours de récré.

Quand ils sont tous partis répéter *Un chant de Noël*, je me suis demandé lequel des trois Scrooge Mlle Simpkins avait choisi. J'étais bien contente qu'ils soient tous nuls, c'était plus fort que moi.

En début d'après-midi, la directrice m'a fait demander.

– Oh, Jenny, a soupiré la maîtresse. Qu'est-ce que tu as encore fait ?

– Rien du tout, mademoiselle Brown. J'ai été un vrai petit ange toute la journée.

Elle n'a pas eu l'air de me croire. Je ne pouvais pas lui en vouloir. Elle n'était pas censée savoir que la nouvelle Jenny Bell était gentille et douce comme un agneau.

Je me suis traînée à contrecœur jusqu'au bureau de Mme Darlow, convaincue qu'elle allait m'accuser à la place de quelqu'un d'autre. Peut-être pensait-elle que j'étais l'auteur de cette plaisanterie très très déplacée gribouillée dans les toilettes des filles. Ou que j'avais étalé de la colle sur la chaise d'un prof. Ou que j'étais allée chercher un ballon en me cramponnant à la gouttière, l'arrachant malencontreusement du mur. D'accord, il m'était arrivé de faire ce genre de chose dans le passé, mais pas récemment.

Pourtant, il ne faisait aucun doute que ça allait me retomber sur le dos. Avec un soupir las, j'ai frappé à la porte de son bureau. De toute façon, ça ne servait à rien de clamer mon innocence face à une femme aussi dure et impitoyable. Elle avait sûrement déjà décidé quelle punition elle comptait m'infliger. Je l'imaginais en train de sortir son fouet le plus efficace, son broie-pouce, son tire-nez, puis de dégager tous ses papiers inutiles de son bureau afin de pouvoir me ficeler dessus comme sur une table de torture. Je res-

sortirais de l'école en rampant, le dos en sang, les pouces en bouillie, et le nez pendouillant jusqu'au menton, comme un élastique détendu.

Mme Darlow portait son tailleur-pantalon noir le plus sévère. Elle était assise à son bureau, le menton dans les mains, et fronçait les sourcils en me regardant par-dessus ses petites lunettes cerclées de métal.

– Entre et assieds-toi, Jenny Bell.

Va savoir pourquoi, elle m'appelle toujours par mon nom complet, alors que je suis la seule Jenny de l'école.

– Comment te sens-tu, aujourd'hui ? m'a-t-elle demandé.

– Pas au mieux de ma forme, madame Darlow.

– Moi non plus, Jenny Bell, moi non plus.

Elle a brandi une liasse de feuilles couvertes de noms.

– Sais-tu de quoi il s'agit ?

J'ai réfléchi. J'avais la nette impression qu'il valait mieux ne pas répondre : « Un tas de paperasse. »

« Je ne sais pas, madame » me semblait bien plus approprié, d'autant que j'ignorais réellement de quoi il s'agissait. Ce n'était pas mon écriture. En fait, il y avait plein d'écritures différentes : nettes et soignées, baveuses ou pattes de mouche, du noir, du bleu, du rouge, toutes les couleurs de l'arc-en-ciel.

– C'est une pétition réclamant que je te rende ton rôle de Scrooge dans la pièce de l'école, m'a expliqué la directrice.

– Oh, mince alors ! La pétition de Peter ! me suis-je exclamée.

– Tu es sûre que ce n'est pas toi qui lui as mis cette idée en tête, Jenny Bell ?

– Absolument ! me suis-je défendue. Mais il a recueilli des tas de signatures !

– Oui, a confirmé Mme Darlow. Enfin, j'ai examiné toutes les pages en détail et j'ai remarqué que certaines y figuraient en double. Et je ne suis pas sûre que Mickey Mouse, Homer Simpson, Robbie Williams et Beyoncé soient réellement inscrits dans cet établissement.

Je me suis mordu les lèvres de peur d'avoir un fou rire. En même temps, j'avais les yeux qui me piquaient, signe annonciateur d'une crise de rhume des foins imminente. Il y avait tellement de signatures ! Peter avait dû arpenter l'école en long, en large et en travers pour faire signer tous les élèves. Tous ces enfants qui voulaient me voir sur scène !

– Peter est visiblement un ami dévoué, a remarqué la directrice.

– Oui, il est adorable, ai-je acquiescé, touchée.

– Je suis impressionnée par son esprit d'initiative et sa persévérance. Lorsqu'il est passé me déposer sa pétition ce matin, il tremblait comme une feuille, mais il a tout de même plaidé en ta faveur. Il a déclaré, je cite ses propres mots, que tu étais unique en ton genre, Jenny Bell.

J'ai souri.

– Et dans sa bouche, c'était un compliment. Pour moi, moins, a poursuivi Mme Darlow. Ça m'a fendu le cœur de devoir lui répondre qu'il était fort improbable que je revienne sur ma décision, mais que j'admirais tout de même son geste.

– Oh, ai-je fait en m'affalant sur ma chaise.

– Puis, à l'heure du déjeuner, j'ai reçu la visite de Mlle Simpkins. Elle avait déjà essayé de défendre ta cause, Jenny Bell. Elle m'avait affirmé que ton accès de violence n'était pas complètement inexplicable puisque tu aurais, selon ses dires, répondu à une provocation. Ce à quoi je lui avais rétorqué que je ne pouvais tolérer aucune démonstration de violence quelles qu'en fussent les circonstances.

En soupirant, je me suis recroquevillée encore plus sur ma chaise.

– Cependant…

Je me suis raidie.

– Mlle Simpkins m'a invitée à assister à la répéti-

tion. La pièce progresse de façon admirable. Tout le monde travaille dur. J'ai vu Gloria, Emily et Amy jouer le rôle de Scrooge chacune leur tour. Elles se sont donné beaucoup de mal. Je leur ai même attribué cinq bons points pour leur motivation. Hélas, aucune d'elles ne possède de réel talent de comédienne et, même si elles font tout leur possible, force est de constater que leur interprétation manque un peu... d'expressivité.

J'ai serré les poings.

– Mlle Simpkins a souligné que tu incarnais Scrooge à la perfection, Jenny Bell. Et je dois tenir compte du fait que cette pièce sera jouée en public, devant tous les parents d'élèves.

– Ma mère va venir, ai-je murmuré.

– C'est pour nous une occasion unique de montrer l'excellence de notre établissement, c'est pourquoi je tiens à ce que cette représentation soit un succès. Je

ne veux pas que tout ce travail, tous ces efforts soient gâchés. J'ai donc décidé de te redonner ton rôle, Jenny Bell. Tu pourras jouer Scrooge, finalement.

– Oh, madame Darlow ! Vous êtes un ange ! me suis-je écriée en me redressant bien droite sur ma chaise pour l'applaudir.

– Attends donc que j'en aie terminé avant de juger, Jenny Bell. J'ai dit que je ne saurais tolérer une démonstration de violence, je dois donc t'infliger une autre punition.

– Tout ce que vous voudrez, madame ! Laissez libre cours à votre imagination. Coups de fouet, broie-pouce, tire-nez… Ça m'est égal.

– Je pense que je vais m'en tenir à une punition plus civilisée, Jenny Bell. Quoique, un broie-nez me semblerait assez approprié étant donné que tu as failli casser le nez de cette pauvre Justine. Malheureusement, je crains que la caisse de l'école ne me permette pas d'acquérir de couteux instruments de torture. En revanche, nos placards sont bien garnis en produits ménagers, nous devrons donc nous en contenter.

– Des produits ménagers ? ai-je répété, incrédule. Oh, non ! J'ai déjà dû nettoyer de fond en comble la décharge publique… euh, je veux dire le foyer. Vous ne voulez quand même pas que je fasse toute l'école, maintenant ?

– Mais non, mais non, m'a rassurée la directrice. Je ne suis peut-être pas un ange, mais je suis raisonnable. Je vais simplement te demander de cirer le parquet de la grande salle. Nous ne pouvons pas recevoir les parents d'élèves avec un sol tout terne. J'aimerais donc que tu restes une demi-heure tous les soirs après les cours pour le faire briller. Non seulement cela embellira notre établissement mais, en outre, cela te permettra de canaliser ton agressivité.

– Mon agressivité a déjà été efficacement canalisée, madame Darlow, ai-je répondu. Mais d'accord. Le parquet sera brillant comme un miroir et on verra sous nos jupes, du moment que je peux jouer Scrooge devant ma mère.

Je ne sais pas si vous avez déjà ciré un parquet, mais c'est l'horreur. Ça donne des crampes dans les mains, des courbatures dans les bras, le torticolis, on a les genoux en sang et jusqu'aux orteils tout contusionnés. En plus, vous imaginez la taille de la salle ? Et moi au milieu ?

J'ai travaillé dur. Ce bon vieux Peter et quelques autres ont voulu me donner un coup de main, mais Mme Darlow n'a pas apprécié leur esprit d'équipe et de partage.

– C'est Jenny qui est punie, pas vous ! a-t-elle aboyé. Je veux qu'elle fasse sa corvée toute seule.

J'ai donc fait ma corvée, avec mon exemplaire de la pièce ouvert sous les yeux pendant que je frottais. Ça me permettait de répéter le texte dans ma tête.

En fait, c'est un bon moyen d'apprendre, de cirer une longue lame de parquet en répétant une tirade de Scrooge. Chaque fois que je trempais mon chiffon dans la cire, je marmonnais : « Bah, sornettes ! »

Quand j'arrivais au mur, je disais comme Tiny Tim : « Que Dieu nous bénisse, tous autant que nous sommes ! » À la fin, non seulement je connaissais mon rôle par cœur, mais aussi tous les autres.

J'avais tellement hâte d'être à mercredi, le jour du spectacle. Je bouillais d'impatience, littéralement. Si bien que le matin, au petit déjeuner, Mary m'a tâté le front.

– Ça va, Jenny ? Tu as l'air en nage.

– Oh, Jenny, tu n'es pas malade, hein ? s'est inquiété Peter.

Il a frissonné.

– Moi, je me sens patraque. Je n'ai pratiquement pas dormi de la nuit. Et dès que je fermais l'œil, je rêvais que j'étais tout seul au milieu de la scène et que les spectateurs me traitaient de tous les noms. Je n'ai pas envie de jouer ce soir, j'ai trop peur ! Et si j'oublie mon texte ?

– Ça va très bien se passer, Peter, ai-je assuré. Tu vas bien te débrouiller et, si jamais tu as un trou, regarde-moi, je te soufflerai ta réplique.

– Ouais, la seule et unique Jenny Je-la-ramène, a sifflé Justine.

Elle n'avait pas l'air très en forme non plus. Elle était toute pâle, avec de gros cernes noirs.

– Tu ressembles déjà au fantôme de Marley sans maquillage, ai-je remarqué. Tu as le trac ?

– Pas du tout.

Justine s'est tue un instant avant de reprendre :

– Et toi, Jenny ? Tu n'as pas peur que ta mère ne vienne pas ? Ha ! ha ! trop drôle. Ta mère, c'est comme le yéti, on en entend souvent parler, mais personne ne l'a jamais vue.

Brusquement, le silence s'est fait dans la pièce. Tout le monde a arrêté de mâcher ses cornflakes.

– Justine, tu vas te taire ! a crié Mike.

– Jenny, ne commence pas ! a crié Mary.

Mais il n'était pas question que je montre à Justine Fantôme-d'endive Petitbois qu'elle pouvait m'atteindre. Je lui ai adressé mon plus beau sourire, en serrant les dents. J'avais la gorge serrée aussi. Ma mère allait venir, hein ?

Elle tenait sûrement à me voir jouer le rôle principal de la pièce. Elle voudrait même être au milieu de la salle, entourée de parents qui m'applaudiraient en disant : « Cette petite Jenny Bell est une actrice-née. Je me demande de qui elle tient ça ? » Puis ils se retourneraient, apercevraient maman, superbe et radieuse, et s'exclameraient : « Ah, ça doit être sa mère. Mais oui, bien sûr ! C'est la célèbre star de cinéma Carly Bell ! »

J'ai tenté de me rassurer en me répétant : « Oui,

elle sera là, ce soir, mon édition spéciale d'*Un chant de Noël* sous le bras, avec mon joli rouge à lèvres, ma crème pour les mains et mon pendentif en forme de cœur. Elle est obligée de venir avec tous les cadeaux que je lui ai envoyés. Elle va m'embrasser, me serrer dans ses bras et applaudir à en avoir mal, puis elle ne voudra plus jamais se séparer de moi tellement elle sera fière. »

– Tu peux toujours rêver, Jenny, a susurré Justine Langue-de-vipère Petitbois.

Ma gorge s'est serrée encore plus. Et si je rêvais, effectivement ? Si je me racontais des histoires ?

– Ma mère sera là, tu vas voir, ai-je affirmé.

– Ouais, on va voir, a répliqué Justine Je-vais-encore-me-prendre-un-coup-de-poing-dans-le-nez Petitbois. On va voir mon père, assis devant, en train d'applaudir mais oups ! il y aura une place vide au milieu du rang, là où maman Bell aurait dû s'asseoir sauf qu'elle se fiche complètement de sa fille unique et on la comprend. Qui voudrait d'une môme aussi dingo, toc-toc, maboule que Jenny Bell…

J'allais lui sauter dessus, mais Mary m'a retenue tandis que Mike faisait sortir Justine de la pièce.

– Du calme, Jenny. Garde la tête froide.

Je ne pouvais pas me calmer. Et je n'avais pas la tête froide. Je bouillais de rage comme un volcan au bord de l'éruption. C'est alors que Peter m'a pris la main.

– Ignore-la, Jenny. Elle est jalouse parce que tu es une super actrice et que tout le monde a signé ma pétition et qu'ils savent bien que la pièce n'aurait jamais marché sans toi. Et si tu dis que ta mère va venir, alors elle viendra. Tu sais toujours tout, Jenny.

J'ai pris une profonde inspiration et j'ai serré sa petite main dans la mienne.

– Tu as raison, Peter. Merci, mon pote. T'en fais pas. Je ne laisserai pas une sale peste comme Justine me démonter.

Mary m'a tapoté le crâne.

– Bravo, ma puce.

– Mary ?

J'ai pris une inspiration encore plus profonde avant de poursuivre :

– Je sais que ma mère va venir. Je lui ai donné tous

les détails et tout et tout, mais elle n'aurait pas téléphoné pour confirmer, par hasard ?

– Tu sais bien que je te l'aurais dit, Jenny.

– Mm, mm, bon… de toute façon, pas besoin de confirmation. C'est sûr, pas vrai ?

– En tout cas, moi, je serai là, a promis Mary. Et Mike aussi. On va se faire remplacer ici, juste pour pouvoir assister au spectacle. Et il y aura également Helen. Ne fais pas cette tête-là, Jenny ! Cam va venir. Ce sera génial si ta mère est là aussi mais, quoi qu'il en soit, il y aura plein de gens dans le public pour t'applaudir. OK ?

Ce n'était pas OK du tout. Tout ça, c'était du blabla d'éducateur. Ça ne voulait pas dire que ma mère allait venir.

Je le savais très bien.

Mais je n'avais pas envie de l'admettre.

Moi, je voulais me persuader qu'elle serait là. J'avais l'impression que c'était écrit partout sous mes yeux, que ça résonnait dans ma tête. En fixant les murs de la cuisine, je voyais s'afficher en lettres de spaghettis :

Ta mère va venir te voir jouer Scrooge.

Quand je suis allée aux toilettes, j'ai vu le graffiti sur la porte :

TA MÈRE VA VENIR TE VOIR JOUER SCROOGE.

Dans le minibus qui m'emmenait à l'école, je voyais clignoter sur le tableau de bord :

Ta mère va venir te voir jouer Scrooge.

En regardant par la fenêtre, je lisais sur tous les panneaux publicitaires de la ville :

TA MÈRE VA VENIR TE VOIR JOUER SCROOGE.

Arrivée à l'école, c'était écrit à la craie sur le tableau :

Ta mère va venir te voir jouer Scrooge.

Dans la salle, c'était comme un néon au-dessus de l'estrade :

TA MÈRE VA VENIR TE VOIR JOUER SCROOGE.

Les mots ont scintillé dans ma tête toute la journée comme une guirlande électrique :

TA MÈRE VA VENIR TE VOIR JOUER SCROOGE.

En classe, je n'ai pas réussi à me concentrer deux secondes d'affilée. J'ai cru que Henri VI avait huit femmes, j'ai buté sur une simple division, sans parler des opérations plus compliquées. Pour vous dire : j'ai colorié la barbe du père Noël en rouge sur ma carte de vœux. Heureusement, ça a fait rire Mlle Brown.

– Je sais que tu as la tête ailleurs aujourd'hui, Jenny. Bonne chance pour ce soir. J'ai hâte de voir ça.

Mais ce n'était pas à la pièce que je pensais. Hélas. À la dernière répétition, à l'heure du déjeuner, je n'arrêtais pas de bafouiller et de me tromper. Je ne me souvenais plus d'un traître mot.

– Je ne sais pas ce qui se passe, mademoiselle Simpkins, ai-je gémi. Je connais pourtant mon texte par cœur. Hier encore, j'aurais été capable de réciter toute la pièce à l'envers, je vous jure.

– Je savais bien qu'on ne pouvait pas compter sur Jenny Bell, a chuchoté Justine à Louise, assez fort pour que je l'entende. Elle va tout gâcher.

– C'est le trac, Jenny, a affirmé Mlle Simpkins. Tout ira bien ce soir. Ne t'inquiète pas.

Elle faisait tout pour me rassurer, mais elle avait l'air angoissée. Je savais qu'elle se disait : « Oh, mon Dieu, j'ai bataillé dur pour que ce cas social de Jenny

Bell joue dans la pièce et voilà qu'elle est incapable d'aligner deux mots. Qu'est-ce que j'ai fait ? Bon, il faut que je reste calme, que je garde le sourire. Pas de panique. Je vais lui dire que tout va bien se passer. »

Pour la première fois de ma vie, j'étais cent pour cent d'accord avec Justine Grasse-limace-dégueulasse Petitbois. J'allais tout gâcher.

Nous ne sommes pas rentrés au foyer pour dîner. Tous les enfants qui jouaient dans la pièce ont piqueniqué sur mon parquet impeccablement ciré. En temps normal, j'aurais hurlé. Ils mettaient des miettes de pain partout ! Ils semaient leurs chips graisseuses sur mon beau sol ! Un gamin a même renversé sa brique de jus de fruits poisseux ! Mais j'étais dans un tel état que j'ai à peine réagi. Je ne pouvais rien avaler. Mon sandwich à l'œuf dur avait un goût de serpillière humide, les chips me restaient coincées en travers de la gorge, mon yaourt sentait le tourné.

– Mange, Jenny, m'a conseillé Peter. Il faut que tu prennes des forces pour ce soir. Tiens, tu veux la

moitié de mon sandwich à la banane ? Tu peux même le prendre en entier si tu veux.

– C'est gentil, Peter, mais non merci.

J'étais assise là, à réduire mes chips en poussière dorée en ruminant. Je ne savais pas quoi faire.

Je mourais d'envie que ma mère vienne… mais est-ce que je voulais vraiment qu'elle me voie plantée au milieu de la scène, la bouche ouverte, incapable de sortir un son ?

J'ai fermé les yeux très fort. « Je vous en prie, esprits, si vous existez vraiment, aidez-moi et je dirai encore plus de “Que Dieu vous bénisse” que Tiny Tim », ai-je supplié dans ma tête.

Soudain, j'ai senti une présence près de moi. J'ai ouvert les yeux, espérant voir ma mère avec ses cheveux blonds bouclés, ses grands yeux bleus, ses lèvres rosées prêtes à m'embrasser… mais, à la place, j'ai découvert une petite bonne femme mal fagotée avec les cheveux tout hérissés.

– Ah, c'est toi, Cam, ai-je soupiré.

– Joyeux Noël à toi aussi, Jenny ! a-t-elle répliqué en riant.

– Qu'est-ce que tu fais là ? La pièce est à sept heures.

– Je sais. Je suis venue aider Mlle Simpkins à vous maquiller.

– Mais tu n'y connais rien ! Tu ne te maquilles jamais !

– Je suis très douée pour les maquillages de scène, tu vas voir.

Elle s'est assise en tailleur à côté de moi. Comme d'habitude, elle était en jean et polo – mais un jean pas trop délavé ni trop effiloché dans le bas et elle avait mis un beau pull avec des chats.

Elle m'a tendu une grosse boîte de chocolats.

– Tiens, sers-toi puis proposes-en à tes amis.

– Oh, Cam ! Tu les as achetés exprès pour moi ?

– Pas vraiment. Je devais les offrir à ma mère mais, comme je ne vais pas passer Noël chez mes parents, finalement, je me suis dit qu'on pouvait les manger dès maintenant.

– C'est adorable mais je n'ai pas faim du tout. J'ai

même un peu mal au cœur. Si ça se trouve, je vais vomir sur scène. J'espère que ce sera sur Justine !

J'ai quand même ouvert la boîte de chocolats, par pure curiosité. C'était de super bons chocolats, tout beaux et brillants, certains enveloppés dans du papier rose, doré ou argenté, d'autres décorés de cerises, de noisettes ou de petites roses en sucre.

– *Miam*, n'ai-je pu m'empêcher de murmurer.

De leur propre chef, mes doigts ont saisi le plus gros chocolat à la cerise. Je lui ai donné un petit coup de langue avant de le fourrer dans ma bouche.

Quand j'ai croqué dedans, une délicieuse saveur m'a fait frétiller les papilles.

– Mmm, ai-je murmuré en tendant à nouveau la main vers la boîte.

– N'en mange pas trop si tu es patraque, est intervenue Cam.

– Tu sais quoi ? Bizarrement, je me sens mieux. C'est le top du top des chocolats. Je suis vraiment obligée d'en proposer aux autres ? Bon, j'en prends juste un, encore, d'accord ? Ta mère ne sait pas ce qu'elle rate. Pourquoi tu n'y vas pas à Noël, alors ?

– Oh… On s'est disputées. On n'arrête pas de se disputer. Je l'ai appelée pour savoir si je pouvais venir accompagnée.

– Avec qui ? Un petit ami ?

– Je t'ai déjà dit que je n'avais pas de petit ami, Jenny. Non, quelqu'un d'autre, mais ça ne lui a pas plu. Puis elle a embrayé sur le fait qu'il fallait que j'aille chez le coiffeur et que je mette une jupe et des talons…

Cam a soupiré.

– Elle est insupportable !

– Mais non ! Tu serais beaucoup mieux bien coiffée, avec une jolie jupe moulante… et qu'est-ce que tu as contre les talons ? Maman ne sort jamais sans.

Je n'aurais pas dû prononcer le mot « maman ». Mon estomac s'est noué. J'en étais à mon quatrième chocolat. Ce n'était peut-être pas une bonne idée.

Cam m'a pris la main.

– Ta maman est sans doute très féminine et sophistiquée. Moi, je suis plus cool. Enfin, ma mère dirait plutôt souillon.

– Hé, Cam, tu crois que maman va venir voir le spectacle ?

Elle a serré ma main dans la sienne.

– Je suis sûre qu'elle aimerait beaucoup y assister. Mais… il se peut qu'elle soit retenue ailleurs.

– Si elle vient, elle va être déçue.

Je me suis approchée de Cam et je lui ai glissé à l'oreille pour que personne ne puisse entendre :

– J'ai été complètement nulle à la répétition, ce midi. J'avais oublié tout mon texte.

– C'est génial, Jenny ! s'est exclamée Cam.

– Génial ? ai-je répété. Ben, merci ! Et moi qui te considérais comme une amie. Selon toi, c'est génial que je subisse une humiliation publique devant l'école entière, les parents d'élèves, tout le foyer et ma propre mère ?

– Je suis ton amie et je sais ce que je dis. Ça porte malheur que la dernière répétition se passe bien. Plus elle est catastrophique, plus le spectacle sera réussi.

– Tu veux rire ?

– Non, non, c'est bien connu dans la profession. Je suis surprise que ta mère ne te l'ait jamais dit. Alors rassure-toi, tu seras parfaite ce soir, Jenny.

– Mais je ne me souviens plus de mon texte, pas un mot ! Qu'est-ce que je vais faire ? Mimer ?

– Je suis sûre que tu es très douée en mime, mais ce ne sera pas nécessaire, je pense. Dès que tu entreras sur scène, tout te reviendra au mot près. Tout est là-dedans, Jenny.

Elle m'a tapoté le crâne.

– Appuie sur le bon bouton et ton texte ressortira naturellement, crois-moi.

Je l'ai dévisagée. Je ne la croyais pas, mais j'étais touchée qu'elle se donne tant de mal pour me rassurer. Je l'ai regardée, avec sa plus belle tenue, son sourire franc et sa drôle de coupe en brosse. Et sans prévenir, je l'ai serrée dans mes bras devant tout le monde.

Un petit gamin maigrichon qui jouait l'Ignorance dans la pièce a demandé :

– C'est ta maman, Jenny ?

– Pas ma vraie maman. Mais c'est comme une mère pour moi.

Cam m'a fait un gros câlin.

– C'est la chose la plus gentille que tu m'aies jamais dite, Jenny.

– Ah, c'est l'esprit de Noël : paix, partage et bla bla bla, ai-je répliqué.

J'ai fait passer la boîte de chocolats à la ronde. J'en ai même proposé un à Justine, ce qui était une perte de temps.

– Non, j'en veux pas, t'as dû baver dessus, a-t-elle affirmé.

Mme Darlow est sortie de son bureau en trottinant pour salir mon beau sol brillant et nous encourager.

Mlle Simpkins est vite venue me rejoindre, toute stressée.

Je lui ai adressé un sourire rassurant en offrant un chocolat à la directrice.

– Bonne chance, Jenny Bell, a-t-elle dit en fourrant un praliné aux noisettes dans sa bouche.

– Faites attention avec vos talons, madame Darlow, ai-je conseillé, prévenante. N'allez pas glisser sur le parquet ciré.

– Ah, oui. Tu t'es donné du mal, Jenny. Il reste quelques traces ici et là mais, dans l'ensemble, c'est du beau travail. Rien ne vaut une bonne dose d'huile de coude. J'ai presque envie de revendre la cireuse pour t'employer à l'année.

– Parce que vous avez une cireuse ? ai-je couiné. Et vous m'avez fait astiquer le parquet à la main ?

– Jenny ! a murmuré Cam.

J'ai pris une profonde inspiration avant de hoqueter :

– Alors que j'aurais pu le cirer en cinq minutes ?

– Oui, mais cela ne t'aurait pas permis de… comment dit-on déjà ? Ah oui, de canaliser ton agressivité ! a conclu la directrice en m'adressant un sourire victorieux.

Je l'ai toisée. Elle m'a toisée. Cam était à ma droite. Mlle Simpkins à ma gauche. Je savais qu'elles retenaient leur souffle.

Soudain, j'ai éclaté de rire.

– Bien joué, madame Darlow. Vous êtes la meilleure.

– Merci. Et toi, sois la meilleure ce soir, Jenny Bell. Éblouis-nous par ton talent.

Elle a slalomé entre les gamins qui pique-niquaient, exécutant une sorte de pas de danse compliqué, puis est sortie de la salle.

Cam et Mlle Simpkins ont soufflé comme des ballons qui se dégonflent.

– *Pffiou !*

– Vous avez cru que j'allais tout gâcher, hein ?

– Eh bien, j'avoue que ça m'a traversé l'esprit, a reconnu Mlle Simpkins.

– Moi, ça m'a traversé et retraversé l'esprit en gambadant et en sautillant, a renchéri Cam.

Elle a examiné la boîte de chocolats, en a choisi un gros à la cerise et me l'a glissé dans la bouche.

– Tiens, championne, tu l'as bien mérité.

– Bon, il faut qu'on commence à se préparer, a annoncé Mlle Simpkins. Allez, les enfants, rangez votre pique-nique, vite, vite. Je veux que les machinistes montent sur scène pour installer les décors. Je viens vous aider dans une minute. Les autres, filez mettre vos costumes. Puis, une fois que vous serez habillés, allez voir Cam pour qu'elle vous maquille.

– Dommage qu'on n'ait pas de vrais costumes, a ronchonné Justine.

– Je suis d'accord, Justine, a répliqué Mlle Simpkins avec aigreur. Mais nous n'avions ni le temps, ni les moyens de vêtir tous les acteurs à la mode victorienne. Nous avons fait de notre mieux avec les ressources disponibles.

En fait, nous restions tous en uniforme d'école avec des manteaux par-dessus pour ceux qui jouaient des hommes. Et sur la tête, nous avions des hauts-de-forme ou des capelines en carton attachées par des

rubans. Les enfants de la chorale de Noël auraient juste une écharpe autour du cou.

Mlle Simpkins avait essayé de faire preuve de créativité pour les costumes des fantômes. Justine, qui jouait l'esprit de Marley, avait un gros bandage autour de la tête et une longue chaîne autour du cou

où pendaient des clés, des cadenas, des porte-monnaie et des tirelires métalliques, attachés à l'aide de fils de scoubidou.

Louise, l'esprit des Noëls passés, portait une robe blanche, un voile, avec ses longs cheveux détachés sur les épaules. Elle valsait sur la pointe des pieds en faisant tournoyer son jupon.

– Moi, j'ai un beau costume !

L'esprit du Noël présent arborait un bonnet de père Noël, une barbe en coton blanc et il avait des feuilles de houx épinglées sur son manteau.

L'esprit des Noëls à venir était vêtu d'un long pardessus en velours noir (en fait, c'était la robe de chambre de Mlle Simpkins !) avec une écharpe noire sur la tête.

Il ne restait plus que Peter et moi. Tiny Tim n'avait pas de tenue spéciale, juste une casquette et une béquille qu'on avait bricolée avec un vieux manche à balai.

Quant à moi, j'avais deux costumes. Je portais ma chemise d'uniforme, avec un pantalon gris et un vieil imper gris fendu derrière pour faire comme une queue-de-pie. Et, pour les scènes nocturnes, j'avais une liquette blanche, un bonnet de nuit et des chaussons à pompons.

Tout le monde a rigolé quand j'ai essayé la chemise de nuit et ils ont commencé à murmurer que c'était celle de Mme Darlow. Alors, j'ai fait une imitation assez irrespectueuse de la directrice en cambrant les reins et remuant le derrière. Les autres ont ri et moi aussi, même si à l'intérieur j'étais tellement retournée que j'avais plutôt envie de pleurer.

Ma mère allait-elle venir ?

Et si elle venait, saurais-je me montrer à la hauteur ?

Je me suis trémoussée de plus belle. Cam m'a attrapée par le col de ma chemise.

– Hé, si tu gardais ton énergie pour quand tu seras sur scène ? Enfile ta tenue de jour et viens me retrouver dans la classe n° 1. Je vais te maquiller en premier, d'accord ?

– Je ne veux pas te servir de cobaye ! ai-je protesté. Tu n'as jamais touché à un fard ou à une poudre de ta vie, Cam.

– Je t'ai dit que j'étais douée pour les maquillages de scène. Fais-moi confiance. Allez, puceron. Il faut que tu te calmes un peu. Pas la peine d'être diplomate avec Mme Darlow pour après te moquer d'elle devant tout le monde. Imagine si elle t'avait vue l'imiter, miss Jenny Bell ?

Nous sommes allées dans la classe ensemble. Cam a sorti une énorme mallette de maquillage. Elle m'a fait asseoir sur une chaise et m'a posé une serviette sur les épaules. Elle m'a brossé les cheveux et les a attachés en un chignon bien serré sur le sommet de ma tête. Puis elle l'a caché sous une drôle de perruque, qui ressemblait à un crâne chauve en plastique rose, avec une couronne de longs cheveux gris qui pendaient tout autour.

– Maintenant, on va te transformer en Scrooge, a-t-elle annoncé en m'étalant un fond de teint pâle sur la figure.

– Hé, attention ! Tu m'en mets dans les yeux !

– Eh bien, ferme-les, nunuche ! Allez, Jenny. Tu veux être crédible dans la peau de ton personnage, non ? Alors, arrête de gigoter et tiens-toi tranquille.

Je suis restée immobile comme une statue, les yeux fermés, tandis que Cam m'appliquait tout un tas de trucs sur le visage. Ensuite, elle m'a collé des machins sur les sourcils. Elle soufflait bruyamment, très concentrée sur son travail, faisant claquer sa langue dès que je remuais un cil. Puis elle m'a donné une petite tape sous le menton.

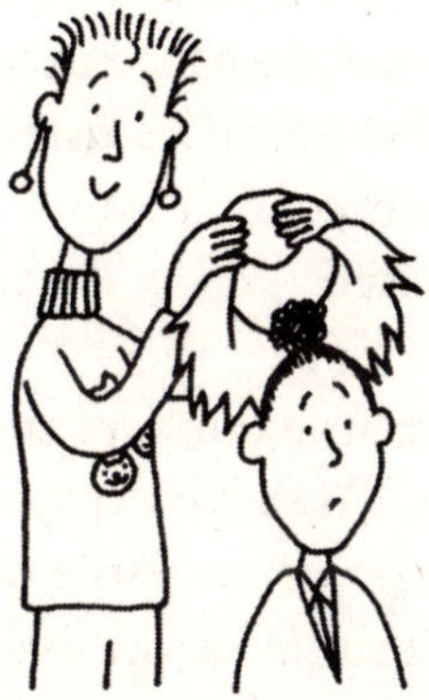

– C'est bon, Scrooge ! Tu peux y aller !

J'ai ouvert les yeux. Elle m'a tendu un miroir et je me suis retrouvée face à un vieil homme tout ridé, avec des sourcils broussailleux et un teint terreux. J'ai ouvert la bouche, stupéfaite, et les fines lèvres du vieillard se sont entrouvertes également.

C'était moi ! Incroyable ! J'étais transformée !

– Je ne me reconnais plus !

– Normal, tu n'es plus toi. Tu es Ebenezer Scrooge, l'homme le plus cruel de toute la ville.

– On dirait exactement l'illustration du livre que j'ai envoyé à ma mère…

Ma voix s'est brisée.

Cam s'est approchée de moi, plongeant ses grands yeux marron suppliants dans les miens.

– Écoute, Jenny. Tu sais bien que, parfois, ta mère ne peut pas te rendre visite parce qu'elle est en tournage à l'étranger, hein ? Car en vraie professionnelle, elle doit rester concentrée sur son rôle. Et c'est exac-

tement ce que tu dois faire ce soir. Tu n'es plus Jenny Bell, une petite fille qui voudrait tant voir sa maman. Tu es Scrooge, un vieux grincheux solitaire qui n'a ni père ni mère ni personne. Tu hais tout particulièrement cette période de l'année, Noël, parce que tu hais tout le monde et tu penses que ces histoires de partage, de générosité et tout le tralala, ce ne sont que des sornettes. Mets-toi dans la peau du personnage, Jenny. Ne pense à rien d'autre. Reste centrée sur Scrooge.

– Bah, ai-je grommelé. Pousse-toi de là. Je vais retourner à mon bureau. Il faut que j'aille rabrouer mon commis, ce vaurien de Bob Cratchit.

Cam a hoché la tête en souriant.

– Bien sûr, monsieur Scrooge, excusez-moi.

J'ai donc filé m'enfermer dans la classe n° 2 et j'ai arpenté la pièce de long en large en me répétant que j'étais Scrooge, Scrooge, Scrooge. Peter a passé la tête dans l'entrebâillement de la porte pour voir si ça allait.

– Bah, sornettes ! ai-je rugi.

Il a reculé, terrorisé.

– Désolé, Jenny.

– Je ne suis pas Jenny. Je suis Scrooge, jeune ignorant ! Lorsque j'aurai reçu la visite du vieux Marley et des trois esprits de Noël, je changerai du tout au tout et je te traiterai gentiment, presque comme mon propre fils. Mais pour le moment, hors de ma vue !

Peter a disparu en boitillant, appuyé sur sa béquille.

Tant que je suis demeurée toute seule dans mon coin, tout allait bien. Je suis rentrée petit à petit dans la peau de mon personnage, rejouant certaines scènes, pliée en deux comme un vieillard voûté. Hélas, ça s'est gâté quand Mlle Simpkins est venue me chercher.

– Ah, Jenny ! Cam m'a dit que je te trouverais ici. Oh, tu es parfaite en Scrooge. Très impressionnant ! Bon, il reste un quart d'heure avant le lever de rideau. Tu ferais bien de passer aux toilettes, puis de rejoindre les autres dans les coulisses.

Soudain, j'ai complètement paniqué et j'ai oublié que j'étais Scrooge. Je n'étais même plus Jenny, d'ailleurs. Je n'étais qu'une minuscule souris toute tremblante. Je couinais d'une voix étranglée, mourant d'envie de m'accrocher aux jupes de Mlle Simpkins comme un bébé de maternelle. J'aurais voulu me réfugier dans les bras de Cam, mais elle n'avait pas fini de maquiller tous les acteurs.

J'ai dû aller rejoindre Justine La-haine Petitbois, Louise, Peter et les autres. Ils étaient censés attendre dans les coulisses, sagement assis en tailleur, mais évidemment, ils couraient en tous sens, bavardaient, ricanaient et faisaient les andouilles dans leurs costumes. Le rideau rouge était fermé, mais Justine l'a écarté pour jeter un petit coup d'œil dans la salle.

– Je le vois ! Y a mon père ! Il est juste devant ! Hé, papa, papa, salut !

Du coup, tous les gamins se sont rués vers le rideau pour faire coucou à leurs parents.

Tous sauf moi.

Je suis restée derrière. J'ai imaginé toutes ces chaises, alignées dans la salle. Et j'ai pensé à ma mère. J'avais tellement envie qu'elle soit assise sur le devant – mais pas à côté du père de Justine. J'espérais tellement que c'était comme si j'avais des rayons laser à la place des yeux, pour voir au travers du velours rouge. Elle était là, assise au bord de sa chaise, tout sourire. Elle me faisait signe, son cœur rose scintillant au creux de son cou...

Il fallait que je jette un coup d'œil. Juste pour vérifier.

J'ai poussé Justine Gros-derrière Petitbois pour regarder de l'autre côté du rideau. La salle était bondée, presque toutes les chaises étaient prises. Il y avait plein de parents d'élèves, et aussi de petits frères et de petites sœurs qui ne tenaient pas en place. J'ai vu Mary et Mike. J'ai vu Helen. Elle n'avait pas ses bois de renne, mais elle avait glissé une branche de gui sur son oreille (non, mais franchement, qui aurait l'idée saugrenue d'embrasser Helen ?). J'ai vu Cam qui, après avoir transformé chaque enfant en personnage de la pièce d'un coup de houppette magique, se faufilait au premier rang. J'ai vu l'horrible père de Justine avec sa grosse médaille en or et son blouson de cuir moulant. J'ai vu tout le monde… sauf ma mère.

J'ai scruté les rangs, un par un. Elle n'était pas là. Elle n'était pas devant. Elle n'était pas au milieu. Elle n'était pas dans le fond.

Peut-être qu'elle était en retard. En ce moment même elle bondissait de sa limousine, trottinant sur ses talons aiguilles pour traverser la cour de l'école. Elle allait arriver…

Non, pas encore.

Elle serait sûrement là d'une minute à l'autre.

Je fixais le fond de la salle, pleine d'espoir, quand j'ai senti une main sur mon épaule.

– Va prendre ta place sur la scène, Jenny, m'a dit doucement Mlle Simpkins. On va commencer.

– Mais ma mère n'est pas encore arrivée ! ai-je protesté. On ne peut pas attendre encore un peu ? Je ne voudrais pas qu'elle rate le début.

– On va attendre encore une minute, alors. Va t'installer à ton bureau. Je vais rassembler la chorale. Puis il faudra commencer, ma puce.

– Non. Pas tant que ma mère n'est pas là.

– Il va pourtant bien falloir, Jenny. « Le spectacle continue », comme on dit.

Je me moquais bien du spectacle, maintenant. Quel était l'intérêt de jouer Scrooge si ma mère n'était pas là pour me voir ? J'ai posé la main sur ma poitrine. J'avais vraiment mal. Si ça se trouve, mon cœur s'était brisé.

– Je ne suis pas en état de jouer, ai-je affirmé. Je n'ai pas la tête à ça, je ne pense qu'à ma mère.

– Et si tu pensais un peu à moi ? a suggéré Mlle Simpkins. Et à Cam ? Et au petit Peter et à tous les enfants qui ont signé sa pétition ? Tu ne peux pas les décevoir, Jenny.

Je savais qu'elle avait raison. J'ai avalé ma salive pour me débarrasser de la grosse boule que j'avais dans la gorge. J'ai cligné des paupières pour me débarrasser de l'eau que j'avais dans les yeux. Puis j'ai inspiré profondément.

– Bah, sornettes ! ai-je décrété.

Mlle Simpkins m'a souri, puis elle est partie s'occuper des petits chanteurs. Je me suis assise dans mon fauteuil, le dos voûté. Ils ont entonné *Vive le vent*.

Entre mes dents, je fredonnais ma propre version :

Vive le vent, vive le vent, vive le vent d'hiver,
Jenny Bell, la pauvre enfant, attend toujours sa mère.
Vive le vent, vive le vent, vive le vent d'hiver,
Elle devait venir la voir jouer Ebenezer !

Le rideau s'est écarté en froufroutant, découvrant mon étude faiblement éclairée par une unique chandelle. J'étais à mon bureau, les sourcils froncés.

Ça m'énervait d'entendre gazouiller ces gamins avec leurs parents qui s'extasiaient en poussant des « oooh » et des « aaah ».

Ma mère à moi n'était pas là. Elle ne s'était pas donné la peine de venir malgré tous les cadeaux que je lui avais achetés. Elle se fichait pas mal de moi.

Eh bien, je me fichais pas mal d'elle aussi. Je me fichais du monde entier. Je me suis avancée sur la scène à grands pas rageurs et j'ai montré le poing aux petits chanteurs qui me souhaitaient un joyeux Noël.

– Bah, sornettes ! ai-je marmonné. Hors de ma vue !

J'avais l'impression de m'être vraiment changée en Scrooge. Quand mon neveu est venu me présenter ses vœux, je l'ai envoyé promener. J'ai refusé d'aller fêter Noël chez lui. J'ai malmené mon idiot de commis, Bob Cratchit, avant de manger un morceau. J'ai grignoté mon pilon de poulet du bout des dents comme un vieillard tatillon. Et lorsqu'un des petits est venu me voir à quatre pattes, jouant le chien qui quémande un os, je l'ai menacé du poing. Il m'a montré les dents en grognant, alors je lui ai montré les dents en grondant encore plus fort.

Le public a ri. Quelqu'un a murmuré :

– Quel sacré numéro, cette Jenny Bell !

Puis je suis allée me coucher et Justine Monennemie-jurée Petitbois est entrée sur scène, avec son bandage autour de la tête, faisant cliqueter sa longue chaîne chargée de cadenas, de clés et de tirelires.

Son imbécile de père a applaudi à tout rompre avant même qu'elle ait ouvert la bouche et Justine Pas-pro-pour-un-sou Petitbois a complètement oublié qu'elle incarnait le fantôme de Marley. Elle s'est tournée vers le public pour lui faire signe. On aurait dit une gamine de cinq ans au spectacle de la maternelle.

J'ai fait claquer ma langue afin de lui rappeler qu'elle venait me donner un avertissement et qu'elle était censée me faire peur. À contrecœur, elle s'est traînée vers moi, sans quitter son père des yeux. Elle s'est pris les pieds dans sa chaîne et, vu qu'elle ne regardait pas où elle allait, ce qui devait arriver arriva… elle est tombée et s'est étalée par terre comme une crêpe.

Elle est restée à plat ventre sur la scène, hébétée. Elle se mordait les lèvres, retenant ses larmes.

Ça m'a fait mal au cœur. Je savais exactement ce qu'elle ressentait. C'est tellement la honte de se ridi-

culiser devant tout le monde, et surtout devant son père. Je lui ai tendu une main tremblante.

– Est-ce vous, Jacob Marley, mon vieil associé ? C'est pourtant impossible, vous êtes aussi mort qu'un clou de porte.

Ça, c'était dans le texte, ensuite j'ai un peu improvisé :

– Pourtant, je vous reconnais bien là, Marley. Déjà, de votre vivant, vous n'étiez pas bien stable sur vos jambes… et vous n'avez pas changé maintenant que vous êtes mort. Laissez-moi vous aider, mon vieux.

J'ai pris Justine par la main et je l'ai remise debout. Le public a applaudi, impressionné par la façon dont j'avais rattrapé le coup.

– Vous êtes enchaîné, ai-je remarqué, reprenant le texte où je l'avais laissé, dites-moi pourquoi.

– Je porte la chaîne que j'ai forgée pendant ma vie, a répondu Justine en se ressaisissant enfin.

Elle avait l'air complètement désespérée, mais ça faisait partie du personnage.

Ensuite, c'est l'esprit des Noëls passés qui m'a rendu visite. Louise s'était remis du blush et du rouge à lèvres par-dessus le maquillage de Cam. Elle avait plus l'allure d'une fille qui sort en discothèque que d'un fantôme qui revient hanter les vieux grincheux mais, au moins, elle ne s'est pas cassé la figure.

Nous avons joué la scène où le jeune Ebenezer, encore petit garçon, est envoyé dans un internat sinistre d'où il ne peut pas sortir. Un peu comme moi à la décharge publique.

Ça m'a fait penser à ma mère qui m'avait expédiée là-bas et qui ne me rendait jamais visite. Pas même aujourd'hui pour voir ma pièce. Les larmes ont roulé sur mes joues. Je ne pleure jamais, mais là, je n'étais pas Jenny, j'étais Scrooge. Et je jouais tellement bien que j'ai entendu des gens renifler dans le public. Eux aussi, ils étaient émus aux larmes par mon ébouriffante prestation !

Pendant que tout le monde dansait à la soirée des Fezziwig, j'en ai profité pour me moucher dans ma chemise de nuit. Puis le rideau s'est refermé et le chœur s'est rassemblé devant pour entonner *Il est né le divin enfant.*

Dans ma tête, j'ai inventé une autre version :

Elle est douée cette Jenny Bell,
Et elle joue divinement bien.

Elle est douée cette Jenny Bell,
Alors que personne ne veille sur elle.

Mlle Simpkins et ses assistants zélés se sont rués sur la scène. Ils l'ont décorée de bouquets de houx et de gui avant d'y empiler dindes, jambons, tourtes et clémentines en plastique.

Puis le rideau s'est écarté et j'ai passé la tête afin de congédier les petits chanteurs et de faire signe au public de se taire. Le gros Freddy m'est apparu dans sa tenue d'esprit du Noël présent pour m'emmener voir la famille Cratchit.

Peter tremblait des pieds à la tête, complètement terrorisé mais, dès qu'il a posé sa béquille sur la scène, tout le monde s'est extasié :

– Ah ! Il est trop mignon !

Et quand il a dit : « Dieu nous bénisse tous ! », ils ont applaudi à tout rompre.

Ce pleurnichard de Peter me volait la vedette !

Hé, une minute ! C'était moi, la star. J'étais Scrooge ! Tous les applaudissements devaient être pour moi ! Mais Peter était mon ami, il s'était donné tellement de mal pour moi. Ma gorge s'est serrée. Il m'aimait tellement. Et je l'aimais aussi. Sincèrement. En fin de compte, ça me faisait plaisir qu'il ait du succès. Lorsque l'esprit du Noël présent m'a annoncé que Tiny Tim allait mourir, j'ai crié du fond du cœur :

– Non, non ! Oh, non, bon esprit, dites qu'il sera épargné !

Juste avant que minuit ne sonne, deux tout petits gamins – les plus riquiquis que Mlle Simpkins avait pu trouver – sont sortis de sous le manteau de l'esprit, incarnant la Misère et l'Ignorance.

Puis, dans sa longue robe noire, s'est avancé sur scène le dernier des trois fantômes, le sinistre esprit des Noëls à venir. L'éclairage était très faible, comme si nous cheminions tous deux à travers la nuit. Nous sommes d'abord passés chez les Cratchit. Sans Tiny Tim, la maison avait perdu toute sa joie. Et, enfin, nous sommes entrés dans un cimetière. Mlle Simpkins a éclairé avec le faisceau de sa torche une grande tombe en carton où j'ai lu mon nom : EBENEZER SCROOGE. Tremblant de tout mon corps, je me suis jetée à genoux.

– Oh, esprit, de grâce, dites-moi que je puis effacer le nom inscrit sur cette stèle. J'ai bien compris la leçon. J'honorerai Noël du fond de mon cœur et je m'appliquerai à en entretenir le culte toute l'année.

Soudain, les lumières se sont rallumées. J'ai sauté dans mon lit en un éclair et j'ai fait mine de me réveiller. Le chœur chantait *On vous souhaite un joyeux Noël* juste sous mes fenêtres. J'ai bondi en rejetant mes couvertures, j'ai valsé un peu dans ma chemise de nuit, puis je me suis penchée pour les interpeller.

– Je vous souhaite un joyeux Noël également, mes petits gars ! Un joyeux Noël et une bonne année. Je suis un homme neuf, foi d'Ebenezer Scrooge, et je vais dorénavant mener une vie heureuse.

Les cloches ont sonné tandis que je gambadais gaiement. J'ai enfilé mon manteau par-dessus ma chemise de nuit et j'ai quitté la scène en titubant sous le poids d'une dinde presque aussi grosse que moi. J'ai invité tout le monde à la maison pour Noël. Tous les acteurs se sont entassés sur la scène pour déguster des tartelettes en plastique et boire du faux vin – même le fantôme de Marley et les trois esprits de Noël. Puis nous avons entonné *On vous souhaite un joyeux Noël* tous en chœur.

J'ai donné un coup de coude à Peter pour qu'il crie : « Que Dieu nous bénisse, tous autant que nous sommes ! »

Un tonnerre d'applaudissements a retenti. Encore et encore. Nous nous sommes pris la main pour saluer. Les quatre esprits ont salué tout seuls. Puis Peter s'est avancé pour saluer à son tour. Il était tellement excité qu'il a esquissé une petite danse à cloche-pied en agitant sa béquille, ce qui a déclenché l'hilarité du public.

Ensuite, mon tour est venu. Je me suis avancée devant les autres. Cam, Mary, Mike et Helen se sont levés pour applaudir à tout rompre. Mlle Simpkins

applaudissait depuis les coulisses. Et même Mme Darlow, dans le fond de la salle, applaudissait aussi. Tous les parents d'élèves applaudissaient.

Mais pas ma mère. Parce qu'elle n'était pas là.

C'était mon heure de gloire. J'avais joué Scrooge et j'avais bien joué. Très bien. À la perfection. Le public criait :

– Bravo !

– Super, Jenny !

– Quelle star !

Ma mère n'était pas là pour le voir. Elle s'en fichait.

Je souriais de toutes mes dents, mais j'étais obligée de cligner des yeux sans arrêt. Crise de rhume des foins imminente !

Mlle Simpkins est montée sur scène pour me remettre un énorme bouquet de roses rouges et de lys blancs entouré d'un gros ruban de satin rouge.

– Il vient juste d'être livré, Jenny. C'est pour toi, a-t-elle dit en me le tendant.

Il était accompagné d'une petite carte :

Félicitations, ma petite star.
J'aurais aimé voir ça.
Je t'embrasse,

Maman

– C'est ma mère ! me suis-je écriée.

Mais le petit mot s'est révélé fatal pour mes problèmes de rhume des foins. Enfin, tout le monde sait que les fleurs provoquent parfois des réactions allergiques. Je ne pleurais pas. Je ne pleure jamais.

Ensuite, nous avons fait la fête dans la salle, avec un super buffet de Noël. Cam m'a serrée dans ses bras en murmurant qu'elle était extrêmement fière de moi.

– Tu as été géniale, Jenny ! Et toi qui racontais que tu avais oublié ton texte !

– J'étais pourtant persuadée que je ne m'en souvenais plus. Je n'avais pas l'impression de jouer. J'avais l'impression que c'était vrai.

– Ah, ah ! Ça prouve que tu es une véritable actrice, a affirmé Cam.

– Comme ma mère.

– Comme ta mère.

Elle m'a souri.

– Dis, elles sont magnifiques, tes fleurs ! C'est vraiment adorable de sa part. Tu imagines, un gros bouquet de star !

– Ouais. Et puis il y a un gentil petit mot. Tu as vu ce qu'elle m'a écrit ?

– Oui, Jenny.

– Le seul problème…

J'ai avalé ma salive avant de compléter :

– … c'est que ce n'est pas son écriture.

J'ai regardé Cam droit dans les yeux. Elle n'a pas détourné la tête. Elle a soutenu mon regard.

– Évidemment, Jenny. Elle a dû passer la commande par téléphone, dicter son message et c'est le fleuriste qui l'a noté sur la carte.

– Oh…

J'ai dégluti à nouveau. Mon canapé au saumon me semblait bien bourratif tout à coup.

– Tu ne me mènes pas en bateau, hein, Cam ?

– Personne ne peut mener Jenny Bell en bateau, enfin.

– Mm. Tu trouves que c'est gentil de sa part, alors. Mais ça aurait été encore plus gentil de venir me voir.

– Je suis sûre qu'elle serait venue si elle avait pu.

– Tu crois qu'elle passera quand même me chercher pour Noël ?

– Eh bien… peut-être, oui, a répondu Cam.

– Et peut-être que non, ai-je repris. Alors qu'est-ce que je vais faire, moi ? Je déteste passer le 25 décembre à la décharge publique. Mary et Mike ont beau se donner du mal, ils ont toujours deux ou trois petits cramponnés à leurs baskets et on ouvre nos paquets trop vite et on pleure parce qu'on aurait préféré avoir le cadeau du voisin et il n'y a jamais assez de piles et, de toute façon, la plupart des jouets ne marchent pas. On regarde la télé, mais toutes les émissions, tous les films parlent d'un joyeux Noël en famille, et nous, on n'est pas en famille. Il y a de la dinde et du pudding parce que Mary veut respecter les traditions pour qu'on fête Noël comme les autres, sauf que j'aime pas vraiment ni la dinde ni le pudding – mais je mange trop quand même – et puis après, on est censés faire des jeux super marrants sauf que les petits sont trop fatigués pour jouer et que les grands ont juste envie d'aller s'enfermer dans leur chambre et quelqu'un pique une crise parce qu'il en a marre et que c'est complètement nul. À vrai dire, en général, ce quelqu'un, c'est moi.

– Mm, a murmuré Cam. Visiblement, nous avons

toutes les deux une aussi mauvaise expérience de Noël. Tu sais quoi, Jenny ? On n'a qu'à le passer ensemble. Et si tu venais chez moi ?

– Excellente idée, ai-je répondu.

C'est donc ce qu'on a fait.

Le matin du 25 décembre, je me suis réveillée très tôt et j'ai ouvert mes paquets, tranquille, toute seule.

Mary m'a offert un jean trop cool et un CD ; Mike, des baskets et un super vernis à ongles noir ; Helen, un petit ours en peluche bleu – beurk, beurk, beurk !

Comme Peter m'avait offert un yoyo argenté, j'ai décidé de lui donner le nounours.

Ma mère ne m'a rien offert du tout.

J'imagine qu'un bouquet de roses et de lys, ça coûte très cher. Et puis, les acteurs n'ont pas de revenus réguliers. Peut-être que maman était un peu juste en ce moment.

Mais, avec un peu de chance, la potion magique de Grizelda de Luna allait fonctionner et ma mère allait surgir, les bras chargés de cadeaux. Enfin, malgré tout, je n'avais plus beaucoup d'espoir. Visiblement, je n'allais pas passer cette occasion spéciale avec l'être aimé. À moins que… peut-être que Cam pouvait être considérée comme mon être aimé ? Et peut-être que j'étais son être aimé ? ? ? Si ça se trouve, nos deux sorts avaient super bien marché !

Je savais que Cam ne roulait pas sur l'or, alors je ne m'attendais pas à un beau cadeau. Elle est arrivée au foyer très très tôt, avec un gros bonnet, une écharpe, des moufles, un pull épais et des chaussettes, tout ça en laine.

– Joyeux Noël, Cam ! Dis, tu as mis une culotte en laine, sous ton jean ? Où tu vas, emmitouflée comme ça ? Et tu es super en avance. On n'a même pas encore pris le petit déj'. Tu veux manger avec nous ?

– Joyeux Noël, Jenny. Il faut que tu te couvres aussi. On va se promener. On petit-déjeunera à l'extérieur, d'accord ?

Elle nous a conduites jusqu'à un grand parc. Il ne neigeait pas mais, comme il était tôt, tout était encore blanc de givre, ça faisait très Noël.

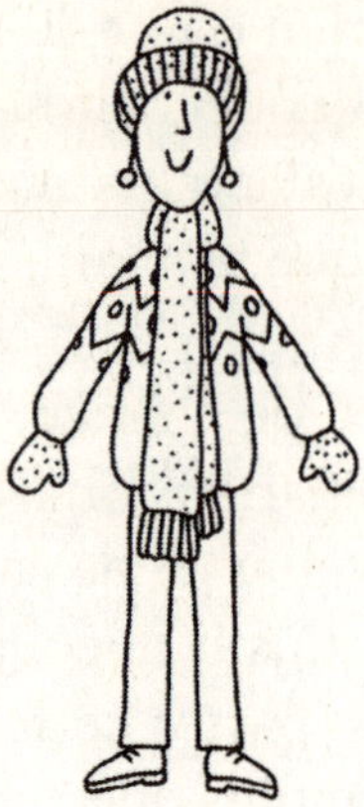

– En route ! a lancé Cam après avoir garé la voiture.

Elle a ouvert la portière. Il faisait un froid de loup, je n'étais sûrement pas assez couverte.

– Il gèle, Cam ! ai-je protesté. On peut pas rester dans la voiture ?

– On va marcher un peu, Jenny, ça nous ouvrira l'appétit pour le petit déjeuner.

– Ben, va marcher, toi, si tu veux. Moi je te regarde d'ici !

Elle m'a tirée dehors, m'a enfoncé son bonnet sur la tête, m'a enroulé son écharpe autour du cou comme si elle emmaillotait une momie, puis elle m'a prise par la main.

– Voilà, tu es bien au chaud. Allons-y !

– J'aime pas beaucoup marcher dans la campagne, Cam. Je ne suis pas sportive. Regarde mes jambes, on dirait des allumettes.

Je me suis mise à boiter comme Tiny Tim, avec les genoux en dedans.

– Suis-moi. On va prendre ce chemin-là, entre les arbres. Tu vas voir ce qu'il y a au bout, ça va te plaire.

Je savais ce qu'il y avait au bout. Un paysage. Avec plein d'arbres et une ou deux collines. Je ne voyais pas l'intérêt. Enfin, bon, c'était Noël, je ne voulais pas faire ma peste. En soupirant, j'ai trottiné derrière Cam. Je ne comprenais pas le plaisir qu'il y avait à marcher dans le froid, surtout le ventre vide.

– Je ne voudrais pas avoir l'air de râler, mais j'ai l'estomac qui gargouille. Il panique : « Jenny, Jenny, où sont passés mes cornflakes ? »

– On va bientôt manger, promis, a répondu Cam en riant.

– On va pique-niquer ?

Ça me semblait une drôle d'idée à cette période de l'année. En plus, Cam n'avait pas de panier à la main.

Pas même un petit sac plastique. Elle avait peut-être un sandwich caché dans sa poche ? En tout cas, ce serait un pique-nique riquiqui, alors que je mourais de faim.

Cam et moi, nous n'étions pas les seules embarquées dans cette folle aventure. Le parking était bondé et il y avait des tas de mabouls emmitouflés comme des bonshommes de neige qui titubaient dans le froid glacial, avançant tous dans la même direction. À croire qu'une force extraterrestre avait pris le contrôle de nos esprits et nous attirait vers un endroit mystérieux.

Nous sommes arrivées à un croisement. Au loin, j'ai aperçu un grand lac. Et des tas de gens dedans. Non, attendez, ils étaient dessus, ils glissaient.

– Ils font du patin à glace ! me suis-je exclamée.

– Ouaip, a confirmé Cam.

– On peut en faire aussi ?

– On va essayer.

– Mais on n'a pas de patins !

– Ils en louent, Jenny, j'ai vérifié. Et, en plus, ils proposent un petit déjeuner spécial Noël !

– Waouh, alors tu avais tout prévu ! Oh, Cam, tu es géniale !

Je l'ai serrée dans mes bras, puis nous avons filé vers le lac. Il y avait un grand camion où l'on pouvait avoir des croissants et du chocolat chaud nappé de crème. Nous avons commencé par manger pour prendre des forces avant de louer nos patins et de nous aventurer sur la glace, main dans la main.

Je m'étais imaginée glissant tel un cygne sur le lac, et tourbillonnant gracieusement, comme les patineuses à la télé. Tu parles ! Je titubais, on aurait dit que j'étais saoule, ouh là, ho, oups… et *bong !* j'ai

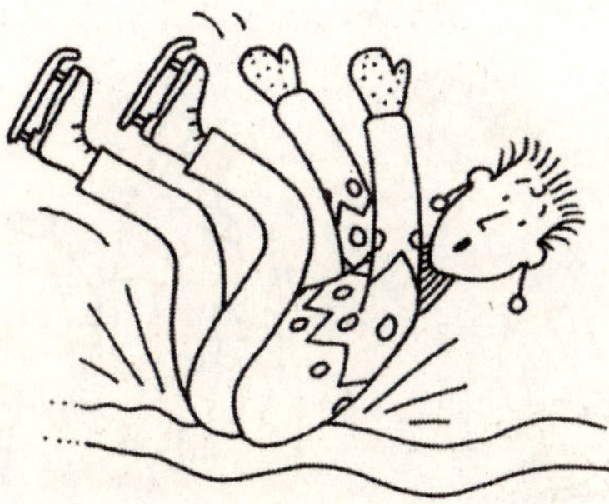

atterri sur les fesses. Cam m'a aidée à me relever en se mordant les lèvres pour ne pas rire.

– Regarde, Jenny, écarte les pieds comme ça…

Elle a voulu me faire une démonstration, mais un groupe de gamins l'a bousculée. Elle a tangué, vacillé… et *bong !* elle a atterri sur les fesses aussi.

Nous avons ri en chœur.

– Finalement, ta culotte en laine, ce n'était pas une si mauvaise idée. Je crois qu'il nous faudrait des derrières rembourrés, a-t-elle suggéré, alors que je la tirais par la main.

Cramponnées l'une à l'autre, nous avons réessayé. Cette fois, nous avons fait le tour du lac en boitillant. Je commençais à prendre de l'assurance. J'ai tenté de glisser un peu.

Pas mal ! Alors j'ai recommencé, droite, gauche, *wizzz !* Je me suis élancée, sauf que je ne savais pas m'arrêter. J'ai foncé dans un groupe de petits… et je les ai tous fait tomber comme des quilles.

– Hé, doucement, Jenny Bulldozer, a fait Cam en nous aidant à nous relever.

Nous avons patiné pendant plus d'une heure. À la fin, on ne comptait même plus le nombre de fois où on était tombées. Mais quand on arrivait à glisser quelques secondes, on se prenait pour de vraies championnes !

– On a bien mérité un deuxième petit déjeuner, après tous ces efforts, a décrété Cam.

Et nous avons englouti un autre croissant et une nouvelle tasse de chocolat chaud.

Ensuite, nous sommes rentrées chez Cam. J'ai découvert un petit sapin au milieu du salon.

– Je n'en achète jamais, d'habitude, mais ils les vendaient à moitié prix hier, au marché, alors j'ai craqué !

– Il est un peu nu, comme ça, si je puis me permettre. On n'est pas censé y accrocher des boules, des guirlandes et des petites lumières ? ai-je demandé.

– Bien sûr ! Mais je me suis dit que ce serait plus sympa de le faire ensemble. Regarde, toutes les décorations sont dans ce grand sac plastique.

– Génial ! À la décharge publique, on ne fait jamais de vrai sapin parce que les petits sont tellement bêtes qu'ils risqueraient de prendre les boules pour des pommes et les grands chahutent tellement qu'ils le renverseraient en moins de deux minutes. Mais j'ai toujours rêvé de décorer mon arbre de Noël !

– Alors vas-y ! Pendant ce temps, je vais m'occuper du déjeuner. Je sais que tu n'aimes pas trop la dinde, et moi, je ne mange presque plus de viande… Qu'est-ce que tu dirais d'un gratin de légumes au tofu ?

– Mmm ! Ça a l'air dé… goûtant !

– Mouais, je m'en doutais. De toute façon, je déteste passer des heures en cuisine. Si on se faisait des frites et des œufs au plat ?

– Ah ! En voilà une bonne idée ! Avec plein plein de ketchup ?

– Tu pourras vider la bouteille dans ton assiette, si tu veux. C'est Noël ! Bon… qu'est-ce qu'il nous faut d'autre ? On a un sapin. Je vais préparer notre festin. Mais il manque un truc pour que ce soit vraiment Noël. Qu'est-ce que ça peut bien être ? Ah, oui ! Les cadeaux !

Elle a ouvert un placard et en a tiré trois paquets emballés dans un joli papier père Noël avec du ruban rouge.

– Oh ! Tout ça pour moi ?

– Voyons… je lis « Jenny Bell » sur toutes les étiquettes. Et comme c'est ton nom, on peut donc raisonnablement penser qu'ils te sont destinés.

J'étais super super super heureuse. Cam m'avait acheté des tas de cadeaux géniaux.

Et en même temps, j'étais super super super mal car je n'avais rien prévu pour elle.

– Ouh là, pourquoi tu fais cette tête ? Il n'y a pas assez de paquets ? m'a-t-elle taquinée.

– Si, mais il n'y a pas de cadeaux pour toi, Cam ! ai-je gémi.

– Mais si ! Je les ai déjà ouverts. Ma mère m'a offert un foulard en soie, le genre de truc que je ne porterai jamais. Et un porte-cartes en cuir pour mettre mes cartes de crédit alors que je n'ai pas un sou sur mon compte. En revanche, mes amies m'ont gâtée. Jane m'a offert le bonnet, l'écharpe et les moufles, et Liz, une boîte de chocolats et un chèque-cadeau pour acheter des livres.

– C'est quoi, un chèque-cadeau ? ai-je voulu savoir.

– Une petite carte qui vaut une certaine somme d'argent. Tu vas dans une librairie et tu peux t'acheter les livres que tu veux avec.

– Ah, oui ? Super !

– Allez, ouvre vite tes paquets !

J'ai commencé par le plus lourd. C'était dix livres de poche pour enfants – un peu cornés et abîmés.

– Ils sont d'occasion. Je les ai dénichés chez les bouquinistes, a avoué Cam.

Je les ai examinés d'un œil soupçonneux.

– Des classiques… Ça ne risque pas d'être un peu… ennuyeux ?

– Ah bon ? Tu t'es ennuyée en lisant *Un chant de Noël* ? Non ! C'étaient mes romans préférés quand j'avais ton âge. La super sélection des meilleurs bouquins pour enfants par Cam Lanson. Si tu n'en veux pas, je serai ravie de les relire. *Les Quatre Filles du Dr March* raconte les aventures de quatre sœurs qui adorent le théâtre et les romans de Charles Dickens. Jo va te plaire, c'est un vrai garçon manqué et elle veut devenir écrivain.

« Puis il y a *Black Beauty*, une fabuleuse histoire de chevaux avec un passage très triste qui me fait toujours pleurer mais qui est génial quand même. *La Petite Fadette* est une gamine pas comme les autres, mais qui finit par trouver le grand amour et réussir sa vie.

« *Le Vent dans les saules* raconte l'amitié d'une taupe et d'un rat avec leur autre copain, M. Crapaud,

qui a la grosse tête, c'est très amusant. *Cinq enfants et moi* est aussi très drôle : les héros trouvent une fée des sables qui peut réaliser tous leurs vœux mais, à chaque fois, ça tourne mal.

– Je connais ça, ai-je remarqué en reniflant.

– Et puis il y a *Mary Poppins*. Le livre est bien mieux que le film. Je suis une fan absolue de Tom Sawyer parce qu'il fait des tas de bêtises et se

retrouve toujours dans le pétrin. Tu pourrais également essayer *Anne et la maison aux pignons verts* – ça parle d'une petite fille qui est orpheline et qui n'arrête pas de parler. Je parie que tu vas t'identifier à ces deux-là.

« Je suis sûre que tu vas aimer *Le Jardin secret* parce que l'héroïne, Mary, est odieuse et extrêmement malpolie avec tout le monde. En plus, elle est obligée de vivre dans une demeure immense d'une centaine de pièces au fin fond du Yorkshire. *À nous deux* devrait te plaire, car ça parle de sœurs jumelles qui veulent être actrices. Et il y en a une qui a beaucoup de talent, comme toi, Jenny !

– D'accord, d'accord, j'y jetterai un œil, ai-je promis. Et puis, je peux toujours les prêter à mes amis, non ? Je crois que Peter devrait aimer le bouquin sur la taupe, le rat et le crapaud.

Ensuite, j'ai ouvert le deuxième paquet, le plus gros. C'était un grand carnet à dessin, avec un seau entier de feutres et un assortiment de pâte à modeler de toutes les couleurs. Flambant neufs !

– Il est temps de te constituer une petite réserve de fournitures au lieu que tu dévalises sans cesse le placard de cette pauvre Helen.

– Oh, waouh ! Ça, je ne les prêterai à personne !

Enfin, j'ai déballé le dernier paquet, le plus petit, et j'ai découvert une boîte noire. Je l'ai ouverte... c'était une broche en argent en forme d'étoile !

– Pour toi, Jenny Bell, la meilleure actrice de l'école ! a déclaré Cam en l'épinglant sur mon T-shirt.

Je l'ai serrée fort fort fort dans mes bras.

Puis, j'ai décoré le sapin, accrochant avec précaution les boules, les pères Noël en chocolat, les oiseaux multicolores et les petits glaçons brillants, tandis que Cam faisait serpenter la guirlande électrique entre les branches. Lorsque nous l'avons allumée, c'était magique ! Notre arbre était féerique !

J'ai ensuite aidé Cam à préparer le déjeuner. Elle m'a fait éplucher les pommes de terre. Quelle découverte : je n'avais jamais soupçonné que c'était de

cette manière qu'on faisait les frites ! À la décharge publique, elles sortent de grands paquets surgelés, déjà pelées et tranchées. J'ai épluché une tonne de patates en sifflotant.

– Du calme, miss. Nous ne sommes que deux.

– Oui, mais au foyer, je n'en ai jamais assez.

– OK, c'est Noël, après tout. Aujourd'hui, tu peux manger jusqu'à exploser.

Elle n'a pas voulu que je les fasse cuire dans sa grande friteuse, mais elle m'a laissée m'occuper des œufs au plat et ça m'a bien amusée.

Nous nous sommes servi une montagne de frites couronnée d'un œuf au plat, tel un sommet enneigé. J'ai ajouté une avalanche de ketchup sur la mienne, puis nous avons attaqué. J'ai mangé, mangé, mangé. C'était délicieux.

– Je suis la reine des œufs-frites, ai-je décrété en me léchant les babines. Je pourrais peut-être devenir une grande cuisinière, en plus d'un écrivain à succès et d'une star de cinéma.

Cam a englouti vaillamment ses frites, mais elle a déclaré forfait à la moitié. Nous avons pris des clémentines pour le dessert, puis elle a ouvert la boîte de chocolats de Liz et nous en avons croqué quelques-uns.

Elle a déboutonné son jean avant de s'allonger sur le canapé en gémissant, tandis que j'installais mon atelier de création sur la table basse avec mon nouveau matériel.

Cam s'est massé le ventre, a pris un livre et m'a lu le premier chapitre des *Quatre Filles du Dr March* qui

se passe justement à Noël. C'est vieillot, mais sympa. Meg est un peu gentillette à mon goût, Beth est une vraie poule mouillée et Amy fait trop la coquette, mais j'adore Jo.

Au bout d'un moment, la voix de Cam a déraillé et elle s'est endormie. Moi, j'ai continué mon petit atelier. Quand elle a commencé à se réveiller, en bâillant et en s'étirant, je suis allée lui préparer une tasse de thé. Personne ne m'avait jamais montré comment faire, mais je ne suis pas complètement idiote.

– Merci, Jenny ! s'est écriée Cam.

Elle en a bu une gorgée.

– Mm, délicieux !

(Je l'ai vue retirer discrètement quelques sachets de thé de sa tasse et essayer de repêcher les morceaux de sucre pas encore fondus, mais elle n'a fait aucun commentaire, et moi non plus.)

– J'ai des cadeaux pour toi, en fin de compte. Regarde sur la table basse, ai-je annoncé fièrement.

Cam a failli renverser sa tasse.

– Oh, ça alors ! Une armée de petites Jenny Bell !

– Pas mal, hein ? Elles sont en pâte à modeler. Le visage rose, le pull rouge, la jupe bleue, ça allait, mais j'ai eu un mal fou à faire mes cheveux bouclés.

– Elles sont toutes pour moi ? s'est étonnée Cam.

– Non, non. Tiens, toi, prends celle-ci. C'est la plus réussie, elle fait un grand sourire. Il y en a une pour Peter, une pour Mary, une pour Mike, une que j'offrirai à Mlle Simpkins à la rentrée et puis j'imagine que je suis obligée d'en donner une à Helen.

– Quelle bonne idée. Tiens, je vais poser ma précieuse statue de Jenny Bell sur mon bureau, comme ça, elle me tiendra compagnie quand j'écris.

– Attention, ne l'écrabouille pas de rage si tu sèches, hein ! Tiens, un autre cadeau.

Je lui ai tendu un morceau de papier plié en deux avec un dessin de moi.

– Oh, une carte de vœux ! Merci !

– Non, ce n'est pas une carte. C'est un Jenny-chèque, ai-je expliqué. Tu sais, un peu comme un chèque-cadeau, sauf que ça ne te donne pas droit à des livres mais à des Jenny-cadeaux ! Regarde à l'intérieur.

J'avais écrit :

Pour Cam. Joyeux Noël ! 

Je, soussignée Jenny Bell, promets de te faire mes fameux œufs-frites chaque fois que je viendrai chez toi.  Et tu auras même droit à DEUX œufs sur tes frites pour ton anniversaire.

Si un jour je deviens un grand chef et que j'ouvre un restaurant chic, je mettrai mes œufs-frites au menu en les intitulant « Assiette de Noël à la Cam ».

Si je deviens un écrivain à succès, je te dédierai mon deuxième livre. J'espère que ça ne t'embête pas, mais le premier sera dédié à ma mère.

Si je deviens une actrice célèbre, tu seras mon coach.

Si tu suis bien tes cours et si tu deviens ma famille d'accueil, je serai la plus chouette fille adoptive du monde.

Bisous,

Jenny

Cam l'a lu jusqu'au bout, les larmes aux yeux.

– Oh, Jenny ! s'est-elle exclamée. C'est le plus beau cadeau de Noël de ma vie. Et je suis sûre que tu seras la meilleure fille adoptive de l'univers. Forcément, tu es Jenny Bell !

Oui, je sais ! Je suis la géniale et belle Jenny Bell !

Avant de me coucher, ce soir-là, de retour au foyer, j'ai embrassé la photo de ma mère.

– J'espère que tu as passé un joyeux Noël, maman, ai-je murmuré. On le fêtera peut-être ensemble l'an prochain, hein ?

Puis je me suis allongée en fredonnant une petite chanson de Noël dans ma tête :

Douce nuit, sainte nuit,
Jenny s'endort, dans son lit.
Ma mère n'est pas venue pour Noël,
Mais j'ai passé une bonne journée sans elle.
J'aime beaucoup maman, mais Cam est là, heureusement.
Maintenant je vais m'endormir dans mon lit,
Pour une douce douce nuit !

Jacqueline Wilson

Un nouveau défi pour Jenny B.

Illustrations de Nick Sharratt

Traduit de l'anglais
par Vanessa Rubio

Pour Jessie Atkinson, Francesca Oates, Zoe, Lee et Sarah, Emma Walker et tous mes amis de l'école Redriff, ainsi que tous ceux qui se demandaient ce qu'était devenue Jenny B.

Pas de chez-moi à moi

Vous connaissez *Le Magicien d'Oz*, ce vieux film qui repasse tous les ans à la télé au moment de Noël ? J'adore ! Surtout la méchante sorcière de l'Ouest avec son grand caquet, sa peau verte et sa bande de singes ailés. Je donnerais n'importe quoi pour avoir un affreux petit singe ailé comme animal de compagnie diabolique. Il filerait dans le ciel en battant des ailes, flairerait cette odeur de talc et de café instantané si caractéristique des professeurs et fondrait droit sur Mme Sacavomi pour la soulever de terre, hurlant de terreur.

Ça lui apprendrait. J'ai toujours été très douée en expression écrite, mais depuis que je suis arrivée dans ma nouvelle école, en haut de mes devoirs, Sacavomi se contente d'écrire : « Quel manque de soin, Jenny » ou « Attention à l'orthographe ! » La semaine dernière, il fallait qu'on invente une histoire sur le thème de la nuit. J'ai trouvé ça drôlement intéressant, pour une fois, et j'ai écrit huit pages et demie sur une fille qui est dehors au beau milieu de la nuit, dans une ambiance sinistre, et soudain un fou lui saute dessus pour la tuer, mais elle réussit à s'échapper en sautant dans une rivière et là, en nageant, elle tombe sur le cadavre d'un noyé, et puis quand elle se hisse sur la rive, elle voit une drôle de lueur vacillante qui provient d'un cimetière et là, il y a une secte sataniste qui justement cherche une jeune fille à sacrifier…

C'était vraiment une histoire géniale, mieux que tout ce que Cam aurait pu écrire. (Je vous parlerai de Cam dans une minute.) Je suis sûre qu'elle pourrait presque être publiée en l'état. Comme je l'avais tapée sur l'ordinateur de Cam, c'était bien propre et le correcteur orthographique s'était chargé des fautes. J'étais persuadée que Mme Sacavomi allait mettre : « Très très très bien, Jenny, dix sur dix, A + + + et je t'offre un tube de Smarties. »

Vous savez ce qu'elle a écrit, finalement ? « Tu as fait des efforts, Jenny, mais ton récit est confus. Tu te laisses emporter par ton imagination, on s'y perd. Tu as réellement un esprit tortueux. »

J'ai regardé ce que signifiait « tortueux » dans son fameux dictionnaire, et ça veut dire « qui fait des tours et des détours ». C'est exactement ça. J'avais envie de tordre Mme Sacavomi dans tous les sens en faisant des tours et des détours. De la tordre, tordre jusqu'à ce que les yeux lui sortent de la tête et que ses bras et ses jambes soient entortillés autour de son gros derrière. Ah oui,

encore autre chose. Dès que j'écris le moindre petit gros mot, Mme Sacavomi pique une crise. Je ne sais pas ce qui se passerait si j'employais de vrais gros mots comme *****, ****** et *** (censuré !).

Du coup, aujourd'hui, moi aussi « je me suis perdue », au lieu de m'ennuyer à l'école. J'ai séché les cours et je me suis baladée, tranquille, en « me laissant emporter par mon imagination ». J'ai fait un petit arrêt à la papeterie où je me suis acheté un gros carnet violet avec mon argent de poche. Je vais y écrire toutes mes histoires monstrueusement terrifiantes, aussi confuses et tortueuses que j'en ai envie. Et j'y écrirai aussi mon histoire à moi. J'ai déjà commencé à raconter ma vie dans *La Fabuleuse Histoire de Jenny B.*, je pourrais intituler le deuxième tome *La Fabuleuse Histoire de Jenny B. 2* ou *Qu'est-il arrivé à la courageuse et héroïque Jenny B. ?* ou *La Palpitante Suite des aventures extraordinaires de la merveilleuse et fantastique Jenny B.* ou *Les Nouvelles Aventures de la terriblement terrible Jenny B., encore plus méchante que la méchante sorcière de l'Ouest.*

À ce propos, dans *Le Magicien d'Oz*, en fait, il n'y a qu'un passage qui me fait vraiment peur. Je ne peux même pas le regarder. La première fois que je l'ai vu, j'ai bien failli pleurer. (Mais je ne pleure jamais. Je suis une dure à cuire et j'ai le cuir dur comme une vieille paire de Doc Martens. Non, comme les toutes dernières Doc coquées…) Bref, c'est le passage tout à la fin où Dorothée en a assez d'être au pays d'Oz. Ce qui est complètement idiot, si vous voulez mon avis. Qui aurait envie de retourner s'ennuyer à mourir dans ce vieil État du Kansas où tout est en noir et blanc et de redevenir une petite fille ordinaire à qui on confisque son chien au lieu de rester à gambader dans ses souliers de rubis d'un bout à l'autre d'un pays merveilleux ? Mais, tout au long du film, Dorothée se montre extrêmement stupide. Franchement, elle aurait pu deviner toute seule qu'elle n'avait qu'à claquer trois fois des talons dans ses souliers de rubis pour se retrouver chez elle en un éclair. C'est justement ce passage que je ne supporte pas. Quand elle dit : « On n'est nulle part mieux que chez soi. »

Ça me tue. Parce que moi, je n'ai pas de chez-moi. Pas de famille. Pas de foyer, rien.

Enfin, je n'en avais pas jusque récemment. Mis à part le foyer pour enfants mais ça ne compte pas. C'est bizarre, dès que le mot « foyer » est écrit sur une pancarte, vous pouvez être sûr que ce n'est pas un vrai foyer, juste une décharge publique pour enfants à problèmes. Pour les enfants vilains, méchants ou bêtes. Ceux que personne ne veut adopter. Ceux dont la date limite de consommation est dépassée et qu'on jette aux ordures. C'est sûr, il y avait de belles petites ordures au foyer. En particulier une certaine Justine Petitbois…

C'était mon ennemie jurée au début, mais ensuite on a fait la paix. Je lui ai donné mon stylo Mickey que j'adorais. Après j'ai regretté et je le lui ai réclamé le lendemain en disant que je le lui avais juste prêté, mais ça n'a pas marché. Pas moyen de lui faire avaler des salades, à Justine. Ni des épinards, ni des choux, ni aucun légume d'ailleurs.

C'est étrange, mais elle me manque un peu, maintenant. On s'amusait bien quand on était ennemies et qu'on jouait au jeu des défis. J'ai toujours été très douée pour imaginer les défis les plus délirants, débiles et immondes. Et je gagnais à chaque fois, jusqu'à ce que Justine arrive au foyer. Après, j'ai continué à gagner… la plupart du temps. Mais Justine inventait des défis sacrément dingo, quand même.

Elle me manque. Et Louise aussi. Et puis surtout Peter. Ça, c'est encore plus bizarre. Je ne supportais pas ce petit pleurnichard lorsqu'il est arrivé au foyer. Maintenant, j'ai l'impression que c'était mon meilleur ami. J'aimerais bien le

revoir. Surtout aujourd'hui. Parce que, même si c'est chouette de faire l'école buissonnière et que j'ai trouvé une super cachette, je me sens un peu seule.

Ce serait plus sympa avec un copain. Quand on vit en foyer, on a intérêt à se faire autant d'amis que possible parce qu'on n'a pas de famille.

Enfin, si, j'en ai une.

J'ai la maman la plus jolie, la plus belle et la plus adorable du monde. C'est une actrice super célèbre, elle tourne film sur film à Hollywood. Tous les producteurs se l'arrachent et elle n'a pas une minute à elle, c'est pour ça qu'elle m'a confiée à l'Aide sociale à l'enfance…

Bon, j'arrête de délirer. Vous ne me croyez pas. Et même moi, je n'y crois plus. Quand j'étais petite et que je racontais mes bobards, certains enfants me croyaient et ils avaient l'air impressionnés. Maintenant, lorsque je fais mon cinéma, je vois leurs lèvres se pincer et, dès que j'ai le dos tourné, ils éclatent de rire. Et ça, c'est pour les plus sympas. Les autres me traitent carrément de folle. Ils ne veulent même pas croire que ma mère est une actrice. Je sais pourtant qu'elle a joué dans des films, j'en suis sûre. Elle m'a envoyé une belle photo où elle pose en déshabillé de soie. Mais ça fait ricaner les autres et ils gloussent :

– Elle a joué dans quel genre de film, dis, Jenny ?

Alors je leur mets une claque. Parfois je passe vraiment à l'acte, il faut dire que j'ai la main leste. Parfois je me contente d'imaginer la scène dans ma tête. C'est ce que j'aurais dû faire avec Mme Sacavomi, tout garder dans ma tête. Ce n'est pas malin d'avouer aux professeurs ce qu'on pense d'eux. Ce matin, elle nous a donné une nouvelle rédaction sur le thème « ma famille ». Soi-disant pour nous faire travailler sur l'autobiographie. En réalité, ce n'est qu'un prétexte, les profs sont de sales curieux qui veulent connaître tous les secrets de leurs élèves. Enfin bref, elle nous demande d'écrire ce machin sur notre famille, puis elle se met à slalomer entre les bureaux avec son gros derrière pour venir jusqu'au mien. Là, elle se penche vers moi, sa joue tout contre la mienne. L'espace d'un instant, j'ai carrément eu peur qu'elle m'embrasse !

– Bien entendu, tu peux parler de ta mère adoptive, Jenny, m'a-t-elle chuchoté en me chatouillant l'oreille avec son haleine mentholée au Tic-Tac.

Elle croyait avoir été discrète mais tous les autres ont entendu et m'ont fixée. Alors j'ai soutenu leur regard et, en m'éloignant le plus possible du Sacavomi, j'ai répliqué d'un ton assuré :

– Non, je vais parler de ma vraie mère, madame Saca.

Et c'est ce que j'ai fait. J'ai rempli des pages et des pages. Au bout d'un moment, je n'ai plus trop soigné mon écriture, puis j'ai laissé tomber l'orthographe, les majuscules et la ponctuation, parce que ça ne sert à rien, mais j'ai fait une super rédaction sur ma mère et moi. Sauf que je n'ai jamais pu la finir. Tout ça parce que, comme à son habitude, Mme Sacavomi a fait le tour de la classe en s'approchant pour lire les devoirs par-dessus l'épaule des élèves. C'est agaçant comme c'est pas permis ! Et arrivée à moi, elle s'est penchée et s'est mise à soupirer. J'ai cru qu'elle allait me sortir son éternel petit discours sur le soin, l'orthographe et la ponctuation mais, cette fois, c'est le contenu qui ne lui a pas plu, pas la présentation.

– Ah, là, là ! Tu t'es encore laissé emporter par ton imagination débordante, Jenny, a-t-elle dit avec son air condescendant et faussement sympathique.

Et elle a même claqué la langue en secouant la tête, son insupportable petit sourire satisfait aux lèvres.

– Comment ça ? ai-je demandé.

– Jenny ! Ne prends pas ce ton avec moi, s'il te plaît.

Elle avait haussé la voix.

– Je vous ai pourtant bien expliqué ce qu'était une autobiographie. Il s'agit de raconter sa propre vie, sa *vraie* vie.

– Mais *c'est* vrai, tout est vrai.

– Enfin, Jenny !

Elle s'est mise à lire ma rédaction à voix haute, sans plus se soucier d'être discrète, s'adressant à la classe entière :

– Ma mère a joué dans un film américain avec George Clooney, Tom Cruise et Brad Pitt. Ils l'adorent et veulent tous sortir avec elle. Et dans son prochain film, Leonardo DiCaprio tiendra le rôle de son petit frère. Elle est devenue très copine avec lui pendant le tournage et, quand il a vu une photo de moi dans son portefeuille, il a trouvé que j'avais l'air très mignonne, alors il va m'écrire.

Mme Sacavomi lisait avec une atroce petite voix haut perchée censée imiter ma façon de parler.

Toute la classe se tordait de rire. Il y en a même qui ont failli faire pipi dans leur culotte tellement ils rigolaient. Elle a pincé les lèvres d'un air narquois.

– Tu crois vraiment que tout cela est vrai, Jenny ?

Alors j'ai répondu :

– Non, je crois vraiment que vous êtes une odieuse vieille bique et que le seul rôle que vous pourriez tenir dans un film, c'est celui d'une chauve-souris vampire suceuse de sang.

J'ai cru un instant qu'elle allait me faire une petite démonstration de ses talents de chauve-souris en se jetant sur moi pour planter ses canines pointues dans mon cou. Je suis sûre que ce n'est pas l'envie qui lui en manquait. Mais, à la place, elle s'est contentée de me faire sortir de la pièce en m'ordonnant de rester dans le couloir parce que mon insolence l'indisposait.

J'ai répliqué que c'était elle qui m'indisposait et qu'elle portait bien son nom : Mme Saca V. Les autres s'imaginent sans doute que ce V est l'initiale de Véra, Violette ou Vanessa, mais je suis certaine que son prénom est Vomi. Ce qui va parfaitement avec son nom de famille étant donné qu'elle ressemble au contenu d'un sac à vomi.

Elle est retournée dans la classe alors que j'étais au beau milieu de ma tirade, mais j'ai continué pour moi, affalée contre le mur, fixant mes chaussures. J'ai dit que j'étais SUPER CONTENTE de rater son cours parce qu'elle était rasoir de chez rasoir, peigne de chez peigne et brosse de chez brosse, et qu'il n'y avait pas plus nul comme prof. J'ai décrété que j'étais ABSOLUMENT RAVIE d'être dans le couloir.

C'est alors que M. Hatherway est passé avec un petit morveux de CE2 qui saignait du nez.

– Tu parles toute seule, ma puce ?

– Non, je parle à mes chaussures, ai-je répliqué rageusement.

Je pensais qu'il allait me crier dessus lui aussi, mais il s'est contenté de hocher la tête et d'essuyer le nez du gamin, une vraie fontaine dégoulinante de sang.

– Il m'arrive également de discuter avec les miennes quand ça ne va pas, a-t-il affirmé. Des amies très à l'écoute, les chaussures. Mes vieux mocassins en daim sont les plus doués pour me consoler, je trouve.

Comme le morveux pleurnichait, M. Hatherway lui a de nouveau essuyé le nez.

– Viens, mon petit gars, on va te soigner.

Il m'a adressé un sourire, puis ils se sont éloignés.

Jusque-là, j'étais persuadée que cette nouvelle école était cent pour cent horrible, désormais elle avait au moins un pour cent de bien, grâce à M. Hatherway. Mais je n'avais aucune chance d'être un jour dans sa classe, à moins qu'on me rétrograde directement de CM2 en CE2. Et, de toute façon, l'école craignait toujours à quatre-vingt-dix-neuf pour cent, alors j'ai décidé de fuguer.

C'était un jeu d'enfant. J'ai attendu l'heure de la récréation, que Mme Sacavomi me fasse signe de sortir, les narines pincées comme si je dégageais une vraie puanteur. Je lui ai retourné le compliment en me bouchant le nez, mais elle a fait mine de ne pas le remarquer. Après la récré, on avait musique avec Mlle Smith sous le préau, je n'avais donc pas à la supporter. Mais je n'avais aucune envie de rester pour ce cours car la prof me déteste, elle aussi, tout ça parce que, une fois, j'ai expérimenté une utilisation alternative des baguettes de tambour.

Bref, j'ai fait semblant d'aller aux toilettes, l'air de rien, sauf que j'ai continué sans m'arrêter. J'ai tourné au bout du couloir et je suis passée vite vite devant la loge de la concierge (de toute façon, Mme Ludovic s'occupait du petit qui saignait du nez et c'était la troisième guerre mondiale dans la pièce), j'ai franchi la porte et je me suis dépêchée de traverser la cour. Le portail était fermé à clé, mais ce n'est pas ça qui allait arrêter Super Jenny.

J'ai escaladé le mur et je me suis retrouvée de l'autre côté en un clin d'œil. Bon, j'avoue, j'ai un peu raté mon atterrissage et je me suis écorché les deux genoux, mais je m'en fichais.

J'ai toujours mal même si ça s'est arrêté de saigner. Ce n'est pas très beau à voir. Toutes sortes de dangereux microbes ont dû s'introduire dans mon organisme et je risque à tout instant d'être prise d'une fièvre terrible et de me mettre à baver. C'est vrai, je ne me sens pas très bien. En plus, je meurs de faim. Je n'aurais pas dû dépenser tout mon argent de poche pour acheter ce carnet. Et puis, surtout, je regrette de l'avoir choisi exactement de la couleur d'une tablette de chocolat Cadbury. Ça me fait monter l'eau à la bouche !

J'ai vraiment envie de rentrer chez Cam, mais il est à peine une heure. L'heure de manger. Sauf que je n'ai rien à manger. Et si je rentre avant le goûter, Cam va se douter de quelque chose. Je pourrais lui montrer mes genoux en sang et lui dire que j'ai fait une chute très grave et que l'école m'a renvoyée à la maison. Mais elle penserait que je me suis encore battue. J'ai déjà eu assez d'ennuis la dernière fois. Ce n'était pas juste, ce n'était pas moi qui avais commencé. Tout était de la faute de cette Roxanne Green. Elle s'était moquée de mon T-shirt. Elle crânait devant ses copines avec son nouveau T-shirt Gap, en tortillant des épaules, alors je l'ai imitée et ça a fait rire tout le monde. Et là, elle m'a demandé :

– Et toi, c'est quelle marque ton T-shirt, Jenny ?

Puis sans me laisser le temps de répliquer, elle a enchaîné :

– Oh, je sais, tu l'as acheté aux puces !

Tout le monde a ri à nouveau mais, cette fois, ce n'était pas drôle. Alors je me suis énervée et je l'ai traitée de tous les noms et elle m'a traitée de tous les noms aussi, surtout des trucs de bébé, mais à un moment elle a employé le mot « bâtarde » et elle a dit qu'en plus c'était vrai, vu que je n'avais pas de père.

Je lui ai mis une claque. Je n'avais pas le choix, hein ? Elle l'avait bien méritée. Sauf que Roxanne et sa petite cour n'étaient pas du même avis et elles ont été le dire à Mme Sacavomi. Elle non plus, elle n'était pas du même avis que moi et elle est allée le rapporter à M. Donne, le directeur, et devinez quoi ? Lui non plus, il n'a pas trouvé que

Roxanne l'avait bien cherché. Il a appelé Cam et lui a demandé de venir à l'école pour discuter calmement. On m'a traînée dans son bureau et je peux vous dire que je n'étais pas calme du tout. Mais Cam m'a passé un bras autour du cou en me chuchotant :

– Reste cool, Jen.

J'ai essayé de faire comme elle m'a appris. Je me suis imaginé un beau lac, l'eau claire, le ciel bleu, et je nageais tranquillement… mais j'étais tellement en colère que l'eau s'est mise à bouillir. Et je me suis retrouvée en train de hurler, de dire au directeur tout ce que je pensais de lui, de ses profs décérébrés et de ses élèves ineptes. (Alors, que dites-vous de mon vocabulaire, madame Sacavomi ?)

Je suis passée à deux doigts de l'exclusion. C'est dingue. J'aurais dû être encore plus insolente, pour ne plus jamais remettre les pieds dans cette école minable.

Alors je suis partie de moi-même.

Et me voilà.

Je suis dans ma cachette secrète. Perso. Ma maison à moi, rien qu'à moi.

Mon chez-moi !

Enfin, bon, pour l'instant, ce n'est pas très accueillant. Elle aurait besoin d'un bon coup d'aspirateur. Et, même si elle est vide, il faudrait faire un grand ménage. Il y a des vieilles canettes de bière et des emballages de McDonald's qui traînent partout. Une telle couche de journaux gratuits, de prospectus et de pubs est entassée dans l'entrée que, quand on pousse la porte, on patauge dans la paperasse. Sauf que je ne suis pas passée par la porte, vu qu'elle était verrouillée et condamnée avec des planches. Je suis entrée par-derrière en me faufilant avec précaution par une fenêtre cassée.

J'ai découvert cette cachette par hasard alors que je cherchais un endroit tranquille parce que je mourais d'envie de faire pipi. Je tournais en rond dans la rue et, tout à coup, j'ai vu une maison qui avait l'air abandonnée au fond d'une impasse, cachée dans les broussailles, alors je me suis dit que je pouvais enjamber le mur pour aller me soulager. Ce que j'ai fait, sauf qu'un chat noir a surgi brusquement et m'a fait sursauter si bien que j'ai failli arroser mes baskets.

Une fois convenablement rhabillée, j'ai essayé de l'attraper en m'imaginant qu'il s'agissait d'un tigre et que je me trouvais au beau milieu de la jungle. J'aurais bien aimé l'apprivoiser, mais il a lancé un « Miaounon ! » méprisant et a filé, la queue en l'air.

Alors j'ai exploré la jungle toute seule. C'est là que j'ai repéré la vitre cassée et que j'ai décidé de visiter la maison.

Elle est superbe. Bien sûr, elle n'a pas tout le confort moderne. L'eau est coupée, les lampes ne s'allument pas et les radiateurs sont froids. Mais il y a toujours un canapé dans le salon, drôlement chic, en velours rouge. Un crétin a posé ses gros croquenots boueux dessus, mais j'ai gratté avec les ongles et c'est presque parti.

Je pourrais apporter un coussin. Et une couverture. Et à manger. Ouais…

La prochaine fois.

Mais pour le moment, c'est l'heure de rentrer… chez Cam.

Chez Cam

Cam m'a adoptée. C'est moi qui ai eu l'idée. Quand j'étais au foyer pour enfants, j'étais prête à tout pour trouver une famille d'accueil. J'aurais fait n'importe quoi. Ils ont même passé une annonce dans les journaux, une description atroce qui listait tous mes défauts, accompagnée d'une photo où je louchais – personne n'a répondu, ce qui ne m'a pas franchement surprise. Mais ça m'a quand même fait de la peine. Surtout quand un enfant de ma classe a apporté le journal à l'école pour le montrer à tout le monde. C'était dans mon ancienne école. Elle n'était pas terrible non plus. Mais un peu mieux que la nouvelle, tout de même. Je crois qu'on ne peut pas faire pire.

C'est de la faute de Cam. Elle a décidé que j'irais là parce que c'est la plus proche. Dès le premier jour, j'ai su que je ne m'y plairais pas. C'est une vieille école en brique rouge, avec des couloirs peints en marron et des vestiaires puants. En plus, presque tous les profs sont vieux, eux aussi. On dirait qu'ils ont tous pris des cours de diction au même endroit pour acquérir cette espèce d'affreux ton sarcastique.

Vous voyez le genre : « Oh, bravo, Jenny Bell » quand je renverse mon gobelet (accidentellement en le faisant exprès sur le beau T-shirt de Roxanne !), ou : « Ah, quelle surprise, c'est toi qui as gribouillé ces idioties sur le tableau, Jenny ! » (Précision, ce n'était pas des idioties, mais d'abominables abominations !) Ou encore : « Pourrais-tu parler un peu plus fort, Jenny ? Il y a une vieille dame sourde à l'autre bout de la rue qui n'a pas bien compris ce que tu disais » (Il faut bien que je parle fort si je veux que les autres enfants de mon groupe m'écoutent, non ?)

Je déteste quand on doit travailler par petits groupes. Chacun a son clan : Roxanne et sa bande, le sosie de David Beckham avec les footeux, Musclor Dixon et ses hommes de main, Lizzi Ouin-

Ouin, Nelly Nunuche et les pleurnichards associés, Hannah Je-sais-tout avec Andrew le Cerveau. Et moi, je reste toute seule.

Mme Sacavomi me met dans une équipe différente à chaque fois. Parfois je suis un groupe à moi toute seule. Ça ne me dérange pas. Je préfère. Je les déteste tous.

Cam m'a conseillé de me faire des amis. Mais je n'ai pas envie d'être amie avec cette bande de minables. Je n'arrête pas de lui répéter que cette école est pourrie et que je veux qu'elle m'inscrive ailleurs, mais rien n'y fait. Enfin, elle est bien allée voir à la mairie pour demander s'ils pouvaient me transférer ailleurs mais ils ont répondu que tous les établissements du secteur étaient complets.

Et elle est repartie. Elle n'a rien dit, elle n'a pas fait de scandale. Quand on veut quelque chose dans ce bas monde, il faut se battre pour l'obtenir, je sais de quoi je parle.

– Tu es en liste d'attente, m'a-t-elle annoncé comme si cette nouvelle devait me faire sauter de joie.

Franchement, vous imaginez ? J'ai passé la moitié de mon temps à attendre de pouvoir vivre ma vie. J'ai cru que mon tour était venu lorsque Cam est arrivée au foyer pour faire son article ridicule sur les enfants placés. (C'était payé seulement cent livres et mon nom était à peine mentionné.)

J'ai cru qu'elle pourrait faire une bonne famille d'accueil étant donné qu'elle est écrivain, et que moi aussi, j'écris.

J'ai eu du mal à la convaincre. Mais je peux être très persuasive quand je veux. Et je voulais vivre chez Cam. Je le voulais à tout prix.

Alors quand elle a dit : « Bon, d'accord, Jenny. On peut essayer. On verra ce que ça donne, toi et moi, OK ? » Bien sûr que c'était OK. J'ai sauté au plafond, défoncé le toit et je me suis envolée jusqu'à la lune à travers tout le système solaire. J'avais tellement hâte de quitter le foyer. Je me suis énervée après mon éducatrice, Helen la Baleine, parce que j'avais l'impression qu'elle essayait de ralentir la procédure au lieu de l'accélérer.

– Ça ne sert à rien de précipiter les choses, Jenny, me répétait-elle.

Moi, je voyais très bien à quoi ça servait. Je ne voulais pas que Cam change d'avis. Elle a dû passer des tas d'entretiens, aller à des réunions, des rendez-vous, des cours, et ce n'est pas trop son style. Elle n'aime pas qu'on lui donne des ordres et qu'on lui dise ce qu'elle doit faire. Comme moi. J'avais peur qu'elle se dise que, tout compte fait, c'était trop compliqué.

Finalement, nous avons eu le droit de passer un week-end ensemble et ça a été formidable. Cam avait prévu deux jours tranquilles – aller se balader au parc, louer un film, commander une pizza. Mais je lui ai expliqué que ça ne me changeait pas du foyer et que je préférais qu'on fasse quelque chose de spécial pour fêter notre premier week-end ensemble.

Je vous ai dit que je savais me montrer assez persuasive. Cam m'a emmenée dans un super parc d'attractions, c'était génial et elle m'a même offert un immense python en peluche avec les yeux verts et la langue fourchue. Elle a un peu tergiversé avant de le prendre parce qu'elle ne voulait pas avoir l'air d'acheter mon affection, mais j'ai enroulé le serpent autour de son cou et « il » l'a suppliée de l'adopter parce que le propriétaire de la boutique le maltraitait depuis qu'il avait avalé un lapin et deux ou trois souris en peluche un jour où il avait un petit creux.

Cam l'a pris en disant que c'était une folie et qu'elle allait devoir se contenter de pain et de fromage le restant de la semaine parce que l'entrée au parc d'attractions et les hamburgers de midi lui avaient déjà coûté une fortune.

J'aurais dû me rendre compte à ce moment-là

que c'était une vieille radine, mais j'avais tellement envie qu'elle m'adopte que je ne voulais pas voir ses défauts.

Et peut-être qu'elle ne voulait pas voir les miens non plus…

Enfin bref, on voyait la vie en rose, le sourire aux lèvres, dans notre petit monde parfait. Et le dimanche soir quand j'ai dû rentrer au foyer, Cam m'a serrée fort fort dans ses bras, presque aussi fort que moi, et elle m'a promis qu'elle voulait vraiment poursuivre la procédure pour devenir ma famille d'accueil.

Et elle a tenu sa promesse. Voilà où mon histoire aurait dû s'arrêter. Tout est bien qui finit bien, elles vécurent heureuses, etc. Sauf que je ne suis pas toujours heureuse. Et je crois que Cam non plus.

Au début, c'était bien. Helen dit qu'on a vécu notre lune de miel. Ce qu'elle peut être lourde, celle-là. Vous comprenez pourquoi je l'appelle la Baleine ? Elle a vraiment de ces expressions. Mais, effectivement, Cam et moi nous étions un peu comme des jeunes mariés. On passait tout notre temps ensemble, parfois même main dans la main. Chaque fois que je voulais quelque chose, j'arrivais à la convaincre, mais je n'exagérais pas trop pour ne pas qu'elle se lasse de moi et qu'elle me ramène au foyer. Et, au bout d'un moment…

Je ne sais pas. Tout a changé. Cam a commencé à refuser de m'emmener où je voulais et de m'acheter ce que je voulais. Des choses dont j'avais vraiment besoin, des vêtements de marque, par exemple, sinon les pestes comme Roxanne se moquent de moi. Mais Cam dit qu'elle n'a pas les moyens. Je suis sûre qu'elle ment. Je sais que l'État lui verse une fortune pour s'occuper de moi. Je trouve ça plutôt honteux si vous voulez mon avis. Surtout qu'elle a déjà son travail d'écrivain.

Cam dit qu'elle ne gagne pas grand-chose en tant qu'auteur. Des cacahuètes, elle dit. C'est de sa faute, aussi. Elle ne choisit pas les bons sujets. Elle perd son temps à écrire des articles rasoir pour des journaux à mourir d'ennui où il n'y a même pas d'images. Et ses livres, c'est encore pire. Ça parle toujours de bonnes femmes qui ont des problèmes. Franchement, qui a envie de lire ce genre d'âneries ? J'aimerais qu'elle écrive des trucs plus romantiques. Je n'arrête pas de lui répéter qu'elle devrait faire un de ces gros bouquins avec des couvertures flashy que les gens achètent pour lire en vacances. Où toutes les femmes sont belles, habillées par les plus grands stylistes, et où les hommes ont des postes importants au sommet du pouvoir, et où ils n'arrêtent pas de sortir les uns avec les autres, si bien qu'il y a plein de passages un peu chauds.

Cam se contente de rigoler en répliquant qu'elle déteste ce genre de livre. Et que ça ne la dérange pas de ne pas être un auteur à succès.

Mais moi, ça me dérange. J'aimerais pouvoir me vanter devant les autres. Sincèrement, avec Cam, ce n'est pas possible. Personne n'a jamais entendu parler d'elle. Et elle n'est pas jolie, ni sexy, ni très glamour. Elle ne se maquille jamais, elle a les cheveux tellement courts qu'ils sont incoiffables et tout ébouriffés, et elle s'habille comme un sac à patates – T-shirt et jean été comme hiver et jamais un vêtement de marque.

Chez elle, ce n'est pas terrible non plus. J'espérais que j'allais vivre dans une grande maison avec des meubles design et une déco sympa, mais Cam habite un petit appartement miteux. Il n'y a même pas de moquette, elle a juste ciré le parquet et mis quelques tapis ici et là. C'est marrant pour faire des glissades, mais honnêtement ça ne ressemble à rien. Et son canapé ! Il est en cuir mais tellement craquelé qu'elle doit le cacher sous un vieux dessus-de-lit en patchwork avec des coussins sans forme qu'elle a brodés elle-même. Elle a essayé de m'apprendre à faire du point de croix. Ça porte bien son nom, c'est vraiment la croix et la bannière, ce truc ! J'ai vite laissé tomber, dégoûtée.

J'ai une chambre pour moi toute seule, mais je préférais celle que j'avais au foyer. Elle est tellement petite qu'on dirait un placard ! Cam n'a vraiment pas été sympa. Elle avait dit que je pourrais la décorer comme je voudrais. J'avais des tas d'idées géniales. Je voulais un grand lit avec un couvre-lit en satin blanc, une coiffeuse et un miroir avec des ampoules tout autour comme les stars, de la moquette blanche épaisse et douce comme du poil de chat, un ordinateur perso pour écrire mes histoires, une chaîne stéréo rien que pour moi, une immense télé blanche, un lecteur de DVD, un trapèze accroché au plafond pour faire des numéros de cirque et ma propre salle de bains afin de pouvoir barboter toute la journée dans mon bain moussant.

Cam a cru que je plaisantais. Et, lorsqu'elle a vu que je ne rigolais pas, elle s'est exclamée :

– Enfin, Jenny, comment veux-tu qu'on case tout ça dans le débarras ?

C'est bien le problème. Je ne vois pas pourquoi je devrais être reléguée dans le débarras. Elle veut déjà se débarrasser de moi, c'est ça ? Elle aurait pu me laisser sa chambre, d'abord ! Elle n'a presque pas d'affaires, juste des piles de bouquins et un petit lit. Tout pourrait facilement tenir dans le débarras.

Je me suis efforcée de la convaincre. J'ai tout essayé, flatteries et pleurnicheries, mais elle n'a pas cédé. Alors j'ai atterri dans ce cagibi minuscule et je devrais sauter de joie parce que j'ai eu le droit de choisir la couleur de la peinture, un dessus-de-lit et des rideaux. J'ai tout pris noir, assorti à mon humeur.

Je pensais que Cam allait refuser, mais elle m'a prise au mot. Murs noirs. Plafond noir. Elle a eu l'idée de coller des étoiles phosphorescentes, ce qui n'est pas bête parce que je n'aime pas trop être dans le noir. Je n'ai pas peur, non, je n'ai peur de rien. Mais j'aime bien voir les étoiles qui brillent au-dessus de mon lit quand je suis allongée.

Cam a déniché des draps noirs avec des étoiles argentées et m'a fabriqué des rideaux assortis.

Comme elle est nulle en couture, les ourlets ne sont pas très réguliers, mais elle s'est donné du mal, quand même. Elle a baptisé ma chambre « la grotte ». Et elle m'a acheté des petites chauves-souris en peluche pour accrocher au plafond. Elles sont adorables. Et puis j'ai installé mon python par terre, près de la porte, comme ça, il bloque les courants d'air et se jette sur ceux qui essaient d'entrer sans avoir été invités.

Comme Jane et Liz. Je ne peux pas les supporter, ces deux-là. Ce sont des amies de Cam. Elles se mêlent sans arrêt de ce qui ne les regarde pas. Au début, je les trouvais plutôt sympas. Jane est énorme (elle a un de ces popotins !) tandis que Liz est petite et nerveuse. Une fois, Jane m'a emmenée à la piscine (quel spectacle de la voir en maillot !) et on s'est bien amusées. Il y avait

une cascade et une piscine à vagues, Jane m'a prise sur ses épaules et elle ne s'est pas vexée quand j'ai dit que j'étais sur le dos d'une baleine. Elle a même joué le jeu en crachant de l'eau. Mais, un jour, elle est arrivée alors que Cam et moi, nous étions en pleine discussion – bon, c'était carrément une grosse dispute et je déversais ma bile en hurlant des flots de gros mots. Plus tard, alors que je boudais dans ma grotte, j'ai entendu Jane dire à Cam qu'elle n'avait pas à subir mes crises, que, d'accord, je n'avais pas eu une vie facile, mais que ça ne me donnait pas le droit de me conduire comme un vrai petit monstre. (Franchement, à nous voir toutes les deux, je me demande qui est le monstre !)

Enfin bref, après ça, je croyais toujours que Liz, elle au moins, était sympa. Au début, je me méfiais un peu parce qu'elle est prof. Mais elle ne ressemble pas du tout à Mme Sacavomi. Elle raconte des blagues cochonnes et elle est très rigolote. Elle a des rollers et m'a laissée les essayer, c'était génial. Je me suis super bien débrouillée. J'ai filé comme le vent, sans tomber une seule fois, c'était trop cool. Mais quand j'ai dit qu'il fallait que Cam m'achète des rollers parce que j'étais extrêmement douée, Liz s'est un peu énervée. Elle m'a répondu que Cam n'était pas cousue d'or.

Dommage !

Et elle m'a sorti tout un discours comme quoi ce n'est pas parce qu'on dépense beaucoup d'argent qu'on aime plus son enfant, et patati et patata. J'avais soudain l'impression qu'elle se transformait en Mme Sacavomi sous mes yeux !

Enfin je la trouvais toujours plutôt sympa quand même mais, un soir, elle est venue très tard alors que j'étais déjà couchée dans ma grotte. Je crois que Cam était en train de pleurer dans le salon parce qu'on s'était disputées à propos de je ne sais trop quoi… J'ai oublié. Bon, d'accord, je n'ai pas oublié : je lui avais pris un billet de dix livres dans son porte-monnaie – ce n'était pas du vol, juste un emprunt et, de toute façon, elle est censée subvenir à mes besoins, mais elle est tellement radine qu'elle ne me donne pas assez d'argent de poche. Et puis c'était juste un petit billet de dix livres – j'aurais pu lui en piquer vingt – et elle n'avait qu'à pas laisser traîner son porte-monnaie, d'abord. Elle vit dans son petit monde, cette pauvre Cam, elle n'aurait pas résisté cinq minutes au foyer.

Enfin bref, Liz est passée chez nous et je me suis faufilée hors de ma grotte comme un serpent pour entendre ce qu'elles racontaient. Je me doutais qu'elles parlaient de moi. Et j'avais raison.

Liz n'arrêtait pas de demander à Cam pourquoi elle était dans cet état. Au début, elle a tenu sa langue, mais elle a fini par cracher le morceau : cette peste de Jenny était une voleuse. Cam a commencé une liste. D'accord, je lui avais emprunté un stylo – bon, plusieurs – et une espèce de vieux pendentif que sa mère lui avait offert. Je ne voulais pas le casser, juste l'ouvrir pour voir ce qu'il y avait à l'intérieur.

Cam n'était qu'une sale rapporteuse et Liz l'encourageait à tout déballer, en disant que ça lui ferait du bien de parler et de pleurer un bon coup. Elle a sorti une théorie ridicule comme quoi, en volant, je cherchais à attirer l'attention parce que j'étais en manque d'affection. Franchement, les profs et les éducs ont de ces idées ! J'avais volé tout ça parce que j'avais besoin d'argent ou d'un stylo et que j'avais envie d'avoir ce pendentif. J'aurais voulu y mettre la photo de ma mère. Ma vraie mère. J'ai une photo d'elle où elle est super belle, une vraie star de cinéma, tout sourire. Et devinez à qui elle sourit ? Au petit bébé qu'elle a dans les bras et qui tire une mèche de ses magnifiques cheveux blonds. Moi !

J'aimerais que Cam ait de longs cheveux. J'aimerais qu'elle soit plus belle. J'aimerais qu'elle soit éblouissante comme une star de cinéma. J'aimerais qu'elle sourie plus souvent. Mais elle traîne sa carcasse, complètement déprimée. À cause de moi.

Elle a pleuré dans les jupes de Liz en disant que c'était fichu, que ça ne se déroulait pas comme elle l'avait espéré.

Je le *savais*. Je *savais* qu'elle finirait par ne plus vouloir de moi. Eh bien, tant pis. Moi, ça m'est égal.

Liz a dit que c'était juste un mauvais moment à passer, qu'il fallait que je m'exprime, que je trouve mes limites.

– Ouais, eh bien, pour moi, elle les a dépassées, les limites ! a répliqué Cam.

– Il ne faut pas que tu te mettes dans des états pareils, a conseillé Liz. Prends un peu de recul, Cam. Ta vie ne peut pas tourner en permanence autour de Jenny. Tu ne sors plus. Tu as même laissé tomber les cours.

– Oui, mais je ne peux pas la laisser toute seule le soir. Et quand j'ai parlé de faire venir une baby-sitter, elle l'a mal pris.

– Et la piscine, alors ? Ça te faisait du bien. Tu pourrais y aller avec Jenny, le matin avant l'école. Jane a dit qu'elle adorait nager.

– On n'a pas le temps. C'est déjà tout un cirque pour qu'elle soit prête à neuf heures. Ça aussi, c'est un problème. Elle ne s'intègre pas du tout à l'école et le directeur n'arrête pas de m'appeler. Je ne sais plus quoi faire.

– Et si tu en discutais avec elle ? Si tu lui disais ce que tu ressens ?

– Elle se fiche bien de ce que je ressens. Il n'y a qu'elle qui compte. En plus, elle ne va pas très bien non plus en ce moment et elle s'en prend à moi.

– Essaie de lui tenir tête pour une fois. Remets-la à sa place, lui a recommandé l'ignoble Liz.

– Voilà : c'est ça. Un problème de place. Elle est insupportable parce que c'est la première fois que quelqu'un lui fait une petite place dans sa vie. Du coup, elle ne sait pas comment réagir et elle prend *toute* la place.

J'étais contente qu'elle ait compris tout ça, je ne veux pas qu'elle s'apitoie sur mon sort. Je ne veux pas qu'elle me garde parce qu'elle a pitié de moi. Je veux qu'elle me garde parce qu'elle s'ennuie toute seule et que je donne un sens à sa vie et qu'elle m'adore. Elle dit qu'elle m'aime mais elle ne m'aime pas autant qu'une vraie maman. Elle refuse de m'acheter tout ce que je veux, de me donner plein d'argent et elle me force à aller à l'école alors que c'est nul.

Je n'y retournerai plus jamais. Je n'aurai qu'à sécher tous les jours, tranquille. Je me suis bien débrouillée, je suis rentrée pile à la bonne heure aujourd'hui. Cam était dans son vieux canapé défoncé en train d'écrire une histoire minable et misérable dans son carnet. Elle a sursauté quand j'ai fait irruption dans le salon, mais elle m'a souri. Soudain, ça m'a fait tout drôle, comme si elle m'avait manqué. Je me suis jetée sur le canapé à côté d'elle.

– Hé, Jen ! Attention au canapé, a-t-elle dit en se cramponnant pour ne pas tomber. Tu vas le casser ! Tu vas me casser !

– La moitié des ressorts est déjà toute écrabouillée.

– Je n'ai jamais prétendu que j'habitais un somptueux palace.

– Non, c'est plutôt une sordide poubelle, ai-je répliqué en me relevant pour donner un coup de pied dans un fauteuil.

– Arrête, Jenny ! m'a-t-elle ordonné sèchement.

Ha ha ! Elle avait donc décidé de me tenir tête, sur les conseils de sa super copine ! Mais, moi aussi, je peux lui tenir tête. Je peux même lui dévisser la tête.

Sentant que je me préparais à l'attaque, elle a soupiré :

– Ne commence pas, Jen. J'ai eu une rude journée. Au fait, mon dernier article, tu sais quoi ?

– Ils n'en ont pas voulu ?

– Ouais, ils l'ont refusé, je suis désabusée. En plus, je bloque sur le chapitre quatre de mon roman et…

– Et tu as envie, pour une fois, d'écrire un livre qui va se vendre. Avec plein d'action…

J'ai esquissé un mouvement de karaté. Je ne l'ai pas touchée, mais elle a cligné des yeux.

– … de rebondissements…

J'ai sauté à pieds joints sous son nez.

– … et d'amooouuur !

J'ai ondulé des hanches en battant des cils.

– Ouais, ouais, ouais, a répliqué Cam.

– Je vais devenir un auteur à succès, moi, tu verras, ai-je affirmé. Je ferai fortune.

J'ai regardé ce que Cam avait noté dans son carnet.

– J'écris beaucoup plus vite que toi. J'ai rempli des pages et des pages aujourd'hui, presque un livre entier.

– Pour l'école ?

– Euh, non…

Oh, oh. Attention, prudence.

– J'écris un truc perso. Pendant la récréation et à l'heure du déjeuner.

– Je peux jeter un œil ?

– Non !

Je n'ai aucune envie qu'elle voie mon carnet violet. Sinon elle va me demander où je l'ai acheté.

Et où j'ai trouvé l'argent. Elle va aller voir dans son sac et ce sera reparti pour une crise.

– D'accord, d'accord, c'est personnel, j'ai compris. Mais juste un petit coup d'œil ?

– Tu deviens pire que Sacavomi. Elle nous a fait rédiger notre autobiographie, cette vieille chouette curieuse, on devait écrire à propos de notre famille.

Cam s'est raidie et a oublié mon carnet – comme je l'avais prévu !

– Elle voulait que je parle de ma mère adoptive…

– Alors tu as fait mon portrait ?

– Non, j'ai décrit ma vraie mère, sa carrière d'actrice à Hollywood. Elle est tellement demandée qu'elle n'a même pas le temps de venir me voir, tu sais.

– Je sais.

– Et cette vieille bique de Sacavomi ne m'a pas crue. Elle s'est moquée de moi.

– Mais c'est affreux !

– Tu me crois, toi, Cam ? Au sujet de ma mère ?

Je l'ai dévisagée très attentivement.

– Eh bien… Je sais que ta mère compte beaucoup pour toi, Jenny.

– Ah, tu penses que j'ai tout inventé, c'est ça ?

– Non ! Non, si… si tu crois que c'est vrai.

– Eh bien, ce n'est pas vrai. C'est faux ! ai-je

hurlé. Complètement faux. J'ai tout inventé. C'est ridicule et pathétique. Elle n'a jamais été actrice, elle se moque complètement de moi, c'est tout.

– Tu n'en sais rien, Jenny.

Cam a essayé de me prendre dans ses bras, mais je me suis dégagée de son étreinte.

– Si, je le sais. Je ne l'ai pas vue depuis des années. Je passais mes journées à l'attendre au foyer. Quelle idiote. Elle ne viendra jamais me chercher. Quand on lui demande : « Jenny Bell, ça te dit quelque chose ? », je suis sûre qu'elle fronce les sourcils en murmurant : « Jenny ? Attends… Oui, j'ai déjà entendu ce nom-là quelque part. Qui est-ce ? » Tu parles, elle s'en fiche totalement. Eh bien, moi aussi. Ce n'est plus ma mère, je n'en veux pas.

Je n'avais pas prévu de dire tout ça. Cam me fixait. Je la fixais. J'avais la gorge sèche et les yeux qui me piquaient. J'étais au bord des larmes mais, bien sûr, je ne pleure jamais.

Cam me regardait. Mes yeux se sont embués et elle est devenue toute floue. J'ai fait un pas vers elle en tendant les bras comme si j'étais perdue dans le brouillard.

Et là, le téléphone a sonné. On a toutes les deux sursauté. J'ai cligné les yeux. Cam m'a dit de ne pas décrocher, tant pis. Mais je ne supporte pas de laisser un téléphone sonner, alors j'ai répondu.

C'était Helen la Baleine. Elle ne voulait pas me parler, elle m'a demandé de lui passer Cam. Génial. C'est *mon* éducatrice. Et c'était pour parler de *moi*. Mais il a d'abord fallu qu'elle le dise à Cam. Et, seulement après, elle me l'a dit à moi.

Vous ne devinerez jamais…

C'est ma mère.

Elle a contacté le foyer.

Elle veut me voir !

Chez Helen

Je ne suis jamais allée chez Helen, dans sa maison. Seulement dans son bureau. Mais elle fait son possible pour qu'on s'y sente chez soi. Elle a tout plein de photos d'enfants au mur. J'y suis, quelque part. Elle a choisi celle où je louche en tirant la langue. Et elle a un énorme ours en peluche qui louche aussi sur son classeur à tiroirs. Il terrorise un petit lapin mauve aux oreilles tombantes installé entre ses pattes. Et sur son bureau trône une vieille carte de la Saint-Valentin où il est écrit (j'ai jeté un œil vite fait) : « Pour mon Petit Lapin de la part de ton Gros Ours. » BEURK ! Dans un cadre, il y a une photo d'un gars tout poilu avec des lunettes aux verres super épais, qui doit être Gros Ours. Et, un peu partout, elle a accroché des cadres avec des petites phrases comme : « Il n'est pas obligatoire d'être fou pour travailler ici, mais ça aide », et un poème à propos d'une vieille dame habillée en violet et un long long discours qui explique qu'il faut écouter l'enfant qu'on a dans son cœur. Je me moque bien de l'enfant qu'Helen a dans son cœur. Je suis l'enfant qu'elle a dans son bureau et elle ne m'écoute pas, même quand je hurle à pleins poumons.

– Calme-toi, Jenny !

– Je n'ai pas envie de me calmer. J'ai envie de voir ma mère. J'ai attendu assez longtemps. Des années, même ! Alors je veux voir ma mère tout de suite !

– On n'obtient rien en hurlant de cette façon, Jenny, a répliqué Helen. Tu devrais pourtant savoir comment ça fonctionne, maintenant.

– Je ne sais rien du tout. Pourquoi je ne peux pas voir ma mère TOUT DE SUITE ?

– Parce qu'il faut préparer cette rencontre.

– Préparer ? Mais j'ai attendu la moitié de ma vie. Je ne vois pas comment je pourrais être plus prête !

– C'est exactement ça, Jenny. On ne voudrait pas que tu t'emballes.

– Et vous pensez qu'en me disant que ma mère veut me voir, puis que je ne peux pas la voir, je vais garder mon calme ?

– Je n'ai pas dit que tu ne pouvais pas la voir, bien sûr que tu vas la voir.

– Quand ?

– Quand nous aurons fixé un rendez-vous.

– Qui ça, nous ?

– Eh bien… il faut que je sois là. Et Cam aussi.

– Pourquoi ? Pourquoi je ne peux pas voir ma mère toute seule ?

Une fois, j'avais passé une journée toute seule avec ma mère. Je m'en souviens. Si, si, je m'en souviens. On s'était bien amusées, maman et moi. Elle est super belle, ma maman. Avec ses longs cheveux blonds qui ondulent sur ses épaules, habillée chic et en talons hauts. Elle est splendide. Enfin, elle était splendide la dernière fois que je l'ai vue. Ça remonte à un bout de temps.

Une éternité.

Pourtant je m'en souviens. J'étais au foyer mais, au début, ma mère me rendait visite de temps en temps. Ce jour-là, elle m'avait offert une poupée et emmenée au McDonald's. On avait passé une journée formidable. Et elle m'avait embrassée pour me dire au revoir. Je me souviens de ses boucles blondes qui me chatouillaient la joue et de son odeur de poudre, douce et sucrée. Je m'étais agrippée à son cou, si bien que, quand elle s'était levée, j'étais cramponnée à elle comme un petit singe et ça l'avait énervée parce que mes chaussures avaient laissé des traces de boue sur sa jolie jupe noire et j'avais peur qu'elle soit en colère et qu'elle ne revienne plus jamais me voir.

J'avais dit : « Tu reviendras, hein, maman ? Tu

reviendras samedi prochain et on ira au McDonald's ? Promis ? »

Elle avait promis.

Mais elle n'est jamais revenue. Le samedi suivant, j'ai attendu. Et le samedi d'après. Et le samedi d'encore après.

Elle n'est jamais revenue. Elle n'est pas revenue parce qu'elle a reçu une proposition extraordinaire pour tourner un film génial à Hollywood et…

Personne ne me croit. Pourquoi est-ce que je continue à raconter les mêmes histoires débiles ? Si ça se trouve, ce n'est même pas une véritable actrice. En tout cas, elle n'a jamais joué dans aucun film que je connaisse. Elle n'est pas revenue parce qu'elle ne voulait pas s'embêter avec moi. Elle m'a laissée en foyer. Pendant des années.

J'ai été placée en foyer parce qu'elle ne s'occupait pas bien de moi. Elle n'arrêtait pas de sortir avec ses petits amis en me laissant toute seule. Et un jour, elle a eu un nouveau copain qui me frappait dès que j'ouvrais la bouche. J'ai jeté un œil dans mon dossier. Mais je m'en souviens aussi un peu. J'en fais encore des cauchemars.

Alors pourquoi veut-elle me voir tout à coup ?

Je n'ai pas envie, moi.

Enfin si…

Malgré tout ce qu'elle m'a fait ?

C'est quand même ma mère.

Mais j'ai Cam, maintenant.

Ce n'est pas ma mère, juste ma famille d'accueil. Et elle en a assez de moi, de toute façon.

Enfin, je ne sais pas.

Je crois qu'il faut que j'en parle à Helen.

Avant de la revoir la fois suivante, j'ai donc tout préparé dans ma tête. Elle m'a accueillie avec un sourire jusqu'aux oreilles.

– Ah, Jenny ! Tu vas être contente. Tout est arrangé, tu vas pouvoir voir ta maman.

Elle avait l'air ravie, on aurait dit un lapin dans un champ de laitues.

– Je n'ai pas envie de la voir.

Helen a plissé son petit nez de lapin.

– Quoi ?

– Tu as entendu. Je ne suis pas obligée de la voir si je n'en ai pas envie. Et je n'ai pas envie.

– Jenny, tu vas finir par me tuer, a-t-elle répondu en soupirant, découvrant ses grandes dents de lapin.

Elle louchait un peu, signe d'intense concentration. Je sais qu'elle comptait dans sa tête, len-te-ment, jusqu'à dix. C'est son truc pour essayer de se calmer. Arrivée à dix, elle m'a adressé un grand sourire forcé.

– Je comprends, Jenny.

– Non, tu ne comprends rien du tout.

– C'est tout à fait normal que cette rencontre t'angoisse. C'est très important pour toi. Mais j'ai discuté à plusieurs reprises avec ta mère au téléphone et elle a l'air d'avoir aussi hâte que toi de te revoir. Je suis sûre qu'elle viendra, cette fois, Jenny.

– J'ai dit que je ne voulais pas la voir, ai-je décrété.

Mais j'ai bien vu qu'Helen n'était pas dupe. Elle m'a prise au mot.

– Très bien, puisque tu ne veux pas voir ta mère, je vais l'appeler pour annuler, a-t-elle répondu en décrochant son téléphone.

– Hé, attends. Pas la peine de s'emballer.

Elle a ricané.

– Ha ha ! je t'ai eue !

– Ce n'est pas une attitude très professionnelle de se moquer de moi comme ça, ai-je répliqué d'un ton hautain.

– Tu ferais perdre patience à une sainte, Jenny.

Elle m'a ébouriffé les cheveux.

– Bon, alors, comment ça se passe avec Cam ?

– Pas mal... je crois.

– Elle est absolument d'accord pour que tu revoies ta mère, tu sais, mais ça doit quand même être un peu dur pour elle.

– C'est ça, être famille d'accueil, non ? Savoir se mettre en retrait quand il le faut. Encourager les relations avec la famille de naissance. J'ai lu les brochures.

– Quel grand cœur, Jenny, a soupiré Helen.

– Non, Helen, je suis absolument sans cœur !

Et voilà... Je vois ma mère demain !

C'est sans doute pour ça que je ne dors pas encore alors qu'il est trois heures du matin. J'écris, j'écris. Je me demande à quoi elle ressemble. Et si elle va venir.

Oh, oh ! J'entends du bruit. Cam a repéré la lumière.

Plus tard... Je pensais qu'elle serait en colère, mais elle nous a fait une tisane et on s'est assises toutes les deux sur mon lit pour la boire. D'habitude, je n'aime pas tellement ses trucs aux herbes, mais elle m'a acheté une infusion à la fraise qui n'a pas trop mauvais goût.

J'ai cru qu'elle voulait que je lui confie ce que j'avais sur le cœur (ce cœur que je n'ai pas), mais heureusement elle m'a raconté que, quand elle était petite et qu'elle n'arrivait pas à dormir, elle inventait des histoires dans sa tête.

– Ouais, moi aussi, des histoires affreuses de créatures assoiffées de sang.

– Non, petit monstre, des histoires rassurantes…

Elle imaginait que sa couette était un gros oiseau blanc qui la prenait sur son dos et s'envolait à travers la nuit étoilée. Il se posait sur un grand lac où ils flottaient dans le noir, puis il l'emmenait jusqu'à son grand nid fait de mousse…

– Plein de saletés et de crottes d'oiseau, ai-je proposé.

– Non ! Tout doux, moelleux et douillet, et le grand oiseau déployait ses ailes pour que je me blottisse en dessous, bien tranquille, bien au chaud, bercée par le battement de son cœur sous ses plumes blanches comme neige.

– Oh, je vois. C'est censé m'aider à me rendormir ! me suis-je exclamée alors qu'elle prenait ma tasse et me bordait en m'ébouriffant les cheveux. (Pourquoi tout le monde me fait ça, comme si j'étais un petit chien tout fou ?)

Quand je me suis retrouvée dans le noir, j'ai essayé de me raconter son histoire. Sauf que j'étais dans ma grotte sinistre et que je suis Jenny Bell, pas cette chochotte de Cam. Alors j'ai imaginé que je volais à travers la nuit sur le dos d'une chauve-souris vampire géante. On pénétrait chez les gens par la fenêtre pour mordre le cou de Mme Sacavomi ou croquer le bout du nez de Roxanne. Le temps que leurs cris résonnent dans la nuit, nous avions déjà disparu dans les ténèbres. Et la chauve-souris m'emmenait dans sa grotte pour qu'on se suspende par les pieds avec tous nos copains chauves-souris et après je

ne me souviens plus parce que je crois que je me suis endormie.

Mais je ne dors plus. Je me suis réveillée aux aurores. J'attends.

Je me demande si elle va venir.

Elle est venue ! Elle est venue ! Elle est venue !

Cam m'a accompagnée, mais elle a attendu dehors et, surprise, surprise, Helen aussi. Elle m'a laissée toute seule dans son bureau. Les grandes retrouvailles allaient donc avoir lieu dans l'intimité. Juste ma mère et moi.

J'étais dans le bureau d'Helen en train de tournoyer sur sa chaise à roulettes lorsqu'une dame est entrée et s'est plantée devant moi. C'était une dame pas très grande avec des cheveux très blonds, beaucoup de rouge à lèvres, une jupe très courte et des talons très hauts.

Une très belle femme avec de longs cheveux soyeux, un visage souriant et une tenue super chic et stylée.

Ma mère.

Je l'ai reconnue tout de suite.

Mais pas elle. Elle est restée plantée devant moi à cligner les paupières, on aurait dit qu'elle s'était mis sa brosse à mascara dans l'œil.

– Jenny ?

Comme s'il y avait d'autres enfants dans la pièce !

– Bonjour, ai-je fait d'une petite voix haut perchée.

– Tu ne peux pas être ma Jenny ! s'est exclamée maman en secouant la tête. Tu es trop grande !

Je suis plutôt petite et maigre pour mon âge, alors je ne comprenais pas bien.

– Ma Jenny est une toute petite fille. Une drôle de petite fille avec deux petites nattes toutes droites. C'est un vrai cirque pour la coiffer.

Elle m'a dévisagée en plissant les yeux.

– C'est bien toi ?

J'ai pris une mèche de mes cheveux et fait mine de la tresser.

– Tu avais un sale caractère quand tu étais petite. C'est bien toi, hein ? Ma Jenny !

– Maman !

– Eh bien…

Il y a eu un silence. Maman a tendu les bras vers moi, puis elle s'est reprise et a fait semblant de s'étirer.

– Eh bien…, a-t-elle répété. Comment ça va, alors, ma chérie ? Je t'ai manqué ?

J'ai parcouru ma mémoire, je voulais lui raconter tout ce qui s'était passé, tous mes souvenirs. Pourtant, je n'y arrivais pas. D'habitude, je suis un vrai moulin à paroles, demandez à n'importe qui. Mais là, j'ai tout juste réussi à hocher la tête.

Maman a eu l'air un peu déçue par ma réponse.

– Toi, tu m'as affreusement manqué ! Je n'arrêtais pas d'échafauder des plans pour te récupérer, mais ça ne tournait jamais comme je voulais. J'étais coincée par ceci, puis cela…

– Les films ? ai-je murmuré.

– Mmm.

– À Hollywood ?

– Pas vraiment.

– Mais tu es bien actrice, hein, maman ?

– Oui, ma chérie. Et je suis aussi mannequin, je fais beaucoup de photos. De toutes sortes. Enfin, bref. Je savais qu'on serait à nouveau réunies un jour, toi et moi, mais je voulais que ce soit parfait, tu vois.

Je ne voyais pas, mais je n'ai rien dit.

– Je suis toujours tombée sur des sales types, m'a confié ma mère en se perchant sur le bord du bureau d'Helen, fouillant dans son sac.

– Je m'en souviens, ai-je murmuré avec précaution. Surtout d'un que je détestais.

– Ouais, eh bien, ça n'a pas été le seul, malheureusement. Et le dernier ! Une ordure !

Elle a secoué la tête, s'est allumé une cigarette et en a tiré une longue bouffée.

Helen ne veut pas qu'on fume dans son bureau, elle est très stricte là-dessus. D'ailleurs, il est interdit de fumer dans tout le foyer. Si le personnel ou les visiteurs veulent fumer, ils doivent se tasser sous le porche de derrière. J'étais sûre que le détecteur de fumée allait se déclencher d'une seconde à l'autre.

– Maman, ai-je dit en désignant du menton le panneau avec une cigarette barrée affiché au mur.

Elle a claqué la langue d'un air méprisant en prenant une autre bouffée.

– Je lui ai donné mon cœur, à ce type, a-t-elle repris en se frappant la poitrine, saupoudrant son pull de cendres. Et tu sais ce qu'il en a fait ?

Elle s'est penchée vers moi.

– Il l'a piétiné !

Elle a donné un coup de talon haut par terre, joignant le geste à la parole.

– Ah, les hommes ! ai-je lancé en imitant le ton que prenaient fréquemment Cam, Liz et Jane.

Maman m'a regardée et, brusquement, elle a éclaté de rire.

Comme je me sentais bête, j'ai fait tournoyer la chaise d'Helen.

– Hé, arrête, tu me donnes mal au cœur. Approche ! Tu n'as pas envie d'embrasser ta maman après tout ce temps ?

– Si, ai-je répondu timidement, bien que je ne sois pas trop « bisou-bisou ».

Maman a penché la tête sur le côté et j'ai déposé un baiser sur sa joue poudrée. Son odeur sucrée m'a soudain donné envie de la serrer fort, fort, fort.

– Oh là, doucement, ma chérie ! Attention à ma cigarette ! Pas la peine de faire tout ce cinéma. Dis donc, c'est toi, la comédienne ! Regardez-moi ça, de vraies larmes ! s'est-elle exclamée en m'essuyant le visage.

– Non, je ne pleure jamais, ai-je répondu en reniflant. J'ai le rhume des foins, c'est tout.

– Je ne vois pas de foin dans ce bureau, a répliqué ma mère en regardant autour d'elle.

Sa cigarette commençait à avoir une longue cendre. Elle l'a fait tomber dans la tasse « Petit Lapin ». J'espérais qu'Helen regarderait à l'intérieur avant de prendre un café, la prochaine fois.

– Je suis allergique à un tas de trucs, ai-je affirmé en m'essuyant le nez.

– Hé, tu n'as pas de mouchoir ? a protesté ma mère d'un ton de reproche. J'espère que tu n'es pas allergique à moi !

– Peut-être que c'est ton parfum… mais il sent très bon.

– Ah…, a-t-elle murmuré en m'essuyant avec son mouchoir, c'est Poison ! Le minable m'en a offert un grand flacon avant de disparaître. Tiens, j'aurais dû l'empoisonner. Quel culot ! Il est parti avec une gamine à peine plus âgée que toi.

– Classique ! ai-je commenté.

Maman a pouffé à nouveau.

– Où vas-tu chercher tout ça, toi ?

– Cam n'arrête pas de dire : « Classique ! » ai-je répondu sans réfléchir.

– C'est qui, Cam ? a voulu savoir maman.

J'ai eu un coup au cœur.

– Euh… ma mère adoptive.

Maman s'est redressée pour jeter le mouchoir mouillé dans la poubelle. Elle l'a manquée, mais ça n'a pas eu l'air de la déranger.

– Ah…, a-t-elle fait en pinçant le bout de sa cigarette pour l'éteindre.

Elle l'a lancée en direction de la corbeille, manquant encore son but.

– Cette fille qui s'est prise d'affection pour toi. Ton éducatrice…

Maman a baissé la voix, désignant le bureau d'un geste circulaire.

– … comment elle s'appelle, déjà ?

– Helen la Baleine.

Maman a retrouvé le sourire et s'est remise à glousser.

– Ah oui, une vraie baleine ! Mais, quand même, tu devrais tenir ta langue, Jenny.

J'ai tiré la langue et je l'ai attrapée avec mes deux mains, comme si j'essayais de la retenir.

Maman a soupiré en secouant la tête.

– Insolente ! Bref, elle m'a rappelée – enfin ! – et elle m'a dit que cette bonne femme sortie de je ne sais où t'avait retirée du foyer. C'est vrai ?

J'ai hoché la tête.

Maman a allumé une nouvelle cigarette, très agacée.

– Pourquoi as-tu accepté ? Tu n'as pas envie de vivre avec cette femme, hein ?

Je ne savais pas quoi répondre. Je me suis contentée de hausser les épaules.

– Elle m'a l'air un peu bizarre, si tu veux mon avis. Célibataire, sans un sou. Aucun goût à en juger par ta tenue. Où t'achète-t-elle tes vêtements ? Aux puces ?

– Comment tu as deviné ?

– C'est pas vrai ! Quand même, ils pourraient mieux choisir les familles d'accueil. De toute façon, tu n'as pas besoin d'une autre mère. Ce n'est pas comme si tu étais orpheline. Tu as une mère. Moi.

Je l'ai dévisagée.

Elle a soupiré à nouveau en tirant sur sa cigarette.

– Et moi qui pensais que tu étais en sécurité au foyer pour enfants où on s'occupait bien de toi.

– Je ne veux pas y retourner ! ai-je explosé.

Maman m'a regardée en plissant les yeux.

– Pourquoi ? Qu'est-ce qu'ils t'ont fait, dis-moi ?

– C'était horrible ! Ils me mettaient en isolement dès que je faisais le moindre petit truc et j'étais leur souffre-douleur. Tout était toujours de ma faute. Et il y avait une fille, Justine... elle n'arrêtait pas de me frapper. Enfin, je ne me laissais pas faire. Et puis on jouait au jeu des défis et j'étais beaucoup plus forte qu'elle. Une fois, j'ai fait le tour du foyer toute nue. Justine a mangé un ver de terre, mais moi, j'en ai avalé deux tout grouillants...

– Eh ben, tu es une vraie dure alors ! Ils ne t'ont pas bien élevée, dans ce foyer. Mais ne t'inquiète pas, tu n'y retourneras pas.

– Alors... je vais rester chez Cam ?

Maman a penché la tête sur le côté.

– Tu ne veux pas venir vivre avec moi ?

Je l'ai regardée. Fixement. Pendant cinq bonnes minutes. J'aurais voulu pouvoir rembobiner la scène pour entendre à nouveau ces mots. Encore et encore. Je n'y croyais pas. Elle plaisantait ou quoi ?

– C'est vrai ? Tu veux me reprendre avec toi, maman ?

– C'est ce que je viens de dire.

– Pour combien de temps ? Toute une semaine ?
– Une semaine ? Non, pour la vie !
– Waouh !
Comme elle avait toujours sa cigarette à la main, je n'ai pas pu lui sauter au cou. À la place, j'ai sauté sur la chaise d'Helen et j'ai tourné, tourné, tourné !

– Ne fais pas ça, tu me donnes mal à la tête ! a gémi maman.
Je me suis arrêtée net.
– Il est temps qu'on se retrouve, ma puce. Tu m'as tellement manqué, ma petite chérie. Maintenant, on va passer notre vie ensemble.
J'avais l'impression qu'elle m'avait prise par la main et qu'on montait un escalier en or qui nous menait au paradis quand, soudain, j'ai trébuché sur une marche parce que je venais de penser à quelque chose.

– Et Cam, alors ?

– Quoi, Cam ? a répliqué ma mère.

Elle a pris une dernière bouffée avant d'écraser rageusement sa cigarette dans la tasse « Petit Lapin ». J'ai imaginé sa petite queue duveteuse en feu.

– On s'en fiche, de cette Cam. Elle ne fait pas partie de la famille. Oh, Jenny, on va bien s'amuser ensemble. D'abord, on va t'acheter quelques vêtements pour que tu sois un peu plus chic…

– Je serai super chic, t'inquiète, maman. Tu vas m'acheter des marques ?

– Les meilleures marques pour ma petite fille. Pas des trucs de supermarché. Je ne veux pas que tu sois habillée comme tous les autres. Il te faut quelque chose de spécial.

– Tout à fait d'accord ! me suis-je exclamée en tournoyant une dernière fois. De vraies marques, pas des imitations ?

– Pour qui me prends-tu ? a-t-elle répliqué, les mains sur les hanches.

– Pour ma maman !

Et voilààààààà… Tout est bien qui finit bien. Mon histoire se termine en vrai conte de fées, comme j'en ai toujours rêvé, alors que je n'en suis qu'à la moitié de ce carnet ! Je vais vivre avec ma mère. Oui, oui, oui. Dès que nous aurons tout réglé avec Helen.

– Je m'en occupe, a assuré maman.

Et aussi avec Cam…

Cam…

Chez Alexandre

Je suis furieuse après Cam. Franchement, ça a été terrible de lui annoncer la nouvelle. Je me sentais affreusement coupable. J'étais au bord des larmes. Mais vous savez quoi ? Apparemment, elle s'en moque ! Elle n'a même pas crié, pas pleuré, elle ne s'est pas agrippée à moi. Elle est restée assise là, à se ronger les ongles, alors qu'elle est furieuse quand je le fais. Elle n'a rien dit. Pas un seul mot. Pas de : « Non, ne m'abandonne pas, Jenny chérie, tu es tout pour moi, je ne peux pas vivre sans toi. » Non, rien du tout.

Ça m'a un peu énervée, alors je lui ai raconté que ma mère trouvait que j'étais habillée comme un sac à patates et qu'elle allait me refaire une garde-robe à la mode avec les plus grandes marques. Je pensais que ça, ça allait la toucher. Je pensais qu'elle allait s'écrier : « Oh, Jenny, je m'en veux tellement de ne pas t'avoir acheté un seul vêtement correct, mais tu sais quoi ? Si tu me promets de rester avec moi, je t'emmène faire les magasins tout de suite et j'agiterai ma carte bleue comme une baguette magique pour t'acheter tout ce que tu désires, peu importe le prix, du moment que tu restes vivre avec moi. » Mais pas du tout. Elle n'a pas ouvert la bouche.

Là, j'étais hors de moi parce qu'elle se fichait visiblement complètement de ce qui pouvait m'arriver, alors j'en ai rajouté en énumérant tout ce que ma mère allait m'offrir – un ordinateur, des rollers, un nouveau vélo, un séjour à Disneyland –, mais elle n'a pas réagi. Elle n'a pas essayé de surenchérir. Elle n'en avait rien à faire. Elle restait là, à se ronger les ongles, comme si tout ça était d'un ennui… On voyait qu'elle avait hâte de se débarrasser de moi.

Là, j'étais vraiment en colère, je n'avais qu'une envie : mettre une grosse paire de Doc Martens pour la piétiner. J'ai continué à me vanter que ma mère était incroyablement belle, super chic et qu'on s'était fait de gros câlins comme si on ne s'était jamais quittées.

Cam ne répondait toujours rien. Ronge, ronge, elle se rongeait les ongles jusqu'à l'os.

– Dis quelque chose ! ai-je ordonné.

Mais elle restait là, assise dans son canapé. Enfin, elle a ôté sa main de sa bouche pour murmurer :

– Je ne sais vraiment pas quoi dire.

Et elle se prétend écrivain !

Je suis allée me planter devant elle. Elle était toute ratatinée comme si je l'avais réellement piétinée. Ça m'a serré le cœur. J'avais soudain l'impression que c'était ma petite fille et que j'étais sa mère.

– Tu es triste, hein, Cam ? ai-je demandé d'une voix douce.

Elle a marmonné quelques mots inintelligibles avant de s'attaquer à nouveau à ses ongles.

Je lui ai pris la main.

– Tu es triste que ma mère soit revenue, c'est ça ?

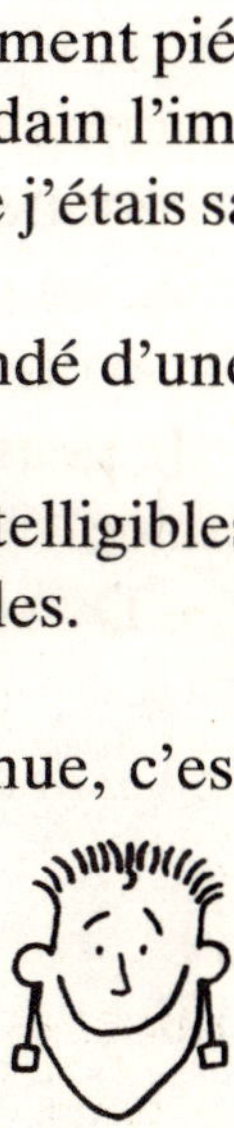

Elle n'a pas répondu tout de suite. Puis elle m'a adressé un grand sourire, jusqu'aux oreilles.

– Non, je suis contente pour toi, Jenny.

Je lui ai lâché la main, comme si je m'étais brûlée, et je me suis ruée hors de la pièce.

Elle était contente ! Elle souriait de toutes ses dents.

Apparemment, elle a hâte de se débarrasser de moi. Elle s'en fiche complètement. Eh bien, moi aussi, je m'en fiche. Je n'ai pas besoin d'elle. J'ai ma mère, maintenant.

Je vais aller vivre avec ma maman, et tant pis si je ne revois jamais Cam. Ça m'est égal. Je vais mettre ma vie sur pause jusqu'à ce que j'aille habiter chez ma mère. Et je n'irai plus en cours non plus.

J'ai quelques soucis à l'école en ce moment. J'ai lancé le jeu des défis un peu sans le vouloir. Comme elle sait que ça me touche, Roxanne a recommencé à me traiter de bâtarde, alors je l'ai mise au défi de répéter son insulte devant Mme Sacavomi.

Je pensais qu'elle allait se défiler. Mais, les yeux étincelants, elle a répondu :

– D'accord.

Elle a foncé voir Sacavomi pour annoncer :

– Jenny Bell m'a dit de répéter ce vilain mot, madame Saca.

Là, elle l'a répété en prenant soin d'ajouter, tout innocente :

– C'est malpoli ?

Et devinez qui s'est fait punir…

– J'ai gagné le pari, a décrété Roxanne.

Je lui ai tiré la langue en la remuant de façon extrêmement grossière.

– À moi de te lancer un défi, maintenant, a-t-elle dit. T'es pas cap d'agiter ta langue comme ça devant Mme Sacavomi !

Alors je l'ai fait. Et devinez qui s'est fait punir une fois de plus…

– À mon tour, maintenant, ai-je dit en courant rejoindre Roxanne à la récréation.

J'ai jeté un coup d'œil dans les toilettes, prise d'une soudaine inspiration.

– Bien… T'es pas cap de rentrer dans les toilettes des garçons !

Alors elle l'a fait. Mais elle a prétendu que je l'avais poussée. Et c'est encore moi qui me suis fait punir.

C'était à elle de me lancer un défi. Elle a attendu l'heure du déjeuner. On avait des spaghettis bolognaise. Je n'aime pas ça. Cette sauce rouge sang où les pâtes grouillent comme des vers… J'ai repoussé mon assiette.

– Tu n'en veux pas, Jenny ? s'est étonnée Roxanne, les yeux brillants. Tiens, t'es pas cap de te renverser l'assiette sur la tête.

Alors je l'ai fait. Et comme Roxanne et sa bande d'idiotes de copines se tordaient de rire, j'ai vidé l'assiette de Roxanne sur *sa* tête.

Et je me suis fait super punir. J'ai dû passer le restant de la journée debout devant la porte du bureau du directeur, punition suprême. M. Hatherway a secoué la tête en m'apercevant.

– Original comme coiffure, a-t-il commenté en

saisissant entre deux doigts un des spaghettis qui pendouillaient sur mon front. On dirait que tu as gagné le jackpot aujourd'hui, Jenny. Qu'est-ce que Mme Saca va faire de toi, hein ?

J'étais sûre qu'elle allait inventer une nouvelle forme de torture.

Je n'ai aucune envie de subir la terrible vengeance du Sacavomi. Alors je ne vais même pas me présenter à l'école pour l'appel. Qu'est-ce que ça peut me faire s'ils téléphonent à Cam ? Je ne vais pas rester longtemps dans cette école, de toute façon. Ma mère va m'envoyer dans un excellent établissement où je serai une vraie star grâce à mes nouvelles tenues de marque et tout le monde me craindra et voudra être mon ami et même les professeurs me trouveront géniale et je serai la meilleure élève et la plus chouette fille de toute l'école.

Attendez un peu. Vous verrez.

Bref, quand Cam m'a déposée à l'école ce matin, je lui ai fait un petit signe pour lui dire au revoir et j'ai filé au pas de course. Je suis entrée dans la cour, j'en ai fait le tour et je suis ressortie, courant toujours. J'ai couru, couru, couru dans la rue pendant des heures, comme s'il y avait des chasseurs de Jenny à mes trousses, brandissant filets, pinces et crochets. Je ne sais même pas pourquoi je courais comme une dératée.

Puis, soudain, j'ai su où j'allais. Chez moi.

Au moment où je tournais dans « ma » rue, un ballon de foot a surgi, fendant les airs, prêt à m'assommer. Mais je suis Super Jenny, le meilleur goal du monde, qui réagit au quart de seconde. J'ai bondi, je l'ai attrapé et j'ai plaqué le ballon contre ma poitrine – sauvée !

– Waouh ! me suis-je écriée, épatée par mon talent.

C'est alors qu'un gros costaud a rappliqué, la tête ronde comme un ballon de foot, hérissée de petits piquants. Une coupe de cheveux de tueur ! Il devait se faire ça au rasoir.

– Rends-moi mon ballon, a-t-il ordonné.

– Tu as vu comme je l'ai bloqué ? me suis-je vantée en sautillant. Quelle réception !

– Pur coup de bol, a répliqué le footeux.

Il m'a piqué la balle et s'est mis à dribbler.

– Pur talent ! ai-je protesté. Allez, envoie, voir si je la rattrape.

– Je ne joue pas avec les filles.

– Les filles sont pourtant douées en foot. Enfin, moi, en tout cas. Allez, on joue ?

– Non, dégage, fillette !

Soudain, je me suis jetée sur lui. Il s'est raidi, surpris, pensant que j'allais le frapper, et en a oublié son ballon. Et, grâce à une habile frappe en crochet du bout du pied, je le lui ai piqué !

– Et un superbe tacle de Jenny Bell, ai-je commenté en lui donnant un coup de coude. Quel subtil jeu de jambes. Elle se débrouille vraiment bien, cette… aïe !

Football, lui, ne faisait pas dans la finesse. Il a cogné, boum ! Je suis tombée, ouille !

Je suis restée là, étalée de tout mon long. Il s'est penché vers moi, en faisant rebondir le ballon juste à côté de ma tête.

– Ça va, fillette ?

– Ouais, ouais, je fais juste une petite sieste sur le trottoir, ai-je marmonné.

– Je ne voulais pas t'envoyer au tapis. Je ne pensais pas que tu étais aussi petite.

– Je ne suis PAS petite !

– Tiens.

Il m'a tendu sa grosse paluche rose pour m'aider à me relever.

– Là, ça va mieux ? Enfin, c'est de ta faute aussi, tu n'aurais pas dû faire l'andouille avec mon ballon.

– Je ne faisais pas l'andouille, je t'ai taclé ! Ta défense ne vaut pas un clou. Regarde…

Et, pour prouver ce que j'avançais, j'ai bondi brusquement mais, cette fois, il s'y attendait et a écarté la balle avant que je puisse m'en saisir.

– Laisse tomber, fillette ! s'est-il esclaffé avant de s'éloigner en dribblant.

– Attends ! Hé, Football, reviens. Joue un peu avec moi, allez ! Il n'y a personne d'autre. Allez !

Mais il avait disparu.

– Tant pis pour toi. De toute façon, t'es nul en foot ! ai-je crié.

Puis je suis repartie en traînant la patte. Chez moi. J'avais décidé que ce serait ma maison à moi. Jusqu'à ce que j'aille vivre chez ma mère, dans une vraie maison.

Je n'avais pas apporté de coussin ni de couverture, finalement. Ni même de provisions. J'ai fouillé dans mes poches, à la recherche d'un bonbon ou d'un biscuit oublié. Tout ce que j'ai trouvé, c'est un vieux chewing-gum mâchouillé enveloppé dans un coin de mouchoir. Enfin, je crois que c'était un chewing-gum. Quoi qu'il en soit, ce n'était pas très appétissant. En plus, je n'avais pas d'argent sur moi non plus. Bon, j'allais devoir jouer au top model qui se laisse mourir de faim dans sa maison. Et ce n'est pas mon jeu préféré.

Mais quelque chose d'incroyable est arrivé. J'ai pris le petit chemin qui se faufile dans les broussailles à l'arrière, retournant du bout du pied un emballage de poulet frit, au cas où (dommage, il ne restait plus que les os). Je suis passée par la fenêtre au carreau cassé, j'ai traversé la cuisine et, lorsque je suis entrée dans le salon, j'ai entendu l'écho de mes pas qui résonnait sur le plancher nu. Les rideaux étaient tirés, il faisait donc assez sombre, mais je distinguais tout de même mon vieux canapé en velours rouge au milieu de la pièce… avec un gros coussin noir d'un côté et une couverture bleue étalée pour cacher les dernières traces de boue.

C'était fou ! Comme si je les avais fait apparaître par magie. J'avais l'impression d'être dans un conte de fées. Je les ai examinés en plissant les

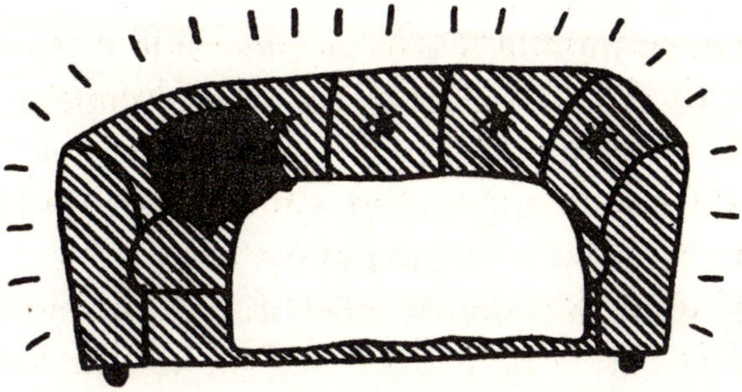

yeux, à la recherche des mains invisibles qui les avaient déposés là. C'était drôle comme idée, non ? Un peu effrayant, mais drôle. Peut-être que les mains fantômes étaient cachées dans un coin, prêtes à matérialiser le moindre de mes désirs.

– Très bien, le coussin et la couverture, c'est parfait, mais il faudrait un petit quelque chose à manger, ai-je dit en claquant des doigts.

Je me suis figée brutalement, la main en l'air. Près de la fenêtre, je venais d'apercevoir un carton retourné et couvert d'un torchon à carreaux, en guise de petite nappe. Il y avait aussi une assiette en carton remplie de Smarties disposés en cercles de couleurs – marron, vert, bleu, mauve, rose, rouge, orange et le jaune au centre, si bien qu'on aurait dit une grosse fleur.

Un frisson m'a parcourue du sommet du crâne jusqu'au bas du dos. Les Smarties, c'est ce que je préfère au monde. Et voilà que je me retrouvais avec une assiette pleine de Smarties, joliment présentée, rien que pour moi.

– C'est de la magie, ai-je chuchoté en tournant autour de la petite table improvisée.

J'ai tendu la main et j'en ai pris un rouge. Je l'ai léché. Il était bien réel. Je l'ai mis dans ma bouche, puis j'en ai vite englouti toute une poignée, des fois qu'ils disparaissent brusquement. Ensuite, je suis allée ouvrir les vieux rideaux poussiéreux pour y voir plus clair et essayer de comprendre comment fonctionnait ce phénomène surnaturel.

Mais en tirant le rideau… j'ai poussé un hurlement. Et je n'ai pas été la seule !

Un garçon était recroquevillé sur l'appui de fenêtre, les genoux ramenés sous son menton pointu, serrant un livre contre sa poitrine, la bouche grande ouverte, clignant des yeux.

– Qu'est-ce que tu fais là ? Tu voulais me faire peur ? ai-je crié.

Il serrait son livre tellement fort qu'il était en train de le déformer. Ses yeux n'étaient plus que deux fentes dans son visage tout chiffonné.

– Non, c'est toi qui m'as fait peur, a-t-il murmuré.

– Qu'est-ce que tu fabriques dans ma maison ? l'ai-je questionné.

Il s'est un peu redressé.

– Euh, en fait, c'est ma maison, a-t-il répliqué d'une petite voix.

– Tu n'habites pas là.

– Si. Enfin, durant la journée. Je me suis installé ici. J'ai apporté le coussin. Et la couverture. Et j'ai préparé un petit encas.

– Tu as quoi ? Ah, les Smarties.

Il a jeté un regard à l'assiette en constatant :

– Tu as gâché toute la décoration.

– C'est les bébés qui jouent avec la nourriture. Enfin, c'est ce qu'on me disait au foyer quand je faisais escalader une montagne de purée à mes petits pois.

– Tu as cru que c'était de la magie, les Smarties, tout ça ? m'a-t-il demandé.

– Bien sûr que non, me suis-je indignée.

– En entendant tes pas, j'ai cru qu'il s'agissait d'un grand costaud, c'est pour ça que je me suis caché, m'a-t-il expliqué en dépliant ses jambes.

– Oh, mais je suis une grande costaude, ai-je répliqué. En tout cas, je suis plus grande que toi, minus.

– Tout le monde me dépasse, de toute façon, a-t-il répliqué d'un ton pathétique.

– Tu as quel âge ? Neuf ? Dix ans ?

– Presque douze !

Je l'ai fixé, stupéfaite.

– On dirait pas !

– Je sais.

– Et qu'est-ce que tu fais là, alors ? ai-je demandé en reprenant une poignée de Smarties.

Je lui ai tendu l'assiette, étant donné que c'était son « petit encas ». Il a dit merci bien poliment et a choisi un Smarties bleu, grignotant tout le tour, comme si c'était un biscuit.

Mais il n'a pas répondu à ma question.

– Tu sèches les cours ? ai-je insisté.

Après un instant d'hésitation, il a hoché la tête.

– Tu ne vas pas me dénoncer, hein ? s'est-il inquiété en avalant son Smarties.

– Je ne suis pas une rapporteuse.

Je l'ai toisé de la tête aux pieds.

– C'est bizarre que tu sèches. Tu m'as pourtant tout l'air d'un premier de la classe, un chouchou des profs !

J'ai désigné son gros livre en essayant de déchiffrer le titre.

– *A-le-xandre le Grand*. Le grand quoi ?

– Oh, c'était son surnom…

– Ah… Pour moi, ça ferait Jenny la Grande. Pas mal. C'est mon nom, Jenny.

– Et moi, je m'appelle Alexandre.

– Hum. Alexandre le Pas Très Grand, alors. Bon, visiblement, tu es un crack. Alors pourquoi tu sèches ? Je parie que tu es premier en tout.

Il a acquiescé.

– Ouaip. Sauf en gym. Je suis le dernier en sport. Et je sèche chaque fois qu'on a cours.

– T'es dingue. C'est génial, le sport. Surtout le foot.

En foot, je suis une vraie championne, célèbre pour son jeu de jambes audacieux et ses tacles vicieux. La vieille Sacavomi devient toute rouge et n'arrête pas de me siffler.

Alexandre s'est mis à pleurnicher en disant

que, quand il y avait foot, ils étaient encore plus méchants avec lui.

– Qui ça, « ils » ?

– Les autres garçons. Ils se moquent de moi.

– Pourquoi ?

Il a baissé la tête.

– Pour toutes sortes de trucs… Surtout… lorsqu'on est sous la douche.

– Ha ha !

– Ils se moquent de moi parce que…

– Parce que tu es Alexandre le Pas Très Grand, ai-je gloussé.

Il a tressailli, comme si je l'avais frappé. Soudain, j'ai eu honte. Je me suis hissée à côté de lui sur le rebord de la fenêtre.

– Et c'est pour ça que tu sèches ? ai-je conclu.

– Mmm.

– Ils n'ont pas prévenu ta mère ?

– Si.
– Et qu'est-ce qu'elle a dit ?
– Elle ne dit jamais grand-chose. C'est plutôt mon père.
Il avait prononcé ce mot comme s'il s'agissait d'un chien méchant, genre Rottweiler.
– Et qu'est-ce qu'il a dit ?
J'ai senti qu'Alexandre tremblait.
– Il a dit... il a dit... il a dit qu'il m'enverrait en pension si je recommençais et que, comme ça, je ne pourrais pas faire l'école buissonnière. Et il a ajouté que, là-bas, je verrais ce que c'est de vraiment se faire embêter.
– Il a l'air super sympa, ton père, ai-je commenté en tapotant sa petite épaule maigrichonne.
– Il voudrait que j'apprenne à tenir tête aux autres.
En riant, j'ai fait mine de le bousculer. Il a poussé un petit cri aigu et a failli tomber du rebord de la fenêtre. Je l'ai rattrapé de justesse.
– Pour ça, il faudrait déjà que tu tiennes debout... Tu ne tiens même pas assis ! ai-je soupiré en secouant la tête.
– Je sais, a-t-il reconnu d'une voix morose.
– Alors vas-y. Défends-toi.
– Je ne peux pas. Je ne sais pas.
– Je vais te montrer.
Il avait de la chance. Je suis la meilleure boxeuse

du monde. Ma botte secrète, c'est d'envoyer dès le départ un bon uppercut quand l'autre s'y attend le moins. Mais je ne me sers pas que de mes poings, je sais aussi décocher un grand coup de pied dans les tibias. Et si on me cherche vraiment, je découvre mes canines meurtrières et je mords !

J'ai fait descendre Alexandre du rebord de la fenêtre et je lui ai montré comment se placer. Ses petites mains sont retombées lamentablement le long de son corps.

– Je ne sais pas me battre. Et, en plus, je ne voudrais pas faire mal à une fille.

– Ça ne risque pas, mon pote, ai-je répliqué en me mettant en position de combat.

Je lui ai donné un petit coup, tout doucement. Puis un autre. Mais il n'a pas réagi. Il se contentait de cligner les yeux, hébété.

– Allez, vas-y ! Essaie de me frapper.

Alexandre a mollement tendu le bras vers moi. On aurait dit une poupée de chiffon.

– Plus fort !

Il a réessayé. J'ai esquivé et il a donné un coup de poing dans les airs, a trébuché et failli s'étaler de tout son long.

– Bon, d'accord. Je vois ce que tu veux dire, ai-je dit, constatant que son cas était sans espoir.

– Je suis nul, a-t-il gémi en se ratatinant complètement.

– Non, pas en tout, juste en boxe.

Je l'ai examiné attentivement. J'ai observé ses drôles de petites bottines bien cirées. Hum, pas terrible pour les coups de pied. Ses dents minuscules étaient parfaites pour grignoter façon hamster, mais pas pour infliger une terrible morsure de vampire. Il fallait envisager d'autres tactiques. J'ai réfléchi… Voyons, comment je m'en sortais les rares fois où je me retrouvais face à un gorille qui faisait le double de ma taille et semblait capable de m'écraser comme une mouche ? Facile. Je me servais de ma langue (et il partait en courant).

– Regarde donc ça, ai-je dit à Alexandre en tirant la langue.

J'ai une très longue langue toute rose avec laquelle j'arrive presque à me toucher les oreilles. Il a fait un bond en arrière, effaré.

J'ai rentré l'engin, très fière.

– Elle est plus aiguisée que le plus tranchant des couteaux.

Alexandre a hoché la tête, mais je n'étais pas sûre qu'il avait compris.

– Utilise ta langue comme arme pour lancer une réplique bien sentie aux garçons de ton école.

– Bien sûr, a-t-il répondu (et j'ai été étonnée de sentir une pointe de sarcasme dans sa voix). Comme ça, ils se déchaîneront encore plus contre moi.

Il avait peut-être raison.

– Alors pourquoi tu n'essaierais pas de les faire rire ? Quand vous êtes sous la douche, par exemple.

– Je les fais déjà rire.

– Oui, mais fais-les rire *avec* toi, pas de toi.

Je me suis creusé la tête. J'essayais de m'imaginer à sa place. Tout à coup, j'ai été prise d'un fou rire.

– Je sais ! me suis-je esclaffée. Tu n'as qu'à leur

dire qu'ils ont beau avoir d'énormes concombres, toi, tu es très content de ton petit cornichon.

Alexandre m'a dévisagée, clignant des yeux.

– Je ne peux pas dire ça !

– Mais si !

– Je n'oserai pas.

– Mais si tu vas oser. Allez, je suis sûre que t'es cap ! Je te mets au défi. Voilà, maintenant il faut que tu le dises si tu veux être mon ami.

Alexandre avait l'air perplexe.

– Parce qu'on est amis ?

Non, mais quel culot !

– Pourquoi ? Tu ne veux pas ? me suis-je étonnée.

Il a hoché la tête. Quand même !

– Parfait. Donc on est amis. On se retrouve ici demain, d'accord ?

Même lieu, même heure. Il avait intérêt à venir. J'espérais qu'il penserait à apporter un « petit encas ».

Chez Football

J'ai eu un peu plus de mal à m'échapper, cette fois. Cam m'a fait la leçon parce que j'avais séché les cours. Ne croyez pas que je le lui ai dit, je ne suis pas du genre à aimer les aveux et les confessions. Non, c'est le directeur qui lui a téléphoné pour la prévenir que la petite Jenny brillait par son absence. Et Cam en a fait toute une histoire.

Alors qu'elle me sortait son loooong discours, je n'ai pas pu retenir un minuscule petit bâillement. Elle m'a prise par les épaules pour me forcer à la regarder en face.

– Jenny, c'est important.

– Ouais, ouais.

– Je suis sérieuse.

Ses cheveux ridiculement courts étaient dressés sur sa tête comme des piquants de hérisson. Je ne comprends pas pourquoi elle ne les laisse pas pousser, elle pourrait enfin se coiffer correctement. Et puis elle serait tellement plus jolie si elle se maquillait. Je ne sais pas pourquoi elle ne veut pas se faire belle. Belle comme ma mère.

Je n'avais pas vraiment envie de la regarder en face. J'ai cligné des yeux si bien que je voyais tout flou, en marmonnant un vague : « Mmm. »

Puis je me suis dégagée de son étreinte.

– Tu me serres trop fort, Cam, tu me fais mal à l'épaule.

Elle avait sans doute envie de m'arracher carrément le bras, mais elle m'a relâchée.

– C'est grave, ce que tu as fait, Jen. Continue et tu vas te faire renvoyer.

– Waouh ! C'est vrai ?

Football, le gars qui ne lâche pas son ballon, il a été renvoyé. Ça n'arrive qu'aux gros durs, mais ça ne me dérangerait pas d'être la plus dure des durs.

– À croire que ça te ferait plaisir ! s'est indignée Cam.

– C'est complètement débile ! Tu sèches parce que tu détestes l'école et la seule punition qu'ils trouvent pour te menacer, c'est de te priver d'école – exactement ce que tu voulais !

– Ce n'est pas vrai, tu ne détestes pas l'école…

– Oh, arrête !

– Je sais que tu ne t'entends pas très bien avec Mme Saca.

– C'est l'euphémisme du siècle !

– Mais tu ne vas pas rester éternellement dans sa classe. Tu es intelligente. Si tu le voulais, tu pourrais très bien réussir, passer un diplôme…

– Pas besoin de diplôme pour devenir actrice.

– Je croyais que tu voulais devenir écrivain.

– J'ai changé d'avis. Je préférerais être actrice.

– Comme ta mère ?

– Ouaip.

Je nous ai imaginées à Hollywood, ma mère et moi… Si ça se trouve, j'obtiendrais un rôle tout de suite et on pourrait tourner des films ensemble. Mère et fille, à la ville comme à l'écran. Maman pourrait jouer ma mère – pas la parfaite mère de famille, non, une mère belle et glamour – et moi, je ferais une gamine maligne à la langue bien pendue. Je nous y voyais déjà…

– Jenny…

La voix de Cam a brouillé mon antenne à rêves.

– Je sais que tu aimes beaucoup ta maman. C'est chouette que tu puisses la revoir. Mais peut-être… peut-être que tu places un peu trop d'espoir en elle.

Je sais ce qu'elle essayait de faire et je ne voulais pas l'écouter. Je place tellement d'espoir en ma mère qu'elle en est remplie, de la tête aux pieds !

Mais ça va bien se passer. On va être heureuses, maman et moi. Heureuses, heureuses, heureuses. Je vais passer le week-end prochain avec elle, j'ai hâte !

Vous savez quoi ? Ça n'a toujours pas l'air de déranger Cam.

– Si c'est ce que tu veux, Jenny.

– Bien sûr, c'est ce que je veux, mais toi, tu veux quoi ?

– Je veux que tu arrêtes de faire l'école buissonnière. Je veux que tu me promettes de ne pas sécher demain. Ni après-demain. Ni jamais. Promets-le-moi, Jenny.

J'ai promis. En croisant les doigts dans mon dos. Ce n'est pas grave. Cam ne tient pas ses promesses non plus. Quand même, normalement on devait rester ensemble pour la vie, elle et moi. Pourtant, maintenant que ma mère ressurgit, on dirait qu'elle n'a qu'une envie : se débarrasser de moi. Eh bien, je m'en fiche.

Ma mère, elle, meurt d'envie de me récupérer. Elle est GÉNIALE. Encore mieux que je l'avais imaginée. La meilleure maman du monde.

Ouais.

La meilleure.

Mieux que toutes les autres. Tiens, la mère de Cam, par exemple. Une vieille bonne femme snob qui vit quelque part à la campagne et refuse de voir sa fille parce qu'elle désapprouve sa façon de vivre.

Et la mère d'Alexandre… Ça doit être une petite souris qui couine dans son coin et tremble de tout son corps dès que son père approche.

La mère de Football, elle, c'est tout le contraire.

Un vrai monstre de chez monstre… et d'une grossièreté !

Je l'ai vue aujourd'hui quand j'ai séché l'école. Il fallait que je sache si Alexandre avait relevé le défi que je lui avais lancé. Je suis passée à l'épicerie du coin pour acheter un « petit encas » avec l'argent de la cantine. Je remontais la rue lorsque j'ai vu une bonne femme sortir de chez elle en criant par-dessus son épaule :

– Sors de ton lit, espèce de gros fainéant. Et t'as intérêt à passer l'aspirateur ou tu vas voir quand je vais rentrer. Tu m'entends ? TU M'ENTENDS ?

On l'entendait dans tout le quartier. Les gens étaient sans doute obligés de se boucher les oreilles à l'autre bout de la ville. Elle avait une voix stridente comme une alarme de voiture qui sonne, sonne sans s'arrêter et résonne, résonne dans la tête.

– Et si tu te fourres encore dans le pétrin, moi, je te le dis, je te mets dehors. J'en ai ras le bol de toi, t'as compris ? T'es nul, un vrai bon à rien. Comme ton imbécile de père.

Sur ces mots, elle a claqué la porte et a remonté l'allée en traînant ses baskets crasseuses, ses énormes cuisses bloblotant dans son vieux caleçon.

La fenêtre d'en haut s'est ouverte et Football a sorti la tête. Il était encore en pyjama, les yeux gonflés de sommeil, tout juste sorti du lit, mais toujours avec son ballon sous le bras.

– Je t'interdis de traiter mon père d'imbécile.

– On ne répond pas à sa mère, espèce de moins que rien, a-t-elle répliqué en hurlant. Et ne prends pas la défense de ta limace de père, ce minable, cette feignasse !

– Arrête ! Arrête de l'insulter ! Il vaut dix fois mieux que toi ! a crié Football, écarlate.

– Parce que monsieur croit tout savoir, hein ? Ça passe la moitié de la journée au lit, sans jamais m'aider à quoi que ce soit, ça ne fiche rien à l'école, ça s'attire des ennuis avec les flics... Bravo, t'es bien parti dans la vie, fiston !

– Je suis pas ton fiston. Je voudrais vivre avec papa.

– Très bien. Parfait. Vas-y, alors. Va vivre avec lui, qu'est-ce que t'attends ?

Football est devenu encore plus rouge.

– Ouais... ben, j'aimerais bien y aller, a-t-il marmonné.

– Mais il veut pas de toi, hein ? C'est ça ? a-t-elle claironné, triomphante. Regarde les choses en face, fiston. Maintenant qu'il a sa petite chérie – et pourtant, Dieu sait ce qu'il lui trouve – il veut plus de moi et il veut plus de toi non plus. Il a beau jouer les grands copains avec toi, il t'a laissé tomber comme une vieille chaussette. Et il se fiche bien de toi.

– Il va m'emmener au match samedi.

– Ah oui ? Comme il y a quinze jours ? Il n'en a plus rien à faire de toi.

– C'est pas vrai ! C'est pas vrai ! a hurlé Football, ses joues écarlates dégoulinant de larmes.

– Tu pleures comme un bébé, la honte ! s'est moquée sa mère.

Football a visé. Son ballon a volé dans les airs et paf ! il a atterri en plein sur la tête de sa mère. Il a applaudi tandis qu'elle déballait un chapelet de jurons qui brûleraient la page si je les écrivais.

Puis elle a arrêté de se frotter le crâne pour ramasser la balle.

– Très bien…

Et elle a shooté dedans de toutes ses forces. Le ballon a volé par-dessus les toits, loin, loin, loin, et a disparu. Elle aurait fait une sacrée bonne joueuse de foot, elle aussi. Cette fois, c'est elle qui a applaudi.

– Ça t'apprendra, a-t-elle décrété avant de tourner les talons.

Elle a failli me rentrer dedans en partant.

– Beau spectacle, hein ? Tu t'en es mis plein les mirettes, sale petite curieuse, a-t-elle grondé en m'écartant de son chemin.

J'ai répliqué que j'aurais trop peur de m'abîmer les yeux à regarder un laideron comme elle. Enfin, dans ma barbe. Je n'avais pas franchement envie de tenter une compétition d'injures avec elle.

Football m'a crié dessus aussi. Il m'a dit de

déguerpir et de me mêler de mes affaires. En termes plus fleuris. Aussi grossier que sa mère.

Il a vite essuyé ses joues pour effacer les larmes. Sauf que, de toute façon, je l'avais vu pleurer. Bref, moi, j'ai filé et j'ai dû manger la moitié de mon tube de Smarties pour me calmer. Je ne supporte pas les gens qui hurlent et qui braillent comme ça – sauf quand c'est moi. Donc je suis allée à la maison et vous ne devinerez jamais quoi ! J'ai trouvé le ballon ! Il avait atterri au beau milieu du jardin, sur un carton de fast-food détrempé. Ça, c'était de la magie ! Vous imaginez, le ballon de Football dans *mon* jardin !

Alors j'ai décidé de jouer les bonnes fées. J'ai pris la balle du bout des doigts, je l'ai essuyée dans l'herbe parce qu'elle était pleine de sauce et je suis retournée en dribblant jusque chez Football.

J'ai frappé à sa porte.

Pas de réponse.

J'ai frappé à nouveau.

Rien. J'ai regardé le mur décrépit en me demandant si je m'étais trompée de maison. Non, c'était là, j'en étais sûre. J'ai reculé de quelques pas et j'ai levé la tête vers la fenêtre du haut.

– Hé, ho ! Le roi du foot ! ai-je crié. Tu veux ton ballon ?

Je l'ai fait rebondir bien fort pour prouver que ce n'était pas une blague.

Et ça a marché. La fenêtre s'est ouverte et Football a sorti la tête.

– Qu'est-ce que tu fabriques avec mon ballon ? a-t-il beuglé.

Comme si c'était moi qui l'avais envoyé voler au-dessus des toits !

– OK, mec, si tu n'as aucune reconnaissance…, ai-je répliqué en faisant volte-face.

Et je me suis dirigée vers le portail en faisant rebondir la balle, boing ! boing ! boing !

– Attends ! a-t-il hurlé.

Je le savais. Il a déboulé dehors en deux secondes chrono avec sa veste de pyjama, un bas de survêtement et les pieds nus. Avec ses petits orteils roses à l'air, il était beaucoup moins impressionnant.

– Rends-le-moi.

– On fait un petit match ?

– Je te l'ai déjà dit, je ne joue pas avec les filles.

– Très bien, alors j'emporte ce ballon et je vais chercher un garçon qui voudra bien jouer avec moi.

Il a essayé de me tacler mais j'ai été plus rapide.

– Espèce de petite… (Incroyables spécimens de gros mots.)

– Dis donc, bonjour le langage. Visiblement, tu tiens de ta mère.

Ça, ça l'a vraiment énervé. Espèce de bip de bip de ta bip de bip, bipasse de petite bip.

– On t'a déjà lavé la bouche au savon noir ? ai-je demandé.

– Ha ha, a-t-il fait sans rigoler.

Il ne quittait pas le ballon des yeux, mais je le tenais hors de sa portée.

– C'était une de leurs techniques, au foyer pour enfants. Il y a une éducatrice qui m'a fourré son gros savon à la mûre du Body Shop dans la bouche, tout ça parce que j'avais été un peu insolente. C'était dégoûtant. Mais j'ai mordu dedans et je l'ai réduit en petits morceaux pour qu'elle ne puisse plus s'en servir. Après j'ai été malade et elle a eu peur que je la dénonce pour maltraitance. Mon vomi faisait plein de mousse, c'était incroyable !

Football me dévisageait, un peu impressionné par ce que je racontais.

– Tu as vécu en foyer ?

– Ouais. Et je suis toujours placée. Enfin, théoriquement. Mais je vais bientôt retourner vivre avec ma mère. C'est une super actrice, elle est super belle et elle pense que, moi aussi, je vais réussir dans le cinéma et…

Football m'a taclée et m'a repris la balle, hilare.

– Espèce de sale… (À mon tour j'ai montré que j'avais un langage imagé et haut en couleur.)

Je pensais qu'il allait rentrer chez lui avec son ballon chéri en me claquant la porte au nez, mais il est resté sur le perron à faire des têtes contre le mur.

– Alors, c'est comment ? m'a-t-il demandé, un peu essoufflé à force de faire rebondir la balle sur son crâne.

Ça me faisait loucher de le regarder.

– C'est comment quoi ? ai-je répliqué. Hé, tu me laisses essayer ?

– Tu rigoles ?

– T'es vraiment pas cool. C'est moi qui t'ai rapporté ta saleté de ballon.

– Je ne crois pas que ce soit le mien.

Football l'a rattrapé pour le faire tournoyer au bout de son doigt.

– J'avais marqué mon nom au feutre, avec un avertissement pour celui qui oserait poser ses sales pattes dessus.

– Alors ce n'est pas le tien ?

– C'est pas grave. Il est en meilleur état. Je l'avais complètement bousillé, l'autre.

– Donc il est autant à moi qu'à toi. Passe-le-moi !

– OK, OK, je joue cinq minutes au foot avec toi et après tu me racontes comment c'est, la vie en foyer.

– Pourquoi tu veux savoir ça ?

– Parce que ma mère n'arrête pas de me menacer… Et puis, j'ai un éduc…

– Moi aussi… La célèbre Helen la Baleine !

J'ai fait la grimace.

– Mais comment t'en es arrivée là, une petite gamine comme toi ?

– Oh, j'ai fait les quatre cents coups ! me suis-je vantée.

– Mais t'as jamais eu affaire aux flics. Moi, oui. Tout le temps, a-t-il annoncé fièrement.

– Ouais, moi, je suis trop maligne pour me faire prendre.

– Alors c'est comment ? C'est vrai qu'ils battent les enfants avec des serviettes mouillées pour pas laisser de marques ? Et les grands, ils tabassent les petits et ils leur plongent la tête dans les toilettes ? Et les garçons, ils sont obligés de porter des bermudas ridicules même en hiver ? Ma mère m'a dit que…

Ha ha ! J'ai décidé de le faire marcher un peu.

– Ouais, ouais, mais c'est encore pire que ça ! La nourriture est immangeable, ils font du hachis avec des naseaux de vache et des morceaux de pis pour qu'on attrape la maladie de la vache folle. Et si tu vomis, ils te le remettent dans ton assiette et ils te le refont bouffer !

Football me fixait, les yeux écarquillés, bouche bée, comme s'il allait me vomir dessus. J'aurais pu en profiter pour lui piquer son ballon – *mon* ballon – mais je préférais m'amuser encore un peu. J'ai continué en en rajoutant des tonnes et il gobait tout, tout, tout. Ce n'est que lorsque j'ai parlé de la chambre de torture où ils nous enfermaient dans le noir, menottés, en laissant de gros rats nous monter dessus et rentrer dans nos sous-vêtements qu'il a commencé à tiquer.

– Tu me fais marcher ! s'est-il exclamé.

Il m'a dévisagée en fronçant les sourcils. Oh, oh, il valait peut-être mieux que je file. Mais, soudain, j'ai entendu un gargouillis bizarre. Football riait !

– T'es une drôle de gamine ! Bon, je veux bien jouer au foot avec toi, mais juste cinq minutes, d'accord ?

Il est rentré chez lui mettre un T-shirt. Il a laissé la porte entrouverte pour que je puisse le suivre à l'intérieur. Ce n'était franchement pas terrible. La moquette s'effilochait dans les coins et était répugnante. Je comprends pourquoi sa mère voulait qu'il passe l'aspirateur. Toute la maison aurait eu bien besoin d'un grand nettoyage de printemps. Il y avait des traces et des éraflures partout sur les murs – sans doute l'œuvre du ballon de Football.

Il était dans le salon, en train d'enfiler ses baskets.

– Hé, toi. Je ne t'ai pas invitée à entrer.

– Je sais. Mais je suis trop curieuse. Tu sais, je n'ai pas vraiment de chez-moi.

Enfin, sa maison ne correspondait pas du tout à l'idée que je me faisais d'un petit chez-soi douillet. Les restes du dîner de la veille gisaient par terre sur des plateaux. Le cendrier était tellement plein qu'il débordait et la pièce sentait le renfermé. Elle était presque vide. Il y avait un canapé, des chaises et une télé, mais c'était à peu près tout. Chez Cam, il y a tous ses coussins, sa couverture en patchwork, des plantes, des photos partout aux murs, des piles de livres, des bibelots, des vases de fleurs séchées, des carillons, des carnets, des boîtes décorées et le vieil âne en peluche tout râpé de quand elle était petite. Il s'appelle Daisy. Elle a voulu me le donner, mais j'ai répliqué que je n'étais pas un petit bébé qui jouait avec des peluches. Cam a répondu tant mieux parce qu'elle était encore un gros bébé qui aimait serrer Daisy dans ses bras quand elle n'avait pas le moral et qu'elle n'avait pas vraiment envie de me la donner.

J'ai pris son vieil âne dans mes bras, une fois,

quand Cam n'était pas là. Il sent bon la vieille laine et l'intérieur de ses oreilles est tout doux.

Chez Football, il n'y a rien pour faire un câlin. Peut-être qu'il s'en fiche. Ça ne doit pas être son style.

On a joué au foot dans la rue. Au début, c'était génial.

Mais ensuite des gars ont débarqué et Football m'a traitée comme une petite mouche agaçante bourdonnant à son oreille. Il m'a écartée pour jouer au foot avec les grands.

– Hé ! Et moi ? me suis-je indignée.

– Dégage maintenant, m'a sifflé Football du bout des lèvres.

Il ne voulait même pas qu'on le voie m'adresser la parole.

– Très bien, mais rends-moi mon ballon, alors. C'est moi qui l'ai trouvé et tu as dit qu'il n'était pas à toi.

On s'est disputés. Football et ses nouveaux potes ont gagné.

J'ai décidé que je ne voulais plus jamais jouer avec lui de toute ma vie. En fait, je n'avais même plus envie de jouer au foot du tout, ce n'était même pas la peine que je reprenne mon ballon. Alors je n'ai pas insisté.

J'ai filé à la maison abandonnée retrouver Alexandre. Je voulais voir s'il avait suivi mes conseils pour tenir tête aux autres.

Miroir
Chaîne stéréo
Placard
Télé

Chez Jenny et Alexandre

En entrant par la fenêtre de derrière, j'ai tout de suite remarqué que quelqu'un avait drôlement bien arrangé la cuisine. Il y avait une grande bouteille d'eau minérale posée sur l'égouttoir de l'évier, avec une étiquette indiquant « Robinet ». Alors j'ai bu un peu d'eau du « robinet » parce que Football et toutes ses histoires m'avaient donné soif. Je m'en suis un peu renversé sur mon T-shirt, mais j'ai pu m'essuyer avec le torchon propre qui était suspendu à un crochet. Dans un coin, il y avait un grand carton marqué « Frigo ».

Alléchée, j'ai inspecté le contenu du « frigo » et j'ai trouvé deux sandwichs au thon, un paquet de chips oignon-fromage, un Kit-Kat, une pomme… et un énorme paquet de Smarties ! J'en ai pris une ou deux poignées parce que j'avais brûlé beaucoup de calories durant la matinée. J'avais moi aussi apporté un petit encas, sauf que j'avais déjà tout mangé. Enfin, j'étais certaine qu'Alexandre ne verrait pas d'inconvénients à partager le sien avec moi.

– Alekchandre ? ai-je crié.

C'était un peu déformé parce que j'avais la bouche pleine. J'ai recommencé, plus fort :

– *Alexandre ?*

J'ai entendu un couinement de souris en provenance du salon. Il était assis en tailleur sur un petit tapis devant un autre carton. Sur le devant, on voyait la tête d'un homme et d'une femme avec le sourire jusqu'aux oreilles et, sur le dessus, une étiquette indiquait « Télé ».

– On dirait qu'elle est bloquée en arrêt sur image, ai-je commenté malicieusement.

Alexandre était lui aussi étonnamment immobile, tête baissée, menton rentré.

– Ça va ? ai-je demandé en m'asseyant à côté de lui.

– Oui, a-t-il répondu. Enfin, non, pas vraiment.

– Ah ? Qu'est-ce qui ne va pas ?

Il a poussé un profond soupir.

– Tout, a-t-il fait tristement avant de reporter son regard sur l'écran de télé figé.

– Comment ça s'est passé, au collège ?

Il n'a pas réagi, mais ses yeux suivaient un mouvement invisible comme si les présentateurs bougeaient vraiment dans le poste.

– Tu sais, avec les grosses brutes qui t'embêtent dans les vestiaires, ai-je insisté.

Alexandre a soupiré à nouveau et a rentré encore davantage la tête dans les épaules.

– Tout le collège m'appelle Petit Cornichon, maintenant.

J'ai éclaté de rire, je n'ai pas pu me retenir. Alexandre m'a jeté un de ces regards, on aurait dit que je l'avais frappé.

– Désolée, désolée. Mais tu avoueras que c'est… drôle.

– Tout le monde trouve ça très drôle. Sauf moi.

– Oh bon, allez, ce n'est pas grave.

– Si, c'est grave. Affreusement grave.

Je me suis creusé la tête pour trouver quelque chose de positif à dire.

– Au moins, tu as gagné. Je t'avais mis au défi de le faire, pas vrai ? Tu l'as fait, donc tu as gagné.

– Super, a commenté Alexandre.

– Maintenant, à toi de me lancer un défi.

– Je n'ai pas vraiment envie, merci.

Je n'y croyais pas ! Il ne réalisait sûrement pas l'importance de ma proposition.

– Allez, Alexandre ! l'ai-je encouragé en me penchant vers lui.

Il a reculé sans lever son petit derrière osseux.

– Je n'ai pas d'idée de défi, a-t-il protesté faiblement. Tu n'as qu'à la trouver toi-même.

– Arrête de jouer les chochottes ! Lâche-toi ! Lance-moi un défi vraiment, vraiment tordu. Dis-moi : « T'es pas cap… »

Alexandre s'est creusé les méninges. Soudain j'ai vu une lueur dans ses yeux bleu pâle.

– Très bien. T'es pas cap… t'es pas cap… de te mettre debout sur la tête.

Il n'avait rien compris ! Mais j'ai décidé de faire preuve de bonne volonté. J'ai craché dans mes paumes et j'ai fait le poirier.

– Fastoche, ai-je répliqué, la tête en bas.

– Oh, là, là ! T'es vraiment douée.

– N'importe qui peut y arriver.

– Pas moi.

J'aurais dû m'en douter. Je me suis donné un mal de chien pour lui apprendre. Mais il est nul. Dès qu'il essayait de lever les jambes en l'air, il s'écroulait par terre comme une poupée de chiffon.

– Regarde comment je m'y prends ! l'ai-je encouragé en enchaînant poiriers et roues dans toute la pièce.

– Je vois ta culotte, a ricané Alexandre.

– Eh ben, ne regarde pas, ai-je répliqué, hors d'haleine.

– Je ne peux pas faire autrement, a-t-il répondu en entonnant une comptine qui parlait d'une fille qui gambadait en agitant sa petite culotte dans les airs ou je ne sais quoi.

– Qu'est-ce que tu racontes ? ai-je demandé en me remettant sur mes pieds.

– C'est une chanson. Mon père la chante quand il est de bonne humeur. Ce qui n'arrive pas souvent, surtout quand je suis dans les parages.

Il l'a rechantée pour moi.

– Tu veux savoir si je suis cap de le faire ?

Alexandre a gloussé.

– D'accord !

J'ai retiré ma culotte et je l'ai agitée en l'air comme un drapeau en sautillant sur place.

– Jenny ! Arrête ! Ça ne se fait pas ! hoquetait Alexandre, plié en deux tellement il riait.

J'ai tourné autour de la télévision en carton, gambadant gaiement en agitant toujours mon trophée, et j'ai paradé devant la fenêtre.

– Jenny ! Éloigne-toi de là ! Et si quelqu'un te voit ! a hurlé Alexandre.

– Je m'en fiche, ai-je répliqué en sautant en l'air comme si j'étais sur un trampoline.

– Regardez-moi ! Regardez-moi tout le monde !

Mais soudain un ballon de foot est entré par la fenêtre et a rebondi sur le parquet. Alexandre avait pourtant dû le voir venir, mais il ne s'est pas baissé à temps et il l'a pris en pleine tête.

– Ouille ! Un ballon de foot ! a-t-il constaté en se frottant le crâne.

– *Mon* ballon de foot, ai-je corrigé en le ramassant triomphalement.

– Qui a bien pu le lancer par ici ?

J'avais ma petite idée là-dessus. Et j'en ai bientôt eu la confirmation. Football en personne est apparu à la fenêtre. Elle est plus difficile à franchir que celle de la cuisine. Il a sauté à terre, a perdu l'équilibre, titubé… et il s'est écroulé sur Alexandre.

Le pauvre, il s'est plaqué au sol, les mains sur la tête.

– Espèce de gros balourd ! ai-je crié en fusillant Football du regard. Ça va, Alexandre ?

– Non, a-t-il gémi.

Football l'a aidé à se relever et a épousseté ses vêtements.

– Mais si, ça va aller, a-t-il affirmé.

– Grosse brute ! ai-je répliqué en dribblant d'une seule main. D'abord, tu me frappes alors que je suis une fille et que je suis plus petite que toi. Et maintenant, tu t'en prends à une mauviette comme Alexandre.

Je prenais sa défense mais, en entendant le mot « mauviette », il s'est ratatiné. Parfois, je ne sais pas, mais on a envie de le brutaliser. Même si ce n'est pas bien.

– Brute, brute, brute, ai-je chantonné en faisant rebondir la balle en rythme.

– Rends-moi mon ballon, fillette, a ordonné Football.

– Il est à moi.

– Non, tu me l'as donné.

– Puis je l'ai repris. C'est mon ballon, maintenant. Et c'est *ma* maison, alors dégage parce que tu n'es pas invité. Pourquoi tu m'as suivie d'abord ?

– Je ne t'ai pas suivie, je voulais juste vérifier que ça allait. Mais ce n'est pas ta maison.

– Si, si, si ! ai-je rétorqué, dribblant toujours.

– Et à moi aussi, est intervenu Alexandre.

Je lui ai souri et je lui ai lancé le ballon. Une passe super facile, mais il est trop maladroit. Ses mains se sont refermées sur le vide, le ballon lui a échappé et Football l'a attrapé.

– Alexandre ! ai-je fait d'un ton de reproche.

Il a baissé la tête.

– Il est à moi, maintenant, a décrété Football avec un sourire goguenard.

Il s'est mis à dribbler si fort que tous les meubles en carton tremblaient.

– Arrête, tu vas casser la télévision, a dit Alexandre.

– Je… quoi ? s'est étonné Football.

– Tu perturbes la réception, regarde.

J'ai compris qu'il le faisait exprès pour détourner son attention. J'ai souri… et lorsque Football s'est tourné, fixant la télévision en carton d'un œil incrédule, j'en ai profité pour lui arracher le ballon. Je l'ai pris à deux mains… c'est alors que quelque chose est tombé par terre. Football a regardé ce quelque chose en fronçant les sourcils.

– J'ai la balle, j'ai la balle ! ai-je claironné pour le distraire à nouveau.

Mais cette fois, ça n'a pas marché. Football s'est penché et a pris le quelque chose entre le pouce et l'index.

– Tiens, mais qu'est-ce que c'est que ça ? a-t-il fait d'un ton narquois.

– Rien du tout, ai-je répondu.

Pourtant ce quelque chose était visiblement un quelque chose de très gênant.

– C'est ta culotte ! s'est-il esclaffé.

– Ben oui, elle gambadait en agitant sa culotte dans les airs, comme dans la chanson, a expliqué Alexandre.

– La ferme, Alexandre ! ai-je ordonné, furieuse.

J'ai arraché ma culotte des mains de Football pour la fourrer dans ma poche.

Il riait à gorge déployée en faisant des commentaires extrêmement grossiers. Je lui ai dit de surveiller son langage, il a répliqué que je ferais mieux de surveiller le ballon… et il me l'a repris d'un mouvement vif. Il a crié victoire et a shooté dans le salon, renversant la télévision et endommageant sérieusement la table.

– Hé, oh ! Tu es dans mon salon, pas sur un terrain de foot, ai-je protesté.

– C'est aussi mon salon, a rappelé Alexandre en s'écartant prestement.

– J'ai autant le droit que vous d'être là. Et d'abord ce n'est pas un salon pourri, c'est un super terrain de foot couvert, a répliqué Football en prenant cependant garde à contourner les meubles.

Il ne cessait de commenter ses actions :

– Et notre champion a de nouveau la balle, prêt à réaliser des exploits… Ouiii, il intercepte brillamment le ballon, et tire droit… (tout en disant cela, il a visé et shooté droit dans le mur) dans le filet ! OUAIS ! (Il a levé le poing en l'air.) Quel but historique !

Je me suis tournée vers Alexandre.

– Pathétique, ai-je commenté en secouant la tête.

– Attends que je devienne célèbre, tu verras, a rétorqué Football en envoyant la balle dans ma direction.

Enfin, il ne me l'envoyait pas, il l'envoyait sur moi, oui.

Mais je ne suis pas une mauviette comme Alexandre. Je l'ai bloquée et lui ai renvoyée.

– Waouh ! Elle a du répondant, cette petite Jenny ! ai-je commenté. Je parie que je serai mille fois plus connue que toi.

– Le foot féminin, c'est nul, a décrété Football.

– Je ne veux pas devenir footballeuse, crétin. Je veux être une actrice célèbre, comme ma mère.

– Alors ça, si c'est pas pathétique, a-t-il fait en se tournant vers Alexandre.

Il s'est approché de lui en dribblant. Alexandre clignait nerveusement des yeux.

– Toi aussi, tu veux devenir une actrice célèbre ? lui a-t-il demandé méchamment.

– Je suis sûre qu'il pourrait facilement devenir célèbre, ai-je affirmé. Il est super intelligent. Premier de sa classe dans toutes les matières. Il pourrait passer dans tous les jeux télévisés et répondre à toutes les questions sans faute. Sauf qu'il faudrait que tu te trouves un nom de star.

Alexandre, ça ne sonne pas terrible. Qu'est-ce que tu dirais… du Cerveau ?

J'essayais d'être gentille avec lui mais, décidément, je m'y prenais mal. Alexandre a serré les dents en entendant ce mot.

– Ils me surnomment comme ça à l'école, a-t-il expliqué d'un ton lugubre. Entre autres. Et mon père m'appelle M. Je-sais-tout.

– Il a l'air charmant ton père, ai-je remarqué.

– Mon père, il est génial, s'est vanté Football en faisant passer sa balle d'un pied à l'autre.

– Moi, je n'ai pas de père, ça vaut peut-être mieux, ai-je dit.

Ça ne m'a jamais vraiment dérangée. Je n'ai jamais eu besoin d'un père. Une mère, ça me suffisait. Elle, j'avais besoin d'elle.

– Je vais aller habiter chez ma mère. C'est le grand luxe, avec des dorures, des miroirs et des chandeliers partout, des meubles en bois foncé et en velours rouge. Elle va m'acheter plein de vêtements de marque, et des nouvelles baskets, et un ordinateur dernier cri et une télé et un lecteur de DVD rien que pour moi et un vélo et des animaux et on ira tous les week-ends à Disneyland et je parie qu'on ne fera même pas la queue parce que ma mère est une superstar.

– Comment elle s'appelle alors ? a voulu savoir Football.

– Carly. Carly Bell, ai-je répondu fièrement.

– Jamais entendu parler.

J'ai réfléchi à toute allure. Il fallait que je trouve un moyen de lui clouer le bec.

– C'est son vrai nom, pas son nom de scène.

– Ah bon. Et c'est quoi alors, son nom de scène ?

– Sharon Stone.

– Si ta mère, c'est Sharon Stone, alors moi, je suis le fils de David Beckham.

Alexandre s'est soudain réveillé.

– Ton père, c'est David Beckham ? Pas étonnant que tu sois doué en foot !

Football a secoué la tête.

– Je croyais qu'il était intelligent, ton copain. Mon père, il est encore plus fort que Beckham.

On est comme les deux doigts de la main, lui et moi.

Il a croisé ses doigts boudinés pour nous montrer.

– On fait les quatre cents coups ensemble. Enfin. On faisait les quatre cents coups, avant.

Emploi significatif du passé.

– Maintenant, il a une petite amie. Ma mère l'a découvert, du coup, mon père est parti vivre avec elle. Je le comprends. Ma mère est toujours en train de se plaindre, de râler et de lui crier dessus. Pas étonnant qu'il ait mis les voiles. Mais il dit que ça ne change rien et qu'on est toujours potes.

– Alors ton père n'habite plus avec vous ? s'est étonné Alexandre avec une petite pointe d'envie dans la voix.

– Non, mais on fait des tas de trucs ensemble, a affirmé Football en se remettant à taper dans le ballon. On va voir des matchs tous les samedis. Enfin, il n'a pas pu venir cette semaine. Ni la semaine dernière. Mais c'est parce qu'il n'est pas encore bien installé. Il m'emmènera la prochaine fois, il m'a promis.

Il a bloqué la balle sous son pied et a tâté sa poche, avant d'en tirer un briquet.

– Hé, regardez !

J'ai regardé. Mais il n'a pas sorti de paquet de cigarettes pour aller avec.

– On pourrait en fumer une petite, ai-je proposé.

J'adore la façon dont ma mère tient sa cigarette et comme elle pince les lèvres lorsqu'elle en tire une longue bouffée.

– Je ne fume pas, c'est mauvais quand on joue au foot, a répliqué Football. Non, c'est le briquet de mon père. Vous avez vu la marque ?

Il nous l'a montré pour qu'on puisse l'admirer.

– C'est pas un briquet jetable. Il est en or.

– En or massif ? a soufflé Alexandre.

– Euh non, en plaqué. Mais ça vaut quand même une fortune. C'est ce qu'il a de plus précieux. Ses potes le lui ont offert pour ses vingt et un ans. Il ne s'en sépare jamais, mon père.

– Ben, là, il l'a pas sur lui, visiblement, ai-je remarqué.

– Justement. Il me l'a donné.

Il l'a allumé, éteint, allumé, éteint. On aurait dit une guirlande clignotante sur un sapin de Noël.

– Ouais, garde-le, tu pourras l'agiter en l'air quand tu iras à un concert ! ai-je dit.

– La ferme ! a aboyé Football, vexé que je ne sois pas plus impressionnée que ça. Toi, t'as même pas de père.

Il a shooté de toutes ses forces dans le ballon, qui est passé au travers de la télé.

– Moi, je préférerais ne pas en avoir, a fait Alexandre en se levant pour essayer de la réparer. Ça m'arrangerait bien qu'il se trouve une petite amie et qu'il parte avec elle. Si seulement ça pouvait se réaliser… Dis, si un de tes vœux pouvait se réaliser, lequel tu ferais ?

Il a tourné un regard timide vers Football.

– Que ton père et toi, vous soyez à nouveau réunis ?

– Ouais, a-t-il confirmé, stupéfait qu'Alexandre ait lu dans ses pensées. Et de jouer pour Manchester United.

– Et toi, Jenny ?

– Moi, j'en veux pas, de père.

– Et ta mère ? a insisté Alexandre. Tu ferais le vœu de retourner avec ta mère ?

– Ce serait du gâchis puisque je *vais* vivre avec elle, c'est sûr.

Mais j'ai quand même fait le vœu. Que je retourne avec ma mère. Que je retourne avec ma mère. Que je retourne avec ma mère. Je le souhaite de tout mon cœur. De tout mon foie. Tous mes poumons, tous mes os et toute ma cervelle. J'ai l'estomac et les intestins tout noués tellement j'espère, j'espère, j'espère que ce vœu va se réaliser.

Chez ma mère

Parfois les rêves se réalisent. Ma marraine bonne fée a fait des heures supplémentaires ! Grâce à elle, mon vœu a été exaucé. J'ai passé le week-end avec ma mère et c'était FANTASTIQUE. Maintenant, elle veut que je vienne vivre avec elle pour toute, toute, toute la vie. Dès qu'Helen aura réglé les détails administratifs.

Helen pensait que ma mère n'allait pas venir.

Elle n'a rien dit, mais je ne suis pas idiote. Cam m'a déposée comme un paquet à son bureau. Elle m'a proposé d'attendre avec moi si je voulais, mais je ne voulais pas. Nos relations sont un peu tendues en ce moment. Elle ne dit toujours rien et elle ne m'a toujours pas suppliée de rester, mais elle a pleuré hier soir.

Quand j'ai entendu ses petits sanglots étouffés sous la couette, je n'ai pas résisté : j'ai bondi hors de ma grotte et j'ai foncé dans le couloir. Je voulais la rejoindre dans son lit pour la serrer dans mes bras et lui dire…

Lui dire quoi ? C'est ça, le souci. Je ne pouvais pas lui dire que je n'avais pas envie de partir, parce qu'il *faut* que je parte. Ma mère, c'est ma mère, quand même. Cam n'est rien pour moi. Enfin, presque. Et puis, je connais ma mère depuis ma naissance, alors que j'ai rencontré Cam il y a six mois seulement. On ne peut pas comparer, hein ?

Alors, finalement, je ne suis pas allée lui faire un câlin. J'ai fait comme si j'avais envie de faire pipi et je suis allée aux toilettes. Lorsque je suis rentrée dans ma chambre à pas de loup, les sanglots s'étaient tus. Si ça se trouve, c'était mon imagination, Cam n'avait pas pleuré du tout.

Je ne sais pas pourquoi je vous raconte tout ça alors que je suis contente, contente, contente.

Ma mère ne m'a pas oubliée. Elle est venue me chercher dans le bureau d'Helen.

Elle était un peu en retard. Du coup, je n'arrêtais pas de faire des allers et retours jusqu'aux toilettes et Helen avait la lèvre inférieure en sang à force de la mordiller avec ses grandes dents de lapin. Mais, soudain, un taxi s'est arrêté devant l'immeuble et ma mère a couru à ma rencontre avec ses talons hauts, ses beaux cheveux blonds dansant sur ses épaules, sa poitrine dansant également sous son pull moulant. Elle m'a serrée fort dans ses bras et j'ai senti sa douce odeur sucrée de poudre et de tabac. Elle m'a sorti tout un tas de trucs à propos de réveil qui n'avait pas sonné et de train raté, mais je n'ai rien écouté, j'étais trop contente qu'elle soit là.

Sauf que j'avais du mal à exprimer ma joie.

– Hé, ne pleure pas, ma puce, tu es en train de tremper mon pull, a plaisanté ma mère.

– Je ne pleure pas. Je ne pleure jamais. J'ai juste parfois un peu le rhume des foins, je t'ai déjà expliqué, ai-je dit en me servant dans la boîte de mouchoirs d'Helen.

Maman m'a prise par la main et, au lieu de s'embêter dans le bus et le train, on a hélé un taxi pour aller chez elle. Chez ma maman. Et à partir de maintenant chez moi aussi.

C'était à des kilomètres et des kilomètres, et ça a coûté une fortune, mais vous savez ce qu'a dit ma mère ?

– Ne t'en fais pas, Jenny chérie, tu le vaux bien !

J'ai failli avoir une nouvelle crise de rhume des foins. Et ma mère ne s'est pas contentée de payer la plus longue course de taxi du monde… Attendez que je vous raconte tout ce qu'elle m'a offert. Encore mieux qu'une marraine de contes de fées ! Et sa maison est un vrai palais de princesse, encore mieux que je ne l'avais imaginé.

Bon, d'accord, de l'extérieur, ce n'est pas merveilleux. Maman habite dans un grand immeuble au milieu d'une cité, on se croirait dans une décharge publique pleine de vieux pneus et de gamins squelettiques. Son appartement est au dernier étage et l'ascenseur monte comme une fusée, bien trop vite pour mon estomac. C'est pour ça que j'ai eu un peu mal au cœur – ça ajouté à l'odeur d'urine. J'avais l'impression que les parois de l'ascenseur se resserraient sur moi, m'écrasaient jusqu'à ce que je ne puisse plus respirer. J'aurais voulu que quelqu'un me tire d'ici par magie et me ramène bien en sécurité dans ma grotte de chauve-souris. J'ai à peine poussé un petit cri, mais maman a vu la tête que je faisais.

– Qu'est-ce qui t'arrive, Jenny ? Tu n'as quand même pas peur en ascenseur, si ? Une grande fille comme toi !

Elle s'est moquée de moi, j'ai essayé de rire aussi, mais on aurait plutôt dit que je pleurais. Sauf que je ne pleure jamais, bien sûr. Heureusement, tout s'est arrangé dès que je suis sortie de ce vieil ascenseur puant pour entrer dans le merveilleux appartement de maman.

Tout est rouge bordeaux : la moquette, les

rideaux en velours, les coussins, comme je l'avais rêvé. Le canapé est en cuir blanc – suuuuper chic – et il y a un tapis en fourrure blanche devant. La première chose que maman m'a demandé de faire, c'est d'enlever mes chaussures. Au début, je n'ai pas remarqué le superbe lustre rococo, ni

les belles photos de dames au mur, ni la boîte à musique, ni les bibelots en porcelaine, parce que je n'arrivais pas à détacher mes yeux du canapé. Pas parce qu'il est en cuir blanc, non. Parce qu'il y avait une montagne de paquets dessus, enveloppés dans du papier rose avec du ruban doré.

– Des cadeaux ! ai-je soufflé.

– Eh oui ! a confirmé ma mère.

– C'est ton anniversaire, maman ?

– Bien sûr que non, bécasse. C'est pour toi !

– Mais ce n'est pas mon anniversaire.

– Je sais quand tu es née ! Je suis ta mère, quand même. J'avais envie de te gâter parce que tu es ma petite fille chérie.

– Oh, maman ! me suis-je exclamée en la serrant dans mes bras. Maman, maman, maman !

– Alors, tu ne les ouvres pas ?

– Tu rigoles !

Et j'ai entrepris de déchirer le papier.

– Hé, doucement, ça m'a coûté quatre-vingt-dix-neuf pence la feuille !

J'ai continué plus doucement, les mains tremblantes. J'ai ouvert le premier paquet. C'était un T-shirt de marque, rien que pour moi ! J'ai vite arraché le haut nul que je portais et je me suis contorsionnée pour enfiler ce magnifique symbole de mon nouveau statut.

– J'aurais dû te prendre une ou deux tailles au-dessus. Je n'arrive pas à me faire à l'idée que tu sois si grande, a dit maman. Donne, je vais aller l'échanger.

– Non, non, il est parfait ! Pile de la bonne taille. Regarde, on voit mon nombril, c'est super sexy !

Je lui ai fait une petite démonstration de danse et elle a éclaté de rire.

– Tu es un sacré numéro, Jenny ! Allez, vas-y, ouvre tes autres cadeaux.

Elle m'a offert un lapin rose tout doux. Adorable pour ceux qui aiment les peluches. Helen craquerait complètement. J'ai décidé de l'appeler Chamallows. Quand je l'ai fait parler d'une petite voix timide, maman a rigolé à nouveau en disant que je pourrais passer à la télé.

Ensuite, j'ai eu une É-N-O-R-M-E boîte de chocolats blancs. J'en ai tout de suite mangé deux, miam, miam, slurp, slurp. J'en ai proposé un à maman mais elle a dit qu'elle surveillait sa ligne, qu'ils étaient tous pour moi et que je pouvais en manger autant que je voulais. Alors j'en ai mangé deux autres miam, miam, slurp, slurp – mais j'ai recommencé à avoir un peu mal au cœur. Ils étaient délicieux et je parie qu'ils coûtaient super cher, mais je préférais quand même les Smarties. Je pense que j'adorerai les chocolats comme ça quand je serai un peu plus grande.

Le dernier cadeau n'était pas pour quand je serais plus grande. C'était le plus gros et maman avait laissé le prix sur l'emballage, j'ai donc su que c'était également le plus cher, une vraie petite fortune.

Il s'agissait d'une poupée. Attention, pas une poupée ordinaire. Une magnifique poupée ancienne avec une robe à fleurs en soie et une petite ombrelle assortie, qu'elle serrait dans sa main de porcelaine.

Je l'ai examinée, tenant la boîte à bout de bras.

– Alors ? a fait maman.

– Oui… Elle est très belle. C'est la plus belle poupée du monde, ai-je répondu en m'efforçant de prendre une voix enthousiaste, sauf que ça a raté et que ça sonnait complètement faux.

– Tu avais beau être très remuante quand tu étais petite, tu as toujours adoré les poupées, m'a expliqué maman. Tu te souviens de cette belle poupée avec les boucles blondes que je t'avais achetée ? Tu l'adorais. Tu ne la lâchais pas. Comment elle s'appelait déjà ? Reine ? Princesse ?

– Belle.

– Eh bien, maintenant, Belle a une sœur.

– Merci, maman, ai-je dit en sentant mon estomac se nouer.

– Tu as toujours Belle, n'est-ce pas ? m'a questionnée ma mère, sourcils froncés.

– Mmm.

J'avais vraiment mal, comme si la nouvelle poupée m'avait donné un grand coup d'ombrelle en plein dans le ventre.

– Tu l'as apportée avec toi ? a-t-elle insisté en s'allumant une cigarette.

– Tiens, laisse-moi tirer une bouffée, s'il te plaît, ai-je demandé pour détourner la conversation.

– Ne sois pas bête. Tu n'as pas intérêt à te mettre à fumer, Jenny. C'est une mauvaise habitude.

Et elle m'a fait la leçon, en bonne mère de famille. Ouf, je respirais à nouveau. Mais maman n'est pas si facile à embrouiller.

– Alors où est-elle, cette Belle ?

– Je… Je ne sais pas. Tu vois, maman, le problème, c'est que j'ai dû la laisser au foyer.

– Ils ne t'ont pas laissée emporter ta poupée ?

– C'est que… elle était un peu cassée.

– Tu as cassé ta poupée ?

– Non, non, pas moi. Je te jure, maman. C'est les autres. Ils lui ont enfoncé les yeux, ils ont coupé toutes ses anglaises et ils lui ont barbouillé la figure de stylo.

– Je n'y crois pas ! Non, mais quelle horreur, cet endroit ! Eh bien, je peux te dire que je vais en toucher un mot à Helen la Baleine. Cette poupée coûte une fortune.

– Mais c'était il y a des années, maman.

– Des années ?

Ma mère a secoué la tête. On aurait dit qu'elle avait perdu la notion du temps. Elle réagissait comme si elle m'avait déposée au foyer pour enfants la semaine dernière alors que j'y étais depuis toute petite. Mon dossier est épais comme ça !

– Ah bon… Bref. Tu as une nouvelle poupée maintenant. Encore plus belle que Belle ! Comment vas-tu l'appeler ? Pas un nom idiot comme Chamallows. C'est une poupée magnifique. Il lui faut un vrai prénom.

– Je vais l'appeler…

Je me creusais les méninges, mais rien ne venait.

– Quel est ton prénom préféré ? Tu dois bien en avoir un, m'a encouragée maman.

– Camilla, ai-je répondu sans réfléchir.

Maman s'est figée.

GROSSIÈRE ERREUR.

– C'est le nom de cette bonne femme, hein ? a-t-elle demandé en tirant fort sur sa cigarette.

– Non, non, ai-je bafouillé. Elle, c'est Cam. Elle ne veut pas qu'on l'appelle Camilla. Non, maman, j'aime le nom Camilla parce que, au foyer, il y avait une petite fille qui s'appelait comme ça.

C'était la vérité. J'adorais cette petite fille et elle m'aimait beaucoup, elle aussi. J'arrivais toujours à la faire rire. Il suffisait que je fasse une grimace ou que je sifflote pour qu'elle éclate de rire en joignant ses petites mains potelées.

Camilla était mon prénom préféré bien avant que je rencontre Cam. De toute façon, Cam refuse qu'on l'appelle Camilla. Elle déteste ce prénom. Elle trouve que ça fait snob et prétentieux. Je me suis efforcée de convaincre ma mère.

– Camilla, a-t-elle répété comme s'il s'agissait d'une maladie répugnante. C'est ton prénom préféré, alors ? Tu trouves ça plus beau que Carly ?

– Bien sûr que non. Carly est le plus beau prénom du monde puisque c'est le tien. Mais je ne peux pas appeler ma poupée Carly, parce que Carly, c'est toi.

J'ai sorti la poupée de sa boîte et je lui ai fait secouer ses bouclettes.

– Tiens, on pourrait l'appeler Boucle d'Or, ai-je proposé.

– Attention, tu vas l'abîmer, elle aussi !

Maman m'a pris la poupée et a lissé sa robe du plat de la main.

– Ce n'est pas moi qui ai abîmé Belle.

– Eh bien, tu dois quand même manier celle-ci

avec précaution, a décrété maman en me la rendant.

Je la tenais à bout de bras, sans savoir quoi en faire.

– Bonjour, Boucle d'Or, tu as de belles bouclettes dorées. De belles boucles bouclées.

– Ce n'est pas terrible comme nom, a remarqué ma mère. C'est une très belle poupée de collection, Jenny. Tu n'aimes pas ses anglaises ?

– Si, c'est joli.

– Tiens, et si on essayait de faire quelque chose de *tes* cheveux ? Approche un peu.

Elle a fouillé dans son sac à main, en a tiré une petite brosse et m'a sauvagement attaquée.

– Allons-y !

– Aaaaaaïe !

– Ne bouge pas ! m'a ordonné maman en me donnant un petit coup de brosse.

– Mais tu m'arraches la tête !

– N'importe quoi. On dirait que tu ne les as pas brossés depuis des semaines. C'est un vrai paillasson !

– Ouiiiille !

– Tu fais autant de cinéma quand Cam te coiffe ?

– Ce n'est jamais arrivé.

Maman a soupiré en secouant la tête.

– Franchement, elle est payée une fortune pour s'occuper de toi et elle te laisse te balader coiffée comme un épouvantail.

– Cam ne s'intéresse pas tellement à la mode, ni au look, tout ça, ai-je expliqué en m'efforçant de garder la tête droite même si j'avais l'impression qu'elle me lacérait le cuir chevelu.

– Ça m'aurait étonnée ! Eh bien, en tout cas, moi, je me préoccupe de savoir à quoi tu ressembles.

– Moi aussi, maman. Ouille ! Non, non, c'est bon, continue. Il faut souffrir pour être belle, hein ?

Maman a éclaté de rire, pourtant je n'avais pas voulu faire de l'humour.

– Quel petit clown !

Elle s'est interrompue, tapotant sa brosse dans la paume de sa main.

– Tu m'aimes, hein, ma chérie ?

– Je t'aime et je t'adore ! ai-je crié.

Mais ça ne suffisait pas.

– Plus que tout au monde ?

– Oui ! ai-je affirmé, la gorge serrée. Oui. Tu penses. T'es ma maman.

Elle m'a caressé la joue, puis a pris mon menton dans sa main.

– Et toi, tu es ma petite fille chérie. Enfin, bientôt une grande fille.

Elle a effleuré mes lèvres.

– Elles sont toutes gercées. Tu as besoin d'un baume hydratant. Une seconde…

Elle a fouillé dans son maquillage, au fond de son sac.

– Hé, maman, si tu me maquillais, dis ?

Elle a penché la tête sur le côté, amusée.

– Oui, ça te donnerait peut-être un peu de couleurs…

– Oh oui, maman, mets-moi plein de couleurs, comme toi !

Elle a ri.

– Nous n'avons pas le même teint, mais je vais te donner meilleure mine. Tu as un joli petit visage, mais tu as tendance à trop froncer les sourcils. Tu ne voudrais quand même pas être toute ridée quand tu auras mon âge ? Souris, Jenny.

J'ai souri à en avoir des crampes.

– Voyons… il te faudrait un rouge à lèvres rose pâle et un peu de blush sur les joues.

– Non, je veux du rouge à lèvres bien rouge, comme le tien ! ai-je décrété en fouillant dans son sac.

– Ne touche pas à ça ! a protesté ma mère en tentant de me l'arracher. Jenny ! Tu mets le bazar dans mes affaires !

J'ai trouvé un portefeuille en similicroco rouge.

– Tu cherches mes sous ?

– Il y a une photo de moi à l'intérieur ? ai-je demandé en l'ouvrant.

J'ai regardé. Il y avait bien une photo, mais pas de moi.

– C'est qui ?

– Rends-moi ce portefeuille, a ordonné ma mère d'un ton sec.

– C'est qui, ce type ? ai-je insisté en le lui tendant.

– Personne, a-t-elle répondu en sortant la photo de la pochette en plastique. Et voilà ce que je pense de lui.

Elle a déchiré la photo en petits morceaux.

– C'est mon père ?

– Non ! s'est récriée ma mère, stupéfaite, comme si elle avait oublié que j'avais un père. Non, c'est mon petit ami. Enfin, mon ex.

– Celui qui est parti avec une fille plus jeune ?

– Ouais. Le minable. Enfin, on n'a pas besoin de lui, de toute façon.

J'ai dit qu'il fallait être dingue pour laisser tomber une femme aussi belle que maman. Ça lui a fait très plaisir. Nous nous sommes assises sur le canapé toutes les deux, j'ai posé avec précaution Boucle d'Or sur mes genoux et coincé Chamallows sous mon bras. Maman m'a donné un autre chocolat blanc. Je n'en avais pas vraiment envie, mais je me suis forcée à le manger. J'ai même léché ses longs doigts fins, et elle a poussé des petits cris.

– On va être bien, toutes les deux, pas vrai, Jenny ?

Visiblement, elle attendait une réponse sérieuse.

– Ça va être super ! ai-je affirmé.

– On restera toujours ensemble, hein ?

– Toujours, toujours, toujours !

– C'est bien ce que tu veux ? a insisté maman.

– Plus que tout au monde !

On a fait un gros câlin, maman et moi (Boucle d'Or et Chamallows ont été un peu écrasés, mais maman n'a rien dit), on était sur notre petit nuage à nous, on s'est envolées au septième ciel.

chic

Un chez-soi dans les arbres

Quand je suis retournée dans ma maison, j'ai trouvé Football et Alexandre en train de jouer au foot, ça m'a un peu énervée. Enfin, Football shootait et Alexandre était censé faire le goal, en fait, il servait plutôt de poteau de but.

Ils n'avaient rien à faire ici. En tout cas, pas sans moi. J'ai filé dans la cuisine. Alexandre avait mis un paquet de Pim's dans le frigo en carton. Ça m'a encore plus énervée parce que je n'aime pas beaucoup l'orange. J'en ai mangé trois quand même. J'avais soif, mais il n'y avait qu'une stupide bouilloire en carton. J'en ai fait une boulette. Non, mais quel crétin !

– Ça m'a pris une éternité pour réussir à faire les deux côtés symétriques et le bec bien droit, m'a-t-il reproché en surgissant sur le seuil de la porte.

– Ce n'était qu'un bout de carton ! Hé, tu ne devineras jamais !

– Quoi ?

– Je vais aller vivre chez ma mère.

– Ah bon, a-t-il répondu comme si j'avais dit que j'allais reprendre un biscuit.

– Comment ça « ah bon » ? C'est nul comme réponse. Tu aurais pu t'exclamer : « Waouh ! Tu as de la veine, Jenny ! C'est super-génial-top-méga-cool ! »

Alexandre s'est mis au garde-à-vous et a récité docilement :

– Waouh ! Tu as de la veine, Jenny !

Puis il s'est interrompu :

– C'était quoi, la suite, déjà ?

On aurait dit qu'il n'en pensait vraiment pas un mot.

– Tu n'as pas vu ma mère, ai-je repris, regrettant de ne pas avoir de photo à lui montrer. Elle est splendide. Vraiment, vraiment belle, habillée très chic, super bien coiffée et maquillée. Elle m'a maquillée et coiffée, moi aussi. J'avais l'air d'un top model.

Un grognement irrévérencieux s'est échappé du salon où, visiblement, Football tendait l'oreille et n'en perdait pas une miette.

Je l'ai rejoint d'un pas décidé, Alexandre sur les talons. Football a reculé en titubant, abritant ses yeux du revers de la main comme s'il était ébloui.

– Oh, voilà Jenny le super top model ! s'est-il esclaffé.

Je l'ai fusillé du regard.

– Tu peux te moquer, mais si ça se trouve, plus tard, je ressemblerai à ma mère et je serai super belle comme elle.

– Ouais, c'est ça ! Tiens, regarde, une poule qui sourit de toutes ses jolies dents blanches !

Alexandre s'est retourné, cherchant des yeux la poule aux dents blanches.

– Ma mère m'a offert plein de cadeaux ! ai-je ajouté. Des tonnes.

– Au secours, un troupeau de poules pleines de dents ! s'est écrié Football.

Alexandre a cligné des yeux, perplexe, puis soudain il a compris et a éclaté de rire.

– C'est vrai ! Elle a dépensé une fortune pour moi. Elle m'a offert tout ce dont je rêvais !

– Ah ouais ? L'ordinateur ? Les rollers et le VTT ? s'est étonné Football, un peu impressionné tout de même.

J'ai marqué un temps d'hésitation.

– Elle m'achètera tout ça quand je vivrai chez elle.

– Ha ha ! s'est-il exclamé triomphalement.

– Mais elle m'a déjà offert ce T-shirt. Et c'est une marque, pas une copie, regarde l'étiquette.

– Cool ! a-t-il commenté.

– Et aussi une énorme boîte de chocolats, tellement grande que je n'ai pas pu tous les manger.

– Tu pourrais peut-être les mettre dans notre frigo, alors, a proposé Alexandre, ricanant toujours. On est un peu à court de provisions en ce moment.

– Ouais, mais ils étaient à la crème et, quand je suis arrivée chez Cam, ils avaient un peu tourné alors on a dû les jeter. Enfin, j'ai encore la boîte. Je te la montrerai si tu ne me crois pas, Football.

Et ma mère m'a offert des tas d'autres trucs : des peluches incroyables et une poupée de collection, une vraie antiquité qui coûte plus de cent livres.

– Une poupée ?

– Oui, enfin, c'est un objet de décoration. Elle est tout simplement splendide, je vous dis. Ma maman est la meilleure maman du monde.

Alexandre avait retrouvé son sérieux et me fixait de ses yeux de fouine.

– Quoi ? ai-je aboyé.

– Ça ne peut pas être la meilleure maman du monde, si elle t'a abandonnée. Une mère qui abandonne sa petite fille, c'est une mauvaise mère, je trouve.

– Elle n'a pas pu faire autrement, me suis-je empressée de répondre. C'était les circonstances. Elle avait des choses à faire. Et puis il y avait son horrible petit copain. Elle n'a pas eu le choix. Elle a pensé que je serais bien au foyer pour enfants.

– Je croyais que tu avais détesté cet endroit, a objecté Alexandre.

Il commençait vraiment à me taper sur les nerfs.

– Je ne m'en suis pas si mal sortie, ai-je répliqué.

– Non, c'est Cam qui t'en a sortie, a-t-il insisté. Justement… et Cam, dans tout ça ?

– Quoi, Cam ? ai-je demandé en me postant face à lui.

Je lui montrais les dents, avec une terrible envie de le mordre.

– Ma mère dit qu'elle se fiche bien de moi et qu'elle m'a seulement recueillie pour l'argent.

– Désolé, mais ça ne doit pas être facile de vivre avec toi, Jenny, a répondu Alexandre en reculant d'un pas, sans vouloir se taire. Moi, je pense qu'elle t'a recueillie parce qu'elle t'aime bien. Tu ne l'aimes pas, toi ?

– Si, ça va, ai-je fait, mal à l'aise. Enfin, de toute façon, elle ne doit pas m'aimer tant que ça, sinon elle se battrait pour me garder, non ?

Alexandre a réfléchi.

– Mm… Peut-être qu'elle essaie de respecter tes désirs parce qu'elle t'aime beaucoup, au contraire.

– Et peut-être que tu devrais la fermer et t'occuper de tes oignons. Qu'est-ce que tu en sais, d'abord, toi, Alexandre-le-mini-rikiki-cornichon ?

Je l'ai poussé et j'ai fait signe à Football.

– Allez, on se fait une partie de foot. Avec moi, tu vas vraiment pouvoir jouer !

Football a arrêté de nous fixer et est passé à l'action. Il m'a envoyé le ballon et j'ai shooté tellement fort qu'il a rebondi sur le mur d'en face et a atterri pile sur la télé.

– C'est la deuxième télévision qui finit écrabouillée, c'est super long à fabriquer, a gémi Alexandre.

– Oh, arrête avec tes stupides machins en carton. On n'a qu'à tout saccager ! ai-je décidé en donnant un grand coup de pied dans la télé pour l'achever.

Alexandre était au bord des larmes. Je ne comprends pas pourquoi. Ce n'est pourtant pas à lui que je l'avais donné, ce coup de pied ! Mais quand Football s'y est mis aussi, prêt à tout casser, je l'ai entraîné au premier étage. Au moins, Alexandre n'avait pas construit de « meubles » là-haut, mais il y avait une montagne de vieilles caisses pour shooter dedans et un ancien matelas pour sauter dessus.

Alexandre nous a suivis à contrecœur et il est resté sur le seuil, sans oser se joindre au massacre. Je me sentais un peu coupable, mais je lui en voulais encore – pourquoi avait-il tant insisté à propos de ma mère ?

Après deux bonnes minutes en mode « destruction massive », Football a décidé de faire une petite pause.

– Et toi, Football, tu penses que c'est chouette que j'aille vivre avec ma mère ? ai-je demandé. Hé, ne t'allonge pas sur ce matelas, tu vas attraper des puces !

– Beurk ! a-t-il hurlé en se levant d'un bond. Ouais, je pense que c'est bien, surtout si elle t'offre tous ces cadeaux. Prends le meilleur, Jenny. Choisis celle qui peut te donner le plus de trucs.

Il a fait rebondir son ballon contre le mur puis l'a renvoyé d'un coup de tête de pro.

– Waouh ! Vous avez vu ? a-t-il crié en levant les bras, pour crâner un maximum.

– Ce n'est pas juste les cadeaux, c'est parce que c'est ma mère, ai-je répondu.

– Les mères, c'est toutes des nulles, a décrété Football.

– Tu ne dirais pas ça à propos des pères !

– Si ! a-t-il affirmé et, cette fois, il a shooté si fort que le ballon a tapé dans le mur, rebondi, cassé la vitre et disparu dans les airs.

– Oups…

– Bon, ça suffit, le massacre, ai-je décidé.

– Attention, Football, est intervenu Alexandre. Tu vas te couper avec les morceaux de verre.

– Qu'est-ce que tu fais, t'es malade ? ai-je crié en voyant Football ouvrir la fenêtre, répandant des éclats de verre partout.

– Il nous faudrait une pelle et une balayette, a affirmé Alexandre. Je pourrais peut-être les découper dans du carton ?

– Arrête avec tes trucs en carton débiles, on t'a dit. Hé, Football, qu'est-ce que tu fabriques ?

Il était en train de passer par la fenêtre !

– Je vais récupérer mon ballon. Il n'est pas tombé par terre, il est coincé dans la gouttière.

– Ne fais pas ça, Football !
– C'est extrêmement dangereux.
– Pas dans la gouttière !
– Tu es beaucoup trop gros. Non !

Mais Football ne nous écoutait pas. Il a tenté de s'accrocher à la descente d'eau. Elle a oscillé et commencé à se tordre sous son poids. Il l'a vite lâchée.

– Rentre, Football ! ai-je crié en le tirant par les chevilles.

Il m'a écrabouillé les doigts… puis s'est jeté dans le vide.

J'ai hurlé en fermant les yeux. Je guettais le fracas de la chute puis le bruit sourd de l'atterrissage. Mais rien.

Alexandre faisait de drôles de petits bruits rauques à côté de moi.

– Regarde ! m'a-t-il soufflé.

J'ai rouvert les yeux… Incroyable ! Football avait sauté dans le sapin qui poussait contre la maison. Il s'est frappé le torse à la manière de Tarzan.

– T'es dingo !

– Pas du tout. Tu n'es jamais montée dans un arbre ? En plus, celui-là, il est super facile, on dirait une échelle.

Football a grimpé tranquillement tandis que nous nous tordions le cou pour le voir. Alexandre

serrait ma main dans la sienne, enfonçant ses petits ongles pointus dans ma paume.

Football est arrivé presque au sommet, a tendu le bras et a récupéré son ballon dans la gouttière.

– Beurk, il est tout plein de bouillasse, a-t-il râlé en l'essuyant dans les branches.

– Allez, redescends, espèce de malade ! ai-je braillé.

– Je vais te le nettoyer, Football, a proposé Alexandre. Je t'en prie, reviens, maintenant !

Football est donc redescendu, il a lancé le ballon par la fenêtre cassée, s'est penché au-dessus du vide, a sauté, trébuché sur le rebord de la fenêtre et s'est écroulé sur nous.

Pendant un instant, nous sommes tous restés muets de stupeur. Puis Football s'est relevé le premier. De toute façon, Alexandre et moi, on n'avait pas le choix, vu qu'il était couché sur nous.

– Les pères, c'est tous des nuls, a décrété Football en époussetant ses vêtements avant d'essuyer son ballon boueux sur le sweat-shirt d'Alexandre. Des nuls, des minables et des moins que rien.

Il avait repris la conversation là où elle s'était arrêtée.

– Mais tu es dingue de ton père, ai-je remarqué en me relevant avec précaution, puis j'ai remué les bras et les jambes pour vérifier qu'ils n'étaient pas cassés.

– Ouais, ben, c'est dingue, justement. C'est le nouveau surnom que tu m'as trouvé, non ? Dingo ?

Alexandre s'est assis et a contemplé son sweat-shirt maculé de boue.

– C'est le haut de mon uniforme d'école, a-t-il dit d'une toute petite voix, avant d'avaler sa salive. Enfin, ce n'est pas grave, vu que je ne vais plus en cours, maintenant.

– Oh, mon Dieu, j'ai sali ton sweat-shirt d'école ! s'est exclamé Football. Je suis affreusement désolé, mon vieux.

Alexandre l'a pris au sérieux.

– Ce n'est pas grave, Football.

Il s'est relevé prudemment comme s'il craignait d'être de nouveau assommé.

– Qu'est-ce qui s'est passé, avec ton père, Football ? a-t-il voulu savoir.

J'ai retenu mon souffle.

– La ferme, crétin, a-t-il répliqué.

Mais il s'est contenté de faire rebondir son ballon sur la tête d'Alexandre.

– Ton père ne t'a pas emmené au match samedi ? ai-je demandé.

Football s'est brusquement rassis, dos au mur. Il a baissé les yeux vers le plancher nu. Il n'a même pas fait rebondir son ballon.

– J'ai attendu, attendu, attendu, a-t-il murmuré. Mais il n'est jamais venu.

Football a pensé qu'il y avait eu un problème, que son père était malade ou qu'il avait des ennuis, alors il est allé chez lui. Sauf qu'il n'y avait personne. Il s'est assis devant la porte de son appartement et il a attendu une éternité. Et quand son père a fini par rentrer, il était avec sa petite amie, collé à elle comme une ventouse. Football nous a raconté ça, l'air dégoûté. Et ce n'était pas tout.

Il s'est avéré que son père avait emmené sa petite amie au match à sa place parce qu'elle craquait sur les jambes du gardien de but. Et ils trouvaient ça drôle et trop mignon, ils riaient sans se douter de la peine qu'ils faisaient à Football. Il a joué celui qui s'en fichait et a dit que, de toute façon, il en avait assez d'aller au match tous les samedis. Son père l'a mal pris et a dit : « Très bien, puisque c'est comme ça… »

Alors Football a filé et, quand il est arrivé chez lui, sa mère a bien vu que ça n'allait pas mais ça l'a énervée et elle a recommencé à traiter son père de tous les noms.

– Alors je lui ai répondu. J'ai dit que ce n'était pas étonnant que papa soit parti, avec une femme pareille. Elle m'a giflé puis elle s'est mise à pleurer et maintenant elle ne me parle plus. Voilà, mon père et ma mère me détestent. Donc ils sont nuls, non ? Les parents, c'est tous des nuls.

Il s'est tu. Toute la maison s'était tue. Il n'y avait pas un bruit. Il faisait froid avec la vitre cassée. J'ai frissonné.

– Ça ne veut quand même pas dire que tous les parents sont nuls, est intervenu Alexandre.

Il est des silences qu'il vaut mieux ne pas briser. Football a une nouvelle fois lancé sa balle dans la tête d'Alexandre. Fort.

– Je n'aime pas trop quand tu fais ça, Football, a-t-il protesté en clignant des yeux.

– Tant mieux, a répliqué Football.

Et il a recommencé. Manque de chance pour Alexandre, il visait redoutablement bien.

– Jenny ? a fait Alexandre, une larme roulant sur sa joue.

C'était comme s'il y avait eu deux Jenny. L'une d'elles avait envie de le serrer dans ses bras, de sécher ses larmes et de dire à Football de s'en prendre à quelqu'un de sa taille. Mais l'autre mourait d'envie de lancer le ballon dans sa tête de petit malin.

Les deux Jenny se disputaient sous mon crâne. Et devinez laquelle a gagné.

– T'es qu'une mauviette, Alexandre. Pourquoi tu ne te défends pas tout seul ? Tu n'oses jamais rien dire, jamais rien faire.

Son visage s'est assombri.

– Si, j'ai fait ce que tu m'avais dit, j'ai relevé le défi, et maintenant tout le monde se moque de moi.

– Quel défi ? a demandé Football, sans cesser de faire rebondir sa balle.

– Je me présente : Jenny Bell, lanceuse de défis extrêmement périlleux, ai-je annoncé fièrement.

Il a arrêté le ballon.

– Quel genre de défis ?

– Des défis en tout genre !

– Alors vas-y, lance-moi un défi, a-t-il dit en roulant des mécaniques.

Une dizaine d'idées m'ont traversé l'esprit. Mais aucune ne me semblait à la hauteur de Football. Je me suis creusé la cervelle. Il fallait un défi audacieux, dangereux, complètement dingo.

Alexandre a dû penser que j'avais besoin d'un coup de main.

– Jenny a été cap d'agiter sa culotte dans les airs, a-t-il claironné.

– La ferme, Alexandre, ai-je sifflé.

Football a souri.

– D'accord, alors Jenny, t'es cap d'enlever ta culotte et de l'agiter dans les airs ? Vas-y.

– Tu peux toujours courir. Et de toute façon, ce défi, on l'a déjà fait, tu ne peux pas copier.

– Très bien, alors je vais trouver une meilleure idée.

Football souriait jusqu'aux oreilles, maintenant.

– T'es pas cap d'enlever ta culotte et d'aller l'accrocher dans le sapin comme une décoration de Noël !

Je l'ai fixé. Ce n'était pas juste. C'était une idée géniale. Une idée digne de Jenny Bell. Oh, comme j'aurais aimé lui clouer le bec !

– Tu ne peux pas lui demander ça, a protesté Alexandre, c'est beaucoup trop dangereux !

– J'y suis bien monté, moi, dans cet arbre, et j'en suis revenu ! a dit Football.

– Oui, mais tu es plus grand et plus costaud que Jenny, a fait valoir Alexandre. Et encore plus dingue, a-t-il ajouté tout bas.

– Personne n'est plus dingue que moi, ai-je décrété. OK, je vais le relever ton défi minable, les doigts dans le nez.

– Jenny !

Alexandre s'est tourné vers moi, puis vers Football.

– Ce n'est qu'un jeu, hein ?

– Ouais, et c'est moi qui l'ai inventé, le jeu des défis ! ai-je affirmé. Mais t'es trop trouillard pour y jouer, misérable petit cornichon.

– Cornichon ? a répété Football. Un petit machin vert et fripé ?

– Dans son école, ils l'ont surnommé Petit Cornichon en le voyant tout nu dans les vestiaires ! ai-je expliqué.

Football était plié de rire.

– Cornichon ! Ah, elle est bonne ! Petit Cornichon !

Alexandre m'a dévisagée avec de grands yeux, l'air tout chiffonné.

– Pourquoi tu es si méchante avec moi, aujourd'hui, Jenny ?

– C'est *toi* qui es méchant avec moi. Tu essaies de me dissuader d'aller vivre avec ma mère alors que c'est toujours ce que j'ai voulu le plus au monde, ai-je dit en m'approchant de la fenêtre.

J'ai poussé les éclats de verre du bout du pied et je me suis hissée sur le rebord.

– Jenny, arrête ! Et si tu tombes ? a-t-il hurlé.

J'ai passé une jambe dehors.

– Jenny ! Je plaisantais. Tu es trop petite, est intervenu Football.

– Je ne suis pas petite ! Je suis Jenny la Grande et je relève tous les défis, ai-je crié en sortant l'autre jambe avant de me mettre debout sur l'appui de la fenêtre.

Enfin, plus ou moins debout. J'avais un peu les jambes qui flageolaient.

J'ai regardé en bas… Oh, non ! je n'aurais pas dû !

– Rentre, Jenny ! a crié Alexandre.

Mais je ne pouvais pas faire marche arrière. Il fallait que j'aille jusqu'au bout.

– Je vais relever le défi et gagner, j'en suis cap, tu vas voir.

J'ai fixé mes yeux sur le sapin… et j'ai sauté. L'espace d'une seconde, il y a eu le vide, les cris (les miens et ceux des autres), et puis je me suis retrouvée au milieu des aiguilles qui me griffaient le visage. J'étais cramponnée au sapin, les jambes autour du tronc.

J'avais réussi ! Je n'étais pas tombée ! J'avais réussi ce terrible saut au péril de ma vie ! Football a lancé son cri de Tarzan et je l'ai imité, hurlant à pleins poumons.

– Allez maintenant, reviens, Jenny, m'a suppliée Alexandre.

– Je viens à peine de commencer ! Ferme les yeux. Et toi aussi, Football.

Ils m'ont dévisagée, perplexes, à croire qu'ils avaient complètement oublié en quoi consistait le défi.

– Il faut que j'enlève ma culotte, ai-je expliqué, alors on ne regarde pas !

Ils ont fermé les yeux docilement. Enfin l'un des deux, tout du moins.

– Football ! Tu me prends pour une idiote ? Arrête de m'espionner ! ai-je ordonné.

Cette fois, Football a vraiment fermé les yeux. Avec précaution, j'ai lâché la branche et j'ai glissé une main sous ma jupe. C'était beaucoup plus effrayant de se tenir d'une seule main. Il aurait été beaucoup plus astucieux d'enlever ma culotte *avant* de grimper dans l'arbre, mais c'était trop tard, maintenant. Je l'ai descendue jusqu'à mes genoux, puis je me suis penchée. J'ai vu le jardin tanguer en bas, si bas, ça m'a donné le vertige.

– Arrête, Jenny, tu vas tomber ! a crié Football.

– Ferme tes ******* d'yeux !

J'étais tellement furax qu'il puisse voir sous ma jupe que j'en ai oublié ma peur, j'ai ôté ma culotte et je me suis redressée en un éclair.

– Ça y est ! ai-je claironné en l'agitant comme un drapeau.

Football m'a acclamée.

– Accroche-la deux secondes dans une branche,

et puis reviens, m'a-t-il crié. Tu as gagné le pari, Jen. Bravo !

– Oui, reviens, maintenant, Jenny, a renchéri Alexandre.

Mais je ne voulais pas rentrer tout de suite. Je commençais à m'habituer à être dans l'arbre. J'ai regardé vers le sommet plutôt que vers le bas. C'était génial de tout dominer comme ça. J'ai grimpé sur une branche un peu plus haut, puis encore plus haut et toujours plus haut.

Les garçons hurlaient, mais je les ai ignorés. J'étais Jenny la fille-singe qui sautait de branche en branche sans se soucier du reste du monde.

Plus j'approchais du sommet, plus l'arbre tanguait, mais ça ne me dérangeait pas. Je ne trouvais pas du tout ça effrayant, au contraire, c'était rassurant. La fille-singe pourrait passer ses journées à se balancer dans son arbre et, la nuit, elle s'installerait dans un hamac en feuilles tressées et s'endormirait, bercée par le mouvement de l'arbre.

C'était une idée, ça, une maison dans les arbres. Alexandre pourrait me la dessiner, mais ce ne serait pas un de ses machins en carton, non, Football et moi, on la construirait avec de vraies planches de bois et on l'accrocherait solidement dans l'arbre. Ouais, ce serait génial, une cabane comme ça. Je pourrais l'aménager, avec des couvertures et des coussins, et j'aurais plein de provisions et je pourrais y vivre tout le temps et espionner tous mes ennemis de là-haut et le monde entier craindrait la célèbre Jenny des Bois.

J'étais décidée à mettre mon projet à exécution, lorsque je me suis souvenue que je devais partir vivre chez ma mère d'un jour à l'autre, donc que ça ne servait plus à rien, ça m'a perturbée... et j'ai glissé.

J'ai tenté de me rattraper tant bien que mal à la branche d'en dessous, ne tenant que d'un fil (ou d'une branche) à la vie.

– Attention, Jenny !

– Jenny, reviens ! C'est toi qui es la plus dingo !

Mon cœur cognait comme un marteau piqueur et j'avais les mains moites, mais j'ai voulu les épater davantage. Je suis remontée plus haut, encore plus haut, branche par branche, pas à pas, terriblement concentrée sur ce que je faisais. Je suis montée jusqu'à ce qu'il n'y ait plus rien à escalader, les branches étaient tellement fines qu'elles se cassaient sous mes doigts, mais j'ai quand même été jusqu'au bout, jusqu'au sommet. Et là, j'ai accroché ma culotte à la cime du sapin comme une grosse étoile blanche.

J'étais au septième ciel ! J'avais réussi. J'avais relevé le plus grand défi de tous les temps !

Je suis redescendue tranquillement, pas à pas, plus bas, toujours plus bas, jusqu'à ce que j'arrive au niveau de la fenêtre où Football et Alexandre m'ont accueillie, bouche bée, les yeux écarquillés, comme si j'étais un ange tout droit sorti du paradis.

– Poussez-vous ! ai-je ordonné. Arrêtez de gober les mouches !

Ils se sont écartés du passage comme des rideaux.

J'ai pris mon élan pour sauter.

Et hop, j'ai franchi la fenêtre. Je ne suis même pas tombée. J'ai atterri sur mes pieds. Jenny la fantastique femme-chat aux neuf vies, pas une de moins !

– Qu'est-ce que vous dites de ça ? ai-je lancé en me mettant à danser comme une folle dans toute la pièce.

Football s'est joint à moi, sautillant et me tapant dans le dos.

– T’es une championne, fillette ! Avec ou sans culotte !

– Ouais, je suis la championne des championnes, pas vrai ? Hein, Alexandre ?

– Et la plus dingue des dingues aussi ! a-t-il répliqué. J’avais les jambes en compote, rien que de te regarder. J’en tremble encore !

– De la compote de cornichon, beurk ! ai-je crié.

– Vous êtes dingues. Tous les deux. Vous ne vous rendez pas compte ? Vous auriez pu vous tuer. Ça ne fait pas de vous des champions.

– Non, c’est toi, le champion. Le champion des casse-pieds et des rabat-joie, ai-je dit en le bousculant.

Comment osait-il me gâcher ma merveilleuse et prodigieuse victoire ?

– Si, c’est une championne, et moi aussi ! a affirmé Football en le bousculant à son tour.

– Arrêtez de me bousculer, a-t-il protesté en se recroquevillant sur lui-même. Vous n’êtes pas du tout, du tout, du tout des champions parce que vous prenez des risques stupides et que vous manquez de vous tuer !

Je commençais à avoir envie de le tuer, lui, ce misérable moucheron bourdonnant à mes oreilles. Il me suffisait de tendre la main, et PAF !

– Ne m’énerve pas, Alexandre, l’ai-je menacé en le bousculant à nouveau.

– Je t'ai déjà énervée en te parlant de ta mère, c'est pour ça que tu n'arrêtes pas de m'embêter.

– Ça n'a rien à voir avec ça, ai-je répliqué avec véhémence. Tu m'énerves parce que tu es *énervant !*

– Pas étonnant qu'ils s'en prennent tous à toi, à l'école, s'est esclaffé Football. Pas étonnant que ton propre père ne puisse pas te supporter.

Il ne l'a même pas touché cette fois-ci, mais les mots étaient pires que les gestes.

J'ai légèrement tempéré :

– Il doit quand même l'aimer un peu.

– Non, il ne m'aime pas, a répliqué Alexandre, les joues baignées de larmes. Il me déteste.

Ça m'a tellement fait culpabiliser que j'ai eu envie d'être encore plus méchante avec lui.

– C'est n'importe quoi ! T'es trop bête ! ai-je rajouté.

Je l'ai poussé brutalement.

– Tu me portes vraiment sur les nerfs aujourd'hui !

– Tu m'as toujours porté sur les nerfs, Petit Cornichon, a renchéri Football.

– Arrêtez de m'appeler comme ça, a-t-il fait en reniflant.

– Cornichon ! Cornichon ! Cornichon ! s'est mis à chantonner Football. Petit cornichon tout fripé qui n'ose même pas jouer au jeu des défis !

– Si, j'y ai joué ! a-t-il protesté. Et j'ai relevé un défi, pas vrai, Jenny ?

– Ouais, tu as été assez bête pour dire à toute ton école de t'appeler Petit Cornichon !

– Arrête !

– Cornichon ! Cornichon ! Cornichon ! lui ai-je crié en pleine tête.

Football était juste à côté de moi.

– Dégage, Petit Cornichon, c'est chez nous, ici.

– J'étais là le premier, a pleurniché Alexandre.

– Mais maintenant, c'est chez nous, ai-je répliqué.

– Et on ne veut pas de lui. Pas vrai, Jen ?

Je ne pouvais pas être aussi méchante. Il y avait encore une partie de moi qui avait envie de passer un bras autour des épaules d'Alexandre et de le serrer très fort.

Il a vu que j'hésitais. Il a reniflé bruyamment.

– Je veux bien relever un autre défi si vous me laissez rester.

– Très bien, alors grimpe dans l'arbre chercher la culotte de Jenny, a répondu Football du tac au tac.

– Non ! me suis-je écriée.

– Si ! a insisté Football.

– D'accord, a fait Alexandre.

– Ne sois pas bête, suis-je intervenue, paniquée. Tout s'enchaînait trop vite, j'avais perdu le contrôle de la situation.

– Football, je t'en prie, tu ne peux pas lui demander ça.

– Je l'ai fait. Et toi aussi, alors que tu es plus jeune. Et en plus, tu es une fille.

– Je vais le faire, a affirmé Alexandre. Je pense que c'est de la folie et que je vais sûrement me tuer, mais ça m'est égal. Je vais le faire quand même. Vous allez voir.

Il a couru à la fenêtre.

– Non, ne fais pas ça, Alexandre !

J'ai voulu le rattraper, mais il était plus rapide que je ne le pensais.

– Tu ne sais pas grimper aux arbres, tu n'as aucun équilibre, tu es maladroit ! Tu vas tomber !

– Je viens de vous dire que ça m'était égal.

Il a voulu sauter sur le rebord mais il a complètement raté son coup et il s'est cogné le nez contre l'encadrement de la fenêtre.

– Tu vois, Alexandre. Là, c'est toi qui joues les idiots, ai-je dit en me précipitant vers lui.

Il a secoué la tête, à moitié assommé, le nez écarlate.

– Football, retire ton défi, vite !

– OK, OK, je retire mon défi, Petit Cornichon !

– Je veux quand même le relever pour que vous me promettiez de ne plus jamais m'appeler Petit Cornichon, a marmonné Alexandre d'une voix étouffée parce qu'il tenait son nez tout écrabouillé dans ses mains.

– Il n'y a plus de défi à relever. Tu avais raison, on est dingues.

– Vous m'avez dit de ficher le camp, a-t-il insisté en se tournant vers la fenêtre.

– Je ne le pensais pas, ai-je dit. Tu es mon ami, Alexandre. Je t'aime bien. Et Football aussi.

– Non, c'est pas vrai, a protesté l'intéressé.

– SI ! ai-je grondé.

– Personne ne m'aime, personne ne m'aime vraiment, a gémi Alexandre.

Et il s'est à nouveau rué vers la fenêtre, si soudainement qu'il nous a pris par surprise.

Cette fois, il a sauté assez haut. Il a réussi à grimper sur le rebord de la fenêtre. Mais il ne s'est pas arrêté. Il a continué tout droit comme un personnage de dessin animé qui marche dans le vide. Sauf qu'Alexandre était en chair et en os. Il n'est pas resté suspendu dans les airs pour pousser un cri et revenir en sécurité en pédalant en arrière avec ses petites pattes. Il est tombé, tombé, tombé comme une pierre dans l'obscurité du jardin, tout en bas.

chic

Mon chez-moi dans le jardin

Nous avons cru qu'il était mort. Lorsque nous nous sommes précipités au rez-de-chaussée et que nous avons enjambé la fenêtre de derrière pour sauter dans le jardin en friche, il gisait toujours par terre, immobile. Il était sur le ventre, ses petits bras et jambes en croix.

– Alexandre ! ai-je crié.

– Il est clamsé, a affirmé Football. J'ai tué le pauvre Petit Cornichon.

– Tu n'as plus le droit de m'appeler Petit Cornichon, a répliqué Alexandre dans un couinement de souris.

Nous nous sommes jetés sur lui pour le serrer dans nos bras comme si c'était notre ami le plus cher.

– Attention ! a-t-il protesté. J'ai dû me briser le cou. Et les bras, et les jambes. Ainsi que toutes les côtes.

– Tu as très mal ? ai-je demandé en prenant sa petite main griffue dans la mienne.

– Je ne sais pas, a-t-il répondu. Ça fait bizarre, comme si je ne sentais plus rien. Mais je pense que je vais avoir affreusement mal quand ça se réveillera.

– Comment ça, tu ne sens plus rien ? s'est affolé Football. Oh non, il est paralysé !

J'ai chatouillé Alexandre derrière les genoux, il a gigoté en poussant un petit cri.

– Mais non, il n'est pas paralysé, ai-je décrété.

Et vous savez le plus incroyable ?

Alexandre n'avait rien. Rien du tout. Il ne s'était même pas cassé un ongle ! Là, nous étions carrément impressionnés. Comment avait-il pu survivre à cette chute sans le moindre petit bleu ? J'avais toujours trouvé qu'Alexandre n'avait pas l'air tout à fait humain. Peut-être s'agissait-il d'un extraterrestre venu d'une autre planète ? Cela aurait expliqué beaucoup de choses.

Mais la véritable explication de ce miracle nous est apparue lorsque, avec précaution, Alexandre s'est mis d'abord à quatre pattes puis debout. Il était tombé sur un vieux matelas !

– Tu es le gars le plus chanceux du monde ! me suis-je écriée.

– Enfin, tu risques d'avoir quelques piqûres de puce, a complété Football.

– J'ai quand même bien dû me faire mal quelque part, a marmonné Alexandre avec une pointe de regret dans la voix. J'ai une drôle de sensation dans la jambe. Ça me lance. Oui, j'ai dû me casser la jambe. C'est sûr.

– Tu ne peux pas avoir la jambe cassée, impossible, a affirmé Football. Tu serais comme ça…

Il a mimé un joueur de foot se tordant de douleur par terre.

– Tu sortirais sur un brancard, quoi.

– Peut-être… peut-être que je supporte bien la douleur, a suggéré Alexandre en s'essayant à boiter.

– Hé, c'était l'*autre* jambe que tu frottais il y a cinq minutes !

– Peut-être que je me suis cassé les deux, a insisté Alexandre.

– Tu ne t'es rien cassé du tout et tant mieux, je suis super contente, ai-je dit en le serrant à nouveau dans mes bras.

– Ouais, moi aussi, a ajouté Football d'un ton bougon.

– Et vous ne me traiterez plus jamais de C-O-R-N-I-C-H-O-N ?

– Promis.

– Parce que j'ai presque relevé le défi, hein ? Finalement, je suis peut-être Alexandre le Grand !

– T'es Alexandre le Petit, a affirmé Football en lui tapotant l'épaule.

– Toi, tu es Football, la terreur des goals, a

répondu Alexandre. Et toi, Jenny qui relève tous les défis.

– Ça marche !

– Alors on est tous amis, maintenant ? a-t-il demandé.

– Bien sûr que oui, ai-je répondu. Alexandre, arrête de boiter. Ta jambe va très bien.

– Non. Parce que si j'ai la jambe cassée, je serai dispensé de gym à l'école.

– Mais tu ne vas jamais en cours, de toute façon, ai-je remarqué.

– Si, je vais bientôt être obligé d'y retourner, a soupiré Alexandre. Ils ont envoyé une lettre à mes parents, ça a été terrible ! Mon père a dit qu'il m'accompagnerait à l'école lui-même.

– Tu dois être ravi !

– Alors on ne sera plus que tous les deux à la maison, Jen ? a fait Football.

– Ben, je ne sais pas si je pourrai. Pas si je suis chez ma mère. Je dois emménager d'un jour à l'autre. L'appartement de ma mère est génial, si vous voyiez la super déco !

Ils n'avaient pas l'air franchement subjugués.

– Tu parles, tu vas tout lui abîmer, a dit Football.

– Pas du tout !

J'avais déjà tout prévu. J'allais épousseter tous ses petits bibelots, passer l'aspirateur et maman me trouverait tellement serviable qu'elle ne voudrait plus jamais se séparer de moi.

– Je vais être la petite perle de ma maman, ai-je affirmé.

– Je ne comprends pas pourquoi tu veux aller vivre avec elle, a dit Football. T'es dingue. Pas vrai, Petit Cornichon ?

– Ne m'appelle pas comme ça ! s'est écrié Alexandre en lui écrasant le pied. Ouille ! C'était ma jambe blessée.

– Pardon, pardon, mais elle est dingue, non ?

Alexandre m'a jeté un regard anxieux, mais il a hoché la tête.

– Je me fiche de ce que vous pensez, tous les deux, ai-je répliqué avec véhémence.

Ils se trompaient. Je n'étais pas folle. N'importe quelle fille voudrait vivre avec sa mère. Même une fille qui a déjà une mère de remplacement.

Je n'ai pas beaucoup évoqué Cam, ces derniers temps. Pourtant on a eu des tas et des tas de discussions. Mais je n'ai pas eu envie d'en parler. Un auteur n'est pas obligé de tout raconter, quand même. Si je commençais à écrire tout ce qui m'arrive minute par minute, on aurait des pages et des pages de « j'ai ouvert les yeux », puis « je me suis blottie sous la couette encore cinq minutes » et ça continuerait avec « je me suis levée », « je suis allée aux toilettes », « je me suis brossé les dents », « j'ai joué à écrire mon nom en dentifrice et je me suis fait une moustache avec ma brosse à dents »... Bref, il faudrait tout un chapitre avant même d'arriver au petit déjeuner.

L'écrivain est obligé de faire une sélection. C'est ce que dit Mme Sacavomi. Au fait, je vous ai déjà dit qu'elle avait les dents fâcheusement de travers ? Elle postillonne dès qu'elle prononce le moindre S. Et si vous vous trouvez dans les parages, c'est très fâcheux pour vous car vous allez être aspergé de salive. Enfin, ça ne m'est pas arrivé récemment, puisque je ne mets pratique-

ment plus les pieds à l'école et que je file tout de suite à la maison.

Ils vont sûrement s'empresser de prévenir Cam. Ça tombe bien, je vais bientôt partir chez ma mère. J'ai tellement hâte ! Mais ils m'obligent à suivre leur procédure ridicule. Helen veut que j'essaie d'abord une semaine. Je ne vois pas pourquoi je ne peux pas y aller pour toujours directement. Tous ces allers et retours, ça commence à me taper sur les nerfs.

Cam a proposé de m'aider à préparer ma valise, mais elle n'arrêtait pas de me dire que je n'avais pas besoin de ci et pas besoin de ça, alors j'ai répliqué que j'aimais autant emporter toutes mes affaires vu que j'allais bientôt m'installer là-bas *pour toujours*.

Ces derniers mots ont résonné dans les airs longtemps après que je les ai prononcés. Comme s'ils nous cognaient sur le crâne pour bien rentrer dans notre cervelle.

Soudain Cam s'est reprise et elle a fourré toutes mes affaires dans la valise en bredouillant :

– Oui, bien sûr. D'accord.

Tandis que, de mon côté, je disais :

– C'est peut-être un peu idiot, et puis, de toute façon, maman va sans doute m'acheter plein de nouveaux vêtements. Des trucs de marque. Calvin Klein, Tommy Hilfiger…

– Grappe, oui, oui, tu n'as que ce mot-là à la bouche.

– GAP ! Franchement, tu n'y connais rien, Cam ! me suis-je écriée, exaspérée.

– Je sais une chose, a-t-elle répondu d'une petite voix, c'est que tu vas me manquer, ma puce.

J'ai avalé péniblement ma salive.

– Euh… tu vas me manquer aussi. J'imagine.

Je ne supportais pas la manière dont elle me regardait. Ce n'était pas juste.

– Quand on est famille d'accueil, ce n'est pas pour toujours, ai-je dit. Tu étais prévenue dès le début, non ?

– Oui, j'étais prévenue, a-t-elle répondu en prenant l'un de mes vieux T-shirts pour le serrer contre elle comme un doudou. Mais je ne me rendais pas compte à quel point ce serait dur.

– Désolée, Cam, ai-je dit. Vraiment. Mais ma place est auprès de ma mère.

– Je sais…

Elle a hésité. Elle a baissé les yeux vers le T-shirt comme si je me trouvais à l'intérieur.

– Jenny… Ne sois pas trop déçue si ça ne se passe pas exactement comme tu le voudrais.

– Mais ça se passe très bien !

– Je sais, je sais. C'est génial que tu aies retrouvé ta mère, mais tout ne sera peut-être pas toujours rose. Ce n'est pas un conte de fées…

Si ! Si ! Tout sera toujours rose comme dans les contes de fées. C'est juste que Cam ne veut pas mon bonheur.

– Tout est bien qui finit bien, tu vas voir, ai-je répliqué en lui arrachant mon T-shirt des mains pour le fourrer dans la valise avec les autres.

– Jenny, je sais…

– Tu ne sais rien du tout ! l'ai-je coupée. Tu ne sais rien sur ma mère. Même moi, tu ne me connais pas bien. Ce n'est pas comme si je vivais avec toi depuis des années. Je ne comprends pas pourquoi tu es obligée d'en faire autant… secouer la tête et me gâcher ma joie. Visiblement, tu es convaincue que je suis tellement dure, méchante et odieuse que ma mère va se lasser de moi en deux jours.

– Pas du tout. Tu n'es pas dure, ni méchante ni

odieuse. Enfin, si, parfois… mais tu peux aussi être géniale. Mais, même si tu étais la petite fille la plus géniale du monde et que tu t'entendais super bien avec ta mère, ça ne voudrait pas dire que ça marcherait forcément. Ta mère n'a pas l'habitude des enfants.

– Toi non plus, tu n'avais pas l'habitude, mais tu t'es habituée…

Soudain, j'ai eu une idée.

– Tiens, tu pourrais accueillir un autre enfant à ma place.

– Je ne veux pas d'autre enfant, a dit Cam en passant le bras autour de mon cou. C'est toi que je veux.

Je pouvais à peine respirer. J'avais envie de me blottir contre elle et de lui dire… de lui dire des tas d'idioties. Mais j'avais aussi envie de la repousser violemment et de lui hurler qu'elle n'avait pas le droit de me gâcher ma chance de vivre à nouveau avec ma mère.

Je me suis dégagée de son étreinte pour me remettre à faire ma valise.

– Si tu voulais vraiment me garder, tu aurais fait plus d'efforts dès le début, ai-je dit en rangeant mes vieilles baskets toutes pourries sous mon jean crasseux sans marque. Tu m'aurais acheté des vêtements potables. Et de vrais cadeaux.

– Oh, Jenny, ne commence pas ! s'est emportée Cam.

Elle s'est levée et s'est mise à arpenter ma grotte, aussi agitée qu'un chien plein de puces.

– Tu ne m'as presque rien offert, ai-je répliqué avec colère. Je n'ai jamais rencontré quelqu'un d'aussi radin. Regarde tout ce que ma mère m'a offert, elle !

– Une poupée, a fait Cam en la tenant à bout de bras.

– Oui, mais pas n'importe quelle poupée. Elle coûte une fortune. Ce n'est pas un jouet pour les bébés, c'est une poupée de collection. Pour décorer. Il y a des tas de vieilles dames qui collectionnent les poupées. Tu ne peux pas comprendre…

Je l'ai toisée d'un regard méprisant avec sa vieille chemise à carreaux et son jean trop grand.

– … ce n'est pas ton genre.

– Encore heureux, a-t-elle dit.

– Ma place n'est pas ici, Cam. Pas auprès de toi. Ni de Jane, Liz et toutes tes idiotes d'amies. Ma place est auprès de ma mère. Elle et moi, on est du même sang. Tu es juste ma famille d'accueil. Tu es payée pour t'occuper de moi, c'est tout. Je parie que c'est pour ça que tu fais tout ce cinéma. Parce que tu auras moins d'argent quand je ne serai plus là.

– Pense ce que tu veux, Jenny, a répondu Cam de sa voix exaspérante de martyr.

– C'est la vérité !

– D'accord, d'accord, a-t-elle dit en croisant les bras.

– Non, pas d'accord ! ai-je insisté en tapant du pied. J'ignore ce que tu fais de cet argent. En tout cas, tu ne le dépenses pas pour moi.

– Tu as raison, a fait Cam de ce ton horripilant qui signifie : « C'est ça, c'est ça, tu peux bien dire tout ce que tu veux. »

– Oui, j'ai raison et j'en ai marre ! ai-je crié. Et tu sais quoi ? Même si ça ne marche pas avec ma mère, je ne voudrai pas revenir ici. J'en ai marre de ce trou à rats. J'en ai marre de toi !

– Eh bien, va-t'en alors, espèce de petite brute ingrate. Moi aussi, j'en ai par-dessus la tête de toi ! a-t-elle crié avant de quitter ma grotte en claquant la porte.

Alors voilà ce qu'elle pense de moi. Pour ce que ça peut me faire. Ingrate ? Et pourquoi devrais-je toujours être pleine de gratitude, d'abord ?

On demande toujours aux enfants d'être reconnaissants, reconnaissants, reconnaissants. C'est agaçant d'être reconnaissant. Je suis censée être reconnaissante envers Cam parce qu'elle s'occupe de moi, mais je n'ai pas le choix, on ne me laisserait pas vivre toute seule, alors. Pourtant je pourrais, fastoche. Je devrais lui dire merci pour les immondes légumes bouillis qu'elle me donne à manger (elle ne m'emmène jamais au McDonald's), les minables vêtements sans marque qu'elle m'a achetés à bas prix (pas étonnant qu'on se moque de moi à l'école), les livres soporifiques qu'elle m'a refilés (honnêtement, vous avez déjà essayé de lire *Les Quatre Filles du Dr March* ? – je m'en fiche, moi, que Jo soit le personnage de roman préféré de Cam) et les sorties au musée (d'accord, j'ai bien aimé les momies et le cadavre du petit bonhomme bossu, mais ces tableaux et ces potiches, c'était nul !).

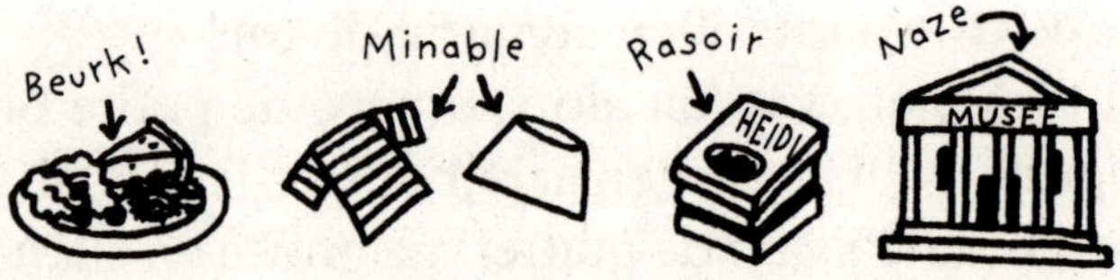

Si seulement je pouvais gagner ma vie, je pourrais m'acheter tout ce dont j'ai vraiment besoin. Ce n'est pas juste que les enfants n'aient pas le droit de travailler. Je suis sûre que je pourrais vendre des trucs sur les marchés, tenir un stand de glaces ou travailler dans une crèche. Si seulement j'avais un métier, je pourrais manger des hamburgers et des frites à tous les repas et m'habiller avec des vêtements de marque de la tête aux pieds – ouais, surtout les pieds – et m'acheter tous les DVD et les jeux vidéo que je veux et aller à Disneyland.

Ouais, je parie que ma mère m'emmènera à Disneyland si je le lui demande.

Ça va être un vrai conte de fées. Et maman et moi, on va vivre heureuses et on aura beaucoup de bons moments, et tout est bien qui finit bien.

Je le sais.

Même si Football n'y croit pas. Je le déteste, de toute façon.

Non, c'est pas vrai. Je l'aime bien, c'est bizarre, je m'inquiète pour lui. Sa vie n'est pas un conte de fées.

Je suis allée à la maison pour dire au revoir à Alexandre et Football, avant de partir chez ma mère.

Alexandre n'était pas là. Et je pensais que Football non plus. En entrant, je n'ai trouvé personne, rien, même pas de provisions dans le frigo en carton. Je suis montée voir au premier et j'ai regardé le sapin par la fenêtre. Ma culotte était toujours accrochée en haut. L'arbre me paraissait loin maintenant, on était vraiment dingues ! J'ai baissé les yeux, le cœur battant, en repensant à Alexandre. Et là, j'ai poussé un cri.

Quelqu'un était étendu sur le matelas. Quelqu'un de plus grand qu'Alexandre. Quelqu'un qui portait un maillot de foot.

– Football ! ai-je hurlé en me ruant au rez-de-chaussée pour sortir par la fenêtre de derrière dans le jardin en friche où était enfoui le matelas.

– Football ! Football ! Football ! ai-je braillé en arrivant au-dessus de son corps immobile.

Il a ouvert les yeux et m'a dévisagée.

– Jenny ?

– Oh, Football, tu es vivant ! me suis-je écriée en m'agenouillant auprès de lui.

– Eh, Jenny, tu es inquiète pour moi, ma parole ! a-t-il ricané.

Je lui ai donné une pichenette sur le menton.

– Arrête, idiot ! Tu es tombé ?

– Non, je me repose un peu.

J'ai touché son bras. Il était glacé et son T-shirt était humide.

– Tu as passé toute la nuit ici ? T'es malade !

– Ouais, c'est tout moi. Dingo. Marteau. Complètement givré.

– Tu l'as dit ! Tu vas attraper froid.

– Et alors ?

– Tu ne pourras plus jouer au foot.

– Mais si.

Il a pris son ballon au bout du matelas et l'a lancé dans les airs. Il a voulu le rattraper mais il lui a échappé des mains et est retombé dans les buissons.

Football a pesté, mais il ne s'est même pas levé. Il est resté allongé là, à jouer avec le briquet de son père, allumé, éteint, allumé, éteint au-dessus de sa tête. Il le tenait maladroitement dans ses doigts engourdis.

– Arrête, tu vas le lâcher et te brûler, t'es vraiment dingue !

– Je me réchauffe.

– Je vais te réchauffer.

J'ai frictionné vigoureusement ses bras glacés et ses doigts bleuis. Il m'a pris la main et m'a attirée contre lui.

– À quoi tu joues ?

– Tu veux pas me tenir compagnie, Jenny ?

– Si on rentrait au chaud ?

– J'aime bien le froid, ça m'engourdit.

– Ouais, t'es pas bien dégourdi, ça, c'est sûr, ai-je répliqué en m'allongeant néanmoins sur le vieux matelas puant.

Il était tellement trempé que l'humidité transperçait mon T-shirt.

– J'ai l'impression de m'enfoncer profond, profond, profond dans la terre, ai-je dit en gigotant.

– Ouais, on n'a qu'à rester là tous les deux. Toi et moi, dans notre petit univers à nous.

Je me suis imaginé… si on restait pour toujours

dans le jardin, Football et moi. On vivrait couchés sur le dos comme des statues de marbre sur un tombeau, on aurait du lierre qui grimperait sur nous, les écureuils passeraient en bondissant et les oiseaux feraient leur nid dans nos cheveux, mais on ne remuerait pas un cil, complètement coupés du monde.

Sauf que je n'ai pas envie de vivre coupée du monde. Je veux vivre mon conte de fées où tout est bien qui finit bien. Je veux vivre heureuse et prendre beaucoup de bon temps !

– Allez ! C'est l'heure de se lever ! On va jouer au foot.

J'ai retrouvé le ballon et je l'ai fait rebondir sur la tête de Football pour le réveiller.

Il s'est relevé tant bien que mal en râlant. Il a voulu me prendre la balle mais j'ai été plus vite que lui.

– Je suis Jenny la championne, plus rapide que l'éclair, et waouh ! Regarde, j'ai le ballon !

– Tu rêves ! C'est moi, le champion, a affirmé Football.

Il a essayé de me tacler, mais il m'a donné un coup de pied au lieu de taper dans la balle.

– Ouille ! Ma cheville ! Espèce de grosse brute en baskets !

– Désolé, s'est-il excusé en regardant ma jambe. Du rouge ! a-t-il crié, stupéfait.

– C'est du sang !

– J'ai pas fait exprès, a-t-il marmonné.

– Oh que si, ai-je répliqué en tamponnant la plaie. C'est bien toi qui contrôles ton pied, non ? Il n'est pas venu shooter tout seul dans ma jambe pour m'arracher un gros morceau de chair ! Ça fait mal !

– Je suis vraiment, vraiment, vraiment désolé, Jenny.

Football était au bord des larmes.

– Je n'ai jamais voulu te faire de mal. Je tiens beaucoup à toi, minus. Jenny ?

Il a tenté de me prendre dans ses bras, mais je l'ai esquivé.

– Bas les pattes !

– Allez, je sais que tu m'aimes bien, toi aussi.

– Pas quand tu es tout trempé et puant. Beurk, t'as sérieusement besoin de prendre un bain, Football.

– Arrête, on dirait ma mère. Vous êtes toutes les

mêmes. Beurk, pouarc, et que je me plains et que je te fais des reproches et que je gémis et que je pleurniche. Tu crois vraiment que j'en ai quelque chose à faire de toi ? T'es malade. Personne n'en a rien à faire. Personne ne t'aime, Jenny Bell.

– Si, ma mère, elle m'aime ! ai-je hurlé.

J'ai rugi tellement fort que les oiseaux se sont envolés, effrayés, et que, dans toute la ville, les gens se sont figés net, les voitures se sont emboutiés aux carrefours et les avions se sont arrêtés en plein vol.

– Ma mère, elle m'aime, elle !

Chez ma mère (bis)

Cette fois, chez maman, c'était un peu différent. Et maman était un peu différente, elle aussi. Elle était toute pâle sous son maquillage, elle portait des lunettes et, quand elle m'a embrassée pour me dire bonjour, elle sentait le renfermé sous sa douce odeur poudrée. Et dans la maison, ça sentait aussi la cigarette et l'alcool. Les rideaux étaient encore fermés.

J'ai voulu les ouvrir, mais maman m'a arrêtée.

– Oh non, pas la lumière du jour, ma puce, a-t-elle protesté en portant la main à son front.

– Tu as trop bu, maman ?

– Quoi ? Non, bien sûr que non. Ne sois pas bête, chérie. J'ai une affreuse migraine. Ça m'arrive souvent. C'est nerveux.

Elle a allumé une cigarette et en a tiré une longue bouffée.

– C'est moi qui te rends nerveuse, maman ? me suis-je inquiétée.

– Ne dis pas de bêtises, mon cœur. Alors voyons ce que maman t'a acheté.

– Encore un cadeau !

J'espérais que ce n'était pas des chocolats parce que j'avais un peu mal au cœur. Ce devait être nerveux aussi. Je tiens ça de ma mère.

C'était un gros paquet, mais souple et mou.

– Une poupée ou un nounours ? ai-je demandé en tâtant le papier à la recherche de la tête et des pattes.

– Tu vas voir…

J'ai donc ouvert le paquet avec précaution, très soigneusement cette fois, et j'ai découvert un super treillis d'une marque hyper chic !

– Waouh ! Génial ! me suis-je exclamée en tournoyant avec le pantalon, faisant danser les deux jambes.

– Il te plaît ? m'a demandé maman.

– J'adore. Il est super classe. Dommage que je n'aie pas une belle veste pour aller avec.

– Tu n'essaierais pas de me donner des idées par hasard ? a-t-elle dit en souriant.

J'ai décidé de lui donner tout un tas d'idées.

– Bien sûr, mes vieilles baskets vont gâcher mon nouveau look. J'aurais besoin d'une paire de Nike pour compléter ma tenue.

– Je ne fabrique pas l'argent, tu sais, a répondu maman. Je trouve ça un peu fort que Cam ait été payée une fortune pour s'occuper de toi, alors que moi, je ne toucherai pas un sou.

– Mais je le vaux bien, non, maman ? ai-je demandé tout en m'approchant d'elle en valsant.

– Bien sûr, ma chérie. Mais arrête de taper des pieds, tu veux bien, tu me fais mal à la tête.

Je lui ai préparé un café noir bien fort qu'elle a siroté, assise dans le canapé. Puis elle s'est allongée et n'a plus bougé, ne répondant même pas quand je lui parlais. J'avais l'impression qu'elle s'était endormie, même si je ne pouvais pas voir ses yeux à travers les lunettes noires.

J'ai fait le tour du canapé, tout doucement, en la regardant. J'avais du mal à réaliser que c'était ma maman, qu'on était enfin réunies et qu'on allait passer le restant de nos vies ensemble. Je m'étais imaginé ça tellement de fois que je n'arrivais pas à croire que, maintenant, c'était la réalité. Je l'ai fixée jusqu'à ce que ma vue se brouille mais maman n'a pas disparu : elle s'est étirée, superbe dans son haut à paillettes avec son pantalon panthère, si belle, si douce. Et profondément endormie.

Elle n'avait pas envie de se réveiller. J'avais bien aimé l'admirer un peu, mais ça commençait à devenir ennuyeux. J'ai donc fait un petit tour dans la pièce. J'ai vidé les cendriers dans la poubelle et rapporté les bouteilles vides à la cuisine comme une parfaite petite ménagère qui aide sa maman. J'ai jeté un œil dans les placards et dans le frigo, mais il n'y avait pas grand-chose à grignoter, juste des plats congelés, des trucs de régime et de l'alcool.

J'ai joué à la marelle sur le carrelage de la cuisine pendant un moment, puis j'ai enlevé mes baskets pour faire une partie de hockey sur glace. Soudain, je suis retournée dans le salon, pleine d'espoir, parce que j'avais entendu maman soupirer, mais elle s'était juste retournée dans son sommeil et jouait toujours les Belles au bois dormant. L'un de ses escarpins en daim noir était tombé. Je l'ai essayé puis, avec précaution, je lui ai ôté l'autre. Ouais ! J'avais une paire de talons hauts rien que pour moi ! J'ai trottiné un peu dans le salon pour trouver mon équilibre puis j'ai boitillé jusqu'à sa chambre afin de m'admirer dans le miroir.

J'ai glissé un œil dans son armoire et, sans même pouvoir m'en empêcher, je me suis retrouvée vêtue de son pull en mohair et de sa jupe en cuir. On aurait presque dit ma mère ! J'ai fait comme si j'étais elle et j'ai promis à ma petite Jenny que je l'aimerais toujours et que je ne la quitterais plus jamais quoi qu'il arrive.

C'est alors que ma mère est entrée dans la pièce, se frottant les yeux en allumant sa cigarette.

– Ah, te voilà ! Je me suis assoupie cinq minutes, dis donc. Hé, toi, espèce de petite coquine, tu t'es déguisée avec mes vêtements. Ôte-moi ça ! Et fais attention, cette jupe coûte une fortune !

– Oh, maman, s'il te plaît, laisse-moi les garder une seconde, ai-je supplié. Je suis tellement belle, comme ça. On dirait toi !

J'ai fouillé dans son placard.

– Waouh ! J'adore ta robe rouge ! Je peux l'essayer ? Et le haut violet, là ? Et elle est comment, cette robe noire ? Oh, super sexy !

– Jenny ! a protesté ma mère en riant. Bon, d'accord. Viens par là. On va jouer à te déguiser.

C'était magique ! Maman m'a fait toute belle… mais on a beaucoup ri lorsque j'ai essayé la robe noire parce que le décolleté me tombait au nombril, ce qui fait qu'on voyait tout, tout, tout – devant et derrière !

Du coup, j'ai remis le pull en mohair, la jupe en cuir et les escarpins en daim de maman, et elle m'a maquillée comme une vraie dame et même coiffée. Je me pavanais en jouant les mannequins alors maman m'a montré comment elles marchent sur les podiums et je me suis efforcée de l'imiter. Puis on a dit qu'on était des chanteuses de rock. Maman était géniale ! Elle sait sautiller avec le micro, faire tous les pas et tous les mouvements de danse. Et en plus, elle chante trop bien. Elle a une voix superbe. Elle m'a raconté qu'elle avait gagné le concours de karaoké au pub et que tout le monde la suppliait toujours de chanter une chanson.

– Justement, aujourd'hui, c'est soirée karaoké.

– Super ! me suis-je exclamée. On y va ? J'adorerais te voir chanter.

– Tu ne peux pas aller au pub, Jenny. Tu es trop petite.

– J'y suis allée une fois avec Cam, Jane et Liz. On avait une table dehors, dans le jardin, j'ai bu un cocktail qui s'appelait un saint-clément et j'ai mangé trois paquets de chips au vinaigre.

– Oui, mais dans mon pub, il n'y a pas de jardin

et on n'a pas le droit de s'installer dehors le soir, de toute façon. Non, je pensais y aller seule.

– Mais… et moi ?

– Bah, tu seras couchée. Tu vas dormir sur le canapé et tu pourras regarder un peu la télé, si tu veux.

– Tu vas me laisser ? ai-je demandé, le cœur battant.

– Oh, arrête, Jenny. Tu n'es plus un bébé.

– Je n'aime pas rester toute seule. Tu ne veux pas rester jouer avec moi, plutôt, maman ?

– Bon sang, Jenny. J'ai joué à tes jeux idiots tout l'après-midi. Tu ne vas pas m'empêcher d'aller passer un moment au pub avec mes amis. Je ne prendrai qu'un verre ou deux, c'est tout. Je serai de retour bien avant l'heure de la fermeture, promis. De toute façon, d'ici là, tu dormiras.

– Et si je n'arrive pas à m'endormir ?

– Eh bien, tu regarderas la télé, je t'ai dit.

– Je crois qu'il n'y a rien de bien, ce soir.

– Tu regarderas un DVD alors ! Franchement… ah, les mômes ! On voit que tu as été trop gâtée. Tu vas devoir apprendre à faire ce que je te dis si tu veux que ça se passe bien entre nous.

– Tu n'as pas le droit de me laisser toute seule !

– Je fais ce que je veux, jeune demoiselle. Et ne me parle pas sur ce ton ! Tu n'as pas envie de retourner au foyer, quand même ?

J'ai secoué la tête, sans pouvoir articuler un mot.

– Bon. Alors ne commence pas à prendre tes grands airs avec moi. Allez, déshabille-toi et mets-toi en pyjama.

Elle me traitait comme un bébé. Elle m'a même nettoyé la figure en faisant la marionnette avec le gant de toilette, c'était un oiseau qui me picorait le nez. J'ai ri aux éclats et je suis rentrée dans le jeu en me disant que, si j'étais vraiment sage, drôle et mignonne, elle changerait d'avis et resterait à la maison.

Mais non.

Elle m'a laissée toute seule.

Elle m'a embrassée et m'a bordée dans mon lit sur le canapé, puis elle m'a fait un petit signe de la main, a enfilé son manteau et elle est partie, perchée sur ses escarpins en daim noir.

Je lui ai crié qu'elle n'était pas obligée de jouer avec moi, que je resterais bien tranquille devant la télé, aussi discrète qu'une petite souris, que je

ferais tout ce qu'elle voudrait, du moment qu'elle restait avec moi.

Je ne sais pas si elle m'a entendue. Elle est partie quand même, en tout cas. Elle m'a abandonnée à mon triste sort. Toute seule.

Au début, je me suis énervée. Elle n'avait pas le droit de me laisser. Si je téléphonais à Helen pour tout lui raconter, elle aurait de sérieux ennuis. Mais je n'avais pas envie de prévenir Helen. Je savais très bien qui j'avais envie d'appeler, mais je ne pouvais pas. Je ne pouvais pas avouer à Cam que ça avait mal tourné, si vite.

Puis je m'en suis prise à moi-même. Mais non, tout n'avait pas mal tourné. Je n'avais aucune raison de me mettre dans cet état. Maman était sortie boire un verre ou deux, et alors ? Ce n'était pas un drame. Il y avait des tas et des tas de mamans qui allaient au pub, non ? C'était la plus chouette maman du monde, alors pourquoi je ne pouvais pas rester bien au chaud sur son canapé douillet pour regarder la télé en attendant qu'elle rentre ?

Je savais très bien pourquoi. J'avais peur. Ça me rappelait toutes ces fois où elle m'avait laissée quand j'étais petite. Je ne m'en souvenais pas exactement, mais je me rappelais que je pleurais dans le noir et que personne ne me répondait. L'obscurité m'engloutissait et j'avais l'impression que ma mère ne reviendrait plus jamais.

C'était exactement le sentiment que j'avais maintenant. J'avais beau savoir que c'était idiot, rien n'y faisait. Roulée en boule sur le canapé, je pensais à Cam et elle me manquait affreusement. Non, c'était ma mère qui me manquait affreusement. J'étais toute chamboulée. Je me sentais tellement seule… Au bout d'un moment, j'ai fini par m'endormir mais, quand je me suis réveillée, maman n'était toujours pas rentrée, alors que les pubs avaient fermé depuis une éternité. J'ai allumé la télé, mais elle résonnait trop fort dans le silence de l'appartement, alors je l'ai vite éteinte et je suis restée allongée sur le canapé, tendant l'oreille, guettant ma mère, en me demandant ce que je ferais si elle ne revenait jamais. J'avais presque complètement perdu espoir quand j'ai entendu des pas, des rires et une clé qui tournait dans la serrure.

La lumière du salon s'est allumée. Je suis restée recroquevillée sur moi-même, les yeux fermés.

– Oups, j'avais oublié que je l'avais couchée sur le canapé ! a soufflé ma mère. Quelle drôle de petite gamine. Elle ne me ressemble pas du tout, hein ? Bon, tu ferais mieux de rentrer chez toi, chéri. Oui, je sais, mais je n'y peux rien.

J'ai entendu un bonhomme grommeler d'une voix pâteuse, puis des bruits de ventouse et maman qui gloussait.

– Arrête, enfin ! Non, chut, on va réveiller la gosse.

Je respirais aussi lentement et régulièrement que possible. Le type marmonnait à nouveau.

– Oh ! s'est écriée maman. Oui, j'adorerais aller aux courses samedi. Bonne idée ! Sauf que... Enfin, ma petite Jenny sera encore là. Mais elle peut venir avec nous. Elle sera sage, promis.

Grommelle, grommelle, marmonne, marmonne.

– Je sais bien que ce sera moins drôle. Quoi ? Ah oui... On y resterait tout le week-end ? C'est tentant. Bon, d'accord, tu m'as convaincue. Je vais me débrouiller.

J'avais toujours les yeux fermés, mais je ne pouvais pas les empêcher de couler. Ce n'était pas grave. Ils ne pouvaient pas me voir. Ils ne me regardaient pas.

Je me suis réveillée bien avant ma mère le lendemain matin. Mon sac était déjà fait, tout prêt. Je me demandais comment elle allait m'annoncer la nouvelle, si elle allait me dire les choses franchement ou inventer toute une histoire compliquée.

J'ai eu droit à la deuxième option. Une histoire très très compliquée. Elle me l'a sortie au petit déjeuner. Le genre de mensonges dont j'étais capable quand j'avais six ans, pitoyable, absolument pas crédible, comme quoi elle avait rencontré un producteur au pub et qu'elle lui avait beaucoup plu et qu'il lui offrait le rôle de sa vie et qu'il voulait lui faire rencontrer tous ses copains super importants qui travaillaient dans le cinéma ce week-end et elle savait très bien que j'attendais beaucoup de ce week-end parce qu'on devait le passer ensemble, mais d'un autre côté, maintenant, on passerait tous les week-ends ensemble alors elle n'allait quand même pas laisser filer cette chance unique de devenir riche et célèbre et je devais comprendre, n'est-ce pas, mon cœur ?

Je comprenais. J'ai bien regardé ma mère – droit dans les yeux – et j'ai tout compris. Je ne lui ai rien dit. Je me suis contentée de plaquer un sourire sur mes lèvres et de répondre que, bien sûr, je comprenais et que je lui souhaitais bonne chance. Là, elle s'est mise à larmoyer et son mascara de la veille a dégouliné. Elle s'est penchée par-dessus la table, trempant au passage la manche de son déshabillé en synthétique dans mes corn flakes, et elle m'a serrée dans ses bras. J'ai inspiré sa douce odeur poudrée une dernière fois. Elle m'a tapoté la joue, a passé la main dans ses cheveux ébouriffés, a rajusté son peignoir trempé et a dit qu'elle ferait mieux d'aller prendre un bain et de se faire belle et qu'est-ce que tu as envie de faire aujourd'hui, ma chérie ?

Je savais très bien ce que j'allais faire. Dès que ma mère a été dans son bain, je suis allée piquer un peu d'argent dans son portefeuille, j'ai pris mon sac et j'ai décampé.

Je lui ai laissé un petit mot.

> *Ce n'est pas grave, maman. Je sais que tu n'as pas vraiment envie que je vive avec toi.*
> *Je vais me débrouiller toute seule.*
> *Je t'ai emprunté dix livres pour le trajet, mais je vais faire des économies et je te rembourserai, promis. Merci pour tout.*
> *Bisous,*
> *Jenny*

L'encre avait bavé et c'était un peu sale, mais je n'avais pas le temps de recommencer. Je voulais juste lui laisser un message pour qu'elle sache que je n'étais pas une voleuse.

Puis je suis partie en refermant la porte tout doucement derrière moi pour qu'elle ne m'entende pas. Et j'ai couru, couru, couru.

Je ne savais pas où je courais. Je n'avais nulle part où aller.

J'aurais pu retourner chez Cam. Mais elle ne voudrait sans doute pas de moi. Pas après ce que je lui avais dit. Je lui avais sorti des choses atroces. Des choses que je n'oserais même pas écrire dans ce livre. Pour lui faire mal ? C'était dur de choisir entre ma mère et Cam, alors j'ai voulu me faciliter la vie en faisant des trucs tellement horribles que Cam ne voudrait plus de moi.

Sauf que j'ai fait le mauvais choix. Et que maintenant je n'ai plus nulle part où aller.

Si…

Je sais où je vais aller.

chic

Mon chez-moi en miettes

J'ai trouvé mon chemin sans problème. J'ai pris le train, puis le bus et j'ai déjeuné chez McDonald's. C'était génial.

Je n'ai besoin de PERSONNE. Je n'ai pas besoin de ma mère. Je n'ai pas besoin de Cam. Je peux me débrouiller toute seule, tranquille. Et ce n'est pas comme si je n'avais nulle part où dormir. J'ai une grande maison rien que pour moi.

Enfin, de temps en temps, je partage. Quelqu'un avait fait un grand ménage. Il y avait des canettes de Coca et des KitKat dans le « frigo » ainsi qu'une pelle et une balayette en carton qui marchaient – plus ou moins. Mais c'était surtout le salon qui valait le détour. Une télévision flambant neuve, avec un lecteur de DVD. Une table avec une nappe brodée ineffaçable et des petits papiers pour marquer les places. Trois chaises, toutes de taille différente comme dans l'histoire de *Boucle d'Or et les trois ours* – une grande pour Football, une moyenne pour moi et la plus petite pour Alexandre. Et justement, Alexandre, assis sur un tapis, était en train de construire d'autres meubles pour cette maison de rêve.

– Jenny ! s'est-il écrié, les yeux brillants.

Ça m'a fait tellement plaisir que quelqu'un soit content de me voir que je lui ai posé la main sur l'épaule.

– Salut, Chippendale !

Il m'a regardée, perplexe.

– Chip… ? C'est pas ces gros costauds pleins de muscles qui se déshabillent en public ? Tu te moques de moi, c'est ça ?

– Hé, Alexandre, c'est toi qui es censé être le

cerveau de cette maison. Tu n'as jamais entendu parler des meubles style Chippendale ? C'était un vieux bonhomme qui faisait des chaises très chic, je crois.

– Oh, je vois, a fait Alexandre en insérant un morceau de carton dans une fente.

– Une nouvelle chaise, maître ?

– Non, je fabrique une bibliothèque, cette fois. J'ai pensé que ce serait bien d'avoir un endroit où ranger nos livres. Je pourrai y mettre mon livre sur Alexandre le Grand, et toi, ton journal intime.

– Quel journal intime ?

– Ben, je ne sais pas, ton gros carnet violet où tu écris tout le temps.

– Si tu as regardé dans mon gros carnet violet, je t'arrache les yeux !

– Je n'oserais jamais, Jenny.

– J'espère bien. Bon, alors qu'est-ce que tu fais ici ? Je croyais que tu ne devais plus venir.

– Je sais, mon père va me tuer s'il apprend que j'ai encore séché. Quand je suis retourné en cours, j'ai boité tant que je pouvais mais M. Cochran, le prof de gym, a dit que je n'étais qu'une minable petite mauviette et que je devais jouer quand même. Alors j'ai essayé, mais quelqu'un m'a poussé. Et comme ça faisait très mal, j'avais les larmes aux yeux. Et ils ont tous dit que je pleurais et que ça prouvait bien que je n'étais qu'une mauviette pleurnicharde et quelqu'un s'est mis à chantonner : « Petit Cornichon est un gros poltron » et ils l'ont tous répété en chœur et...

– OK, je vois le genre, ai-je dit. Enfin, quand même, ce n'est pas la fin du monde.

– Ben, pour moi, si.

– Tu te fais insulter par une poignée de crétins et gronder par un prof. Ouh là là, bouh snif ! C'est rien, ça. Si tu savais de quoi je me fais traiter à l'école. Et Mme Sacavomi, elle est constamment sur mon dos – enfin, quand je viens en cours. Je parie que t'es le chouchou de la plupart des profs parce que t'es le premier de la classe.

– Eh bien...

Alexandre a réfléchi.

– Oui, M. Bernstein et M. Rogers m'aiment bien, et Mme Betterstall dit que je suis...

– Ouais, ouais, ouais, c'est bien ce que je disais. Et je suis sûre que ton affreux monstre de père t'aime aussi, sinon il ne se soucierait pas de toi. Moi, je n'en ai même pas de père, alors.

– Mais tu as une mère, quand même, a-t-il répondu en mettant la dernière étagère en place. En levant la bibliothèque pour que je puisse l'admirer, il a vu ma tête. Et il s'est soudain rappelé.

– Oh, au fait, ta mère !

– Eh ben, quoi, ma mère ? ai-je répliqué méchamment.

– Tu ne devais pas aller habiter chez elle ?

– Ouais, si, mais je commençais à m'ennuyer, pour tout t'avouer.

– Elle ne t'a pas acheté tout ce que tu voulais ?

– Si, si. Elle m'a acheté un tas de trucs. Regarde !

J'ai tourné sur moi-même pour lui montrer mon treillis tout neuf.

– Ah oui, s'est empressé de dire Alexandre. Ton pantalon. Ouais, il est super classe. Tu es très jolie, Jenny.

– Non, c'est pas vrai, ai-je répondu en m'asseyant à côté de lui. Ma mère trouve que j'ai l'air drôle…

– Mais tu es drôle. C'est plutôt bien, non ? Jenny… que s'est-il passé avec ta mère ?

Il m'a tapoté timidement le genou.

– Tu ne lui as pas plu ?

Je me suis écartée brusquement.

– Il ne s'est rien passé, je t'ai dit. Ma mère m'adore. Elle n'arrête pas de s'extasier sur moi. Mais au bout d'un moment, j'ai pensé : « Hé, à quoi ça rime tout ça ? Est-ce que j'ai vraiment besoin d'elle ? »

– Ah ! Tu as besoin de Cam, c'est ça ? a répliqué Alexandre, ravi. J'avais raison, non ?

J'ai croisé les bras.

– Non, non, non et non. Tu te trompes ! Je n'ai pas besoin d'elle non plus.

Mais Alexandre ne voulait pas s'avouer vaincu.

– Mm… mais tu as quand même besoin de nous. Football et moi. Tes amis.

– Non, je n'ai pas besoin de vous non plus. Je n'ai pas besoin de personne.

– C'est une double négation. Si tu n'as pas besoin de personne, ça veut dire que tu as besoin de quelqu'un, tu vois.

– Je vois surtout que tu es un insupportable petit M. Je-sais-tout. Et ça ne m'étonne pas que tout le monde s'en prenne à toi. Tu me tapes vraiment sur les nerfs.

Je l'ai bousculé, puis j'ai donné un coup dans sa bibliothèque.

– Attention, c'est fragile.

– Non, c'est rien que du carton pourri, ai-je répliqué en me déchaînant dessus, bam ! bam ! bam !

– Ma bibliothèque ! pleurnichait Alexandre.

– Ici, c'est chez moi, et je ne veux pas de ta saleté de bibliothèque, compris ?

– J'en ferai une exprès pour toi, a-t-il proposé en essayant de remettre les étagères en place.

– Je ne veux pas que tu me fasses quoi que ce soit. Je n'ai besoin de rien. C'est chez moi, et je ne veux pas un seul de tes machins en carton. J'en ai marre de la déco, des meubles et tout ça. Je veux que ce soit *vide !*

J'ai aplati sa stupide bibliothèque, puis j'ai fait le tour du salon, détruisant tous ses meubles au passage, une vraie tornade.

– Arrête, Jenny ! Arrête ! me suppliait-il.

Je cassais, Alexandre criait, quand soudain Football est arrivé en catastrophe.

– Qu'est-ce qu'il y a ? Qu'est-ce qui se passe ? Vous allez bien ?

Il a regardé autour de lui.

– Qui a retourné toute la maison ?

– Oh, Football, te voilà. Ouf ! s'est écrié Alexandre en se pendant à son bras. Fais quelque chose. Jenny est en train de tout casser. Même ma nouvelle bibliothèque.

– Ça me semble une bonne idée, a-t-il répondu en se dégageant d'un coup d'épaule. Ouais, on va s'amuser un peu, pas vrai, Jenny ? Mais au fait, qu'est-ce que tu fabriques là ? Ta mère n'a pas voulu de toi, finalement ?

Je lui ai lancé un regard noir.

– Ferme-la, Football. Ta mère ne veut pas de toi. Et ton si merveilleux père non plus.

Il fallait que je leur fasse mal à tous les deux, pour bien leur montrer que je n'avais pas besoin d'eux. Et pour qu'ils ne puissent pas me blesser.

– Hein ? Comment va ton père, Football ? Comment va ton père, Alexandre ? ai-je insisté.

– Arrête, m'a ordonné Football.

– Oui, oui, si on arrêtait tout ça, a supplié Alexandre. Si on faisait la paix… et qu'on réparait les meubles.

– La ferme, Petit Cornichon, l'a coupé Football. On s'en fiche de tes meubles minables.

Il a sorti le briquet de son père, et l'a agité devant la bibliothèque écrabouillée.

– Arrête ! a hurlé Alexandre.

– Ne me donne pas d'ordre, toi ! a répliqué Football en recommençant.

Le feu a mordu le carton, le noircissant d'abord, puis l'enflammant complètement.

– Tu es malade ! a crié Alexandre.

– Boucle-la !

Football a éteint le feu avec son pied, juste à temps.

– Tu vas te brûler ! Tu vas mettre le feu à toute la maison ! Il ne faut pas jouer avec le feu !

– Oooh, le vilain petit garçon ! s'est moqué Football en imitant sa voix haut perchée.

J'ai rigolé et il m'a souri.

– On va mettre un peu d'ambiance dans ce trou à rats, hein, Jenny ?

Il m'a lancé le briquet.

– À toi de jouer !

– Non, Jenny. Ne sois pas bête ! m'a suppliée Alexandre.

– C’est un défi, Jenny. T’es cap ou t’es pas cap ? a insisté Football.

J’ai avalé ma salive, le briquet brûlant au creux de la main.

– Non, Jenny, ne fais pas ça. Ne recommence pas ce stupide jeu des défis. Je t’en prie. Tu sais que c’est de la folie !

Je le savais très bien. Mais justement j’avais envie de faire la folle.

J’ai allumé le briquet et je l’ai approché de ma petite chaise en carton. Une flamme a jailli dans les airs. J’ai voulu l’éteindre en l’écrasant, mais je n’étais pas assez grande.

– Arrête ! a hurlé Alexandre. Tu vas te brûler !

Football a tenté de m’écarter d’un coup de coude, mais j’étais décidée à relever le défi. J’ai pris la bibliothèque tout aplatie, j’en ai donné de grands coups sur les flammes, et le feu a fini par s’éteindre.

– Youpi ! J'ai réussi ! J'ai relevé le défi ! me suis-je écriée en sautant, le poing en l'air.

– Bravo, minus. Toi et moi, on est des champions !

– Ouais, les champions de la bêtise, a hoqueté Alexandre, en larmes.

– Tu veux toujours tout gâcher, Alexandre, ai-je dit. Allez. À ton tour, maintenant. Je vais te lancer un défi.

– Non !

– Allez, t'as pas le choix, ai-je insisté en lui tendant le briquet, mais il avait mis ses mains dans son dos.

– Pas question, c'est de la folie, c'est trop dangereux.

– Il n'a pas le cran, s'est moqué Football.

– Allez, Alexandre, ai-je repris. Tu étais content d'avoir sauté par la fenêtre, l'autre fois.

Il a secoué la tête avec véhémence.

– J'ai été complètement idiot. Et s'il n'y avait pas eu le matelas ? Je me serais tué. Je ne veux pas reprendre le risque.

– Trouillard ! Poule mouillée !

– Cot, cot, cot, cot, cot !

– Vous pouvez rire et me traiter de tous les noms. Je ne le ferai pas.

– Parce que tu as trop peur, ai-je affirmé

– Non, c'est *toi* qui as peur. Peur que Football te

prenne pour une trouillarde. Sauf que lui aussi, il a peur.

– *Moi*, peur ? s'est indigné Football. Peur de qui, Petit Cornichon ?

Il m'a arraché le briquet et s'est planté devant Alexandre, jouant à l'allumer puis à l'éteindre.

– J'ai peur de toi, tu crois ? Peur de cette minus de Jenny ? Je n'ai peur de personne, espèce de crétin.

Mais Alexandre n'a pas abandonné la bataille.

– Tu as peur que ton père te laisse tomber, c'est ça qui te fait peur.

Je n'ai pas pu m'empêcher d'acquiescer.

– Ah, là, il marque un point, Football.

– Non, pas du tout. Je n'ai pas peur. Je n'en ai plus rien à faire, de mon père.

– Si, a insisté Alexandre, c'est pour ça que tu fais des trucs complètement dingues, parce que ça te rend dingue.

– Tu crois tout savoir, alors que tu ne sais rien du tout, a crié Football. Et maintenant tu ferais mieux de te taire, sinon c'est à *toi* que je vais mettre le feu.

– T'es même pas cap ! a couiné Alexandre.

– La ferme, Alexandre, ai-je soufflé.

– Si, je suis cap, je suis cap de tout brûler ! a décrété Football en agitant son briquet autour de lui.

Alexandre a pris une étagère en carton pour s'en servir comme bouclier.

Football s'est jeté sur lui, pensant qu'il allait l'esquiver. Mais il n'a pas bougé et le carton s'est brusquement enflammé. Il l'a fixé, bouche bée, pétrifié.

Je lui ai arraché le carton en feu et je l'ai jeté par terre pour le piétiner.

– Ça suffit, Football. Ça devient vraiment trop dangereux.

– Tu ne peux pas m'arrêter. Personne ne peut m'arrêter. Tu vas voir de quoi je suis capable, Jenny Bell. Toi aussi, Petit Cornichon.

– Pourquoi tu nous traites comme ça ? s'est étonné Alexandre. Nous sommes tes amis !

– Je n'ai pas besoin d'aucun ami.

– Football, tu ne peux pas dire « pas » et « aucun » dans la même phrase, c'est une double négaaaaaaah !

Il a été coupé au beau milieu de son explication grammaticale par Football qui l'a attrapé d'une main par son maillot. De l'autre main, il agitait toujours son briquet dans les airs. Alexandre a tendu le bras pour le lui prendre, le lui a arraché, et l'a jeté le plus loin possible. Il a volé à travers la pièce et il est passé par la fenêtre !

– Mon briquet ! Le briquet de mon père ! a braillé Football, lâchant sa proie sous le coup de la surprise.

– Oh, mince ! Je ne voulais pas le jeter par la fenêtre. Je ne pensais pas que je lançais si loin ! a gémi Alexandre.

– Je vais te tuer, Petit Cornichon ! a rugi Football, écarlate, les yeux exorbités.

– File ! ai-je crié à Alexandre. Va-t'en, vite !

Il s'est mis à courir, mais il n'était pas assez rapide. Football l'a rattrapé avant même qu'il ait atteint la porte. Il a levé son gros poing, prêt à le frapper… mais je me suis interposée. J'ai écarté Alexandre d'un coup de coude et je me suis jetée sur Football par-derrière.

– Bas les pattes, grosse brute !

Alexandre s'est écroulé par terre et s'est mis à pleurnicher. Mais Football et moi, on était trop occupés à se battre.

– Arrête, Jenny ! Ouille ! Mais elle me donne des coups de pied !

– Eh oui, je suis capable de tout, comme toi ! Tu te crois le plus grand et le plus fort, mais je vais t'apprendre, moi !

Et je lui ai flanqué un nouveau coup de pied. Dommage que je n'aie eu que des baskets et pas de bonnes grosses Doc Martens.

– Espèce de petite peste ! a crié Football en manquant m'assommer.

J'ai pris mon élan, j'ai visé et frappé là où ça fait le plus mal.

– Ouuuumpf ! a-t-il soufflé, plié en deux. Pas étonnant que ta mère ne veuille pas de toi. Personne ne voudra jamais de toi, Jenny Bell !

– Personne ne veut de toi non plus ! Et surtout pas ton merveilleux papa ! Il n'en a rien à faire de toi, c'est évident !

Il m'a plaquée au sol.

– Ferme-la !

– Non, c'est toi qui la fermes, espèce de grosse brute dégueulasse ! ai-je haleté en me débattant. C'est tout ce que tu sais faire, hein ? Frapper ! Tu te crois génial, mais t'es qu'un gros nul. T'es même nul en foot !

– Boucle-la ou je te cogne la tête par terre !

– Essaie un peu !

Il a essayé. Ça faisait un mal de chien. Alors j'ai craché, un gros crachat en plein dans la figure.

Il m'a fixée, fâcheusement éclaboussé.

– T'es pas cap de recommencer ?

Mais j'ai recommencé.

– Espèce de sale petit ouistiti, a-t-il grondé en me cognant la tête.

– La prochaine fois, ce sera dans l'œil.

– Je me défendrai et je te cracherai dessus aussi, je te préviens.

– Bah, vas-y ! T'oseras pas !

Mais il a osé. C'était répugnant. J'ai voulu cracher à nouveau, mais j'avais la bouche trop sèche.

– Je n’ai plus de salive ! C’est pas juste ! Attends !

J’ai eu beau essayer, je n’ai pu sortir qu’un petit filet de bave.

– Lamentable ! a commenté Football.

– Tu vas voir. Ooooh ! Je fais des bulles au lieu de cracher !

– Ah, ah ! Tu ne sais même pas cracher ! s’est moqué Football.

– Laisse-moi juste une seconde.

– Quoi, tu veux que je reste là à t’attendre ? a-t-il dit en se reculant.

– Reviens ici, Football ! ai-je ordonné en essayant de rassembler un peu de salive en sortant les lèvres et en creusant les joues.

– On dirait que tu vas m’embrasser avec ta bouche comme ça !

– Beurk !

Je n’ai pas pu m’empêcher de ricaner à cette idée.

– Fais attention ou c’est moi qui vais t’embrasser ! m’a-t-il menacée.

– Pas question, ai-je répliqué en gigotant pour me libérer. Hé, bouge de là, tu m’écrases, gros tas.

Cette fois, Football m’a obéi. La bagarre était finie.

– Je ne t’ai pas fait mal au moins ? s’est-il inquiété en m’aidant à me relever et à m’épousseter.

– Oh non, les grands coups de pied dans les tibias et les claques dans la figure, moi, j'adore ça.

– T'es vraiment fada, a répliqué Football. Hé, ça rime !

Il s'est tourné vers Alexandre.

– Et toi, t'es un sacré cas ! Voilà, ça rime aussi. Petit Cornichon, on a arrêté de se battre. Tu peux te relever maintenant.

– Ouais, c'est bon, Alexandre. Alexandre ? Ça va ?

– Nooooon, a-t-il gémi, toujours étendu par terre, la jambe bizarrement tordue.

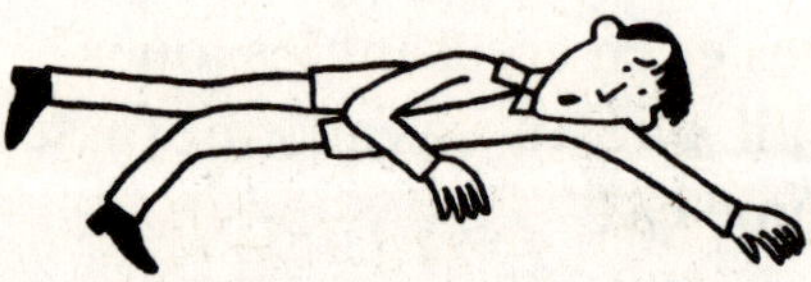

– Ce n'est pas moi qui t'ai fait mal, hein ? a paniqué Football.

– Non… c'est quand… Jenny m'a poussé… ma jambe !

– Oh non ! me suis-je écriée. Lève-toi, Alexandre, laisse-moi regarder.

– Je ne peux pas. Je ne peux vraiment pas.

Je me suis penchée pour l'examiner.

– Oh, Alexandre. Je t'ai cassé la jambe. Elle est toute tordue. Quelle horreur ! Qu'est-ce qu'on va faire ?

– Je pense… qu'il vaudrait mieux… m'emmener à l'hôpital, a marmonné Alexandre.

J'ai tenté de l'aider à se relever, mais il a poussé un cri de douleur.

– Bon, je vais te porter. Viens par ici, mon petit gars. Ne t'en fais pas, je vais y aller tout doucement, a promis Football en mettant Alexandre en travers de son épaule, comme un pompier.

Je lui ai pris la main.

– Oh, Alex, j'espère que ça va aller. Je m'en veux tellement de t'avoir fait mal. Tu es mon meilleur ami au monde. Pourvu que tu guérisses !

Chez Alexandre (pour de vrai)

Nous avons conduit Alexandre à l'hôpital. Football voulait le porter jusque là-bas, mais j'avais encore un peu d'argent de ma mère, alors on a pris un taxi.

Le chauffeur a soupiré en nous voyant.

– Vous vous êtes battus, les enfants ? a-t-il demandé en secouant la tête.

Alexandre était très flatté qu'on le croie capable de se battre. Il a été extrêmement courageux. On voyait qu'il souffrait beaucoup, il était livide, sa frange collait à son front en sueur, mais il n'a pas pleuré.

Nous avons patienté avec lui à l'hôpital jusqu'à ce qu'on l'emmène en fauteuil roulant faire des radios.

– On ferait mieux d'y aller, m'a dit Football. Ils ont téléphoné à ses parents et je n'ai pas très envie de les rencontrer. Surtout son père.

– Mais on ne peut pas partir avant de savoir s'il va bien !

– Bien sûr que ça va aller ! Il est à l'hôpital, a répliqué Football.

Il a jeté un regard à la salle d'attente peinte en orange fadasse et a frissonné.

– J'ai horreur des hôpitaux. Ça me donne la chair de poule. J'y vais.

Il s'est levé.

– Tu viens, Jenny ?

– Non, j'attends.

– Ça va aller. Il a juste la jambe cassée. Tu as entendu l'infirmière.

– Comment tu te sentirais si tu avais « juste » la jambe cassée, Football ? ai-je répliqué.

– Oh… ce serait dramatique pour moi parce que je ne pourrais plus jouer. Mais Alexandre, il s'en fiche, non ?

Il s'est rassis en soupirant.

– J'ai horreur des hôpitaux.

– J'ai compris.

– C'est sinistre. Ces longs couloirs avec des tas de portes derrière lesquelles il se passe des tas de choses affreuses.

– Tu n'as qu'à fermer les yeux.

– Ouais, mais il y a toujours l'odeur.

Il a reniflé en faisant la grimace.

– Ça me donne mal au cœur.

– Et, à ton avis, qu'est-ce que ressent Alexandre, lui qui est *derrière* une de ces portes ?

Football s'est ratatiné sur sa chaise en plastique.

– C'est un drôle de petit gars. Il se casse la jambe… enfin, tu lui casses la jambe, et il ne dit rien. J'ai vu des sacrés durs se tordre de douleur sur le terrain, hurler, jurer et même pleurer. Mais pas Alexandre. Il est vraiment… courageux.

– Je n'ai pas fait exprès de lui casser la jambe !

– Ouais, je sais, mais c'est quand même de la folie de rester dans le coin. Son père et sa mère ne vont pas te féliciter.

– Je l'ai juste un peu poussé. Je ne voulais pas lui faire de mal, je voulais l'écarter de ton chemin. C'est quand même incroyable que tout soit de ma faute !

Et là, je me suis mise à sangloter, hoqueter et

larmoyer, comme un bébé, moi qui ne pleure jamais.

Football a regardé autour de nous, très gêné.

– Arrête, Jenny. Les gens nous observent, a-t-il soufflé en me donnant un coup de coude.

J'ai continué à pleurer bruyamment.

– Hé, t'as pas un mouchoir ?

J'ai secoué la tête. Je m'en fichais d'avoir les joues ruisselantes de larmes et le nez qui coulait.

Football s'est levé d'un bond. J'ai cru qu'il en avait assez et qu'il filait, mais il a couru aux WC et m'a rapporté un rouleau de papier toilette.

– Là, là, m'a-t-il consolée en m'essuyant le visage. Arrête de pleurer, Jenny. Ce n'est pas ta faute, c'est la mienne. C'est moi qui ai fait n'importe quoi là-bas, à la maison. C'était dingue de mettre le feu, comme ça.

Il s'est interrompu.

– Tu crois que je suis vraiment dingue, Jenny ?

– Mais non, Football. C'est Alexandre qui m'inquiète pour le moment. Je ne comprends franchement pas. Une petite pichenette et hop, il s'écroule et se casse la jambe. Alors que, quand il est tombé du toit, il ne s'est même pas cassé un ongle. Il s'est relevé, frais comme une rose. Il est incroyable, notre petit Alexandre.

Je me suis à nouveau essuyé la figure.

– Tu crois que ça va aller, Football ?

– Évidemment, il a juste la jambe cassée.

– Oui, mais ça pourrait être une fracture grave. Elle avait l'air toute bizarre et tordue au mauvais endroit. Et s'ils n'arrivent pas à lui remettre comme il faut ? Et s'il attrape une infection ? Et si la gangrène et les asticots s'y mettent et qu'il faut l'amputer ?

– Arrête, Jenny. Ça ne peut pas arriver, hein ?

– On n'a même pas remarqué, on était trop occupés à se bagarrer, ai-je gémi.

– Au fait, tu te défends drôlement bien, Jenny.

– Ouais, mais je ne me battrai plus jamais. Je m'en veux trop qu'Alexandre soit blessé.

J'ai soupiré, je me demandais ce qu'ils étaient en train de lui faire. Football a soupiré, lui aussi. C'était chacun son tour. Je gigotais sur ma chaise. Football gigotait aussi.

Je me suis levée pour me dégourdir les pattes – et j'ai failli rentrer dans un couple qui se ruait dans la salle d'attente. L'homme, très grand et l'air sérieux, portait un attaché-case. La dame, petite et timide, avait un museau pointu de souris. J'ai tout de suite deviné qui c'était. Je suis retournée m'asseoir en vitesse.

– On nous a dit que notre fils Alexandre avait été amené aux urgences, a annoncé l'homme à l'infirmière.

– Pouvons-nous le voir ? Est-ce qu'il va bien ? a demandé la dame, au bord des larmes.

On les a conduits dans le couloir. Football a poussé un profond soupir et moi de même.

– Il est temps d'y aller, Jenny.

Je savais que c'était plus raisonnable. Mais il fallait que je sois sûre qu'Alexandre allait bien, même si je devais pour cela risquer d'être assommée à coups d'attaché-case par M. Pas Rigolo parce que j'avais blessé son fils. Peut-être même que j'avais envie que les parents d'Alexandre me disputent. Je le méritais.

Football me trouvait complètement folle, mais il est resté.

Nous avons attendu des heures et des heures. Et attendu encore et encore. Puis soudain nous avons entendu la petite voix aiguë d'Alexandre qui n'arrêtait pas de jacasser et il est arrivé dans son fauteuil roulant, poussé par son père, avec sa mère qui trottinait derrière. Sa jambe était étendue et plâtrée.

– Alexandre ! Ça va ? ai-je hurlé en me jetant sur lui.

– Jenny ! Football ! Vous m'avez attendu tout ce temps ! s'est écrié Alexandre, ravi. Papa, maman, je vous présente mes amis.

– Alexandre nous a beaucoup parlé de vous, a dit sa mère.

– Oui, vous méritez tous une bonne correction ! a grondé son père d'une voix menaçante.

– Je t'avais bien dit qu'on aurait mieux fait de filer, a chuchoté Football.

– C'est de ma faute, ai-je affirmé.

Je voulais avoir l'air courageuse et posée, mais ma voix est sortie tout étranglée et tellement tremblante qu'ils n'ont rien compris.

– Ce n'est vraiment pas malin de faire l'école buissonnière. Je suis sûr que vous allez avoir des ennuis avec vos établissements, tout comme Alexandre, a repris son père en agitant le doigt sous notre nez. Mais je suis tout de même content que vous ayez sympathisé. Alexandre a toujours eu du mal à se faire des amis, il est tellement timide.

– Et puis vous êtes de bons amis, a renchéri sa mère. Alexandre nous a raconté son accident et nous a dit comme vous avez été gentils et efficaces lorsqu'il est tombé. D'autres enfants auraient pu s'enfuir en l'abandonnant, mais vous l'avez porté, vous vous êtes occupés de lui et vous l'avez emmené à l'hôpital. Nous vous en sommes infiniment reconnaissants.

Football et moi, on se dandinait d'un pied sur l'autre. On a regardé Alexandre, il nous a souri.

– Alexandre est notre meilleur ami au monde, ai-je affirmé.

– Ouais, c'est notre copain… Alors, ça va bien, maintenant ? a demandé Football.

Je lui ai donné un coup de coude.

– Est-ce qu'il a l'air d'aller bien, franchement ?

Football a haussé les épaules.

– Ouais, bon, d'accord, je suis un peu bête, a-t-il admis. Vu qu'il est presque dans le plâtre des pieds à la tête. Hé, je recommence à faire des rimes !

– Mais non, Football, tu n'es pas bête du tout. Ne t'en fais pas. Ça va, a répondu Alexandre. J'ai juste une fracture du tibia.

– Comment ça ? Mais tu t'es fait mal à la jambe !

– Tu es vraiment trop idiot ! me suis-je exclamée. Le tibia est un os de la jambe, Football. Mais toi, tu as dû te casser l'os de la tête, gros bêta.

– Mais tu ne vas pas devoir passer ta vie en fauteuil roulant ? s'est-il inquiété.

– Oh non, juste ciel ! s'est écriée la mère d'Alexandre. C'est juste pour se déplacer dans l'hôpital. Alexandre va pouvoir boitiller avec des béquilles.

– Mais je ne pourrai pas marcher correctement pendant au moins six semaines, jusqu'à ce qu'on m'enlève le plâtre, a précisé Alexandre.

Football était catastrophé.

– Six semaines ! C'est horrible !

– Mais non, c'est génial, a corrigé Alexandre, les yeux brillants. Comme ça, je serai dispensé de gym.

Son père a poussé un soupir exaspéré.

– Franchement, Alexandre !

– Pour moi, ce serait affreux de ne pas pouvoir jouer au foot pendant six semaines, a remarqué Football. Je n'en peux déjà plus d'être resté coincé ici pendant des heures et des heures sans toucher à mon ballon.

Le père d'Alexandre a hoché la tête en signe d'approbation.

– Par quel miracle êtes-vous devenus amis, tous les deux ?

– Tu fréquentes le même collège qu'Alexandre ? s'est interrogée sa mère.

– Ils ne vont plus au collège, c'est bien le problème, est intervenu son père. Et qu'en pensent tes parents ?

Football a fait la moue.

– Ils s'en fichent. Aussi bien ma mère…

Il a marqué un temps d'arrêt.

– … que mon père.

Alexandre s'est penché vers lui.

– Je suis désolé d'avoir jeté ton briquet, Football. Je sais que tu y tenais, mais tu pourras peut-être le retrouver dans le jardin.

– Peut-être. Mais, de toute façon, ce n'est pas grave. Mon père m'a bien jeté, lui aussi, alors…

Le père d'Alexandre s'est tourné vers moi.

– Et toi, Bouclette ? Ton père et ta mère doivent être morts d'inquiétude qu'une petite fille comme toi traîne dans la rue, non ?

– Je n'ai pas de père. Et… et je ne crois pas que je vais revoir ma mère avant longtemps, ai-je murmuré.

– Jenny a été placée en famille d'accueil, a expliqué Alexandre.

Ils m'ont tous dévisagée. Ça m'a étonnée qu'ils ne me tapotent pas la tête. Mais j'ai soutenu leur regard.

– Et si tu venais goûter à la maison ? m'a proposé la mère d'Alexandre. Et toi aussi, bien sûr, a-t-elle ajouté en se tournant vers Football d'un air hésitant.

– Oh oui, venez, a supplié Alexandre. Ma mère est la reine des fourneaux. Tu pourrais nous faire un gâteau au chocolat, maman ?

Football semblait d'accord. Généralement, tous les soirs, il se contentait de descendre au *fish and chips*[1]. J'étais plutôt partante moi aussi, étant donné que je mourais de faim (j'avais l'impression d'avoir englouti mon Big Mac il y a des siècles) et que je n'avais nulle part où aller.

1. Fast-food typique de Grande-Bretagne où l'on vend des frites et du poisson frit.

Nous avons aidé Alexandre à descendre les marches du perron de l'hôpital en le soutenant chacun d'un côté, pendant que son père allait chercher la voiture et que sa mère rapportait le fauteuil roulant à l'intérieur.

– C'est adorable de ne pas avoir dit à tes parents que tout était de ma faute, ai-je chuchoté en lui plaquant un petit bisou sur la joue.

– En fait, c'était de ma faute, a reconnu Football. Je n'ai pas arrêté de t'embêter. Mais je ne recommencerai plus, promis.

J'ai senti Alexandre trembler. Il était rouge pivoine.

– Alors vous êtes tous les deux mes amis ? Pour de vrai ? Ce n'est pas une blague ? C'est génial !

– C'est toi qui es génial, Alexandre le Grand ! Et aussi un peu dingo parce que tes soi-disant copains t'ont cassé la jambe.

– Ouais et, à cause d'eux, tu as dû passer des heures à l'hôpital, a complété Football.

– J'aime bien l'hôpital, a avoué Alexandre. C'était extrêmement intéressant. Le médecin m'a montré la radio et m'a tout expliqué. J'ai trouvé ça fascinant. J'aimerais être médecin quand je serai grand. Mais je ferais mieux d'arrêter de sécher les cours parce qu'il faut avoir des super notes pour faire médecine. En plus, au collège, ça va aller, maintenant que je suis dispensé de gym. Et dans six semaines, tu n'auras qu'à me refaire tomber, Jenny, que je me casse l'autre jambe.

– Je t'ai à peine poussé ! ai-je protesté.

– Je sais. Je ne sais pas pourquoi je me suis écroulé comme ça. Je suis maladroit. C'est pour ça que je suis nul en foot. Mes jambes ne m'obéissent pas comme je voudrais.

– Mais ta tête, ça va, a remarqué Football. Hé, je pourrais t'apprendre mon super coup de tête top secret, comme ça, tu enverrais la balle droit dans le filet !

– Ce serait cool ! s'est exclamé Alexandre.

– Ce serait un miracle, oui, ai-je renchéri.

Alexandre et Football étaient désormais comme les doigts de la main. Dans la voiture, ils n'ont pas arrêté de discuter, jusqu'à ce qu'on arrive chez Alexandre.

Sa maison est *immense*, peinte en blanc et noir,

avec les fenêtres en croisillons et de petits arbustes dans des bacs de chaque côté de la porte. Nous n'avions pas réalisé qu'il était si riche. Et c'était encore plus luxueux à l'intérieur : bois ciré partout, fauteuils et canapés assortis, garnis de coussins disposés au millimètre près. J'ai à peine osé poser mes fesses sur le bord d'une chaise rayée rouge et blanc, comme du dentifrice. Football est resté planté au beau milieu du tapis, sur le côté de ses baskets, son ballon serré contre son cœur.

La mère d'Alexandre a installé son fils dans un fauteuil, avec sa jambe plâtrée étendue sur un tabouret, puis elle est allée préparer le goûter.

Le père nous a de nouveau fait la leçon comme quoi c'était mal de sécher les cours et ça commençait à devenir sérieusement pénible. Alexandre était aussi blanc que son plâtre, Football appuyait son menton sur son ballon, quant à moi, je glissais petit à petit de ma chaise à rayures si bien que mes fesses étaient presque dans le vide. Heureusement, la mère d'Alexandre nous a apporté du jus de fruits et des cookies au chocolat maison, ce qui a réchauffé un peu l'atmosphère. Je pensais que c'était le goûter, mais ce n'était qu'un « petit encas » en attendant le vrai goûter. Elle a voulu qu'on appelle chez nous pour prévenir et que personne ne s'inquiète. Mais Football a dit que sa mère était au travail – en ajoutant dans sa barbe que, de toute façon, elle s'en fichait complètement.

– Et toi, Jenny ? Tu devrais peut-être appeler ta famille d'accueil ? a proposé la maman d'Alexandre.

– Non, non, ils ne vont pas s'inquiéter, je vous assure, ai-je affirmé malgré le regard noir que me jetait Alexandre.

Football a dû poser son ballon pour prendre son verre et son biscuit. Comme la balle s'éloignait sur le tapis, il l'a rattrapée hop ! sur la pointe de sa basket, et l'a ramenée vers lui.

– Beau jeu de jambes, fiston, s'est enthousiasmé le père d'Alexandre.

– Football est le roi du foot, papa, a annoncé fièrement Alexandre.

– Je me débrouille, a marmonné l'intéressé, très modeste pour une fois.

Le père a commencé à parler sport et, au bout de quelques minutes, Football s'est mis à discuter avec lui et s'est même lancé dans une petite démonstration.

– Oh, mon Dieu, attention aux bibelots ! s'est écriée la mère d'Alexandre qui revenait, les bras chargés de saladiers de chips et de soucoupes de Smarties.

– Et si on allait jouer un peu dans le jardin, fiston ? a proposé le père.

Ils sont sortis par la porte-fenêtre et, aussitôt, se sont mis à se faire des passes comme deux vieux copains.

Alexandre les regardait d'un air un peu envieux.

– Mon père adore le foot.

– Il t'adore aussi, Alexandre. Sans le montrer.

Il a secoué la tête, sourcils froncés.

– En tout cas, ta mère t'aime, c'est sûr.

Il a acquiescé timidement.

– Et Football aussi, il t'aime bien. Et moi, je

t'aime beaucoup, beaucoup, beaucoup. Tu le sais, ça, Alexandre ?

Visiblement il le savait. Il hochait la tête comme un vrai petit Oui-Oui.

– Je t'aime beaucoup, Jenny. Et Football t'aime aussi. Il aimerait que tu sois sa petite amie.

– Hum, ça, je ne sais pas, ai-je répondu. Je pourrais être sa copine, mais la tienne aussi, alors. Si tu veux bien.

– Évidemment ! Et… et ta mère ne sait peut-être pas comment t'aimer, mais Cam t'adore. J'ai l'impression qu'elle tient beaucoup à toi.

– Non, je ne crois pas. Et de toute façon, j'ai tout gâché.

J'ai repensé un peu à Cam. À tout ce qu'on faisait ensemble. Des trucs idiots, comme danser devant les clips vidéo, crier des réponses débiles aux jeux télévisés et inventer des dialogues délirants pour les feuilletons à l'eau de rose. Et le soir, quand Cam venait me border et m'ébouriffer les cheveux. Et si j'avais peur la nuit – si j'avais fait un cauchemar ou un truc comme ça –, elle me laissait venir dans son lit. Elle râlait dans son sommeil en disant : « Oh, voilà Jenny la Bougeotte », mais elle me prenait quand même dans ses bras. Et elle avait beau me préparer des repas équilibeurk, elle m'emmenait parfois au McDonald's. Et la fois où je n'avais pas été invitée à l'anniversaire de Roxanne, on avait fait la fête toutes les deux à la maison et elle avait même acheté un gâteau d'anniversaire.

Bien sûr, ce n'était pas tous les jours la fête. Parfois, elle s'énervait vraiment et elle me faisait la tête, mais j'avoue que, quelquefois, moi aussi, je peux être un peu pénible. Elle ne me laissait jamais toute seule à la maison. Elle ne sortait jamais avec des hommes. Et une fois où elle devait aller à un concert avec Jane et Liz pendant qu'une de ses copines me gardait, elle avait finalement annulé parce que j'avais mal au ventre. Vous imaginez ? Elle avait préféré rester à nettoyer mon vomi plutôt que d'aller à son concert !

On s'entendait plutôt bien, Cam et moi. Comme de vraies amies. Des sœurs. Presque… presque comme une mère et sa fille.

C'était bizarre. La maman d'Alexandre nous avait préparé un vrai festin, avec des minipizzas, des miniquiches, des petites saucisses puis un délicieux gâteau au chocolat, une génoise avec du glaçage rose et de la glace au coulis de fraise, mais une fois dans ma bouche, tout ça n'avait pas plus de goût que tous les trucs en carton d'Alexandre.

Je ne pouvais rien avaler, j'avais une grosse boule dans la gorge.

J'avais envie de rentrer à la maison. *Chez moi.*

chic

Mon chez-moi à moi

Alors je suis rentrée chez moi. Le père d'Alexandre a insisté pour me reconduire chez Cam. Il a raccompagné Football en même temps et ils étaient tellement occupés à discuter foot qu'ils n'ont pas remarqué que je parlais de moins en moins. Je suis même restée complètement muette pendant les cinq dernières minutes de trajet.

J'ai bondi hors de la voiture, je leur ai fait au revoir de la main et j'ai posé mon doigt sur la sonnette, en faisant mine d'appuyer. J'ai entendu la voiture s'éloigner et je suis restée avec le doigt suspendu au-dessus du bouton jusqu'à ce que mon bras soit complètement engourdi. Je me répétais en boucle ce que j'allais dire. Et tout me semblait ridicule. Non, je n'allais rien dire. Je ne pouvais pas. Je ne pourrais pas regarder Cam en face, j'étais sûre qu'elle allait me repousser et me mettre dehors.

En tout cas, c'est ce que j'aurais fait si elle m'avait traitée comme ça.

Je ne pouvais pas retourner chez ma mère. Mais je n'étais pas obligée de traîner dans les rues ni d'aller me cacher sous les meubles en carton de la maison déserte. Je connaissais le numéro d'urgence de l'Aide sociale à l'enfance. Si je prévenais Helen, dans l'heure, elle m'aurait trouvé un lit pour la nuit et, dès demain matin, elle se pencherait sur mon cas. Les éducateurs n'abandonnent jamais. Elle serrerait ses dents de lapin et se démènerait pour me trouver un nouveau foyer.

Mais je n'en voulais pas. Je savais ce que je voulais, même si c'était trop tard. Soudain, malgré moi, mon doigt a appuyé et j'ai sonné, sonné, sonné. J'ai entendu des pas précipités, la porte s'est ouverte et j'ai vu Cam, les cheveux dressés sur la tête, les yeux rougis et le gilet boutonné de travers et pourtant, tout à coup, j'ai trouvé que c'était la plus merveilleuse femme du monde.

– Cam !

– Jenny !

Je lui ai sauté au cou et elle m'a serrée plus fort que fort et on est restées enlacées comme si jamais plus on ne pourrait se lâcher. J'ai vaguement aperçu Jane et Liz qui venaient dans l'entrée et se joignaient à nos embrassades, avant de tapoter Cam sur l'épaule puis de m'ébouriffer les cheveux et de s'en aller pour nous laisser seules toutes les deux. Nous embrasser, nous câliner, nous papouiller. Et renifler, hoqueter, larmoyer. Je sentais quelque chose d'humide qui filtrait à travers mes boucles.

– Tes larmes me coulent sur la tête, ai-je marmonné.

– Et les tiennes me dégoulinent sur l'épaule, a bafouillé Cam.

– Je ne pleure pas ! J'ai le rhume des foins.

– Idiote ! a fait Cam en me serrant plus fort.

– Je pensais que tu allais être très très en colère après moi.

– Je suis très très en colère, a-t-elle répondu gentiment. Où étais-tu passée ? Helen et moi, nous nous sommes fait un sang d'encre depuis que ta mère a appelé pour nous avertir que tu avais fugué. La police est à ta recherche, tu te rends compte.

– Waouh ! Vous avez prévenu la télé ? J'espère que je vais passer au journal. On pourra l'enregistrer ?

– Je ferais mieux d'appeler tout le monde pour dire que tu es saine et sauve. Alors que s'est-il passé, Jenny ? Ta mère pensait pourtant que tout allait bien. Elle est dans tous ses états.

– Tu parles, elle voulait déjà se débarrasser de moi !

– Ce n'est pas vrai. Elle tient beaucoup à toi. Je le sais. Regarde tout ce qu'elle t'a offert.

– Ouais, les cadeaux. La poupée, les chocolats et tous ces trucs dont je n'avais pas envie.

– Elle t'a quand même acheté un super treillis, à ce que je vois, a dit Cam en me tenant à bout de bras pour m'admirer.

– Mm. Les vêtements, ça va. Et on a bien rigolé. Elle m'a habillée comme elle, c'était génial. Mais après elle en a eu assez. Assez de moi. Elle m'a laissée toute seule pour aller au pub.

– Elle n'aurait pas dû faire ça, a répondu Cam en me serrant à nouveau contre elle. C'est pour ça que tu t'es enfuie ?

– Non, j'ai filé ce matin. Elle cherchait comment se débarrasser de moi, Cam, je t'assure. Alors j'ai préféré lui rendre service et partir de moi-même.

– Quitte à nous faire mourir d'inquiétude. Où es-tu allée ?

– J'ai pris le train pour rentrer.

– Oui, d'accord, mais où as-tu passé la journée ? J'ai parcouru la ville en long, en large et en travers. Je t'ai cherchée au McDonald's, dans les magasins, à tous les endroits possibles et imaginables. Je suis même allée à ton école.

– T'es malade ? Comme si j'allais retourner là-bas !

– Eh bien, alors, où étais-tu passée ?

Elle m'a pris le menton pour que je la regarde en face.

Et soudain j'ai eu envie de lui dire.

– Dans une maison vide. J'y vais souvent. Au lieu d'aller en classe, mais ne te mets pas en colère. J'y retrouve d'autres gens.

Toutes sortes d'expressions se succédaient sur le visage de Cam, un vrai kaléidoscope humain.

– Quelle maison ? Quels gens ?

Elle s'efforçait de garder son calme, mais ses ongles me rentraient dans les épaules.

– C'est une maison abandonnée, personne n'y vit. Mais il y a des garçons qui viennent parfois. Alexandre et Football. Ils sont sympas. On est potes. Et ils veulent tous les deux être mon petit ami !

– Tu es un peu jeune pour avoir un petit ami, non, Jenny ?

– Si tu connaissais Alexandre, tu ne serais pas inquiète. Quant à Football, je sais m'y prendre avec lui. Sois tranquille.

– Ils sont dans ton école ?

– Non, Football est plus vieux et Alexandre va dans un collège de garçons, un établissement snob et privé.

– Mais ils sèchent aussi les cours ?

– Ouais, Football a été exclu alors, même s'il le voulait, il ne pourrait pas aller en cours. Et Alexandre a décidé d'y retourner parce qu'il veut réussir ses examens.

– Il est sensé, ce garçon ! Et toi, Jenny ? Tu veux

finir par être renvoyée ou tu vas y retourner et faire un effort ?

– Moi, je n'ai pas vraiment le choix. Alexandre est une vraie tête, premier dans toutes les matières.

Cam m'a tapoté le crâne.

– Toi aussi, tu as une tête bien faite, tu sais.

– Mais oui, c'est ça. Je vais devenir la chouchoute de Mme Sacavomi et tout le monde voudra être mon ami, ai-je répliqué d'un ton sarcastique.

– Tu ne vas pas rester dans la classe de Mme Saca toute ta vie. Et j'ai l'impression que tu sais te faire des amis, non ? Mais si tu n'aimes vraiment pas cette école, j'essaierai de t'inscrire ailleurs. Liz pourrait peut-être te prendre dans son école.

– Je parie qu'elle serait tout le temps sur mon dos si j'étais dans sa classe.

– Mais tu as besoin qu'on soit tout le temps sur ton dos ! Tu es la gamine la plus insupportable que je connaisse.

– Mais tu veux quand même me reprendre ?

– Tu le sais bien.

– Même après tout ce que je t'ai dit ?

– Moi aussi, je t'ai dit des choses. Mais ce n'est pas grave. Les gens qui s'aiment ont le droit de se disputer.

– Tu m'aimes ? ai-je demandé le cœur battant, boum, boum, boum.

– Oui, je t'aime, a répondu Cam.

Mon cœur rayonnait comme une carte de la Saint-Valentin.

– Personne ne m'a jamais aimée avant.

– Ta mère t'aime aussi. Peut-être qu'elle n'est pas prête à t'avoir tous les jours, mais je suis sûre que vous allez rester en contact.

– Ou peut-être qu'elle attendra encore cinq ans, ai-je répliqué. On verra. Je m'en fiche. Je serai heureuse avec toi, Cam. Si c'est ce que tu veux vraiment.

– Et toi, c'est ce que tu veux, Jenny ?

– Tu le sais bien.

J'ai jeté un coup d'œil circulaire autour de moi. Nous étions toujours dans l'entrée. J'ai regardé le vieux parquet nu, le plafond écaillé et les posters déchirés aux murs.

– Enfin, on pourrait quand même arranger un peu ce trou à rats, ai-je dit. Étant donné que c'est chez moi aussi, maintenant. On pourrait mettre de la moquette pour commencer.

– Ou un beau tapis. On pourrait le fabriquer ensemble, toi et moi.

– Et il faudrait repeindre les murs d'une couleur lumineuse. Rouge ?

– Quelque chose d'un peu plus subtil. Framboise ? Bordeaux ? Tiens, si on prenait un verre pour fêter ton retour ? Un verre de vin rouge pour moi et pour toi du Coca, d'accord ?

Cam m'a passé le bras autour des épaules et nous sommes allées dans la cuisine.

– On pourrait changer les posters. Et tu pourrais les choisir. Avec des couleurs vives, comme tu aimes, a proposé Cam en recollant au passage un coin d'affiche.

Je l'ai regardée attentivement. On voyait une immense plage avec un piano sur le sable, une petite fille assise dessus, et sa mère, vêtue d'une robe longue et d'un bonnet à l'ancienne, qui se tenait à côté.

– Pourquoi il y a un piano sur la plage ?

– C'est un film. Mon film préféré. L'histoire d'une mère et de sa fille. Je l'ai en cassette. Tu veux le regarder ?

Alors on l'a regardé ensemble.

Et le lendemain, on a regardé mon film préféré. On n'est nulle part mieux que chez soi. Enfin, la

plupart du temps. Cam et moi, on se dispute encore quelquefois.

Souvent même.

Mais après on se réconcilie.

Et on passe de super moments ensemble. Cam me mijote des petits plats rien que pour moi.

Et parfois je lui mijote de bons petits plats aussi.

On travaille ensemble, on sort ensemble, on fait des tas de trucs ensemble, on fait les folles ensemble et on discute ensemble.

Bien sûr, on ne peut pas tout faire ensemble. Je suis obligée d'aller à l'école, pas de bol, pas de bol, pas de bol. Je vais peut-être pouvoir passer dans celle de Liz au prochain trimestre, mais jusque-là je suis coincée avec Mme Sacavomi, Roxanne et toutes ses immondes copines. Dans mon petit conte de fées à moi, Mme Saca joue la méchante sorcière et Roxanne la princesse bizarre qui crache des crapauds et des grenouilles dès qu'elle dit un mot.

En revanche, j'aime bien M. Hatherway.

Et je me suis fait un nouvel ami à l'école. Il s'appelle Trevor. Comme c'est le plus petit élève de sa classe de CE2, tout le monde se défoule sur lui (c'était le gamin qui saignait du nez, vous vous souvenez ?). M. Hatherway m'a demandé de veiller sur lui à la récré. Et je prends mon rôle au sérieux. Personne n'ose embêter Trevor quand je suis dans les parages. Je crois qu'il m'aime bien, même s'il n'ouvre pas souvent la bouche.

Je sais qu'Alexandre m'aime bien – et celui-là, c'est un vrai moulin à paroles. Je suis retournée chez lui. Cette fois, j'ai mangé tout mon goûter,

j'ai même repris une deuxième puis une troisième part de gâteau. Et Alexandre est également venu chez moi. Il s'est bien amusé. Avec Cam, ils ont parlé bouquins pendant des heures. Alexandre aime beaucoup Cam, mais c'est moi qu'il préfère.

Je pense cependant que c'est Football qui m'aime le plus. Je ne vais pas souvent chez lui, mais il vient souvent à la maison. On joue au foot, quelle surprise ! Parfois, Cam joue aussi avec nous. Et Jane, et Liz. Vous ne devinerez jamais quoi. Jane a beau être énorme, c'est une vraie championne de foot. Meilleure que le père d'Alexandre. Meilleure que Football lui-même !

Sauf qu'il ne l'avouera jamais. Il s'entraîne beaucoup. Le père d'Alexandre l'a inscrit dans un club. Je ne sais pas combien de temps ça durera. Football n'est pas très doué pour les relations humaines. Il s'est déjà disputé avec quelques personnes. Si ça se trouve, il va être exclu. Mais moi, je ne le rejetterai jamais. Il restera toujours mon ami, quoi qu'il arrive.

Je crois qu'il traîne encore à la maison abandonnée de temps en temps. Alexandre n'y va plus. Moi non plus. Mais j'y ai emmené Cam, une fois.

J'ai fait comme si c'était chez moi et je lui ai fait visiter. La plupart des meubles en carton d'Alexandre étaient cassés si bien que la maison paraissait un peu tristounette, vide et sale.

– Mais je pourrais vraiment bien l'arranger, ai-je affirmé en prenant Cam par la main pour la conduire dans le salon. Je pourrai peut-être vivre ici quand je serai grande, hein ? J'aurai un chandelier, un tapis rouge rubis, un gros canapé moelleux et une télé qui fera tout le mur. Je passerai la moitié de la nuit à la regarder et je me lèverai très très tard et après je travaillerai un peu. J'écrirai des best-sellers, tu vois. J'arrêterai de travailler vers cinq heures pour prendre mon goûter. Et tous les jours, j'aurai un gros gâteau d'anniversaire.

– Tu seras sacrément dodue, alors ! s'est moquée Cam en me donnant un petit coup dans le bidon.

– Je ne le mangerai pas toute seule. Je partagerai. J'inviterai Alexandre. Il pourra passer, entre deux opérations du cerveau. Et j'aimerais aussi que Football vienne, enfin, il ne faudra pas qu'il mange trop de gâteau, à cause de son entraînement. Et devine qui d'autre j'inviterai ?

Je me suis interrompue.

– Mme Sacavomi ? a proposé Cam.

– Pas question !

– Helen ?

– Peut-être. Parfois. En souvenir du bon vieux temps. Non, quelqu'un d'autre. Quelqu'un d'important.

– Ta mère ?

– Si elle veut. Mais je ne compte pas trop dessus. Allez, devine, Cam !

– Je n'en ai aucune idée, a-t-elle menti, les yeux brillants d'espoir.

– TOI ! me suis-je écriée et je l'ai serrée fort fort dans mes bras.

ON N'EST NULLE PART
MIEUX QUE CHEZ SOI

Jacqueline Wilson

L'auteur

Jacqueline Wilson est née à Bath, en Angleterre, en 1945. Fille unique, elle se retrouvait souvent livrée à elle-même et s'inventait alors des histoires. Elle a toujours rêvé d'être auteur et a écrit son premier roman à neuf ans ! Elle se souvient, ensuite, adolescente, avoir rempli des dizaines de cahiers. À seize ans, elle devient journaliste d'un magazine pour adolescentes qui porte son nom : Jackie. Après son mariage et la naissance de sa fille Emma, Jacqueline Wilson travaille pour différents journaux. À vingt-quatre ans, elle écrit une série de romans policiers pour adultes puis se lance dans l'écriture de livres pour enfants, domaine qu'elle n'a plus quitté depuis 1990. Ses histoires, pleines d'émotions, de vérité et d'humour, font d'elle un écrivain majeur de la littérature jeunesse, adorée de ses millions de lecteurs (et lectrices !), et l'auteur le plus emprunté des bibliothèques britanniques. Children's Laureate de 2005 à 2007, c'est une formidable ambassadrice du livre pour enfants. Grande lectrice, elle possède des milliers de livres. En 2007, pour services rendus à la littérature, Jacqueline Wilson devient Dame Wilson, une très haute distinction en Angleterre. Grande lectrice, elle possède plus de dix mille livres !

Retrouvez Jacqueline Wilson sur son site internet : www.jacquelinewilson.co.uk

Du même auteur chez Gallimard Jeunesse

FOLIO CADET
Le Site des soucis, n° 440
Lulu Bouche-Cousue, n° 425
Ma chère momie, n° 419
Soirée pyjama, n° 465

FOLIO JUNIOR
À nous deux ! n° 966
La Double Vie de Charlotte, n° 910
Les Malheurs de Millie Plume, n° 1647
Une nouvelle vie pour Millie Plume, n° 1685
Lola Rose, n° 1335
Maman au bois dormant, n° 1642
Maman, ma sœur et moi, n° 1037
Ma meilleure amie, n° 1387
Mon amie pour la vie, n° 1301
Poisson d'avril, n° 1241
Reviens, papa ! n° 1441
Un cœur brisé, n° 1488

Les aventures de Jenny B. :
La Fabuleuse Histoire de Jenny B., n° 1267
Un nouveau défi pour Jenny B., n° 1424
Un rôle en or pour Jenny B., n° 1514

GRAND FORMAT LITTÉRATURE
Les Malheurs de Millie Plume
Une Nouvelle Vie pour Millie Plume
Millie Plume choisit son destin

SCRIPTO
Kiss

Nick Sharratt

L'illustrateur

Né à Londres en 1962, **Nick Sharratt** a toujours aimé dessiner. Diplômé de la St Martin's School of Art de Londres en 1984, il devient illustrateur de livres pour enfants, et travaille également pour la presse. Il met en images tous les livres de Jacqueline Wilson, depuis leur première collaboration en 1991 pour *La fabuleuse histoire de Jenny B*. Ses dessins, pleins d'humour et de malice, s'harmonisent parfaitement au style de chacune des histoires de Jacqueline. Il est également auteur et illustre ses propres albums, toujours très drôles et inventifs.

Découvre
d'autres compilations

dans la collection
Folio Junior

TROIS HISTOIRES DE ROALD DAHL

illustrées par Quentin Blake

Charlie et la chocolaterie

Charlie et le grand ascenseur de verre

James et la grosse pêche

De la plus incroyable des chocolateries à une pêche géante, en passant par une station spatiale en orbite envahie par des êtres monstrueux, savourez sans modération l'humour merveilleux et le génie de Roald Dahl.
Embarquez en compagnie de Charlie Bucket, Willy Wonka et James Trotter pour de folles aventures pleines d'imagination. Accompagnées des illustrations emblématiques de Quentin Blake. Un vrai délice !

TROIS HISTOIRES DE JEAN-CLAUDE MOURLEVAT

La ballade de Cornebique

La troisième vengeance de Robert Poutifard

Le garçon qui volait

Un bouc, accablé par un chagrin d'amour, part à l'aventure, un instituteur se venge de ses anciens élèves, un garçon se découvre un prodigieux pouvoir…
Trois histoires pleines de fantaisie et de poésie racontées avec brio par Jean-Claude Mourlevat, l'auteur de *L'Enfant Océan* et du *Combat d'hiver*.

TROIS HISTOIRES DE JACK LONDON

L'appel de la forêt

Le fils du Loup

Croc-Blanc

Dans l'immensité du Grand Nord, un chien de traîneau lutte contre ses instincts sauvages, un chercheur d'or solitaire affronte des Indiens pour l'amour d'une femme et un chien-loup apprend à se battre pour rester en vie.
Un hymne à la vie et à la nature sauvage, par un maître du roman d'aventures.

Découvre d'autres livres

de **Jacqueline Wilson**

---

dans la collection

folio junior

LA DOUBLE VIE DE CHARLOTTE

n° 910

« Bonjour, je m'appelle Charlotte, mais tout le monde m'appelle Lottie. Je suis gouvernante. Je vis loin de ma famille et je dois travailler dur toute la journée... »
« Salut ! C'est moi Charlie, et surtout ne m'appelez pas Charlotte ! J'ai toujours cru qu'il n'y avait rien de plus ennuyeux que l'époque victorienne. Mais c'était avant de commencer mon dossier pour l'école et de faire la connaissance de Lottie. »
Charlie et Lottie mènent des vies parallèles jusqu'au jour où Charlie fait une grosse bêtise et tout se met à aller de travers.

MON AMIE POUR LA VIE

n° 1301

Jade et Vicky sont inséparables. Aussi, lorsque Vicky est renversée par une voiture, Jade ne peut pas croire que sa meilleure amie ait réellement disparu. Ne continue-t-elle pas à la voir de tous côtés, chez elle comme au collège ? Fantôme, ange ou démon, l'impétueuse Vicky n'a pas l'intention de se faire oublier si vite. Jade se sent de plus en plus habitée par elle, mais cette présence, d'abord source de réconfort, devient vite envahissante...

MA MEILLEURE AMIE

n° 1387

Alice et moi, nous sommes nées le même jour, dans la même ville, dans le même hôpital et depuis, on ne se quitte plus. On va dans la même école, on partage tout, on n'a aucun secret l'une pour l'autre. Mais les parents d'Alice veulent déménager à l'autre bout du pays. Pas question que je reste seule ici, et qu'on m'enlève mon amie. Je vous le promets, rien ne pourra jamais nous séparer !

MAMAN AU BOIS DORMANT

n° 1642

Chère maman,
Je sais que tu ne peux pas lire cette lettre, mais j'ai tellement de choses à te raconter. Je fais un dossier sur les baleines pour l'école. Tu savais qu'elles aiment chanter ? Tu les imagines, en train de faire des vocalises au fond de l'océan ? La prochaine fois que je viendrai te voir à l'hôpital, je te ferai écouter leur chant magique, d'accord ? Si seulement, ça pouvait te réveiller.
Mille millions de bisous,
Ella

LES MALHEURS DE MILLIE PLUME

n° 1647

Pétillante, généreuse, fougueuse, Millie Plume grandit heureuse à la campagne dans la famille qui l'a recueillie et qui l'aime tant. Hélas, le bonheur ne dure pas. Elle doit partir pour l'orphelinat. Comment supporter cette nouvelle vie aux règles si sévères ? Grâce à son caractère bien trempé, une sacrée joie de vivre et aussi des amis… Mais ce qui anime par-dessus tout notre héroïne, c'est un rêve caché : retrouver un jour sa véritable mère.

UNE NOUVELLE VIE POUR MILLIE PLUME

n° 1685

Après ses sombres années à l'orphelinat, Millie Plume place tous ses espoirs en l'avenir, surtout depuis qu'elle a retrouvé sa mère. Mais désormais, elle a 14 ans et doit travailler. Rebelle, fougueuse, elle montre fort peu de dispositions pour le métier de domestique ! Elle rêve de devenir écrivain et de vivre enfin des jours heureux auprès de sa mère. Rencontres extraordinaires, chagrins, bonheurs inoubliables... De nouvelles aventures pour l'intrépide Millie Plume au tempérament de feu !

Le papier de cet ouvrage est composé
de fibres naturelles, renouvelables,
recyclables et fabriquées à partir de bois provenant
de forêts plantées et cultivées expressément
pour la fabrication de la pâte à papier.

Mise en pages : Françoise Pham

Loi n° 49-956 du 16 juillet 1949
sur les publications destinées à la jeunesse
ISBN 978-2-07-066297-5
Numéro d'édition : 271514
Dépôt légal : novembre 2014

Imprimé en Espagne par Novoprint (Barcelone)